W0379515

Edition Akzente
Herausgegeben von
Michael Krüger

Martin Meyer
Tagebuch und spätes Leid

Über Thomas Mann

Carl Hanser Verlag

1 2 3 4 5 03 02 01 00 99

ISBN 3-446-19789-3
Alle Rechte vorbehalten
© 1999 Carl Hanser Verlag München Wien
Umschlag: nach einem Entwurf von Klaus Detjen
unter Verwendung eines Fotos des
Thomas Mann-Archivs, Zürich
Am Schreibtisch, Pacific Palisades, 1951
Satz: Filmsatz Schröter GmbH, München
Druck und Bindung: Friedrich Pustet, Regensburg
Printed in Germany

Inhalt

»Ist meine Existenz so provozierend?«

(Tagebuch, 12. Oktober 1946)

Vorwort

Gäbe es eine Ruhmesprämie nicht nur für das Werk, das ein Autor seiner eigenen Zeit für beständige oder prekäre Ewigkeiten vielleicht unter Qualen, vielleicht auch in heiterer Gelassenheit abgewann, sondern zugleich für jene Umstände, die dem reinen Leben und seiner Führung entsprachen, so wäre wohl noch manch einer größer geblieben, als es die literarische Leistung allein vermocht hätte. Aber die Nachwelt verfährt hier grausam. Sie läßt den »Text« gelten, und selbst ihn nach wechselnden Moden, und alles Biographische, wenn es nicht seinerseits zu einer Form von autobiographischer Schöpfung fand, vergißt sich schnell. Im Falle des Genies mag das Oeuvre die Vita zurückholen – im Sinn einer freilich sehr unzulänglichen oder auch mystifizierenden Rekonstruktion von möglichen Voraussetzungen: Marcel Prousts Kindheitsfahrten rund um den Kirchturm von »Combray«, James Joyce inmitten der Straßengerüche von Dublin. Doch nicht wirklich entscheidend sind solche Erfahrungen, die jedermann gemacht haben dürfte, wenn es darum geht, das Unfaßbare biographisch zu umkleiden: den Übersprung von den Tatsachen in den Mehrwert ästhetisch verarbeiteter Unvergänglichkeit.

Die Kunst ist alles, das Leben ist nichts, es mag allenfalls eine letztlich diffuse Funktion für jene beanspruchen. Daß unser Bedürfnis nach den vitalen Vorgaben nicht abstirbt, hat mit einer tiefliegenden Irritation zu tun. Sie will eine Art von Erklärung für diese Differenz, die das Leben, das oftmals kein besonderes war, in die Kunst sublimierte. Hier gab es offenbar Arbeit, die mehr als Arbeit war, hier gab es die uns allen bekannten Banalitäten, die irgendwie – aber eben: wie? – überwunden und ausgeschöpft wurden. Der leidende, sich körperlich und seelisch verzehrende Künstler hätte unter der Lupe der Neugier wenigstens den Vorteil auch des Lebensstigmas gehabt – einen Vorsprung an »Echtheit«, der zwar sein wahres Wirken noch keineswegs verständlich machte, doch wenigstens den Preis dafür markierte. Hätten *wir* dies alles auf uns nehmen wollen: die trostlosen Dachkammern von Paris, die Schützengräben des Ersten Weltkriegs, kaltherzige Gläubiger oder die quälerische Einsamkeit einer deutschen Heide? Plötzlich leitet sich das Produkt von den allzu konkreten »Orten« seiner Herstellung ab, was sich als nicht ganz falsch, doch als allzu menschlich erweist.

Viel mehr aber beunruhigt das ruhige, das unauffällige, das weder üppige noch darbende Leben des Künstlers. Seit der Romantik und also auch gegen Goethe wäre es für den Autor selbst oft mehr noch als für dessen Biographen das vom Genie unberührte und deshalb unfruchtbare Leben gewesen. So trug Nietzsches späterer Haß auf Richard Wagner das Doppelgesicht von selbstbewußter Überhobenheit und jener Mißgunst, die doch das eigene Philosophieren der Philisterwelt fortwährend austreiben wollte. Es war etwas mächtig Störendes, daß der andere immer mehr im Pomp der Lebenssättigung versank, und nun stärkte sich der Verdacht, daß es mit dem Komponisten so weit nicht her sein konnte und durfte. Auch deshalb überlistete sich der Kritiker selbst mit seiner nachgetragenen Begeisterung für Georges Bizet.

Der Künstler als Bürger und Großbürger? Das legt, wenn er selbst einer ist und sogar sein will, eine Schicht von Zweifel ins Bewußtsein seiner Erwähltheit. Und sei es nur im Wissen, daß er sich ans Äußere und Äußerliche verschwendet, was selbst die vertretbare Sache eines politischen Engagements betrifft; er lebt nicht nur als *bourgeois*, sondern, für alle Welt sichtbar, als *citoyen*. Es sei denn, er hätte schon mehr oder weniger von Anfang an gewußt, daß die ganze bürgerliche Pracht schließlich unter dem ästhetischen Blick die Gestalt einer Flora und Fauna schöner und schrecklicher »Naturgeschichte« des Menschen und des Menschen Möglichen werden würde. Doch diese Musengunst blieb für das 20. Jahrhundert einzig Proust vorbehalten.

Daß sich der Künstler verschwenden und ausgießen müsse, daß er fortlaufend im erschöpfenden Austausch mit sich und der Welt zu wirken habe, hat eine lange und ergiebige appellative Tradition. Wer sich verschenkt, verschenkt mit sich selber auch sein Höheres, eine ausgezeichnete Trägerschaft. Aber es ist, nur scheinbar paradox, auch bürgerlichem Vorurteil die Meinung entsprungen, der bürgerliche Künstler könne ein wahrer Künstler nicht sein. Darum soll es im Folgenden bloß insofern gehen, als der bürgerliche Schriftsteller im ausgezeichnetesten Sinne dieses Thema einer wie immer genauer zu bestimmenden »Defizienz« buchstäblich zu seiner Lebensmelodie gemacht hat. Als Komponist, Interpret und Kritiker einer unheimlichen Diätetik des eigenen Daseins tritt Thomas Mann in Erscheinung, und dies ist es mindestens so sehr wie sein literarischer Stoff, was ihn bis zum Ende nicht losläßt.

Indessen ist dieses bürgerliche Leben kein gleich-gültiges Leben. Es ist sich, im Gegenteil, seiner selbst zuhöchst inne, es kennt von Kindheit an die Besonderungen, die Annehmlichkeiten, den Stil. Auf der andern Seite aber und in wiederkehrenden Phantasien geistert die Drohung des Falls. Denn solche »Bürgerlichkeit« ist nicht einfach garantiert. Schon für die Ära der Gründerzeit ist mit Untergängen und finanziellen Katastrophen zu rechnen, und es ist ein vielschichtiges Symptom für die Befindlichkeit des Künstlers wie des Menschen, daß sein erstes episches Meisterwerk den »Verfall einer Familie« über die Intimitäten der *dramatis personae* hinaus vor den Horizont der bürgerlichen Gesellschaft stellt. Deren Gegenspieler wird allerdings niemals der politische Revolutionär oder gar der ziellos agierende Anarchist sein dürfen: es kann, wenn das Milieu so hartnäckig festgeschrieben ist, nur der Hochstapler sein, der ihr, immer zum eigenen Vorteil, subversiv antwortet.

Felix Krull – oder eben auch Thomas Mann. Was der große Dichter nach außen hin zu erkennen gibt, verdankt sich einer sorgfältigen, manchmal windungsreichen und gelegentlich anstrengenden Regie, deren »Technik« freilich wie jene des Virtuosen als Selbstverständlichkeit wahrgenommen werden soll. Alles andere wäre, einem häufig verwendeten Wort gemäß, unschicklich. Mag dieser Künstler sich einmal im Licht des Genies sonnen, dann wieder und mit Schmerzen den Mangel an Authentizität beklagen, der Öffentlichkeit muß es verborgen bleiben. Da aber, wo das Innere verhandelt wird und vor den Spiegel des Selbstgesprächs gelangt, da zeigen sich die Lebensstürme, da ist ein Hin und Her zwischen Aufwand und Gewinn, zwischen Hoffnung und Verdruß, zwischen Liebe und Illusion. Und am Ende, nachdem die Werke eingebracht und abgebucht sind, nagt noch der Verdacht, daß schließlich das Nichts über jeden möglichen »Sinn« triumphieren könnte.

Wir wissen um diesen Zwiespalt, weil ihn die Tagebücher verzeichnen. Sie allein sind der Ort des Prüfens und Messens. Sie allein geben das Zeugnis einer beinah rückhaltlosen Offenheit im Umgang mit der eigenen Existenz. Von Tag zu Tag: das ist der Rhythmus, der durchzuhalten ist, nicht selten gegen den Widerstand, welchen die vielen »Peinlichkeiten« provozieren. Doch der Zwang zur Bilanz überwindet die Bedenken. Einerseits steht dahinter die Überzeugung, daß die Vita einen bedeutenden Reichtum angezogen hat – das Außergewöhnliche neben dem Banalen, das Erhabene neben dem Skurrilen, den Ernst der Arbeit neben dem Vergnügen am Luxus. Anderseits spürt sich der Diarist dabei selbst: er ist, wie sonst selten, bei sich – im stillen Medium seiner Egomanie.

Und er muß, der Veranlagung nach, niemals so weit gehen wie der halb bewunderte, halb bedauerte Rousseau, damit er das Erlebnis der Lebensdeutlichkeit erhält. Dies war doch von früh an sein Argwohn – die literarischen Werke könnten zu sehr nur Produkte eines letztlich etwas kühlen Kalküls sein; Testate der ironischen und ironisierenden Distanz, die mit *ihm* »zu wenig« zu tun hätten. Schreibt er am Tagebuch, so verflüchtigt sich der Vorwurf, denn da spinnt sich der Monolog über Tausende von Seiten fort: *er* ist allgegenwärtig, sogar so deutlich präsent, daß er sich eines Tages dazu entschließt, einen Teil des Journals zu vernichten – aus Furcht vor unliebsamen »Entdeckungen«.

Thomas Mann ist sich denn bewußt, was er tut, wenn er ein Diarium führt. Er verfaßt, neben allem weiteren, ein zweites Hauptwerk. Er mag dabei dies und jenes beschönigen, tiefste Geheimnisse verschweigen, das eine oder andere als sein eigener Erzähler stilisieren – er nimmt sich selber wahr. Der Künstler des Tagebuchs porträtiert den Menschen und den Künstler der Romane, der Novellen, der Essays, der Reden. Er porträtiert die Seinen. Er zeichnet das Bild der Zeit, in der er sich – nicht immer ganz souverän – bewegt. Und er erfüllt so eine Aufgabe, die er sich gestellt hat. – Am 3. April 1920 hieß es bereits: »In Feldafing hatte ich Stunden, wo ich die beiden Romane als spielerisch empfand im Vergleich mit dem wahren, dem Lebensstoff der großen Geschichte von Heinrich, mir, Lula und Carla. Vikko wäre eine heitere Figur. Mama sehr menschlich. Auch die Familie Pr. müßte hinein. Es könnte, mit Ernst und Wahrheit durchgeführt, ein Epos à la Tolstoi werden. Mein Traum ist, später, in dem Jahrzehnt zwischen 50 und 60 die Kraft zu haben, es zu schreiben.«

Nicht just in dieser, wohl aber in verwandter Weise holt das Journal seinen Traum ein: als das merkwürdige Echo von Lebensmomenten und epischen Dehnungen, da das Ganze die »Wahrheit« aussprechen soll. Nicht einmal die Kraft zum Monumentalentwurf ist gefordert; es genügt die Beharrlichkeit, über Jahrzehnte nichts zu verschenken. Thomas Mann muß, für einmal, kein Erfinder sein. Die Registratur dessen, was beinah stündlich zufällt, akkumuliert den Lebensstoff als einen zugleich ersehnten und gefürchteten Besitz.

Und so, zur literarischen Ordnung gebracht, wird er ein Stück Unvergänglichkeit. Was sich der Dichter für Richard Wagner gewünscht hätte – das Diarium über eine wechselvolle und nicht ganz unbedenkliche Biographie –, erfüllt er sich selbst. Beinah im nämlichen Sinn: der ergänzenden Korrektur von Aura, welche ein Werk in die Welt setzt. Denn das Tagebuch als das »Gegenwerk« offenbart nun »Leiden und Größe« in der Größe des Leidens, worüber nicht allzu unglücklich sein kann, wer wie Thomas Mann stets ein wenig damit haderte, derselben Welt die volle Wahrheit vorenthalten zu haben.

Schon um das Jahr 1894 hatte er seinem ersten Notizbuch ein türkisches Sprichwort anvertraut, das zum Leitmotiv der »Buddenbrooks« avancieren sollte. Mit der Hinterlassenschaft des Journals hätte er's jedoch auf hintersinnige Art und nochmals aufgehoben. Das Sprichwort lautet: »Wenn das Haus fertig ist, so kommt der Tod.«

I.
Bürgerliche Existenz

»Lob der Vergänglichkeit« ist ein kurzer Text überschrieben, den Thomas Mann im Jahr 1952 verfaßt. Und wie es sich ziemt, wenn die auslaufende Lebenszeit reflektiert wird, soll von ihr gerade nicht die Rede sein. Der Autor spannt den Kosmos auf, vor dem das Dasein der Erde als »Episode« bestehe. Freilich ist die Erde zugleich der Ort, der aus der Zeitlosigkeit des Weltalls herausspringt: indem die »Schöpfung« mit dem Menschen ein Wesen gesetzt hat, das die »Beseeltheit des Seins von Vergänglichkeit« erkennt – nicht in existentieller Verzweiflung, sondern mit dem Willen zur Tat. Zumal der Künstler komprimiert die Zeit zum Raum von »Unvergänglichem«. So hätte er in stiller Abgeschiedenheit dem »Riesengetümmel des Kosmos« zum Trotz das Leben hienieden bestärkt.[1]

Den Schriftsteller aus dem Bürgertum mag es denn immer wieder einmal in die Welt hinausziehen, natürlich nach »Arkadien«, wo die Früchte von Bildung und anderer Verführung tief hängen, auch nach Frankreich oder, mit ruhigem und niemals nachlassendem Behagen, in die Schweiz, wo ihm alles so wohlgeordnet und berechenbar entgegenkommt. Doch letztlich lebt er, darin dem verehrten Fontane verwandt, das Interieur. Im Gehäuse einer die Lebensgegenstände bergenden und sammelnden »Einrichtung«, im Eigengeruch der Flure und Zimmer, zwischen den Memorabilia und den Trophäen des Komforts genießt er die Bedingungen der schöpferischen Askese. Mit jedem Höhlenausgang verbindet sich ein mögliches Abenteuer, und sei es im Mißmut mangelnder Bequemlichkeit. Jede Höhlenrückkehr verschafft Erleichterung, das von ihm selbst gelobte

Dach überm Kopf. – Als sich Thomas Mann, schon längst zur Berühmtheit geworden, eine Antwort auf die Frage nach seiner Arbeitsweise einfallen läßt, zitiert er für die Tageszeit das Vorbild Goethes. »Meine Arbeitszeit ist vormittags, morgens. Ich liebe das Wort Goethe's : ›Tag vor dem Tage, göttlich werde du verehrt! Denn aller Fleiß, der männlich-schätzenswerte, ist morgendlich.‹« Da klingt denn, auch wenn es der Realität seines Rhythmus keineswegs immer entspricht, zugleich noch das Pflichtethos des Kapitalismus an. Für den Ort, für den Tatort des Künstlers aber heißt es durchaus wahrheitsgemäß: »Ich bin gewohnt, im Zimmer zu arbeiten. Offener Himmel, meine ich, zerstreut die Gedanken. Im Sommer brauche ich wenigstens die Decke einer Veranda, eines Gartenhauses über dem Kopf, ein Gehäuse, das, sozusagen, die Atmosphäre des Werkes schützt.«[2] Kein anderer hätte, so von sich selber berichtend, Dürers Inbild des Hieronymus in der Klause besser nachempfunden.

Jedes Werk ist der Lebenszeit abgerungen. Aber nicht jedes Werk bedarf des bürgerlichen Futterals zu seiner Genese. Und endlich kennt der poeta doctus, der Thomas Mann bei manchem Widerwillen gegen Forschung und Gelehrsamkeit doch *auch* ist, bei aller Häuslichkeit das Unbehagen in der Kultur: als jene Grenzlinie, die der Artist und »Zauberer« zu überschreiten gezwungen ist. Wo überschreitet er sie? In seinen Stoffen, von Fall zu Fall; im »Zauberberg« mit dem Vorbehalt Settembrinis gegen den schwarzen Fanatismus seines Widerparts, im »Doktor Faustus« mit der rahmenden Sicherung, die der liebenswürdig harmlose Chronist dem Genieschicksal liefert, in den späten Fortsetzungen des »Felix Krull«, dessen Szenario von Laszivität allerdings den Autor selber am Ende, kurz vor der Publikation, zu beunruhigen beginnt. Das Werk, wie sehr auch in geschützter und mit allen Annehmlichkeiten versehener Werkstatt verfaßt, könnte als »unschicklich« erfahren werden. »Laszivität und moralisierende Unmoral werden in der Welt nicht anklingen und unschicklich gefunden werden.«[3] Erst der rasche und große Erfolg zerstreut die Bedenken, und als dem darin längst Verwöhnten ein bisher nie gekannter Reichtum zuströmt, ist das Thema abgebucht. Noch da jedoch hat sich der Bürger als Repräsentant dieser »Welt« gesorgt, daß der Künstler die Grenze allzusehr überschritten hätte: eine Linie allerdings, die er selbst definiert hatte.

Von solcher Sorge wissen wir nur, weil sie das Tagebuch vermerkt. Es bildet denn die Nacht- und Schattenseite eines Daseins, das tatsächlich in allem anderen und noch im Werk zu stolzer und unberührbarer Kenntlichkeit gelangen will. Es unterläuft und konterkariert dieses Dasein, indem es manchmal bestätigend, häufiger zweifelnd und verzweifelnd die äußere mit der inneren Existenz zusammenspannt. Es ist der Ort der Tröstung und der Buße, es ist die genaue, doch keineswegs bloß aufrichtige Abrechnung mit dem Leben von den Jahren über die Stunden bis zu den Minuten. Und vor allem: es muß sein. Denn hier und nur hier erhält der vitale Trieb wider die Erscheinung des großen Schriftstellers jene Fassung, die der bürgerlichen Sehnsucht nach der Authentizität von Schöpfertum am nächsten kommt. – Alles, was nach der Novelle von »Tonio Kröger« kam, habe mit seiner eigenen Befindlichkeit im Grunde nichts mehr zu tun gehabt.[4] Wer so entschieden auf die Abwehr einer »referentiellen« Lektüre seiner Texte bedacht ist, hat sich die Rolle des Demiurgen zugelegt, der aus dem Nichts seiner selbst das Erzählte hervorgehen läßt, um es später – wie es wiederum das Tagebuch bezeugt – mit befriedigtem Staunen als ein irgendwie Fremdes, aber durchaus nicht etwa Fremdgewordenes zur Kenntnis zu nehmen.

Natürlich bleibt er der Urheber. Schon die Stoffe und Motive hätten ihm, wenn es überhaupt nötig gewesen wäre, die Idee eines »mystischen« Diktats verwehrt: daß er als Medium oder »Schreibwesen« die Dinge zur Literatur brachte wie der halb verehrte, halb ihm rätselhaft unzugängliche Franz Kafka. Er steht für sein Werk ein. Doch soll es, ein wenig nach bürgerlicher Anschauung, ein Produkt aus Inspiration und hartnäckiger Arbeit sein, dessen Gewinne sich selber tragen und dessen Gelingen und Wunder zur voreiligen Identifikation mit der Vita des Verfassers weniger einladen sollen, als daß sie dessen – ja: weltmännische Unabhängigkeit ihm gestatten. »Leiden und Größe der Meister«, das träfe auch Thomas Mann. Doch nach außen, in die Gesellschaft hinein, wäre es Größe und Diskretion.

Und diese gelegentlich schon mit Vergnügen und Hinterlist geübte Diskretion regiert sogar sein Tagebuch. Einerseits im Akt des Vernichtens jener Hefte, die denn doch allzu offen und zunächst nur dem eigenen Wiederlesen die liebende und also leidende Seele spiegelten; anderseits beim Schreiben dessen, was der Nachwelt zur Einsichtnahme verblieb. Was wir besitzen, betrifft die Jahre vom 11. September 1918 bis zum 1. Dezember 1921, dann fortlaufend die verbleibende Lebenszeit vom 15. März 1933 bis zum 29. Juli 1955, mit dem abschließenden, zwei Wochen vor dem Tod verfaßten Notat aus dem Zürcher Kantonsspital. »Lasse mir's im Unklaren, wie lange dies Dasein währen wird. Langsam wird es sich lichten. Soll heute etwas im Stuhl sitzen. – Verdauungssorgen und Plagen.« (X, 361). – Nein, der Diarist seiner minuziös registrierten Vita webt nicht den Text der rückhaltlosen Offenheit – schon deshalb nicht, weil er, der Größe immer bewußt, dessen Publikation trotz allen Intimitäten stets in Erwägung zieht. Weiter aber ist es die auch für die Romane und Novellen sorgsam verinnerlichte Scham, die als Hüterin »letzter« Geheimnisse verschweigen muß, was zum reinsten *journal intime* schließlich gehörte. So mag er sich manchmal mit Blick auf das Werk selber etwas altmodisch vorkommen, als ein Spätling, der mit den jüngeren Zeitgenossen weder mithalten kann, noch konkurrieren will. Und wo es um das Tagebuch geht, bleibt eine wiederum bürgerliche Façon von Anstand zu wahren. Das war es doch, was ihm bei André Gide, dem in vielem anderem verwandten Geist, als er es lesen konnte, so unangenehm aufstieß. Gide sei bei der Darstellung seines Trieblebens viel zu weit gegangen.[5]

Doch um welche Art von Rechenschaft und Selbstbesinnung geht es Thomas Mann? Welchen Motiven, welchen Hoffnungen entspringt dieses Konvolut von schließlich weit mehr als viertausend erhaltenen Druckseiten? Schon im Frühling 1933 ist er, er weiß es selber noch kaum mit letzter Deutlichkeit, der Vertriebene. Könnte es dem Emigranten, wo er doch zeit seines Lebens, besonders aber in Amerika, schon aus Stilgründen die Zugehörigkeit zum »Exil« höchst widerwillig anerkennt, gleichwohl gelingen, alles beim alten zu lassen? Wenigstens für die Lebensführung von Tag zu Tag jene kontinuierliche Melodie zu entfalten, wie er sie seit der Münchner Bürgerlichkeit im Haus an der Poschingerstraße glanzvoll entwickelt hatte? Denn wo er der Bourgeois ist und nicht (mehr) der Entschlossenheit markierende reaktionäre Citoyen der »Betrachtungen eines Unpolitischen«, wo er sich installiert hat mit den vielen Ritualen komfortabler Eingewöhnung in *seinen* Stil, da ist die Buchhaltung fürs Tagebuch die Bestätigung des Erreichten. Sie ist der Ausweis und Nachweis des Gelungenen und Vollbrachten – gerade wenn auf künstlerischem Gebiet so vieles noch zu leisten wäre, dessen geglückter Ausgang niemals zum vornherein feststehen kann. – Also ist alles nicht so schlimm, als er am 15. März 1933 in einem langen Eintrag aus Arosa die Notwendigkeit seines Abschieds von Deutschland vermeldet, der zunächst ja nur als Reise geplant gewesen war. Auch die Tochter Erika ist in dem Kurort eingetroffen, was der Vater zu den »Sonnigkeiten« zählt, und sie hat ihm das Manuskript des dritten Bandes des »Joseph«-Romans nebst den Materialien dazu mitgebracht.

Das Glück, für ihn selber sein »charakteristisches« Glück,

steckt im Zufall: daß er nämlich bei Ausbruch der Katastrophe »auswärts« war. Aber zu diesem Glück gesellt sich das Behagen in der Schweiz, die ihm schon hier eine zweite und im ganzen unverfängliche Heimat wird, und als ihm Hermann Hesse in heiterer Tessiner Landschaft die Besserung seines Aussehens bestätigt, gerät ihm die »Versteiftheit meiner 58 Jahre« allmählich in den Hintergrund. Nun stört nur noch – und dem Diarium erstmals anvertraut – die allerdings sehr ideelle Mitgesellschaft derer, die auch »draußen« sind, »dieser Kerr, Tucholski etc.«. (II, 32) Die wirkliche Beunruhigung liegt viel näher. Sie gilt dem verstohlen gehandhabten Gut seiner bisherigen Tagebücher. Denn der Koffer mit dem persönlichsten Material überhaupt wird vermißt, bereits vermutet er »mörderische Tücke« von seiten der Münchner Behörden, einen Anschlag gegen die Geheimnisse seines Lebens, woraus »Furchtbares, ja Tötliches« geschehen könne. Erst am 19. Mai 1933 kann das Tagebuch die Ankunft des Gepäckstücks registrieren, als er bereits in dem südfranzösischen Bandol weilt. Tags darauf scheint die Sache, die er ihrem so belastenden Inhalt nach selbst für das Diarium nicht charakterisiert, abgeschlossen. ».... revidierte dann noch längere Zeit den Inhalt des Handkoffers, was mich anstrengte und erregte. Trotz Phanodorm nicht recht zulänglich geschlafen.« (II, 89)

Was es denn gewesen wäre, könnte durch ergänzende Vermutungen in Rücksicht auf jene sporadischen Andeutungen wohl erschlossen werden, die Thomas Mann über seine restliche Lebenszeit im Journal bei Gelegenheit ausstreute: Politisches einerseits im Hin und Her von Zustimmung und Ablehnung dessen, was sich an »Bewegung« in Deutschland seit den zwanziger Jahren anbahnte. Und anderseits der homoerotische Trieb – der der Selbstzensur des Chronisten seit dem Jahr 1933 wohl nur deshalb nicht unterlag, weil es an realen Abenteuern nichts zu melden gab: fortan mußten scheue, auch einmal direktere Blicke auf das

Unerreichbare genügen; oder es war, durch Erinnerungen angestoßen, die Nostalgie auf all das zu skizzieren, was der Handkoffer eben an Erlebnissen mitgetragen hätte. – Nur ein einziges Mal zeigt so die Bagage des reisenden Großbürgers ihre gefährliche Seite. Zwischen den Utensilien des täglichen Gebrauchs, neben jenen Erleichterungen, die er liebevoll für die Minuzien der Behaglichkeit gruppiert, schlummern, ihm selbst erregend, die Testate eines zweiten, doch für die Öffentlichkeit verbotenen, ja unmöglichen Lebens. Die Angst, die daraus entsprang, wird ihm eine Lehre sein. Er wird sich ihrer erinnert haben, als er im amerikanischen Exil darangehen wird, die Hefte zu vernichten. Am 21. Mai 1945 soll es dann lakonisch heißen: »... alte Tagebücher vernichtet in Ausführung eines längst gehegten Vorsatzes. Verbrennung im Ofen draußen.«

Doch zunächst hat er noch andere, auch banalere Probleme. Was ihm Südfrankreich zu bieten habe, sei schäbig, wackelig, unkomfortabel und unter seinem Lebensniveau. Freilich käme die Rückkehr nach Deutschland niemals in Frage: schließlich kehrte er als ein Fremder zurück, der sich nicht zu benehmen wüßte. »Wunderliches Erlebnis, daß einem, während man gerade draußen ist, sein Land irgendwohin davonläuft, sodaß man es nicht wiedergewinnen kann.« (II, 93) Das ist nun ganz in den Kategorien der Lebenswelt gedacht und wehrt die Kategorien des Politischen – noch – ab. Es ist der *bourgeois,* der sich um die Prämie seines »Orts« geprellt fühlt, und es ist auch konsequent, daß und wie er sich über den Verlust äußert. Nicht er ist davongelaufen, sondern sein Land hat ihm den Rücken gekehrt. Es wird nach dem Jahr 1945 vieler und nicht immer erfolgreicher Bemühungen Deutschlands bedürfen, den berühmten Schriftsteller so wenigstens zu kürzeren Besuchen zu verlocken, daß er das Gefühl der korrekten Richtung von Annäherung haben kann: das Land kommt wieder auf ihn zu; niemals darf es umgekehrt sein.

Und ähnlich konsequent konzentriert er sich fortan einmal auf die eigene Existenz. Obwohl er doch just daran ist, mit der Arbeit am »Joseph« ein bedeutendes Menschheitsepos zu schaffen, welches die Grundkonstellationen des Humanen vom Mythos her ins »Familiäre« transponieren soll und darin, vorübergehend, auch den Abschied von den Erzählstoffen der bürgerlichen Ambience markiert, will er das Philosophieren über das Allgemeine im Schicksal des Besonderen für *sein* Schicksal nicht gelten lassen. Was zur Stunde in Europa geschehe, sei nicht zu begreifen, das Allgemeine sei nicht zu enträtseln, es sei fast besser, »nur nach dem eigenen individuellen Schicksal zu fragen, dessen Grundcharakter sich wohl irgendwie durchsetzen wird«. Und nur ein dunkler Zusatz meint den Verdacht des Egoismus abzuwehren, wenn er einschränkend hinzufügt: »... wiewohl in meinen Gedanken über mich seit Einigem schon das Wort Goethes eine Rolle spielt: ›Der Mensch muß wieder ruiniert werden.‹« (II, 96f.) Fortan achtet er immer mehr auf seine Diätetik, auf die Störungen und Hinfälligkeiten des Körpers, auf die leibliche Kondition als Bedingung nicht nur der gelingenden Autorschaft, vielmehr auch der seelischen Ausgeglichenheit. Penibel vermerkt er die Zufuhr seiner Medikamente und deren manchmal befriedigende, manchmal unzulängliche Wirkung. Am 1. Juni 1933 stellt er in Bandol erleichtert fest: »Tief und vorzüglich geschlafen mit Hülfe der ›Kombination‹.«

Drei Jahre vorher war bei einer Münchner Rede des dortigen Rotary-Clubs der Grundverfassung von »Bürgerlichkeit« zu gedenken gewesen. Bürgerlichkeit, so hieß es damals, entspreche dem »geheiligten« Wort der Humanität. Dieser wiederum sei, zumal in einer Welt der »wilden Entschlossenheiten«, die geistige Haltung der Skepsis und Selbstskepsis verwandt. Solches habe eine französische Zeitung verstanden, als sie feststellte, daß mit der Nobel-Auszeichnung etwas Allgemeineres als nur die Person und das

Werk gemeint gewesen sei, nämlich »la pensée bourgeoise«. Die spezifisch deutsche Fassung von Bürgerlichkeit aber sei jene des Erasmus gegenüber den Fanatismen seiner Zeit und besonders die Haltung, die Goethe im großartigsten Stil praktiziert habe. In dieser Linie verstehe auch er sich mit seinem bescheidenen Lebenswerk.[6] – Daran will und daran muß er festhalten auch im Exil. Und besonders die Figur des Erasmus, dessen Widerpart ihm geschichtlich Martin Luther, zeitgeschichtlich allerdings und in prekärer Verlängerung von Luthers fanatisierender Wirkung dann Hitler abgibt, bleibt ihm ein Stück rettenden Leitbilds bis zuletzt – bis in das späteste, doch nicht mehr realisierte literarische Projekt einer historischen Erzählung, die um den Humanisten gegen den Reformator zu kreisen gehabt hätte.

Natürlich täuscht der in Südfrankreich beschlossene Verzicht auf das »Allgemeine«, und in mehrfacher Hinsicht. Als er dort unterm mangelnden Komfort mit seiner Lebensmüdigkeit hadert – »im Gegensatz zu den metaphysischen Hoffnungen und Sehnsüchten meiner Jugend« –, darf das mögliche Ende denn doch nicht nur die eigene »Individuation«, sondern darüber hinaus »das Ganze« meinen. Der Sinn des Wortes »lebensmüde« sei nicht persönlich aufzufassen, er sei »umfassend«. (II, 121) – Das Ganze? Sähe wohl die Epoche, und es sähe sie vielleicht schon seit dem Knistern im Gebälk der »Buddenbrooks«. So einfach kann es sich der Humanist der vielfachen Verantwortlichkeiten allerdings nicht machen. Schon eine Woche nach der Bekanntgabe seines *morbus vitae* reißt ihn eine Zuschrift von Anna Jacobson in die Bürgerpflichten des potentiellen *citoyen* zurück. Er notiert den entscheidenden Satz ganz lakonisch, und im kommentarlosen Zitat verschwindet – noch – das nicht unbelastete Schlüsselwort. »Daß Sie als Künstler und Mensch immer noch als Führer des geistigen Deutschtums gelten.« (II, 124) Mag »das Ganze«, mitsamt dem Aspekt des eigenen Alterns, in die Richtung des Untergangs ziehen, so soll es gleichwohl *auch* Hoffnungen geben, wozu nicht nur die allzu vage Rolle geistiger Führerschaft gegen den deutschen Ungeist zu zählen wäre; er selbst rechnet mit der Chance des politischen Umsturzes und ist, müde oder nicht, kaum überrascht zu hören, daß in der Berliner Arbeiterschaft die Idee zirkuliere, ihn als Anwärter auf die Reichspräsidentschaft aufzustellen.

Erst die Nachricht über die Beschlagnahme des Münchner Poschingerhauses rückt die Perspektive auf die Realitäten wieder ein wenig zurecht. Er habe achtzehn Jahre dort gelebt, klagt er. Die Dinge, die er noch zu entfernen hoffte – »Flügel, Frigidaire, Tischwäsche, tägliches Silber etc.« –, seien verloren. Es sei ein Kummer »um alles Gute, womit wir es noch neuerdings ausgestattet, die Lüster, Borden und Wandbespannungen, die Sammtsessel der Diele, die Teppiche.« (II, 159) Da wird das Journal zum Kontor der Abschreibungen, welche der Repräsentant des einst so leuchtenden München nicht nur als Privatmann hinzunehmen hat: es ist ihm ein Stück seiner Aura geraubt worden, und nur vor dieser schließlich in gewisser Weise öffentlich betriebenen Kränkung kann das weitere Bemühen ganz verstehbar sein, das zuerst in der Schweiz, dann in Amerika und zuletzt nochmals am Zürichsee die Rekonstruktion seiner jedem Gast wahrnehmbaren Bürgerlichkeit betreibt. Stilfragen sind ihm immer Lebensfragen – noch in der bedenklichen Glosse des Tagebuchs, die der Ermordung Theodor Lessings, eines von Thomas Mann wenig geschätzten Autors, nachsinnt. Ihm grause vor einem solchen Ende, »nicht weil es das Ende, sondern weil es so elend ist und einem Lessing anstehen mag, aber nicht mir«. (II, 165)[7]

Erleichterung kommt schon, als er das südfranzösische Zwischenspiel endlich abschließen kann und am 23. September 1933 die Ankunft in Zürich vermelden darf. Das »elegante Haus« in Küsnacht gewährt ihm den Eindruck, daß sich am Charakter seines Daseins eigentlich nichts geändert habe. Jetzt aber nagt am Gewissen die Rechtmäßigkeit der »moralischen« Lebensführung. Er weiß nämlich nur zu gut, daß er seit längerem ein Wort gegen die neuen Machthaber Deutschlands hätte sprechen sollen. Daß er es bisher unterließ, hat verschiedene Gründe – einerseits der Selbsterhaltung dessen, der sich auch im Ausland, nicht ganz zu Unrecht, von den Häschern bedroht fühlt, anderseits der Absicherung des Autors, der im Dritten Reich noch immer publiziert wird, was durchaus auch dem Wunsch seines Verlegers entspricht. Nun legitimiert er diese Position mit einem seltsamen Argument. Zwar sei es verständlich, daß das »vergewaltigte Innerdeutschtum« von denen, an welchen es hänge, eine »Charakterbekundung« erheische; doch könne es sich »auch wieder« verraten fühlen, wenn man sich ganz von ihm trenne. Also beruhigt er sich durch die von ihm selber entworfene Dialektik. »Mein Außensein in Verbindung mit der Ermöglichung des Erscheinens meiner Bücher in Deutschland stellt vielleicht die Versöhnung dieses Widerspruchs dar.« (II, 210)

Die Folgen des Selbstbeschwichtigungsversuchs lassen nicht auf sich warten. Bald ist wieder »eine Art von seelischer Wurzelhautentzündung« zu diagnostizieren, und die Schuld verschiebt sich rasch vom ungenügenden Interieur bis auf die meteorologische Großwetterlage. »Das Eßzimmer beengt mich und verdirbt mir die Mahlzeiten. Vielleicht ist das trübe, kalte Wetter mitschuldig.« (II, 241) – Als Motivsplitter mäandert dieses »vielleicht« wie ein Entlastungszeuge durch den Text des Tagebuchs, dem allerdings nicht ganz zu trauen wäre. Es gehört zu den Strategien der Selbstüberlistung, wie denn in unendlichen Wiederholungen das Unheil der Welt sich im häuslichen Leid als überschaubare Größe einrichtet. Bürgerlichkeit ist eben ein schwankender Begriff.

*

Doch in der Verbindung mit einer möglichen Zukunft in der Schweiz darf diese Bürgerlichkeit unter günstigen Konditionen auch ihre gelassene, ja ihre riskante Seite ausfalten. Als der berühmte Handkoffer mit den Diarien früherer Jahre in Südfrankreich eingetroffen war, mochte sein einziger Beschauer nur die Lektüre, nicht aber deren seelische Weiterung notieren. Erst in dem Küsnachter Haus ringt er sich durch zu einem Kommentar, und erstmals redet auch der Stolz über Geschehenes. Er habe sich den alten – gar so alten? – Tagebuchband der Jahre 1927/28 vorgenommen, »geführt in der Zeit des Aufenthaltes von K. H. in unserem Hause und meiner Besuche in Düsseldorf. Ich war tief aufgewühlt, gerührt und ergriffen von dem Rückblick auf dieses Erlebnis, das mir heute einer anderen, stärkeren Lebensepoche anzugehören scheint, und das ich mit Stolz und Dankbarkeit bewahre, weil es die unverhoffte Erfüllung einer Lebenssehnsucht war, das ›Glück‹, wie es im Buche des Menschen, wenn auch nicht der Gewöhnlichkeit, steht, und weil die Erinnerung daran bedeutet: ›Auch ich‹.« – Das Erlebnis mit dem damals siebzehnjährigen Klaus Heuser treibt die Memoria in tiefere Vergangenheiten, ohne daß das homoerotische Verlangen als solches ausdrücklich benannt wäre. Immerhin markiert dieser 24. Januar 1934 für die erhaltenen Diarien die erste nähere Einlassung, auch wenn sie niemals das »gültige« Wort zur Sache zu sein vermag. Noch ist es hier das »Glück«, und es ist das Glück nicht nur der Begegnung und Verführung, sondern auch die Macht der Vitalität. Das neigt sich später und im skeptischen Hin und Her der Buchführung über solchen Besitz zunehmend in die Richtung der enttäuschten Liebe, ja des Illusionären der Liebe überhaupt, dem die Novelle von der »Betrogenen« endlich noch den letzten literarischen Ausdruck verleihen wird.

Die Schweiz schafft Zufriedenheit, nach der privaten Seite so gut wie nach jener der öffentlichen Anerkennung. Er könne zufrieden sein mit seinem Lebensstandard nach der »Wende«, denn er habe sein Bad, sein Automobil, ein schönes Arbeitszimmer und gute Mahlzeiten. Der bewußte Genuß der kleinen und alltäglichen Annehmlichkeiten verstärke die Freude, heißt es im Februar 1934 aus Arosa. Zugleich aber ergeht eine Warnung an dieses Lob des Behagens und der Sinne, denn es könne leicht eine »widerliche Wirkung« hervorbringen. Natürlich muß er sich wiederum des Kontrasts bewußt sein, der zwischen seiner Installation im Exil einerseits und dem Schicksal weniger begünstigter Emigranten wie auch dem Leben in Deutschland anderseits liegt. Allein, das Notat hat noch Ferneres im Auge. Die »Faust-Novelle«, deren Ursprungsidee längst geboren ist[8], wirft ihre Schatten voraus, und bereits imaginiert der künftige Autor des »Doktor Faustus« jenen Kontrast als thematische Herausforderung: hier – und dann in der Namengebung bestätigt – die »kleine«, harmlose Behaglichkeit, aus der heraus Serenus Zeitblom die Erzählung formen wird; dort die gefährliche, mit dem Teufel paktierende Welt von Leverkühn.

Doch kommt es für Thomas Mann schließlich darauf an, daß *er* der Regisseur der einen wie der anderen Sphäre bleibt – der Dirigent, der die Stoffe von Bürgerlichkeit und Genieleben zusammenführt und sich für die eigene Genußfreude damit beruhigen kann, daß diese primär die Umstände fördert, welche die kreative Potenz erheischt. Insofern darf er sich auch immer und wider gegenteilige Versicherungen als Leverkühn betrachten, so ihm die Biographie gleichzeitig gestattet, Bruder Zeitblom zu sein. Auf viel bescheidenerem Niveau bestätigt die Rolle des Artisten für das Publikum eine Tagebuch-Meldung aus Bern. Dort hat er seinen Essay »Leiden und Größe Richard Wagners« vorgelesen, und zwar »mit großer Intensität«. Aber ach: »Dichter Beifall am Schluß, der aber nicht vorhielt, um mich nach dem Abgang in den Saal zurückzurufen, was mich jedesmal kindischer Weise verstimmt.« (II, 305)

Vielleicht, daß die Schweizer weder Wagners Musik noch die Gespanntheit seines Bewunderers ganz verstehen können. Freilich hütet er sich, den Verdacht öffentlich zu machen. Als ihn das Radiostudio Zürich im Oktober 1934 bittet, einige Gedanken zur Schweiz zu äußern, leistet er seinen »Gruß an die Schweiz« vorbehaltlos. Nur jene Stelle, da er in der alemannischen Schweiz eine Art von »Deutschtum außerhalb des Reiches« zu erkennen glaubt, hätte republikanischer Gesinnung ein wenig aufstoßen können. Doch sonst ist alles Preis und Dank; er könne gar nicht sagen, wie sehr ihn das Leben auf helvetischem Grund und Boden freue: »... die wunderschönen Waldspaziergänge, die ich in unserm Küsnacht vor der Türe habe, die Fahrten in meinem kleinen Wagen auf Ihren guten Straßen ...«[9] Schon 1923 hatte er, die Atmosphäre des »Zauberbergs« um die Seite des Dämonischen erleichternd, den »weltweiten Horizont mit den Eigenschaften eines heiteren Luftkurortes« gelobt.[10] Dieses Heitere ist ohne Vergleich, in der Serenität der Landschaft und in der kleinräumigen Anständigkeit bürgerlicher Vergnügungen. Und es ist kein Lippenbekenntnis, wenn er im Jahre 1934 coram publico mitteilt, daß er durchaus erwäge, hier sein Leben und seine Arbeit zu Ende zu bringen. In Lugano erfreut er sich der »guten Geschäfte«, in seinem Küsnachter Haus raucht er »die beste Cigarre meines Lebens«.

Solches muß Thomas Mann nicht mehr lernen. Aber es muß Gelegenheit dafür sein. Etwas anderes ist jene national verankerte und den Repräsentanten als »politische« Figur ansprechende Bürgerlichkeit, die ihm die Schweiz niemals wird zurückerstatten können. Er, der rasch dabei ist, sich das biblische Leiden rhetorisch zu assimilieren, der schon vom »Kalvarienberg« spricht, wo bloß eine Lesereise zu absolvieren ist, gesteht auch die »innere Ablehnung des Märtyrertums« in der Empfindung seiner »persönlichen Unzukömmlichkeit«. Darauf kommt er oft selbst: als der dem eigenen Land Entfremdete. Doch fast schlimmer noch wird es, wenn er Berichte wie den von Ferdinand Lion hören muß. Im Salon des Hotels in Arosa erinnert sich der unglückliche Freund einer Äußerung Gottfried Benns von früher. »›Kennen Sie Thomas Manns Haus in München? Es hat wirklich etwas Goethisches.‹« Folgt ein Gedankenstrich, worauf der Goethe-Erbe seinerseits fortfährt: »Daß ich aus dieser Existenz hinausgedrängt worden, ist ein schwerer Stil- und Schicksalsfehler meines Lebens, mit dem ich, wie es scheint, umsonst fertig zu werden suche, und die Unmöglichkeit seiner Berichtigung und Wiederherstellung, die sich immer wieder aufdrängt, das Ergebnis jeder Prüfung ist, frißt mir am Herzen.« (II, 356) Wenigstens kommt die einzige rettende Replik ungesäumt. Sogleich gibt er Lion die Bogen des »Jungen Joseph« zu lesen.

Die Stilfehler werden von anderen begangen, und die Schicksalsfehler wären, ehrlich genug besehen, eine Art von Widerspruch in sich selbst. Doch muß es nun einmal so sein, daß die Welt nur durch ihn ist, und so er sie als der große »Realist«, der er sein will, virtuos vor den Spiegel führt, sieht er auch in den Verzerrungen das Zerrbild seiner selbst. Auch das berührt die Probleme der bürgerlichen Existenz: ein Bedürfnis nach dem Zusammenklang von Wirklichkeit und Ich im Medium nicht der geschichtlichen Kontingenz, sondern des geschichtlich-selbstverantwortlich Geschaffenen und weiter zu Schaffenden. – Für seine erste Reise nach Amerika im Frühsommer 1934 verzeichnet das Tagebuch wenig Eindrücke. Allerdings ist schon der Anfang falsch gelaufen. Auf dem Dampfer »Volendam« ärgert ihn das Niveau der Tischgenossen, besonders aber die mangelnde Aufmerksamkeit des Kapitäns. »Ich kann mich gewisser Empfindungen der Beschämung angesichts der herrschenden völligen Unbekanntschaft mit meiner Existenz nicht entschlagen.« (II, 434) – Die Witterung für die Symmetrie muß lernen, daß es, später in Amerika, weiterer Bemühungen auch von seiner Seite bedarf, eine Fremdwahrnehmung zu erzeugen, die in der Neuen Welt dennoch nie zur Gänze mit der Eigenwahrnehmung zusammenfallen wird.

Nur, wer so viel erwartet und das Ausbleiben als Beschämung verbucht, hat als seinen bittersten Feind den Selbstzweifel schon lange in sich eingerichtet. Thomas Mann fehlt, um bloß zwei Zeitgenossen heranzuziehn, sowohl die »naive« Einstellung Ernst Jüngers als auch der lyrische Zynismus des Kleinbürgers Gottfried Benn. Das Unheil der beständigen Buchhaltung über »Leiden und Größe« mag im tiefsten aus dem Absolutum der im Innersten und in jeder Hinsicht – sei es das Literarische, sei's das Persönliche – ungesicherten, nicht fest-gestellten Existenz erwachsen. Später, im letzten Lebensjahrzehnt, wird er sich diesem Innersten stellen. Aber für die Normalfälle des Tagebuchs gilt allzuoft als Auslöser der Frage nach »Identität« der Vergleich. – Er vergleicht Hotels und Häuser, den Beifall da und den Beifall dort, er vergleicht die Einkünfte und er vergleicht Kollegen – Jakob Wassermann, Hermann Hesse, Emil Ludwig und fast alle anderen – untereinander und mit sich selbst. Manches, etwa bürgerliche Satisfaktion, ist leichter zu bestimmen. Anderes, zumal der literarische Erfolg, wiese, was er selber weiß, noch post mortem die Tücken jeder Rezeption vor. Nicht für die Ewigkeit der Autorschaft, aber hinsichtlich seiner repräsentativen Statur hilft ihm die Zeit.

Denn dies ist das Paradox seiner einerseits so kränkenden Situation als Emigrant und Exilgänger: daß sie anderseits seine Autorität im Moralischen beständig stärkt. Natürlich hätte er mehr gewollt – doch will er sich unter den gegebenen Umständen noch beklagen? – Als er Ende Januar 1935 aus Wien zurückkehrt, bringt er im Schlafwagen das Thema genau auf den Punkt. Es sei außer Frage, daß dem persönlichen Wachstum der Jahresringe sich ein relatives zugeselle, welches im sinkenden Niveau der Zeit begründet sei. »Moralisch und kulturell gewinnt meinesgleichen bei zunehmender Applanierung etwas einsam Ragendes, und ich verkenne nicht, daß viel von den Huldigungen, die ich auf dieser Reise empfing, auf Rechnung der menschlichen Ehrfurcht vor den Überlebenden einer höheren Epoche kommt.« (III, 25) Im Jahr seines sechzigsten Geburtstages ist diese höhere Epoche, deren Ursprung er wohl schon in der Goethezeit angesetzt hätte, bis zur Unkenntlichkeit entstellt, er wäre mit einigen anderen noch ein Vertreter der Ungleichzeitigkeit im Gleichzeitigen. Daß er aber die Huldigungen nicht in den Bezug zum Werk, vielmehr ins Verhältnis zu seiner überlebenden Persönlichkeit bringt, entspricht einer Verdrängung, die erst noch und dann wiederum unter Qualen aufzuhellen bleibt. Es fiele ihm schwer, nicht nur die biographische Größe, sondern auch die literarische Leistung als etwas Spätes, ja Verspätetes vom Geist und Ungeist der Ära abzuheben. – Jedenfalls denkt er, wenn er die Ehrfurcht des Publikums registriert, im besonderen an seinen Lebensstil, der das Auftreten nach außen verkörpert. Um so heftiger muß er reagieren, als er von der Hochzeit Hermann Görings »mit der Sonnemann« hört. Hier verdankt sich der Stil der »kleinen Leute« einem Raub- und Beutezug auch auf seine Kosten. Peinlich exakt rechnet er dem Tagebuch vor, welche Geldsummen der Potentat für die Gemahlin verschwendet, den Schmuck, die Luxusyacht, das mit Leder ausgeschlagene Flugzeug und, krönender Skandal, »als Zubehör« eine Operngala mit der »Ägyptischen Helena« von Richard Strauss.[11]

Zwei Tage vor dem Sechzigsten geht es wieder um die Buchführung des eigenen Haushalts. Die Artikel und Briefe ergäben nun ein wesentlich anderes Bild als zehn Jahre zuvor. Die Akzente seien feierlicher und ehrerbietiger, eine Art von Sicherung und Verewigung habe eingesetzt. »Die Welt hat sich mit dem bleibenden Charakter dieses Lebens abgefunden und trägt einer geistigen Tatsache Rechnung in Ton und Haltung, die sich in schwankendem Prozeß mit der Zeit, halb gegen ihren Willen, durchgesetzt.« (III, 114) Der 6. Juni 1935 darf in Küsnacht »Sonnenschein« haben. »Immer Öffnen von Telegrammen und Briefen. Festlich bewegtes Herz.« Und doch wieder eine Spur von Bangnis in jener Frage, welche die Antwort – man müßte sagen: die provisorische Antwort – an die öffentlichen Zuwendungen delegiert, das Eigentliche aber in der Schwebe läßt. »Hat dies schwierige Leben sich also gelohnt und war es größer, besser als meine sorgende Bescheidenheit glauben wollte?« (III, 115) – Es ist nicht Koketterie, die ihm hier die Feder lenkt. Es ist tatsächlich Besorgnis: eine Form von innerweltlicher Kapitalisierung zwischen Aufwand und Ertrag, zwischen Opfer und Lohn – mit der irgendwie doch als unschicklich empfundenen Hoffnung auf die Unsterblichkeit nicht nur des Werks, sondern, im gleichen, einer vielleicht exemplarischen Vita.

Weder seine Briefe noch die periodisch verfaßten curricula vitae wollen wirklich Auskunft geben über die Abhängigkeit vom Echo, worin die Welt die Bedeutung des Meisters der eigenen Skepsis zum Trotz auswiese. Erst im Tagebuch bricht dieses Drama auf, und es ist wahrhaftig ein Drama von Tag zu Tag, wie es der gefeierte Konzertsolist, mit dem sich Thomas Mann so gern vergleicht, zu erleiden hat. Die Zauberformel fürs Gelingen hieße: »bestanden«. Doch für die bürgerliche Existenz wäre eben alles zu »bestehen«, der Auftritt des Redners wie die Reise zu Land und zu Meer, die Publikation eines neuen Romans wie ein Besuch beim Friseur. Auch davon gibt das Diarium Zeugnis, in der kaum unterscheidenden Registratur wichtiger und alltäglicher Prüfungen, im unendlich fortgesponnenen Ineinander möglicher und unmöglicher Ereignisse. – Die Amerika-Fahrt vom Sommer 1935 bringt auch und zum ersten Male eine Einladung ins Weiße Haus. »Einladung von Roosevelt ins Weiße Haus zum Dinner am Samstag, en famille, entschieden wichtig«, notiert er. Aber er notiert auch und zuvor und mit Genauigkeit das Flug-Erlebnis von New York nach Washington. »Auffahrt in geheimer Erregung.« Das liest sich, als ob er sich schon vor dem Weißen Haus befände. Aber weiter: »Erfrischung der durch Röhren zugeleiteten Luft in der Höhe. Das Abenteuer bedeutend, aber nicht gerade angenehm. Knisternde Stöße. Ruckweises Höhergehen. Luft in den Ohren. Anwandlungen leichter Übelkeit. Der Niederblick läßt kalt. Zeitungslektüre. Gewöhnung.« (III, 129f.) Dagegen fällt die Begegnung mit Roosevelt deutlich ab; schon deshalb, weil sich die erhoffte Intimität »en famille« als Täuschung erweist: auch »ein paar Damen und ein Knabe im weißen Smoking« sind dabei, und für den Präsidenten stellt er »Energie und Selbstherrlichkeit« fest. Was doch als Reziprozität der Anerkennung bedeutender Männer hätte angelegt sein sollen, ist mißlungen, und es braucht weitere Einladungen, bis seine Person adäquat gewürdigt wird: dann wird er auch wieder der *citoyen* sein, der seine *messages* nach Europa schickt.

Der Selbstzweifel ist das eine, die »Vorbildlichkeit« des Lebens, die ihm in Geburtstagsbriefen viele Schriftstellerkollegen bestätigen, ist das andere. Und für einmal sagt er's ganz offen. »Wie müßte man dies Leben erst bewundern, wenn man es kennte wie ich selbst.« (III, 143) Doch der Satz komprimiert eine – abermals beschwiegene – Dialektik. Ironie ist nicht die irgend wahrnehmbare Stärke des Tagebuchs; hier aber spielt sie auf. Denn allerdings darf man sich wundern, wie er – auch auf Kosten anderer, besonders seiner Frau – mit allen inneren Anfechtungen fertig wird, wogegen Bewunderung eben dies nicht wissen dürfte: zu ihrer Bedingung gehört jenes Geheimnis, das selbst im Diarium nur zögerlich gelüftet wird.

Als ihn in Brunnen am Vierwaldstättersee im September 1935 überraschend Klaus Heuser, der Angebetete früherer Stunden, besucht, betrachtet er den inzwischen Vierundzwanzigjährigen und ringt sich dabei ein »Mein Gott« ab. Nur eine Woche zuvor hat er Heusers gedacht und »die letzte Variation einer Liebe, die wohl nicht mehr aufflammen wird«, gefeiert. Auch da wurde ein Vergleich bemüht. »Seltsam, der glückliche, der belohnte Fünfziger – und damit Schluß. Goethes erotisches Aushalten bis über 70 – ›immer Mädchen‹. Aber in meinem Fall sind wohl die Hemmungen stärker, und man ermüdet früher, selbst abgesehen von Unterschieden der Vitalität.« (III, 174) – Damit nicht genug. Offenbar spinnt er das Thema weiter, sein Verhältnis zur Homoerotik und zu den Frauen, und am 18. September untersucht er die Wirkungen des Weiblichen, die – »allerdings in gezählten Fällen« – am stärksten durch den Gesang auf ihn ausgingen. »... die Psychoanalyse würde sagen: auf Grund des Kindheitseindrucks von Mamas Liedergesang.« Es ist das einzige Mal, daß er in den Tagebüchern zwischen 1933 und 1955 einen Minimalexkurs ins Frühkindliche wagt. Er weiß auch noch nicht, daß er im Jahr darauf in Wien den Festvortrag zu Freuds achtzigstem Geburtstag halten soll. Dort wird er dann wieder ganz der Unbestechliche sein, der über sich selber nichts sagen wird, was die Welt nicht kennen dürfte. – Und nochmals geistert der Goethe-Vergleich zwei Wochen später durch die Blätter des Diariums. Jetzt freilich hat die Hypothese das Liebesmotiv ins rein Ästhetische sublimiert. »Der Blutdruck zu niedrig. Spaßhafter Gedanke, daß, wenn bei meinen Geistesgaben der vitale Antrieb einige Grade stärker wäre, ich ein Groß-Genie wäre.« (III, 181)

*

Ein für amerikanische Leser verfaßter »Lebenslauf« von 1936 beschweigt, wie es sich für ihn ziemt, alle Probleme mit der »Größe«, von den vitalen Trieben nicht zu reden. Die Geburt unter günstigem Planetenstand, die glückliche und gehegte Kindheit, die Idyllen der Sommerferien in Travemünde, die

Zeit des Primaners »als philosophisch-wühlerischer Leitartikler«, das Hochschulstudium in München, die Italienreise, da er die »Buddenbrooks« zu schreiben begann – alles fügt sich in eine stimmige und unanfechtbare Ordnung. Und auch dies: daß er nicht, wie Flaubert, »ein Arbeits-Anachoret« sei, sondern zugleich sich der Familie, der Geselligkeit und Freundschaft, der Zerstreuung und dem Genuß widme, wie er endlich stolz auf seine Kinder sei. Ein Goethe-Zitat soll das Ganz runden und ihm selbst die Bescheidenheit attestieren. »Selten tun wir uns selbst genug; desto tröstlicher ist es, anderen genuggetan zu haben.«[12]

Wäre es denn so einfach gewesen? Hätte sich diese Vita in ihrer fugenlosen Verbindung von Bürgerlichkeit und literarischem Tun nur organisch gegen die Widrigkeiten der Epochenrisse entwickelt? Immerhin hat er im Januar 1936 etwas nachgeholt, was ihn als ein noch nicht absolviertes Pensum schon kurz nach Hitlers Machtergreifung zu bedrükken begann: die öffentlich gemachte Stellungnahme gegen das Regime, die aus dem Kreise der Familie vor allem die Tochter Erika und der Sohn Klaus längst eingefordert hatten. – In einem Artikel der »Neuen Zürcher Zeitung« war deren Feuilleton-Chef Eduard Korrodi gegen eine Bemerkung Leopold Schwarzschilds angetreten, daß sich die gesamte deutsche Literatur mittlerweile im Exil befinde. Thomas Manns erster Tagebuch-Kommentar vom 26. Januar 1936 scheint Korrodi insofern zu folgen, als Schwarzschilds Befund als »unsinnige Behauptung« apostrophiert wird. Doch dann muß sich der Autor der »Buddenbrooks« und des »Zauberbergs« selber angegriffen fühlen: durch Korrodis kecke Polemik, er wüßte nicht *einen* Dichter zu nennen, der aus Deutschland weggegangen sei. Ausgewandert sei vor allem die »Romanindustrie«.[13]

Das kann und das darf er nicht auf sich sitzenlassen. Er, nur ein Verfertiger industrieller Produkte? Aber er tut klug daran, in seinem Brief an die NZZ die Kränkung umzuwandeln in eine Replik, da – man muß schon sagen: endlich – der *citoyen* spricht, der ohne Rücksicht auf mögliche Sanktionen der Diktatur diese in ihrem Bösen und Menschenverachtenden erkennt und verurteilt. Er sei sich, notiert er, der Tragweite des Schrittes bewußt. »Ich habe nach 3 Jahren des Zögerns mein Gewissen und meine feste Überzeugung sprechen lassen. Mein Wort wird nicht ohne Eindruck bleiben.« (III, 250)

So ist es. Und als er im Mai desselben Jahres in Wien »im überfüllten Konzerthaus-Saal« seinen Freud-Vortrag hält, darf er den »brausenden Erfolg« auch so verbuchen, daß der *bourgeois* inzwischen aus dem Gehäuse der abwartenden Vorsicht herausgetreten ist. Der Repräsentant hat Farbe bekannt. Das andere nur wäre: das dadurch nicht etwa behobene, sondern eher noch geförderte Unbehagen abermals des im Grunde seines Herzens unpolitischen Bürgers, dem es bis zum Tod mißfallen wird, zu den von ihm oft wenig geliebten »Emigranten« gezählt worden zu sein. Wer sich im Zürcher »London House« und im Sportgeschäft Och »mit dem Anprobieren von Konfektion zu plagen« hat, weiß nur zu gut, was ihm eigentlich zustünde, zumal sich einen Monat später, er liegt mit einer Gesichtsrose darnieder, Kuno Fiedler am Krankenbett »mit naiver Direktheit« über seine Goethe-Nachfolge und -Verwandtschaft äußert. An Weihnachten herrscht dann in Küsnacht – wie bald unter kalifornischer Sonne – die Innigkeit bürgerlicher Festfreude. Der Ritus der Bescherung, manchmal mit dem Wort der »Einbescherung« noch überhöht, erkennt und anerkennt die Wichtigkeit der materiellen »schönen Dinge«, einer Kommode mit großem Spiegel, einer Stutzuhr, einer Schallplattenfolge mit Wagners »Walküre«, als ob sich seit dem Münchner gehobenen Stil nichts verändert hätte. Gaben als Symbol: an ihrer Gegenständlichkeit richtet sich ein Selbstbewußtsein auf, dem das gelingende Wirtschaften den Zeitfluß wenigstens für Momente staut.

Aber die Schweiz gerät allmählich in den Verdacht, auf längere Sicht hinaus nicht mehr die unberührbare Insel von Sekurität sein zu können; sogar reflektiert er, darin durch Erika beeinflußt, über ihre »degenerierende Neutralität«. Dabei denkt Thomas Mann nicht an Kriegsgefahr und großdeutsche Expansionsgelüste. Der Feind säße im Inneren – dort, wo sich Frontisten und sympathisierende Großbürger die Hand reichen. Die inzwischen schon obligate Amerika-Reise vom Frühling 1937 mit Vorträgen und Auftritten »voller Anstrengungen und Leistungen« gibt ihm im nachhinein, auf der Rückfahrt an Bord der »Ile de France«, die »Eröffnung neuer Lebensperspektiven«. Ohnehin beschäftigt auch den Schriftsteller, der die Arbeit am Menschheitsethos des »Joseph«-Romans zugunsten einer kürzeren Novelle unterbrochen hat, jetzt wieder mehr die ihm vertrautere Sphäre von Bürgerwelt und Genie. Es ist der Stoff von »Lotte von Weimar«, der die Aura seiner Goethe-Nachfolge gleichsam in literarischer Annäherung an den Meister aller Meister zu verklären trachtet – eine Art von Befreiung von den bloßen Äußerlichkeiten, indem die Schuld beglichen werden soll, die der Stil als Selbstzufriedenheit hinterläßt. – Denn natürlich kann das Wohlbefinden inmitten gediegener Interieurs niemals genügen, es ist durch Arbeit am Text zu rechtfertigen. Kurz vor dem Abschluß der »Lotte« begibt er sich, zur Einstimmung in den Vortrag »Richard Wagner und der ›Ring des Nibelungen‹«, den er am 16. November 1937 in der Aula der Universität Zürich halten wird, nach Tribschen. Da schlägt ihm wie durch einen Spiegel viel Anstößiges entgegen, von den furchtbaren Ölbildern (»ganz Hitler«) über die Möbel bis zu einem Gedicht an Cosima – »nur ›hm!‹ zu sagen«. Deutlich trete in den Räumen die Latenz des Hitlertums hervor, »vom pathetischen Kitsch bis zur deutschen Knabenliebe«. (IV, 115) War dies der äußere Ausdruck von Wagners Größe? Erst am Abend, zurück im behaglichen Küsnacht, stellt er für sich selbst die Proportionen wieder her. »Nach dem Abendessen Walküre-Platten, mit Bewunderung gehört.«

In *seinem* Haus empfängt er den Klaviervirtuosen Vladimir Horowitz und dessen Frau Wanda, die Tochter Toscaninis. In Arosa schätzt er Bequemlichkeit, Platz, »praktische Behaglichkeit«. »Freude an der Wiederaufnahme dieser Lebensform bis zur Bewegtheit.« (IV, 157) Richard Wagners Pomp darf ihm zuwider sein in dem unangenehmen Mißverhältnis zwischen Gebaren und Genialität. Aber auch ihm, dem nicht zum Asketen bestimmten Dichter, der doch bis zuletzt vom Zwang zur »Leistung« nicht wegkommen wird und zur Verzweiflung neigt, wo ihm die Stoffe »auszugehen« drohen, gehen manchmal die Gefahren auf, wenn die schöne Häuslichkeit über die Katastrophen der Weltgeschichte zu triumphieren neigt. – Hitlers Einmarsch in Österreich bereitet sich vor, als er sich auf der »Queen Mary« in Richtung New York befindet. Das Ganze sei grausig, kommentiert das Diarium – auch für ihn: »Wohin? Paris? London? Amerika?« Doch das Notat des folgenden Tages geht auf die »österreichische Tragödie« nicht mehr ein, und am 19. Februar 1938, immer noch an Bord, bemerkt er etwas überrascht »die 33 Jahre unseres Verheiratetseins«. Und dann, und nicht nur für das Tagebuch bestimmt, das Weitere: »Das Erschrecken, der Schwindel dabei: Das Leben – ich sagte, ich möchte es nicht wiederholen, das Peinliche habe zu sehr überwogen. Fürchte K. weh getan zu haben. Solche Urteile über das Leben, das eigene, das ja doch identisch mit einem ist (denn ich bin mein Leben) haben keinen Sinn.« (IV, 180)

War es nicht Nietzsches Empfehlung für den »Übermenschen« gegen die Schwäche der »Kleinen«, ja seine eigentliche Lehre wider den bourgeoisen Geist und dessen vom Christentum her genährte Sehnsucht nach Erlösung gewesen, auf der ewigen Wiederkunft zu bestehen: als einer Einstellung von *amor fati*, der fortan alles Zufallende nichts mehr anhaben könnte? Nun soll es hier das undefiniert »Peinliche« gewesen sein, was den Nietzsche-Leser und späteren Porträtisten Nietzsches im »Doktor Faustus« dazu veranlaßt, die hypothetische Wiederholung auszuschlagen – mit der Bemerkung an jene Frau, die vor allen anderen, Erika eingeschlossen, dafür besorgt war und weiterhin besorgt ist, ihm die Peinlichkeiten in den Grenzen seiner Würde zu halten. Doch eben dies müßte ihn zur Aggression getrieben haben, die sich noch zu der nur dem Tagebuch anvertrauten Glosse steigern soll, daß er im Grunde genommen niemals hätte heiraten dürfen. Hier scheint der Stolz, den ihm die Wiederbegegnung mit Klaus Heuser in Brunnen auslöste, wie weggewischt. Statt dessen bricht die Doppelbödigkeit der Bürgerexistenz auf, die sein Bruder Heinrich mit dem »Professor Unrat« schon im Jahr 1905 überdeutlich ins Plakative gezogen hatte, während er selbst noch für die weiteren Folgen des »Felix Krull« und für die »Betrogene«, Zeugnisse einer um vieles versteckteren Querlage des Allzumenschlichen, bereits Unschicklichkeit vermuten wird. Der Weg in ein neues Leben, wenn es sich auch möglichst in den Bahnen bewährter Vertrautheit bewegen soll, zwingt ihn wieder einmal zur Abrechnung mit der Biographie, was sich inmitten der unendlichen Wasserwüste wohl zusätzlich aufdrängen mag; und dabei darf er sich gleichwohl nicht eingestehen, daß das Leben niemals nur als Resultat von Eigenregie zu führen ist: »... ich bin mein Leben ...«

In Hollywood befreundet er sich erstmals mit dem Gedanken, sich dort niederzulassen. Ein »wohltuender« Spaziergang mit Katja und Erika bringt ihn durch Villenstraßen mit Rasenflächen und Palmen. »Allerliebster Geschmack der Häuser, Oil- und Moovy-Leuten gehörig«, notiert er mit sicherem Blick für das Beste. Weniger sagt ihm zu, was ihm der Architekt Richard Neutra präsentiert. »Kubischer Glaskasten-Stil, unpleasant.« (IV, 197, 210) Die »moderne« Ausgestelltheit mitsamt der Philosophie von einer für jedermann sichtbaren Existenz ist seine Sache nicht; als er aber erstmals den in der Nähe von New York gelegenen Landsitz seiner amerikanischen Gönnerin Agnes Meyer besucht, ist er bis zum Neidbekenntnis von der großbürgerlichen Pracht angetan. Auch sind die ersten Früchte seiner gewachsenen Bekanntheit zu ernten, wenngleich nicht ohne kleinere Enttäuschungen. In New York geht er »mit K. zur Wochenschau in Erwartung unserer Ankunftsaufnahmen, die aber schon abgesetzt«.

Bis in den Juli 1938 hinein zieht sich dieser Amerika-Aufenthalt. Als hätte er sich mit dem Orts- und Landeswechsel schon abgefunden, registriert er im Diarium manches Ehrenvolle – wie das Angebot der Princeton University, für sechstausend Dollar im Jahr vier Vorträge zu halten – und manches Skurrile, was insonderheit auf das nun immer präziser geführte Konto seiner Leiblichkeit geht. Ein Regentag auf der Insel Jameston am Atlantik notiert als Charakteristikum des Eilandes »eine Sorte kleiner, aber starker, zähleibiger Käfer, die sich mit dem Kopf in die Haut bohren. Schwer abzuheben und, wenn schon eingedrungen, wie es mir neulich geschah, nur mit der Schere abzuschneiden. Zahlreiche getötet. Verhaßt.« (IV, 236) – Auf der Rückreise bemerkt er schließlich die Nervosität »unseres Schweizer Kellners«, den eine Dame in Wut gebracht. Der Herr, der er ist, solidarisiert sich für einmal mit dem Personal – mit *seinem* Personal. »Gaben ihm recht gegen den Reisepöbel, der desto frecher wird je mehr man ihm bietet. Ohnedies ist eine Seefahrt gleich dieser eine Provokation nach allen Seiten und Dimensionen.«

Jetzt geht es bloß noch darum, den Schweizer Haushalt zu ordnen und aufzulösen. Ein letztes Mal für lange Zeit ergötzt er sich am Zürcher Stadtbild und an den Gesichtern »der Schweizer Menschenrasse, die eigentlich wohl die mir sympathischste der Welt«. Das Tagebuch fordert ihn auf, eine Maxime zu beschwören, die ihn fortan wie ein Schatten des Verdachts von Ungenügen begleiten wird. »Halte die Zeit! Nutze sie! Sei aufmerksam auf jeden Tag, jede Stunde! Sie entschlüpfen unbeaufsichtigt gar zu leicht und schnell.« So heißt es am 1. September 1938, und als er zwei Wochen darauf in Paris auf die Einschiffung nach New York wartet, erhält sein *carpe diem* auch die Beglaubigung durch die geschichtliche Lage: Chamberlain ist soeben nach Berchtesgaden gereist, Thomas Mann empfindet es als »beschämend«. – Allerdings müßte der Kotau, vom Peinlichen abgesehn, in der Intention auch seine Approbation haben. Als er an Bord der »Nieuwe Amsterdam« über die Kriegsgefahr nachsinnt, glaubt er nicht so recht an die Eskalation: der Durchbruch nach Osten habe doch das Hitler-Regime wirtschaftlich saniert und konsolidiert. Erstens will er nicht sehen, daß dessen Ideologie rücksichtslos im Politischen wurzelt, und zweitens vermag er die ökonomische Verschuldung der immensen Aufrüstung kaum zu beurteilen. Und nun, da der »Führer« zufrieden sein könnte, sollte er auch ihn – schon zur Erhaltung seiner kreativen Stimmung – zufrieden lassen. »Abwenden, abwenden!« ruft er denn. Zu sich selber aber: »Beschränkung aufs Persönliche und Geistige. Ich brauche Heiterkeit und das Bewußtsein meiner Bevorzugung. Ohnmächtiger Haß darf nicht meine Sache sein.« Und gleich anschließend: »Thee im Salon bei der Musik, wo Platz war, da viele Leute seekrank.« (IV, 291)

So entschärft ihm auch der Einzug in das Haus in Princeton die im Hintergrund ablaufende Dramatik der Weltpolitik für ein weiteres Jahr. Zufrieden vermerkt er, daß das Eßzimmer gegenüber jenem von Küsnacht geräumiger und repräsentativer sei. Die Bürgerlichkeit baut sich wie von selbst um ihn auf, die Wiederholung ist gar im obligaten Vergleich des Komforts eine deutliche Steigerung, und im aufgeregten Staccato der Zeilen, die den Vorgang festhalten, wird die Einsicht in das Merkwürdige von der Gegenständlichkeit des Mobiliars buchstäblich an den Rand gedrängt. »Mein Schreibtisch, Umstellung in der Library. Mein Münchener Lesestuhl, Medis Kopf, die Schweizer Uhr. Höchste Phantastik, die Dinge hier wieder um mich zu haben. Genaue Wiederherstellung des Schreibtisches, jedes Stück, Medaillen, ägyptischer Diener, genau an seinem Platz wie in Küsnacht u. schon in München. Ein paar Schubladen verwechselt, Verwirrung, Sperrung, dann Wiederherstellung. – Dies das Erste, was ich am eigenen Tische schreibe, angesichts des schönen Siam-Kriegers.« (IV, 306) Mit Vorsicht tastet sich Thomas Mann in die Neue Welt vor, das Wagnis der Adaptation zeigt sich in der beiläufigen Übernahme einiger englischer Wörter: die Bibliothek ist zur *Library* geworden, Unliebsames darf nun manchmal *unpleasant* sein. Auch läßt er sich vom Chauffeur John von der Eisenbahnstation abholen; zu dessen Ausrüstung gehört eine Mütze, die er dem Fahrer besorgt hat. Als apotropäischer Akt aber will die Restitution des bürgerlichen Interieurs verstanden sein: Geborgenheit und Höhleneingang, damit der Ausgang ins Freie riskiert werden kann. Das Diarium gibt der Nachricht über den Wahnsinn der »Kristallnacht« nicht mehr Platz als der Beschreibung eines nächtlichen Gewitters in Princeton, dessen akustische Begleitung so referiert ist, wie er das eigentliche und unmetaphorische Geschehen niemals erlebt hat, noch jemals erleben wird – »Bombardement«.

Als ihn im Mai 1939 der Schweizer Buchhändler und Verleger Emil Oprecht in Princeton besucht, soll er staunen über den Lunch »an langer Tafel zu 8 Personen, bedient von den beiden Schwarzen in weißen Anzügen«. Doch auch Oprecht hätte ihm etwas zu bieten, und wäre es nur die Vertiefung seines Heimwehs nach der Schweiz, wo er sich das Leben, »vielleicht irrtümlich«, besser denkt. – Nein, Amerika ist trotz allen Zuwendungen und Vorzügen nicht sein Land, wird nie sein Land werden können. Und dies liegt, abgesehen von der Unbekümmertheit der Menschen gegenüber Tradition und Sitte, vor allem daran, daß ihm weder als *bourgeois* noch als *citoyen* jene Anerkennung zuteil würde, an der ihm so viel liegt. Fremd ist den Amerikanern die Ehrenrolle des Dichters in der und für die Gesellschaft: hier hat der Kapitalismus die Bindungen an die Kunst auf die Kultivierung von Oberflächen reduziert, zumal im anfälligen Bereich der Literatur, die nichts hergeben kann für das private Museum und nicht brilliert auf der Konzertbühne. Das unsichtbar und unhörbar verfaßte Ästhetische enträt eines Publikums, wie es für Europa noch selbstverständlich ist. Thomas Mann wäre nicht der einzige, der daran litte. So obläge es den öffentlichen Vorträgen und Lesereisen in entlegene Städte wie auch der Inszenierung häuslichen Stils, seiner »Stimme« Gewicht zu verleihen, während der Dichter der großen Romane und der Nobelpreisträger, wo es um die wahre Würdigung und Bewunderung der Jahrhundertgestalt geht, denn doch und meistens mit dem Vorbehalt der Unterscheidung im Kreise der Emigration verkehrt.

Die letzte Europa-Reise vor Ausbruch des Zweiten Weltkriegs führt ihn über Paris und Holland nochmals in die Schweiz. Da muß er so tun, als ob er nicht nur der Gast, sondern ein bißchen wenigstens der Heimkehrer wäre. In Zürich wohnt er im Waldhaus Dolder. Die Standseilbahn bringt ihn »zur Haarpflege bei Bachmann« in die Stadt. Erleichterung: »Begrüßung mit Chef und Angestellten.« Folgen ein Einkaufsbummel und der Besuch der Landesausstellung. »Eindruck rührender Selbstverherrlichung, berechtigt, gewinnend, notwendig.« Das Attest gilt einer bisher verschonten, republikanischen Bürgerwelt, der er sich selber zugehörig fühlt und die ihn später, nach dem Krieg, in Ehren wieder begrüßen wird. – Sein Proust-Erlebnis aber findet er erst in Küsnacht. Er fährt in die Schiedhaldenstraße, stellt den Wagen in die offene Garage, steigt die verwachsenen Stufen zum Haus hinauf. »Die Steinplatform, wo ich saß, als die Möbel zum ›Lift‹ hinuntergetragen wurden. Die Gartenterrasse vorm Eßraum, der Hecke beraubt. Einblick in die Wohnhalle mit einigen der bekannten Möbel; ins Eßzimmer. Aufblick zu meinem Arbeitszimmer, wo der dritte Band des Joseph, der Brief an den Dekan, der größte Teil von Lotte entstanden. Tiefe Bewegung, erschüttertes Lebensgedenken, Trauer und Schmerz ...« (IV, 447f.) – Aber das »charakteristische Glück« der gerade noch rechtzeitig gelingenden Rückreise in den Wochen des Kriegsausbruchs entschädigt ihn für den Verlust und beendet jetzt definitiv das Ruminieren über die Richtigkeit der Niederlassung in Amerika. An Bord der »Washington« hat er den gerissenen Faden zwischen Küsnacht und Princeton bereits wieder geknüpft: abermals weniger mit dem Blick aufs Politische als mit dem Sinn für das Behagen in einem Heim. »Es wird gut sein, die unabsehbare Entwicklung des Krieges, seine Wechselfälle u. Schrecken in meiner Princetoner library verfolgen u. abwarten zu können.« (IV, 472)

Er will es noch genauer wissen. Während er die Novelle »Lotte in Weimar« nach einiger Unterbrechung abschließt, besorgt er sich einen neuen Hund, den Pudel Niko. Was dem Verfasser von »Herr und Hund« für München, später für Küsnacht eine Beziehung zum unproblematisch Organischen war, wiederholt sich jetzt im amerikanischen Exil. Die Neigung zur Kreatur, wo diese antwortet, ohne seelische Verlegenheiten zu schaffen, ersetzt ihm mehr und mehr den innigeren Umgang mit den Menschen, und die wachsende Misanthropie des Schopenhauer-Verehrers errät dabei das einzige verbleibende Gegengewicht. Man muß es im Original des Diariums hören: »Neue Liebesfreuden und Lebensanhänglichkeiten sind der zarte Pudel und der in Aussicht stehende erstklassige Musik-Apparat.« (IV, 496) Nichts schlägt ihn so in Bann wie die Musik, deren unendliche Melodie eine Art von mystischer Auflösung zeitigt. Wenig kann ihn so ergötzen wie das Tier, das ihm ohne Vorwurf einfach zur Seite ist. – Am Sylvesterabend des Jahres 1939 sinniert er über die kommenden kriegerischen Verhängnisse nach, und für einmal entlastet er sich damit von den Pflichten künftiger Autorschaft. »Was man treibt gewinnt mehr und mehr den Charakter des Zeitvertreibs.« Nur der letzte Satz im alten Jahr deutet eine sanfte Korrektur an. »Möge er ehrenvoll sein.«

*

Schon der nächste Tag aber soll der Pflicht wieder Genüge tun. »Lotte in Weimar« ist beendet, für den Abschluß der »Joseph«-Tetralogie fehlt ihm die Muße, da er eine *lecture tour* bis nach Texas zu absolvieren hat. Also beginnt er mit den ersten Zeilen der Novelle »Die vertauschten Köpfe« – des »indischen Kuriosums«, das mit der französisch-surrealistischen Sphäre im Stil von Cocteau ins Gespräch kommen will. Doch wieder, durch die Langeweile in Princeton noch gesteigert, holt ihn die Besorgnis über das Gelingen des persönlichen Lebens ein. Gar zu schlimm wird es freilich nicht: den 65. Geburtstag feiert Thomas Mann in entspannterer Stimmung, ein Interview in der »Herald Tribune« und »Vermerke in der Presse des ganzen Landes« lassen ihn fürs Tagebuch kommentieren, daß der Tag in München oder Zürich »kaum anders« hätte verlaufen können. Solche Anerkennung tut not – auch für jene Momente, da sich der Apokalyptiker in Wagners Musik vergräbt und den Schmerz mit Lust verbindet. Er kann es sich leisten, ohne daß schlimme Daseinskonditionen oder gar seine Nicht-Existenz in einem fremden Erdteil zu beklagen wären. »Musik abends. Hörte mit Rührung das Lohengrin-Vorspiel, mußte weinen, weil mir schien, ich hörte das in der Jugend Geliebteste wieder im Untergang.« (V, 102) Von diesem Vorspiel kommt er nicht los; doch verhielten sich – eben deshalb – Reiz und Wirkung umgekehrt. Er greift die Droge, weil er schon vorher weiß, wie die Memoria emporsteigen wird.

Noch dies beträfe denn den Anteil des »Gemachten« an der Vita, die Regie auch für Sentiment und Nostalgie, da wenig oder nichts ihn übermannen soll, was er nicht selbst zuvor arrangiert hat. – Auch im Anekdotischen gäbe es dafür Belege sonder Zahl. Als er im August 1940 in Kalifornien beim Friseur gefragt wird: »Are you english?«, ist er um die falsche und in gewisser Weise wieder richtige Antwort nicht verlegen. »Nenne mich einen Schweizer.« Es wäre natürlich einfacher, doch zugleich unmöglich gewesen, mit einer Zuschreibung zu replizieren, die das Problem der Nationalität zugunsten der reinen Statur schon aufgehoben hat: ein Brief von Ida Herz teilt ihm die Versicherung eines englischen Soldaten mit, die er ohne Kommentar ins Tagebuch überträgt; er sei »›not only the greatest living writer, but the greatest living man in our history‹«. (V, 159) – Der zweite Besuch im Weißen Haus vom Januar 1941 bestätigt seine Größe bereits viel deutlicher als der erste. Schon das Frühstück belohnt die Erwartungen. »$^{1}/_{2}$9 Uhr Frühstück zuerst mit Mrs. Roosevelt, dann Hinzukunft des Präsidenten. Ergriffen von seiner Gegenwart. Lebhaftes Gespräch. Hauptthema seiner Inaugurationsrede: Der politisch-moralische Gesichtspunkt vor dem ökonomischen. Geschichte von Litwinow und Gott. Naivetät, Gläubigkeit, Schlauheit, Schauspielerei, Liebenswürdigkeit. Ermißt man die Macht u. Bedeutung, ist es sehr interessant an seiner Seite zu sitzen.« Die Séance wird fortgesetzt zur Cocktail-Zeit, nun sogar in Roosevelts Arbeitszimmer. Der Geehrte überreicht dem Präsidenten einen Privatdruck seiner Schrift »War and Democracy«, die First Lady wird mit »Lotte in Weimar« beschenkt. »Dieser Cocktail war auf besondere Weisung des Präsidenten eingelegt.« Und endlich darf der Besucher noch beim Abendessen teilnehmen und als bürgerliches Idyll beschreiben, daß sich der Hausherr beim Tranchieren des Bratens, immer plaudernd, viel Zeit genommen habe. (V, 210 f.)

Welcher andere Schriftsteller aus dem Kreis der Emigration hätte diese Aufmerksamkeit erfahren dürfen? Aber er ahnt, ohne daß es irgendwann mit einer einzigen Zeile ausgesprochen würde, daß diese Gunst ihre instrumentelle Seite hat. Denn der Unpolitische, der zugleich stets die Rolle mindestens des moralischen Repräsentanten im Auge behält, ist nun für Amerika zum Faktor im Kampf gegen Hitlers Regime geworden. – Im kalifornischen Pacific Palisades, wo Thomas Mann ein Grundstück erworben hat und mit dem Architekten die Pläne für das Haus bespricht, kehrt alsbald das Heimweh nach der Schweiz zurück. Im Liegen »neulich« habe er sich »mit Rührung« an den Besuch des verlassenen Schiedhaldenhauses vom Sommer 1939 erinnert. »Oft sage ich, daß ich wieder in der Schweiz leben möchte. Das Eigentliche ist, daß ich dort sterben möchte und nicht hier.« Für die Schlußarbeit am »Joseph« böte Amerika keinen ganz unpassenden Hintergrund, so es nun darum ginge, den Protagonisten aus seiner Selbstbezogenheit nach und nach zu lösen, um ihm am Ende die Verantwortungsrolle des »Ernährers« zuzuweisen – eine auch »politische« Aufgabe, die den »Staats-Geschäftsmann« verlangte, wie es in seiner Zeitgenossenschaft Roosevelt mit dem »New Deal« vormacht. Aber bereits wälzt er Pläne für einen Roman von viel dramatischerer Prägung. Am Stoff des »Faustus« spürt er deutlich, wie ihm die Ferne des Exils zur Fremde wird, die als solche wenig Inspiration hergibt. Es paßt also, wenn er der Küsnachter Reminiszenz und den Sterbensplänen nach einem Gedankenstrich sogleich nachschickt: »Viel im ›Faust‹«. (V, 290) Und daß, nach einem Gespräch mit dem Gärtner, das neue Haus in Pacific Palisades »das schönste Anwesen« werden soll, »das wir je hatten«, befriedigt zwar den bürgerlichen Geschmack, doch das Problem der geistigen Verortung ist damit nicht behoben.

Und noch eine Form von spezifisch amerikanischer Öffentlichkeit wider die Diskretion seiner Haus- und Lebensführung gibt ihm unangenehm zu denken. Im »New Yorker« hat die Journalistin Janet Flanner ein längeres Porträt über ihn verfaßt. Er entdeckt darin manches Peinliche, auch in Hinsicht auf seine Gönnerin Agnes Meyer und deren Eifersucht. Den zweiten Teil dieses »Profile« will er nur noch kursorisch überflogen haben. Es reicht jedoch, »viel Dummes, Falsches, rücksichtslos Verklatschtes, über die Kinder, Politisches von 1914« festzustellen; »und doch bleibt mir Würde«. (V, 366) – Würde, das will Thomas Mann vor sich selbst und vor der Welt. Nachdem er über den Rundfunk eine Rede des damals noch nicht beargwöhnten Churchill gehört hat, kommentiert er mit dem Zuschuß des Selbstkommentars: »Wie doch eine Rede auch eine Tat sein kann.« Doch schon zwei Monate später, er ist soeben in das neue Haus eingezogen, steigen wieder die Gefühle von Skepsis und Ungenügen. Er habe seine Bibliothek überschätzt, sie fülle die Regale nicht, klagt er. »Müde und traurig. Saß auf dem Sofa, den Kopf auf K.'s Schulter.« Einen Tag danach kommt es noch ärger. Zur Selbstbestrafung holt er sich die alten Tagebücher hervor; sogleich taucht das Grauen auf. »Über das Falsche, Schädliche und Kompromittierende des Tagebuch-Schreibens, das ich unter dem Choc des Exils wieder begann und fortführte, um diese Geschichte zusammen mit meinem Alltag zu notieren.« (V, 390) Aber dann, am 20. Februar 1942, erkämpft er sich doch noch so etwas wie eine aus der Erinnerung gezogene Lebensbelohnung: die Inversion der Peinlichkeit zum Liebesglück, das vor aller Würde und eigentlich gegen sie gestanden hätte. »Las lange in alten Tagebüchern aus der Klaus Heuser-Zeit, da ich ein glücklicher Liebhaber. Das Schönste und Rührendste der Abschied in München, als ich zum ersten Mal ›den Sprung ins Traumhafte‹ tat und seine Schläfe an meine lehnte. Nun ja, – gelebt und geliebet. Schwarze Augen, die Tränen vergossen für mich, geliebte Lippen, die ich küßte, – es war da, auch ich hatte es, ich werd es mir sagen können, wenn ich sterbe.« (V, 395 f.) – Es war, worüber freilich kein Wort fällt, schon damals Katjas Schulter gewesen, die dies trug und ertrug.

Am 4. Januar 1943 beendet Thomas Mann den »Joseph« – »erregt und traurig«. Die Todesgedanken werden nun häufiger, und auch das Werk bleibt davon nicht unberührt: er sehe es mehr als Monument seines Lebens als ein solches der Kunst. Bevor er mit dem »Faustus« beginnt, greift er sich zur längeren Lektüre einiges Ältere, etwa »Mario und der Zauberer«, als wollte er prüfen, aufrechnen, bilanzieren. Träumt er viel? Das Diarium böte dafür fast keine Anhaltspunkte. Eines der seltenen Zeugnisse ist ein Todestraum, freundlicherweise der angenehmen Art und von Grazie erfüllt. »Schlief und träumte zuerst das deutliche Bewußtsein, daß ich bald sterben würde, wobei ich taumelte und Tanzschritte vollführte.« (V, 527) So hätte auch Felix Krull, sehr im Gegensatz zu Leverkühn, die Grenze passieren dürfen. Tatsächlich spielt Thomas Mann mit der Idee der Wiederaufnahme des »Hochstapler«-Romans. Zugleich meldet er die Unsicherheit »wegen meiner produktiven Zukunft«, ruft sich wie ein Antidot das noch kürzlich Geleistete zu Bewußtsein und bemerkt zuletzt, für einmal ohne Korrektur: »Mein Leiden ist eine Art von Verwöhnung, die mich ratlos macht.« (V, 560)

Verwöhnung inmitten eines Daseins, das sich bloß um die Arbeit des Autors zu sorgen hat. Ratlosigkeit gegenüber einem Leiden, das rechtens kaum mit der schöpferischen »Verschwendung« und Aufzehrung zu identifizieren ist. Das wahre Leiden soll – deshalb? – im »Doktor Faustus« beglichen werden; oder es begegnet dem Beobachter am Krankenbett von Franz Werfel. Aus Werfels Berichten filtert er, auch mit Blick auf den »Faustus«, mit dem er endlich begonnen hat, eine Art von Phänomenologie der Auflösung, von der er nicht wissen kann, daß sie *ihn* verschonen wird. »Das Sterben als eine Zermürbung in Form eines Sich-selbstfremd-werdens.« – Natürlich, so einfach ist es gleichwohl nicht: für einen, der sich selber dauernd in Miniaturen der Selbstentfremdung wie der erneuten Selbsterfindung verstrickt. Drei Wochen nach dem Besuch bei Werfel schreibt ihm der immer noch Lebende einen kurzen, »denkwürdigen« Brief, »auf dem Kranken-, vielleicht Sterbelager diktiert«. Das Thema ist die »Unsterblichkeit« der »Buddenbrooks«, die Werfel »in 3 Tagen wieder gelesen«. Wäre dies etwa versteckte Bosheit gewesen? Ein zweifelhaftes Geschenk schon fast aus dem Jenseits an den Überlebenden?

Die Wirkung jedenfalls stellt sich sogleich ein. Schon mit dem nächsten Absatz des Tagebuchs beginnt Thomas Mann darüber nachzusinnen, ob es nicht »dies Buch« unter allen sei, das bleiben werde. »Vielleicht blieb mir danach nur noch, ein nachfolgendes langes Leben leidlich würdig und interessant zu erfüllen.« Doch der Komparatist tüftelt noch weiter und zieht für einmal musikalische Entsprechungen heran. Ein Fall wie die »Cavalleria« sei das Epos der »Buddenbrooks« natürlich nicht. »Aber vielleicht einer wie der ›Freischütz‹.« Mascagnis einzige Erfolgsoper wäre des Guten zu wenig, während Weber besser davonkam. »Immerhin sind ›Oberon‹ und ›Euryanthe‹ noch auf dem Repertoir.« (VI, 8) – Solches verunsicherte Tasten nach seltsamen Äquivalenten – hätte er es überhaupt wagen können, statt der »Cavalleria Rusticana« Beethovens »Fidelio« zu zitieren? – hat etwas Rührendes.

Das andere betrifft bereits die Zweifel am Gelingen jenes Stoffes, der nun auf dem Wege ist und wie kein zweiter das Motiv des musikalischen Genius gestalten soll: im »Faustus« werden die Krankheit zum Tode und die Unsterblichkeit eines Werks zusammenlaufen, und ein bürgerlicher Beobachter wird als Chronist dieser Höllenfahrt auftreten. Könnte es aber und gegen die vorläufige Lebensrechnung gelingen, damit den »Buddenbrooks« – und dem »Zauberberg« und wohl auch dem »Joseph« – nochmals ein Monument des Bleibenden an die Seite zu stellen? »Anschaffung eines Flügels beschlossen«, notiert er am 17. Januar 1944. Das Instrument entspricht dem Repräsentationsbedürfnis im bürgerlichen Salon, aber es ist auch ein Arbeitsgerät: in den Abbreviaturen des Diariums muß sich die Weltpolitik nun öfters ein Kürzel gefallen lassen, dem ein Stenogramm zur eigenen »Werkstatt« folgt. »Deutsches Desaster in der Krim. – Klavier gestimmt.« Und genau zu dem Zeitpunkt, da er mit dem Verbrennen alter Tagebücher beginnt, schlägt der Klavierdilettant auf den Tasten das Thema *h e a e es* an, das die Verführungen der Hetäre Esmeralda für Leverkühn ausdrücken soll. (VI, 68) – Jetzt, da die alliierte Invasion in Frankreich keine Spekulationen über den Ausgang des Kriegs mehr nötig macht, da die Niederwerfung des Hitler-Regimes nur noch eine Sache von Monaten ist, kann der Autor wenistens darin beruhigt sein, daß sein zutiefst »deutscher« Roman in der ästhetisch orchestrierten Apokalypse mit der Apokalypse Deutschlands korrelieren wird. Am 26. August 1944 unterbricht er die Arbeit für kürzere Zeit, am 12. Dezember desselben Jahres setzt er sich wieder hin, um das Kapitel 25, das »Teufelskapitel«, in Angriff zu nehmen.

»Neue Hausjacke angelegt. Straßburg bedroht.« Die *minima domestica* werden immer häufiger auf derselben Ebene verhandelt, die dem geschichtlichen Geschehen gilt, der Eintritt einer »neuen Neger-Magd« fällt zusammen mit der Registratur von Nervosität, die ihm die Arbeit am »Faustus« bereitet, und am Tag der Kapitulation Deutschlands mischen sich in denselben Eintrag politische und persönliche Erwägungen – die er niemals auseinanderhalten konnte und auch weiterhin der Kompression des Doppelschicksals von Historie und Leben unterwerfen wird. Er fragt sich denn am 7. Mai im Tagebuch, ob das Datum nun mit dem 15. März 1933 korrespondiere, als er »diese Serie von täglichen Aufzeichnungen« begonnen habe – »also ein Tag feierlichster Art?« Besessen von dem schwankenden Verhältnis zwischen

Lebenszeit und Weltzeit, noch und noch beseelt von dem Wunsch, es möge die eine irgendwie sinnfällig mit der anderen seine Bedeutung von moralischer Instanz für das öffentliche Bewußtsein aus- und vorweisen, kommt er um eine Enttäuschung nicht herum. Es sei nicht eben Hochstimmung, was er empfinde. Aber weshalb? Viel zu früh verlangt er das Bekenntnis der kollektiven Schuld, und auch das Verhalten des Exils – natürlich: ihm gegenüber vor allem – gibt Anlaß zu bitterer Kritik. »Die Verleugnung u. Verdammung der *Taten* des Nationalsozialismus innen und außen, die Erklärung, zur Wahrheit, zum Recht, zur Menschlichkeit zurückkehren zu wollen, – wo sind sie?« Und weiter: »Die alberne Zerrissenheit der Emigration, der neidische Haß auf mich und meine Haltung kommen hinzu, die Freude niederzuhalten.« Bleibt, fast ausschließlich, der Triumph über die Unversehrtheit seiner Existenz. »Eine gewisse Genugtuung ist das physische Überleben. Nach dem Fall Frankreichs ließ Göbbels meinen Tod melden; er konnte es sich nicht anders denken. Und hätte ich mir Hitlers Falschsieg als ernst zu Herzen genommen, wäre mir wohl nichts anderes übrig geblieben, als einzugehen. Überleben hieß: siegen.« (VI, 200f.)

Das klingt allerdings, mit dem *ex eventu*-»Wissen« versehen, deutlich anders, als es das Journal seit 1933 Jahr für Jahr, Monat für Monat registriert hatte. Von »Falschsiegen« war lange Zeit keine Rede gewesen, mehr noch: das Tagebuch sollte weit eher seine Unsicherheit, das bis zur Hoffnungslosigkeit kulminierende Unvertrauen gegenüber dem Sieg der Humanität minuziös aufzeichnen. Doch der große Humanus hat überlebt, wie könnte es bei dem vielbeschworenen »charakteristischen Glück« anders gewesen sein, und die Weltgeschichte ist ihm darin letzten Endes gefolgt. – Das Datum des Kriegsendes ist zugleich das Datum seines 75. Geburtstages. Er begeht seinen Festtag in New York, die Anlässe und Ehrungen sind so zahlreich, daß das Tagebuch, für einmal, acht Tage überschlägt mit dem Hinweis auf die »Unmöglichkeit der Rechenschaft«. Dafür gibt es wieder Verdruß im Zug auf der Rückreise von New York nach Los Angeles. »Von 1/2 8 bis gegen 9 zum Frühstück angestanden: unsinnig, beschämend und empörend. Nur Amerikaner können dabei gute Laune und Appetit bewahren.« (VI, 223) Nun, da die Weltschlacht geschlagen ist und sich die *pax americana* schon bald dem kommunistischen Gegner entgegenstellen wird, richtet Thomas Mann die Affekte neu: einerseits wächst das Mißtrauen gegenüber Amerika im Politischen wie im Kulturellen; anderseits wird auch die Reizbarkeit gegenüber allen möglichen Störungen seines Wohlbefindens größer – nicht mehr vom physischen *survival* ist die Rede, sondern von den tausend Schikanen und Zumutungen, die seine leibliche Würde gefährden.

Man darf es schon deshalb erwähnen, weil das Diarium selbst immer mehr zum unfreiwillig humoristischen Protokoll wirklicher und mehr noch eingebildeter Anfeindungen seines Körperbewußtseins wird. Am 13. September 1945 trägt er die Arbeit am 29. Kapitel des »Faustus« ein. Dann unternimmt er »mit Eva Herrmann und den Kindern« einen Ausflug an die Pazifikküste. Schirm und Stuhl sind bereit, der Lunch wird »im Sande« abgehalten. »Schöne Brandung, Möven, Strandläufer und springende Sandflöhe« werden beobachtet; allerdings als Einwendung: »Schlecht für Schuhe und Kleidung.« Und am folgenden Tag die unvermeidliche Abrechnung. »Schlecht geschlafen, erkältet und überreizt. Eripal + Jyrap-Calcium + Hustenmedizin. Schuhe und Anzug zum Reinigen. Nie wieder Strand-Ausflug.« – Das kann der Hypochonder fassen und klassifizieren und trotzig ins Buch seiner akribisch geprüften Diätetik schreiben. Die wahre – und beinahe tödliche – Krankheit ereilt ihn im Frühling des folgenden Jahres, und diesen Lungenkrebs spielt er nun eher herab. Er vermutet zunächst eine tuberkulöse »Infiltration«, wobei auch der »schreckliche Roman« – er meint den »Faustus« – sowie »deutsche Ärgernisse« daran schuld seien. Noch einen Monat später, zu Beginn der Genesung, soll es nur ein infektiöser Abszeß gewesen sein. Den »fast sensationellen klinischen Erfolg« hätte er im Wissen um das Übel freilich um vieles mehr zu schätzen gehabt. Die Kontrolluntersuchung in Chicago ein Jahr danach ergibt von seiten der Ärzte »vollkommene Zufriedenheit« – was auch wiederum nicht alles gewesen sein darf. »Was an meiner Natur mir Schwierigkeiten bereitet, sind die Nerven u. das Gemüt, worüber nicht gesprochen wurde.« (VII, 119)

Die Bekenntnisse zu *dieser* Krankheit sind dem Tagebuch vorbehalten, wo er sein eigener Analytiker sein kann; wo das »Material« als Symptomgeschichte sich anhäuft; wo das Museum imaginärer Bedrohungen der Existenz laufend vergrößert wird. Den Autor bedrückt der unerfreuliche Ernst des »Faustus«, der Bürger reibt sich am amerikanischen »Monopolkapital«, der politische Kommentator befürchtet bereits einen nächsten Weltkrieg. Schon glaubt er, daß man sich seiner bald nicht mehr erinnern werde, um aber die Schuld des Vergessens noch deutlicher einer Öffentlichkeit zuzuschlagen, die eben den Untergang der alten Bürgerlichkeit inszeniere, nennt er als weiteres Opfer kommender Ignoranz auch Marcel Proust.

Am 29. Januar 1947 schreibt Thomas Mann gegen die Mittagszeit die letzten Sätze des »Doktor Faustus«. »Bewegt immerhin.« Doch die nur zögerlich eingestandene Rührung verdeckt das eigentliche Problem. Sie geht hinweg über eine Kernfrage, die der Roman dem Verfasser wie seiner Epoche dringlich gestellt und eigentlich schon beantwortet hat. In dem berühmten »Teufelskapitel« hatte der Versucher geschichtsphilosophisch argumentiert: zuerst bloß fürs Ästhetische; für eine Kunst, die nach vierhundert Jahren ans Ende gelange in ihrem schönen Scheinen und sich im »Ornament« auflöse. Dann auch für die abendländische Kultur in summa; für einen Lebensstil, der unterm Druck von neuen Mächten seine Wirksamkeit und Berechtigung verlieren müsse. Und die Prämie des Pakts war Leverkühn vor diesem Hintergrund in Aussicht gestellt: eine schöpferische »Barbarei«, die »nach der Humanität, nach der erdenklichsten Wurzelbehandlung und bürgerlichen Verfeinerung« komme – der Komponist werde nicht weniger als »die lähmenden Schwierigkeiten der Zeit durchbrechen«. »Werk, Zeit und Schein, sie sind eins, zusammen verfallen sie der Kritik.«[14]

Soll Thomas Mann das selber glauben? Er hätte dann allerdings als Autor des Romans dessen Prophetie noch keineswegs eingeholt, im Gegenteil in Stil und Form die abgelebte Kunst bemüht. Schon dem Bürger, der er bleiben muß, wäre dessen Abgang im Strudel der Weltgeschichte allen Visionen vom »Ende« zum Trotz eine Katastrophe. Noch weniger gelänge es dem Schriftsteller, fortan sich jener Avantgarde zu verpflichten, deren Werke »die Ausdehnung in der Zeit« verschmähen. Nein, er darf für sich selbst das Programm des »Faustus« letztlich nicht anerkennen, weder für das eigene Komponieren noch für die Lebenswelt, in der er sich bis zuletzt mit Grandeur bewegen wird. Nur wenige Wochen vor dem Abschluß des Romans hört er »das vertraute Trio« von Schubert. »Glücklicher Zustand der Musik«, ruft er aus, ganz erfüllt von den himmlischen Längen. »Man wünschte, sie wäre auf dieser Stufe geblieben.« (VII, 83)

*

So kommt es, daß ihm, ganz anders als Goethe, die Erkenntnisvermutung des »Doktor Faustus« wie eine böse Überraschung zurückschlägt. Für einmal richtet sich der ihn bedrückende »Ernst« des Stoffes nicht gegen ein mögliches Publikum, sondern gegen dessen Verfasser – mit einem Unbehagen am bürgerlich-heiteren Dasein, das sich erst aufhellen wird, als der Roman der Kritik eben nicht verfällt, sondern von ihr, viel öfter, gepriesen wird. – Auch abgesehen von solchen existentiellen Fragen: wie sollte ihm denn aus persönlicher Anschauung das Ende der Bürgerlichkeit ins Bewußtsein gelangen? Im Frühling 1947 reist er zum erstenmal wieder nach Europa. In New York bemerkt er einen englischen Lord am Bahnhof, »zur Verabschiedung des Dukes of Windsor, der mit uns reiste«. »Devotion der Amerikaner. Sehr viel Gepäck.« Auch er hält es gern mit üppiger Bagage, und das Ereignis beschäftigt ihn. Am übernächsten Tag hält er in der Stadt seinen langen Nietzsche-Vortrag. Man könne von einem glänzenden Verlauf des Abends sprechen. »Aspekt und Charakter einer großen Konzert-Veranstaltung.« Und wieder eine Woche darauf schifft sich der Virtuose der Literatur auf der »Queen Elizabeth« ein, in Erwartung der Journalisten, die ihn verabschieden wollen. Jedoch: »Solche versäumten mich, weil sie sich mit dem Duke of Windsor zu lange aufhielten.« (VII, 126) Da hat er freilich ein Vorbild gefunden, das ihn nicht loslassen wird. Noch zweimal muß der hohe Herr durch sein Journal geistern. Im Mai 1949 meldet er aus dem schwedischen Lund, daß sein Gepäck nicht revidiert worden sei: »Alles etwas wie der Duke of Windsor.« Weniger Glück hat er am 2. Oktober 1951 im Zug von Chicago. »50 Minuten Warten auf Plätze im Diner. Demütigend. Man müßte reisen wie der Duke of Windsor.« (IX, 111)

Und wenn es nur die Devotionen alter Bekannter sind, es herrscht doch Genugtuung, als Thomas Mann am 28. Mai 1947 einige Zürcher Begegnungen ins Tagebuch notiert: »Pfingst-Feiertage im reizenden Zürich. Souper und Interview mit Dr. Baumgartner u. Basler. Vorzügliche Bilder der Ankunft … Fahrt zur Schiedhaldenstraße. Gestern bei Baumann und in anderen vertrauten Geschäften herzlichst begrüßt. Optiker Zwicker rot vor Vergnügen.« (VII, 128) – Das ist die Ambience, die er schätzt, weil sie das richtige Gefälle zwischen dem Bewunderten und seinen Verehrern nicht nur im Bereich der Kunst, sondern auch bis in die Bezirke von Lebensart vorweist: in Zürich ist er – jetzt, nach dem Krieg – der Einzige mit seinem vielfachen Eigentum, kein Konkurrent stört seine Aura mehr wie noch zehn Jahre zuvor. Damals, am 22. März 1937, war er auch auf der Bahnhofstraße unterwegs und zur »Anprobe« im »London House«. Als Störung kam die Meldung des Besitzers, »daß unten G. Hauptmann einen Einkauf mache«. Eine Begegnung fand nicht statt. »Gegenseitige Ablehnung – von seiner Seite mit der Einschränkung ›bis andere Zeiten kommen‹, – worin er sich irrt.« Nun ist Hauptmann tot. Für Thomas Mann hat er bloß überlebt in der Konservierung des »Zauberbergs«, was ihm Hauptmanns Witwe im August 1951 in Bad Gastein sogar selber bestätigen wird. »Ihr völliges Akzeptieren der Peeperkorn-Figur, die schließlich die überragende des Buches sei.« (IX, 97)

Die Rückreise nach Amerika befördert zusätzlich das Gefühl von der Heimat Europas, und eine leise existentielle Angst erfaßt ihn an Bord der »Westerdam«, als das Schiff nach der Passierung Irlands den offenen Ozean ansteuert. »Steht man vorn, so schaudert einem fast vor den gewaltigen Strecken von Wasserwüste, die noch zu durchmessen.« (VII, 151) Zur Tröstung zieht er aus den Schweizer Erlebnissen den Eindruck, daß sein Ruhm immerhin »etwas Erasmisches« habe. Um so unangenehmer muß ihm wirken, wie in den Vereinigten Staaten die Reputation niemals ganz abgegolten wird. Im November – der »Faustus« ist eben erschienen – besucht er Bekannte. »Jüdische Buffet Dinner Party bei Singers, gräßlich. Hitze, Geschrei, Geschwätz, unbekömmliches Essen, unschöne Musik. War die ganze Zeit halb krank und ärgerte mich über die bestellte Publicity, die Photographiererei. Nachteiliges Vorkommnis.« Am folgenden Tag kommt der Bruder Heinrich zum Abendessen – gerade zur rechten Zeit: denn er hat soeben die Lektüre des Romans beendet. Aber auch dieser Applaus schlägt aus ins

Ambivalente. »Betonte das Außerordentliche und die Schwierigkeit des ersten Drittels. Das Enzyklopädische wie bei Bouvard et Pécuchet, bleibt aber mehr Roman als das Flaubert'sche. Sonst schien seine Rezeption nicht sehr in die Tiefe gegangen.«

Erst ein »rührender Brief« des Zürcher Literaturhistorikers Carl Helbling, der kurz vor Weihnachten 1947 als heilendes Geschenk in Kalifornien eintrifft, bestärkt ihn sowohl in seiner Autorschaft wie auch in der Zuneigung zu seiner früheren und dann nochmals zu genießenden Lebenswelt. »Die deutschsprachige Schweiz hat Tränen in den Augen.« So wichtig ist ihm das affektive Lob, daß die verstehende Analyse sekundär wird. Er will verzaubern, im Zauber bleibt die Kunst das gewünschte Geheimnis. Und jetzt erreichen ihn mehr und mehr auch deutsche Stimmen der Verbeugung vor dem Meister. Der Frankfurter Oberbürgermeister lädt ihn zur Paulskirchenfeier, wo er den Goethe-Preis erhalten soll. »Bewahr mich Gott« lautet die erste, aber nur die erste, Reaktion. Daneben gibt es in Amerika immer noch genug zu tun. Im Februar 1948 bringt er endlich den lange gehegten Wunsch zur Sprache, daß Erika »als Sekretärin, Biographin, Nachlaßhüterin, Tochter-Adjutantin« für immer bei ihm leben möge. »Unterredung bewegend.« Häusliches trifft mit literarischen Erwägungen zusammen, der Pudel Niko wird »wegen seines Embonpoints auf schmalere Diät gesetzt«. Ein gewichtigeres Problem stellt Theodor W. Adorno dar. Eine »House warming Party« bei Eva Herrmann führt ihn zu Gesprächen mit Feuchtwangers, Horkheimers, Marcuses und Adornos. Was dabei wie ein *slapstick* beginnt, kündet bald ein heikles Thema an. »Mißgeschick mit dem aufsteigenden Wasser, Verzögerungen und hysterischer Ausbruch des auf die Beendigung der Mahlzeit wartenden Adorno, in dessen Brust das Bewußtsein der musikalischen Teilhaberschaft am Faustus gährt. Etwas unheimlich.«

Er hat es mit der gewohnten Selbstbezogenheit für einmal ganz richtig entziffert: der »Faustus« hinterläßt eine Hypothek bei einigen, die sich – aus verschiedenen Gründen – betroffen, im Fall von Schönberg und Adorno um ihre Leistung geprellt sehen. Die intimere Affäre betrifft Hans Reisiger, den engen Freund schon aus den Zürcher Jahren. Er taucht in dem Roman als Rüdiger Schildknapp auf, vor allem aber als »Krippenreiter«, der sich gern und überall »zum Essen« einladen läßt. Die Anschauung davon hatte Thomas Mann schon deutlich in Küsnacht gewonnen und dem Tagebuch halb belustigt, halb empört anvertraut. Deshalb hat er es auch bisher unterlassen, dem »Vorbild« den »Faustus« zuzusenden. Doch nun, nach einem noch unwissenden Brief Reisigers, muß er ihm den Roman schikken, und natürlich tritt ein, was er befürchtet hat: Reisiger ist verletzt und verlangt für die nächsten Auflagen eine Korrektur. Aber das Verhältnis kommt erst wieder richtig ins Lot, als der Autor zum 70. Geburtstag des Gefährten im Oktober 1954 für die Stuttgarter Zeitung eine Eloge anstimmt. Da soll es dann plötzlich umgekehrt gewesen sein: Reisiger, entgegen dem »Unabhängigkeits- und Einsamkeitsbedürfnis des geistigen Menschen«, habe Thomas Manns Familie »ganze Wochen« geschenkt: »... wo wir eben waren, und immer zu meinem gemütlichen Vorteil. ›Mit Herrn Reisiger‹, sagte mein jüngstes Töchterchen, ›ist der Papa immer so heiter‹.« Und um den letzten Zweifel zu zerstreuen, gleich anschließend: »So war es.«[15] – So war es *auch* – wenn dem Großbürger der Sinn nach Unterhaltung und Zerstreuung stand.

Schwieriger ist es mit der Mißstimmung von Schönberg und Adorno. Der eine hüllt sich noch in Schweigen, läßt aber indirekt durchblicken, daß dem Erfinder der Zwölftontechnik der wahre Ruhm am »Faustus« gebühre. Dem anderen, der ihn in vielen Fragen der musikalisch-literarischen Darstellung ausgiebig beraten hat, liegt solche Zurückhaltung weniger. Adorno drängt ihn, seine Verdienste der

Öffentlichkeit kundzutun, und dieser Druck vor allem ist es, der den Verfasser des »Faustus« gegen seine Intentionen schließlich dazu veranlaßt, seine Pläne für die Mittelalter-Novelle des »Erwählten« zurückzustellen und ein Buch zu beginnen, das als »Roman eines Romans« die Genese des »Doktor Faustus« klären soll. In nur vier Monaten, vom Juni bis zum Oktober 1948, leistet er das Geforderte. – Aber damit wäre die Sache noch nicht ganz ausgestanden. Kaum daß sie das Manuskript gelesen haben, protestieren die »Frauen«: Katja und Erika. »Morgens mit K. belastendes Gespräch über die Adorno-Enthüllungen, die sie unerträglich desillusionierend findet. Quälende Frage. Verstimmt und unlustig die Legende wieder aufzunehmen.« Drei Tage später dasselbe: »Die Fragwürdigkeit der Faust-Memoiren, das Problem der den Frauen unerträglichen Adorno-Bekenntnisse, halten meine Arbeitsstimmung nieder und stellen sich dem Fortwirken an der Legende in den Weg.« (VII, 320f.) Daß er mit der Legende von Gregor, dem »Erwählten«, gleich wieder in anderen Gärten Umschau hält, braucht ihn nicht zu kümmern: Hartmann von Aue ist seit siebenhundert Jahren tot.

Aber bezeichnend ist, wie die Familie die Täuschung der creatio ex nihilo zu bewahren versucht. Es liegt nicht nur an Erikas »Animosität« gegenüber Adorno. Die ihn so sehr in seiner geschützten Werkstatt pflegen und hegen, beanspruchen ihren Teil daran, und je mehr sie ihm für die Neigungen seiner privaten Vita nachsehen, um so unberührbarer muß er ihnen als Schriftsteller bleiben. Schon am Neujahrstag 1947 hatte ihm Erika ein Telegramm nach Pacific Palisades gesandt, das der Begeisterung über das Echo-Kapitel des »Faustus« auf das Überschwänglichste Ausdruck gab. »Read all night. Shall go into newyear reddened eyes but happy heart. Wondering only how on earth you do it. Thanks, congratulations etc.« – Und der Vater kommentierte: »Erfreut und bewegt. Wußte, daß sie über Echo weinen würde.« (VII, 83) Wenn er selber wenigstens im Tagebuch und manchmal nicht ganz ohne Ironie von seinen »Compilationen« spricht, sollte die Welt davon nichts ahnen. Frau und Tochter aber wollen diesen Illusionismus nicht nur der Welt vorenthalten wissen: sie brauchen auch zur Beglaubigung *ihrer* Identität das unbezweifelte Idol.

Als Bürger der geniale Künstler, als Künstler der Mann von Stil und sozialer Bedeutung – Thomas Mann versucht es und bemüht sich, für sich vor allem, doch auch für Frau und Kind, wobei die Prägungen weiterwirken, die er, der Träger des Nobelpreises, im München der zwanziger Jahre erfahren hat. Sogar in Amerika gäbe es Exempla von solchem Zuschnitt. Im Juni 1948 nimmt er teil an einer Dinner Party, die der Pianist Artur Rubinstein zur Eröffnung seines neuen Hauses in Brentwood gibt. »Viele Gäste, international, nach Tische. Kammermusik. Glückliche Erfülltheit des Hausherrn.« (VII, 280) So müßte es sein. Aber dem Schriftsteller geht das unbeschwerte Naturell des Virtuosen ab, und wo sich der eine kurz an den Flügel setzt und seine Aura strömen laßt, muß sich der andere indirekt mit dem Erfolg seiner Bücher begnügen. Da fügt es sich immerhin, daß der »Faustus« hüben zu einer »Buchklub«-Trophäe erhoben wird, worüber Bruno Walter, der Dirigent und Freund, ganz »bewegt« sei. Für die Rezeption drüben, in Deutschland, übermittelt ihm Peter Suhrkamp die fast ängstlich erwartete Zustimmung. Und schließlich hört er, daß ihn die Universität Oxford mit dem Ehrendoktor auszuzeichnen gedenkt. So wäre wieder die »Schande« wenigstens zu Teilen kompensiert, die ihm aus der Aberkennung des Bonner Titels durch die Nationalsozialisten erwachsen war. Aber bald vernimmt er gegenläufige Signale. »Verstimmung, weil es nach den telegraphisch gegebenen Daten scheint, daß aus dem Oxforder Ehrendoktor nichts wird. Vermute politischen Hintergrund, und daß man Katholik und Royalist sein muß wie Eliot.« (VII, 336)[16]

Er kann und will nicht von der Öffentlichkeit abstrahieren. Er kann und will nicht der Klausner für eine Autorschaft sein, die allein dem inneren Drang oder, weniger pathetisch, dem nur persönlichen Vergnügen folgte. Er ist nun einmal der Zauberer und Unterhalter im Glanz des Spiels und im Ernst der metaphysischen Spekulation – was alles der Tendenz nach schwieriger macht, als wenn ihn der Applaus nicht kümmerte. Er weiß, daß er nur in Deutschland wirklich verstanden wird; doch darf ihm daran, nach allem Vorausgelaufenen, nicht gar zu viel gelegen sein. Er weiß, daß er den Amerikanern mit seinem Philosophieren *und* als Verfasser der früheren »Betrachtungen« nicht ganz geheuer ist. Dennoch müssen der Zwang zur Arbeit und deren Billigung durch die Welt eines sein. Also ermahnt er sich selbst: »Wenn ich lebe und bei Kräften bleibe, wenn Ruhe, Frieden und Heiterkeit mir vergönnt ist, will ich mit der Fortführung des ›Felix Krull‹ noch eine Erfolgschance schaffen und die Vorstellung der amerikanischen Kritik von meinem prätentiös lastenden Denkertum korrigieren. Aber vorher ist der ›Erwählte‹ zu beenden …« (VII, 326)

Der »Erwählte« wäre vom ironischen Umgang mit einem Legendenstoff wie von der frühmittelalterlichen Staffage her kaum die geeignete Vorlage gewesen, einen *success* auszulösen. Allerdings wird die Fortsetzung des »Hochstaplers« dann nicht nur den gewünschten Erfolg des Schriftstellers, sondern auch die materielle Ausmünzung bringen: da hat sich Thomas Mann indessen bereits wieder in der Schweiz niedergelassen. – Schon im November 1948 vertraut er – nur dem Diarium – seinen Entschluß an, an der Frankfurter Goethe-Feier teilzunehmen und den Preis entgegenzunehmen. Zu groß ist, gegen berechtigte Widerstände, die Versuchung, damit den Meister in der eigenen Biographie zu vergegenständlichen, nachdem ihm so viele immer wieder dessen Nachfolge bestätigten. Doch erst sechs Monate später, im Mai 1949, gibt er den Plan der Familie bekannt.

Erika reagiert verstimmt und muß in mehreren Anläufen mit der Absicht versöhnt werden. So begibt er sich denn auf seine zweite Europa-Reise nach dem Krieg: noch immer nicht als der Heimkehrer, viel eher als der Grenzgänger zwischen Niemandsland und Niemandsland.

Bei der Ankunft in Stockholm am 20. Mai ereilt ihn ein »schwerster Chock«. Ein Telegramm ist eingetroffen, »daß Klaus in der Klinik von Cannes in verzweifeltem Zustand liege«. »Bald darauf Telephonat von seiner u. Erikas Freundin dort: Mitteilung seines Todes. Langes Beisammensein in bitterem Leid. Mein Mitleid innerlich mit dem Mutterherzen und mit E.. Er hätte es ihnen nicht antun dürfen ... Sein Aufenthalt in Paris verhängnisvoll (Morphium). Viel über ihn und den von langer Hand unwiderstehlich wirkenden Todeszwang. Das Kränkelnde, Unschöne, Grausame, Rücksichts- und Verantwortungslose. Beratung auch über unsere Reisezukunft, ob alles abzubrechen und direkte Heimkehr geboten. In völliger Erschöpfung gegen 2 zu Bette.« (VIII, 57f.)

Dies notiert das Tagebuch, und für einmal ist es der einzig mögliche Ort, das Geschehen als Substrat und erste Bilanz zu fassen. Wir haben, als authentischste Quelle der Vater-Reaktion, nur diesen Text. Aber es gibt eine frühere Stelle, welche bezeugt, daß ihn der Tod in Cannes so unvorbereitet nicht getroffen hat. Schon am 11. Juli 1948 heißt es: »Nachts Selbstmordversuch Klaus' in seiner Wohnung mit Gas. Im Hospital.« Jetzt, nach vollbrachter Tat, muß es vor allem der Schmerz sein, den der wenig geliebte Sohn der Mutter und der Schwester angetan hat. Weder besinnt er sich auf Klaus' eigenes Leiden, noch gibt er *seiner* Bewegtheit den nötigen Raum, und alsbald erstellt er das Psychogramm, worin längst beschlossen gewesen wäre, was schließlich – zur gelingenden Ausführung kommen mußte? Natürlich ist es mehr als eine »Störung«. Aber es ist *auch* eine hinzunehmende Intermission seiner Pläne, ohne daß er nach Amerika heimkehrte. Er hält seinen Vortrag in der Schwedischen Akademie über »Goethe und die Demokratie« unter »massivem Beifall« und begrüßt, von Erika mißmutig beobachtet, Sven Hedin. Eine Woche später, im Zürcher Hotel Baur au Lac, spricht er mit der Tochter nochmals ausführlich über ihren Bruder, und nun soll es endgültig »seine widerspruchsvolle seelische Verfassung, das Sich Durchsetzen seines Todesverlangens gegen alles andere« gewesen sein, was ihn zum Suizid trieb. Niemand hätte solchen Mächten zu entgegnen vermocht. So bricht ihm als Form der Negation ein »Vitalismus« durch, der sich in den eigenen letzten Lebensjahren als Fatalismus noch im gestaltenden Umgang mit dem »Krull« ausweisen wird. Die letzte »verwandtschaftliche« Reminiszenz trägt das Journal am Tag seines 75. Geburtstags in Zürich ein. »Dankrede, bei der ich des armen Klaus hätte gedenken sollen.« (VIII, 199) Selbst der Irrealis des Tagebuchs hat dies Gedenken nicht ersetzt; er klingt denn auch, besonders nach der Verzeichnung aller Festfreuden, ein wenig frivol.

Was Thomas Mann viel mehr als der Tod seines Sohnes beschäftigt, hat mit Erikas tiefer Zuneigung zu ihrem Bruder zu tun. Im Juni 1949 ist erst der 74. Geburtstag – auch schon in Zürich – zu feiern. Er kann sich über Glückwünsche und Ehrungen nicht beklagen, die Gänge zum Optiker, ins Zigarrengeschäft und zum Juwelier erfreuen ihn zusätzlich, das Wetter gewährt ihm »heiterste Bilder«. Nach der »Publikumstoilette« für den Vortrag im Schauspielhaus unterhält er sich mit Katja über die Lieblingstochter. »Sorge und Kummer. Unwohl.« Weshalb? »Ihre bittere Entstellung der Dinge, auch was Klaus und das eigene Leben betrifft. Beschämend in seiner Rigorosität noch in seiner Halb-Wahrheit. Aber zuviel Charakter macht ungerecht. Toleranz heute freilich wohl nicht erlaubt.« (VIII, 67) – Wie er an Erika »zuviel Charakter« abliest, was ihre Vorwürfe gegenüber dem Patriarchen und die politische Aggression gegen Amerika, ja gegen den bourgeoisen Kapitalismus überhaupt beträfe, so möchte er für sich selbst und gegen das moralische Verbot die Toleranz anerkannt haben. Diese wäre eben eine Toleranz von Fall zu Fall und damit ein Mittel der Lebenserleichterung. Letzte Entscheidungen pro und contra fielen dem Liberalen wie dem Schriftsteller des changierenden Sowohl-Als-auch schwer. Empörung, ja; aber sie ist nach den heiklen Erfahrungen mit den »Betrachtungen eines Unpolitischen« viel weniger den Prinzipien geschuldet als den Bedrohungen und Störfällen, denen die persönliche Existenz ausgeliefert ist oder mindestens scheint. »Mittagessen (Forellen) in Brugg. Über Baden nach Hause. Freude an diesen Fahrten durchs Schweizer Land. Alles Wiederholung.« (VIII, 73) – Diese Anamnesis vom Juni 1949 tut ihm wohl und führt ihn – auch mit der Perspektive auf den sich dem Diagnostiker bereits dramatisch ankündigenden Konflikt zwischen West und Ost – zu dem Gedanken, »unseren Lebensabend in der Schweiz zu verbringen«.

*

Ist es nur das »Abrollen eines wilden Reigens gedrängt bunter Ereignisse«, welches ihn daran hindert, seine erste Rückkehr nach Deutschland im Juli desselben Jahres dem Tagebuch erst in einer Zusammenfassung anzuvertrauen, die er am 4. August aus Amsterdam vermeldet? Die Frankfurter Ehrung ist knapp referiert mitsamt der »Akklamation durch spalierbildendes Publikum«, die Fahrt nach Stuttgart und München macht ihm wenig Eindruck, und dort lehnt er es ab, sein früheres Haus zu besuchen. »Die Stadt, zerlumpte Vergangenheit, für die wenig Herz.« Aber auch der Besuch in Weimar spiegelt nicht die Laune des Koloristen, und er beendet den Eintrag mit der beruhigenden Feststellung, daß er gesund geblieben sei. »Habe schlecht und recht standgehalten.« (VIII, 84) – »Abgedient« wäre das Stichwort für alles. Nur Erika hellt ihm den unbekömmlichen Ausflug nachträglich auf, als sie in einem Brief aus Österreich kommentiert, es sei »einzig«, »daß Einem in zwei spinnefeindlichen Sphären gleichermaßen ›göttliche Ehren‹ erwiesen werden«. Das alte Europa ist untergegangen – und mit ihm der Dekor, der nötig gewesen wäre, Thomas Mann sein *comeback* zu veredeln. So ist er denn erleichtert, wieder in Pacific Palisades Einzug halten zu können. »Glück des Zuhause, des Gerettet- und vor der Welt Geborgenseins, die draußen schreien mag.« Symbolisch wird diese Rettung beglaubigt, indem er die verschiedenen Uhren des Hauses wieder in Gang setzt, politisch soll sie dadurch unterstrichen werden, daß er Deutschland »im letztmöglichen Augenblick« besucht habe. Doch denkt er nicht etwa an den Weltkonflikt zwischen den Großmächten; er meint gespürt zu haben, daß das Land sich kurz vor einer Wiederkehr des Nationalsozialismus befinde.

Aber selbst die amerikanische Geborgenheit kann ihm nicht genügen. Einerseits wird sie gestört durch Meinungsverschiedenheiten zwischen Erika und Golo: jene schürt ihm die Furcht vor neuen faschistischen Bewegungen auch in den Vereinigten Staaten, dieser erweist sich als »höchst antirussisch und prokapitalistisch« und ist »äußerst unzufrieden mit mir«. Anderseits sucht und findet er selbst Indizien dafür, daß Amerika politisch untragbar werde. Am 11. Januar 1950 notiert er ein solches Anzeichen, und natürlich kommt ihm die Erinnerung an die Hochzeit des einstigen Reichsmarschalls zu Hilfe. »Truman bekommt ein gold plated Automobil. Goering. Beginn faschistischen Prunks.« Dies wäre nicht der Rede wert, wenn er von den Äußerlichkeiten zu abstrahieren und die politischen Realitäten zu erkennen vermöchte. Wer freilich seinerseits ständig dazu neigt, die inneren Befindlichkeiten von den Oberflächen her zu »lesen« und zu werten, ist der Detektiv der permanent erschütterten Welt.

Dazu ein Weiteres. Es betrifft nun abermals die Politur,

doch jene des Körpers, der physischen Schönheit. Der alte Mann leidet. Aber er leidet nicht nur an den kleinen Krankheiten, die das Journal so liebevoll nachzeichnet. Er leidet zugleich an seiner Begierde – an einem Begehren, das keine Erfüllung mehr finden kann und ein mögliches Gegenüber bloß als Tagtraum noch zu imaginieren weiß. Der Narziß entdeckt mit Schmerzen sein Echo aus der Memoria. »Stille Betrachtungen und Gefühle beim Anblicken meines Bildes aus der Zeit von ›Buddenbrooks‹«, registriert das Tagebuch vom 14. November 1949. Drei Wochen später holt es aus zu einem längeren Exkurs, der zum Abschied von Auto- und Homoerotik aufrufen will und solche »Versöhnung« mit dem Unabänderlichen gleichwohl nicht schafft. »In diesen Tagen viel leidende Begierde und Nachsinnen über ihr Wesen und ihre Ziele, über erotische Begeisterung im Streit mit der Einsicht in ihr Illusorisches. Das höchste Schöne, behauptet als solches gegen eine Welt, ich würde es nicht anrühren wollen. Reisigers ›Was will man?‹, einmal auf einem Spaziergang in Küsnacht, als von Clawdias Armen die Rede war. Über das alles bekennend zu schreiben, würde mich zerstören. – Lange gearbeitet.« (VIII, 134)[17]

Die Sublimation in der Arbeit ist der Ersatz. Aber sie ist so sehr schon ein Gut der Gewohnheit geworden, daß ihm die Lust daran seit längerem vergeht. Sie ist allerdings kein Ersatz für jenes Bedürfnis, das einer eigentlichen Autobiographie gilt: es hätte schon Berechtigung, seine Vita selbst zu erzählen, denn weder mangelte es an Exemplarischem, noch fehlte es an der Farbigkeit der Lebensstoffe. Nur liefe eben vieles auf eine Fälschung hinaus, wenn nicht zugleich des »anderen« Lebens, seiner verwundbaren Erotik gedacht wäre. Folglich muß das Tagebuch – und doch noch mit der gebührenden Vorsicht – dafür herhalten, das Zerstörerische wenigstens in Ansätzen und Streifungen zur Sprache zu bringen. Und im Ganzen schwingt sich der Bürger auf einen mittleren Klang ein. Vielleicht darf man's für einmal auch als Metapher für den Willen zum Ausgleich nehmen, was er zu Ende des Jahres 1949 scheinbar bloß als Mißlichkeit der modernen Technik beschreibt. »Zu Hause mit Erika. Letzter Satz der Eroica. Man muß beständig die Tonstärke regulieren.« (VIII, 144)

Die steilen Akzente, die Crescendi und Sforzati erträgt Thomas Mann jetzt schlecht. Der dionysische Überschwang – in der Musik des Daseins – müßte der Gelassenheit weichen, die gleichwohl wieder und wieder durchbrochen wird. Kurz nach dem Tod des Bruders Heinrich im März 1950 wird er auf die Anstößigkeit des »Sexuellen« ohne eigenes Zutun gebracht. Die Nurse hat gemeldet, daß Heinrich auf dem Sterbelager »jeden Tag ... dicke nackte Weiber« gezeichnet habe. Er fährt, sinnierend, fort: »Das Sexuelle in seiner Problematik bei uns Geschwistern, Lula, Carla, Heinrich und mir. Vikko scheint simpel gewesen zu sein, freilich seine Frau reichlich betrogen zu haben.« (VIII, 175) Zu näheren »Bekenntnissen« kommt es auch da nicht. – Aber es wirkt abermals wie ein Ersatz der Ergründung solcher Problematik, wenn er das Thema auf die Registratur der körperlichen Hinfälligkeit verschiebt. Im Januar 1950 erwähnt er ausführlich ein Ohrenleiden, das mit einer Erkältungsinfektion der Atemwege einhergeht. »Gefühl der Unreinheit. 6tägiger weißer Bart und beschmierte Ohren. Haut der Hände und anderer Körperstellen in das Leiden einbezogen. Abends die Zeit mit Umschlägen vertan.« Fünf Tage danach das bittere Fazit. »Wie nahe steht der Tod!« (VIII, 163)

Da gibt es sich, daß der berühmte Schriftsteller am 22. April 1950 an der Universität von Chicago einen Vortrag zu halten hat. Schon im Februar denkt er über das Thema nach und entschließt sich, den »Absprung« in das Sujet zu wagen. Weshalb dieses Wagnis? Er habe, schreibt er, nachgedacht über das, »was *Mut* in mir« sei. »Habe bei aller Lebensscheu doch eine ganze Menge davon bewiesen.« –

Der Mut wäre denn nochmals zu mobilisieren für eine Schilderung der Epoche, die er unter den Titel »Meine Zeit« stellt. Das tönt zunächst wenig bedrohlich. Weshalb sollte er, der Meister des Panoramablicks, nicht mit Ruhe und Entschiedenheit den Horizont der Geschichte abschreiten? Und tatsächlich beginnt alles eher harmlos.

Er erklärt dem Publikum zunächst, daß er von seiner Zeit, nicht von seinem Leben reden wolle. Er begründet dies – nach dem nur dem Diarium anvertrauten Hader gegenüber seinen privatesten Wahrheiten muß man sagen: mit einem geschönten Hinweis. »Vielleicht liebe ich mein Leben nicht genug, um zum Autobiographen zu taugen.«[18] Immerhin sei die Gestaltung dieses Lebens einem bangen Bedürfnis nach Gutmachung, Reinigung und Rechtfertigung entsprungen, und dasselbe gelte für seine Kunst. – Das entspräche, für den Künstler in seiner Bürgerlichkeit, Max Webers Diagnose von der innerweltlichen Askese. Die Arbeit begleicht, was als Verfehlung im Dasein wuchert. In Thomas Manns Formulierung: »In Wirklichkeit aber setzt der Prozeß der Schuldbegleichung, der – wie mir scheinen will, religiöse – Drang nach Gutmachung des Lebens durch das Werk sich im Werke selbst fort, denn es gibt da kein Rasten und kein Genüge, sondern jedes neue Unternehmen ist der Versuch, für das vorige und alle vorigen aufzukommen, sie herauszuhauen und ihre Unzulänglichkeit gutzumachen.«[19] – Den Amerikanern und ihrem puritanischen Ethos ist es zugerufen, aber es spiegelt – für die Öffentlichkeit: mit der Legierung durch das Religiöse – auch den eigenen Konflikt. Die Welt will ständig überzeugt werden, daß das, was *er* tut und vollbringt, ihr und ihm das Richtige oder wenigstens dessen Versuch sei. Und erst jetzt riskiert er die Diagnose der Zeit.

Er erwähnt die Dämonien der Technik, blickt dann zurück in die Ära des bürgerlichen Bildungsbewußtseins vor 1900, erinnert an die deutsche Reichsgründung, an das gefährliche Gemisch von Reaktion, Liberalismus und Sozialismus – und schweift mittendrin plötzlich ab in einen Exkurs, der auch viel über ihn selbst verrät. Nämlich, vor der Jahrhundertwende sei man noch fern gewesen »von der Freigabe des Körpers, die der Sport mit sich gebracht hat«. Allein die »festliche Entblößung von Schultern und Busen« war erlaubt. Tolstoi, der dies als Moralist mißbilligte, habe es doch in »Anna Karenina« mit »tiefer erotischer Begierde« beschrieben.[20] – Darauf kommt er auf die Dekadenz des Fin de siècle, auf Nietzsche und Hofmannsthal, auf »Überreife« und »Verfall«. Er aber habe solche Moden niemals mitgemacht – weshalb die »Literaten« einen »Bürger« in ihm erblickt hätten – »nicht zu Unrecht, denn aus einem Instinkt, der bis ins Bewußtsein reichte, hielt ich fest an der mir eingeborenen bürgerlichen Überlieferung, dem Bildungsgut des neunzehnten Jahrhunderts, mit dem sich in mir ein ausgesprochener Sinn für Größe verband«.

Das muß sich sein Auditorium gesagt sein lassen. Fortan ist er stets den eigenen Weg gegangen. Sogar die »unliebsam« bekanntgewordenen »Betrachtungen eines Unpolitischen« werden in ihrer Stoßkraft relativiert, und alsbald ist er nur noch der »Verteidiger der demokratischen Republik«, der dem Nihilismus trotzt, ihn im »Zauberberg« kritisiert und »als Schriftsteller, als Psycholog, als Darsteller des Menschlichen« der Wahrheit verpflichtet ist. Er legitimiert die künstlerische »Illusion« und hebt sie ab von den Lügen der Ideologie, er geißelt den Totalitarismus – und gelangt, endlich, zum Problem der Freiheit. – Und das ist der Punkt. Da stürzt er sich ins Wagnis.

Er argumentiert, daß »in der individualistischen Diaspora« der Mensch nicht zu leben vermöge, weil diese dem Bedürfnis nach einem »zentripetalen Ideen- und Moralsystem«, nach »etwas absolut Ehrfurcht Gebietendem« entgegen sei. Nichts sei naiver, als die Freiheit »fröhlich moralisierend« gegen den Despotismus auszuspielen, denn es frage sich,

»ob der Mensch um seiner seelischen und metaphysischen Geborgenheit willen nicht lieber den Schrecken will als die Freiheit«.[21] – Solches behauptet Thomas Mann einerseits, um den davon unberührten Amerikanern die Heraufkunft der europäischen Totalitarismen verstehbar zu machen: diese hätten demnach, wenn auch fratzenhaft, die Lücke gefüllt, die das liberale Weltbild hinterließ. Anderseits geht es ihm um den akuten Konflikt des beginnenden Kalten Kriegs im Antagonismus zwischen Ost und West. Noch im Rückblick sei der Russischen Revolution von 1917 »Ehrerbietung« entgegenzubringen, denn sie habe das Lebensniveau der Massen »unendlich menschlicher« gestaltet. Und überhaupt: »Wer wollte Rußland, dem ewigen Rußland, die Menschlichkeit absprechen?« Es sei daher falsch, wenn Amerika nur Mißtrauen und Argwohn gegenüber der Sowjetunion hege und gar abermals »den Faschismus zum Waffengefährten« nehme, um den Krieg zu schüren. Ohnehin sei heute jeder vernünftige Mensch ein gemäßigter Sozialist. Man möge denn Geduld haben, damit in Rußland »der humanistische Kommunismus« obsiege und so zu einer besseren Welt beitrage.

Dies also wäre die Mutprobe gewesen. Am 23. April notiert er ins Tagebuch: »War zufrieden mit meiner Leistung, die ein Sieg über vieles.« Endlich ist er losgeworden, was ihn seit Monaten, wenn nicht seit Jahren beschäftigt: der Widerwille gegen die Plutokratie, die er des Faschismus in statu nascendi bezichtigt und von der er glaubt, daß sie ihr Bündnis mit dem gleichfalls wieder vom Faschismus bedrohten Deutschland suche. Schon am 6. April 1950 hat er seinen Affekten einen Auslauf gegeben. »Tief angewidert von dem Treiben in diesem Gangsterland. Aber wohin? In Europa wird die Macht Deutschlands unaufhaltsam wachsen und auch die Schweiz schwer bewohnbar machen. England zu traurig und klimatisch unzuträglich.« – Freilich hatte es sehr anders geklungen, als er im Mai 1942 in der in New

York publizierten »Voix de France« das Lob Amerikas unter dem Titel »Land of Good Will« angestimmt hatte. Von Amerikas Weiträumigkeit und von seiner moralischen Gesundheit war die Rede gewesen – und schon zu Beginn des kurzen Essays auch davon, daß er diesem Land niemals den Rücken kehren werde.[22] Bloß konnte sich Thomas Mann da noch als Gesprächspartner des Präsidenten wähnen, der Hitler den Garaus machte.

Nun aber rechnet der »Sozialist« mit dem Kapitalismus ab, und er hebt damit auch die nach außen verborgenen privaten Ressentiments auf die Ebene der weltpolitischen Ermahnung. Allerdings hält sich der kräftig beschworene Mut in Grenzen. Nur wenige Wochen nach der Rede in Chicago, die er in New York wiederholt hat, ist er wieder in der Schweiz – für einen weiteren Anlauf, das Terrain seiner Rückkehr zu sondieren. In Zürichs Hotel Baur au Lac entdeckt er die »bekannten Gesichter«, dann fährt er weiter nach Lugano. Doch selbst im Land des Wohlwollens ihm gegenüber muß er peinliche Störungen seines Selbstgefühls erdulden, denn mindestens auf den Straßen regiert jener Egalitarismus – oder ist's doch einfach liberale Anarchie? –, den er, Politik hin oder her, gar nicht schätzt. Die Fahrt von Lugano zurück nach Zürich gestaltet sich schwierig. »Bedecktes, angenehmes Wetter. Fahrt mit der vortrefflich sich bewährenden kleinen Minx *über den St. Gotthard*, der seit einigen Tagen offen .. Sehr kalt auf der Höhe. Ärger mit frech überholendem Pöbel; krankte den ganzen Tag daran.« (VIII, 196)

Solche Krankheiten sind keiner Therapie mehr zugänglich. Er hat sie völlig verinnerlicht, und inzwischen wäre man geneigt zu vermuten, daß er sie, als Erlebnis der negativen »Differenz«, duchwegs braucht. – Ein anderes Geschenk erwartet ihn kurz nach seinem 75. Geburtstag. Er residiert im Grand Hotel Dolder. Da entdeckt er am 25. Juni im Garten einen »Münchener Kellner«. Der erste Augenschein: »hübsch«. So entwickelt sich über einige Wochen und noch in die Ferientage im Engadin hinein eine letzte imaginäre, vom Illusorischen zwar gezeichnete, doch gleichwohl der inneren Realität verpflichtete Liebe. Am 7. Juli hat der Erwählte gemerkt, »daß ich ihn gern habe«. Das haben natürlich auch seine Damen wahrgenommen. Folglich, die Sache relativierend: »Sagte übrigens zu Erika, das Wohlgefallen an einem schönen Pudel sei nichts sehr Verschiedenes. Viel sexueller sei dies auch nicht. Was sie nicht ganz glaubte.« Tags darauf gilt es »Nachdenken über meine Gefühle für den Kleinen, die wirklich viel von Liebe zur Creatur haben«. Dann, in einer Art von Selbstüberhebung: »Zu dem Reiz gehört der Gedanke, daß Tausende ein kurzes Gespräch als Glück und Auszeichnung genießen würden – wovon ihm etwas vorschweben mag. Ungerechtigkeit der Liebeswahl.«

So muß es sich der Fünfundsiebzigjährige zurechtlegen: indem er sein geistiges Kapital ins Spiel bringt, wovon doch – dies die wahre »Ungerechtigkeit« – der andere nicht zu profitieren vermöchte. Und unter den gegebenen Umständen wäre, wenn es der harmlose Kellner jemals ausgenützt hätte, der Verehrer der »Betrogene« gewesen: was in dessen Unterbewußtsein bereits den Sinn für die Novelle von der »Betrogenen«, die er zwei Jahre später schreiben wird, präpariert haben könnte. – Am 9. Juli muß er's ausrufen und mit der Feder unterstreichen. »*Noch einmal also dies, noch einmal die Liebe,* das Ergriffensein von einem Menschen, das tiefe Trachten nach ihm – seit 25 Jahren war es nicht da und sollte mir noch einmal geschehen.« Die folgende Nacht erzeugt »gewaltige Ermächtigung und Auslösung«. Er ist ergriffen davon, daß nun doch noch die Sprache des Körpers mit der Größe des Schriftstellers gleichgezogen hat. »Ein gewisser Stolz auf die Vitalität meiner Jahre, wie auf das ganze Erlebnis, spricht mit.« Dann, einschränkend: »Banale Aktivität, Aggressivität, die Erprobung, wie weit er willens wäre, gehört nicht zu meinem Leben, das Geheimnis gebietet. Es ist auch keine Gelegenheit und Möglichkeit dazu.« Und schon wieder jenseits des Lustprinzips: »Zurückschrecken vor einer *nach ihren Glücksmöglichkeiten sehr zweifelhaften Wirklichkeit.*« Zuletzt aber, die Ängstlichkeit, wieder, des Bürgers. »Gestern mit Kalser über die unglaublich hierzulande verbreitete Homosexualität und über Wälterlin, der seine Stellung höchst aktiv ausnutzt. Sonderbar, daß es nicht zum Skandal kommt.« (VIII, 213f.) – Solche Digressionen der Mehrstimmigkeit vom Vitalismus über den Liebeswahn und sein Lebensgeheimnis bis zur Besorgnis über den möglichen Skandal enthält das Tagebuch und nur das Tagebuch. Im literarischen Werk ist alles schonend durch gehörige Zwischenräume getrennt und gehemmt.

Die einseitige Kellner-Affäre begleitet Thomas Mann nach St. Moritz, wo er, dem »Bedürfnis nach dem gewohnten Styl« nachgebend, im Suvretta House wohnt. Er überlegt sich zwischendurch die »Ablösung« von Amerika, die »sehr leise und vorsichtig« geschehen müßte. Er liest in der Geschichte der Päpste und kommentiert sie.« Wie ist es geschichtlich von jeher zugegangen! Sollte man sich wundern über irgendetwas, sich empören, statt zu sehen, wie man leidlich durchkommt?« (VIII, 235) Dann – und etwas später nochmals in New York – ein trauervolles Resumée des Dolder-Schmerzes, der sich »zu einer allgemeinen Trauer um mein Leben und seine Liebe vertieft und verstärkt, diesen allem zu Grunde Liegenden, wahnhaften und doch leidenschaftlich behaupteten Enthusiasmus für den *unvergleichlichen, von nichts in der Welt übertroffenen* Reiz männlicher Jugend, die von jeher mein Glück und Elend, nicht auszusagen, enthusiastisch und stumm – keine ›promesse de bonheur‹, sondern nur der Entbehrung, und zwar einer nicht zu bestimmenden, wunschvoll-wunsch-unmöglichen«. – Selten rollen ihm die Notate solche Sprachwellen.

Der nächste Satz – auch das gehört zur seelenrhythmischen Funktion des Journals – bricht die Erregtheit: indem der unerfüllte Liebhaber Zuflucht zum Werk nimmt und aus dem »Jungen Joseph« das Kapitel »Von der Schönheit« nachliest. Da könnte ihm schimmern, was das »Tiefste« in ihm wäre, wenn der Künstler den unmittelbaren Weltbezug im Text aufgehoben hat – nämlich das »Illusionäre, wolkenhaft Unfaßbare, Ungreifbare«, das dennoch »das Leidend-Begeisterungsvollste« sei. – Ohnehin bliebe dabei die konkrete Liebeswahl etwas Sekundäres. Sie wollte viel weniger das deutliche Du des Anderen als einen Anlaß von Schönem, der seinen Narzißmus mit Energien versorgte. Der Zürcher Kellner ist schon halb vergessen, als Thomas Mann, immer noch in St. Moritz, einen jungen Tennisspieler erspäht. Über viele Zeilen eilt die Beschreibung seines Auftrittes, bis die Summe gezogen wird. »Ich wurde nicht satt zu schauen, zwanghaft ... Krankhafter Enthusiasmus für den ›göttlichen Jüngling‹.« Und träumerisch: »Tiefster Schmerz – um wen? um was? ... Nähe des Wunsches, zu sterben, weil ich die Sehnsucht nach dem ›göttlichen Knaben‹ (womit nicht gerade dieser gemeint ist) nicht länger ertrage. Gottlob schlief ich etwas.« (VIII, 238f.)

Er weiß es, ohne daß er davon lassen kann: solche Liebe ist Chimäre; sie entzündet sich am reinen Bild des Körpers und gehorcht einem Animismus, dessen Wirkkraft sich aus dem Spiegel zeugt. – Noch im August 1950, als er schon in New York weilt, meldet das Tagebuch »völlige Präokkupation« durch Leidenschaften und Liebeskummer. Diese aber seien »nur durch Dichtung leidlich zu erlösen«. Und die Dichtung findet ihre Legitimation wiederum *auch* darin, daß sie es »schließlich« sei, »die uns alle ernährt«. Wieder springt der »Ernährer« ein, um die Selbstvergessenheit, die seine Selbstbesessenheit abwandelt, zur Räson zu rufen. Sogar fände deren Bezeugung im Tagebuch möglicherweise Eingang ins Budget. Denn als er Verhandlungen mit der Yale Library über den Ankauf seiner Manuskripte führt, denkt er daran, auch das Journal mitzugeben. »Eingeschlossen wären diese Tagebücher, seit 1933, die versiegelt und erst 20 oder 25 Jahre nach meinem Tode der ›Forschung‹ zugänglich würden.« Die Folgen dann: »Heitere Entdekkungen ..., in Gottes Namen. Es kenne mich die Welt, aber erst, wenn alles tot ist.« (VIII, 278)

Damit wäre denn gleichzeitig das Problem der Autobiographie behoben. Er hätte sich der Last einer Aufgabe entledigt, die als *literarisches* Pensum niemals dem Prinzip der unverstellten Ehrlichkeit gefolgt wäre. Gleichwohl wäre so vieles da – eben und anders in der Fassung seiner Aufzeichnungen, von denen er mindestens ahnen dürfte, daß »die Welt« ihm auch das »Peinvolle« nachsähe. – Das zeigt, wie genau er zwischen dem Werk und dem Tagebuch als seinem *journal intime* zu unterscheiden versteht. Das eine ist das Wichtige. Das andere soll das Ganze ausmachen: freilich auch da noch mit dem Gedanken an künftige Forschung, die er aber wiederum nicht ganz ernst nehmen will, indem er sie in Anführungsstriche setzt. – Am 26. Oktober 1950 beendet Thomas Mann den Gregor-Roman. Einen Monat später überlegt er sich, wie schon im Mai 1943, »die Felix Krull-Papiere« hervorzuholen. »Ich habe sonst nichts; keine Novellen-Ideen, keinen Romangegenstand.« (VIII, 294)

*

So beginnen die fünf letzten Lebensjahre – mit Gefühlen für das Unglück der Liebe, mit Symptomen des körperlichen Verfalls, mit Sorgen und Qualen über das Ziel der endgültigen Heimat und mit der Einsicht, daß die Pläne des Schriftstellers ins Stocken geraten sind. Immerhin eröffnet er am 8. Januar 1951 das sechste Kapitel des »Krull«. Er freut sich, daß Harold Nicolson im »Spectator« den zum Essay umgeformten Vortrag »Meine Zeit« wohlwollend rezensiert. Und er ermahnt sich zur Disziplin im Umgang mit seiner äußeren Erscheinung. – Dafür ist es nun allerdings der Bemerkung wert, wie selbst das Tagebuch dazu beitragen kann, ihn punkto Ehrlichkeit zu überlisten. Am 10. Februar verzeichnet das Journal ein Stück Körperpflege. »Wusch das Haar mit Schaumwasser und rasierte mich sorgfältig, um in schwer erträglichen Jahren auf mich zu halten.« Aber schon drei Sätze später kann dieser moralische Akt nicht mehr gelten. Da ist der wahre Grund der Toilette geoffenbart. »Nachher lange Serie von Aufnahmen durch ›Vogue‹-Photographen. Bestanden.«

Das sind Pflichten, die keinen echten Gewinn mehr abzuwerfen vermögen. Im April desselben Jahres fühlt er sich gefangen »in einer Welt des Unheils«, aus der es kein Entkommen gebe. Beim »Lohengrin«-Vorspiel entdeckt er sich in Tränen, er verzeichnet »Todes- und Fluchtgedanken« und die Sehnsucht, in der Schweiz zu sterben »und dort, nicht hier, begraben zu sein«. Nochmals – zum letzten Mal – unternimmt er im Juli 1951 eine vorbereitende Europa-Reise vor der definitiven Niederlassung in der Schweiz. Die Rückkehr ins Haus in Pacific Palisades läßt ihn allerdings die Annehmlichkeiten des amerikanischen Komforts genießen. »Die Kugeluhr geht!« ruft er wie triumphierend aus. Dann: »Die anderen in Bewegung gesetzt.« (IX, 116) Doch das mantische Ritual stößt ihn um so heftiger auf das Faktum der enteilenden, oft zunehmend als gestaltlos nun empfundenen Lebenszeit. Und so groß wird die Verzweiflung, daß er sich das Geständnis abpreßt, einzig bei den Deutschen, wie hämisch immer sie seien, werde er verstanden. »Hier fremd und unerkannt.« (IX, 141) Die Geschichte hat verhindert, daß er zum Nationalschriftsteller – wie Fontane, vielleicht noch wie Gerhart Hauptmann – werden konnte. Er, der zunächst Anerkennungsbedürftige, sieht sich um das gebührende Echo gebracht.

Womit – und wider alle gegenteiligen Erfahrungen der europäischen Wertschätzung – die Akklamation von ihm selbst zu leisten wäre. Doch läuft es, jedenfalls für das Tagebuch, gerade umgekehrt. Am 12. Dezember 1951: »Tage der Schwermut, der Verdüsterung, des Unwillens gegen die Abgeschmacktheit dessen, was ich mit quälender Mühsal komponierte, und was höchstens in seiner besonderen Anwendung etwas wie Merkwürdigkeit und Gefühlsbedeutung hat gewinnen können.« Weiter: »Was soll ich tun, wenn ich an den, mag sein, unwürdigen und undurchführbaren Krull-Scherzen verzweifle?« (IX, 146f.) – Ungehemmt überläßt er sich dem Trieb zur Destruktion: nicht einmal vergangen Großes will er akzeptieren, die literarische Existenz in toto scheint gefährdet. Warum? Weil er sein volles Leben bis hinein in die Peinlichkeiten der »Geheimnisse« als Kunstwerk betrachten muß – als das Inventar von Zeit und Leiden, von Ausdruckskraft und bürgerlichem Anstand, von Bedeutendem und Peripherem, von Weltroman und Tagebuch-Notat. Er gibt nichts her, alles bleibt bei ihm und durch ihn. Und wenn man auch nur mit Vorsicht jener »religiösen« Einstellung glauben wollte, die er in »Meine Zeit« als Hintergrund des Bewußtseins von der Schuld und ihrer Abgleichung ausgewiesen hatte, so kehrte jetzt, in den spätesten Jahren, der Schwindel vor dem Nichts, ein halb bekämpfter, halb gesuchter Nihilismus zurück. »Ich esse, um mich zu nähren und um rauchen zu können. Mein Glaube an meine zukünftige Leistungsfähigkeit ist gering. Ich bin wütend über Anforderungen, Belästigungen, zittere vor Erschöpfung, wenn ich ausnahmsweise gezwungen war, ein Telephongespräch zu führen. Das Lagernde an Briefen und Manuskripten beschwert mich mit Ekel und Verzweiflung. Meist graut mir vor allem. Ich habe fast keine anderen als peinliche Erinnerungen, und die Zukunft scheint nur Versagen zu bergen. Mein Leben scheint mir eines Umsturzes, wie er geplant ist, nicht mehr wert zu sein. Wenn ich in die Schweiz gehe, tue ich es nicht, um dort zu leben, sondern um dort zu sterben.« (IX, 149)

Solche Passagen, hingeworfen mit dem Sinn für den

Rhythmus der Jeremiade, zeigen auf den Grund seiner Befindlichkeit. Auch wenn man inzwischen weiß, daß sie der Tagesform entsprechen und also durchaus noch ins Gegenteil abdrehen können, wenn man weiter bedenkt, daß die vielbeschworene »Mischung aus Glück und Peinlichkeit« bereits dem jungen Schriftsteller zuweilen Anlaß zur unfrohen Introspektion war, neigen sich die Gewichte für die verbleibenden Jahre in die Richtung von Hader und Groll. Und da er wenigstens im Abglanz des Tagebuchs darauf drängt, mit allem abzuschließen und die Lebensenergie auslaufen zu lassen, prüft er dort auch, was seiner nächsten Umgebung deren Dasein noch wert sein könnte. Daß Katja in und mit seinem Schicksal völlig aufgeht, gilt ihm als selbstverständlich. Aber mittlerweile soll auch Erika zu einer Art von Tochterverbrennung – und noch zu ihrem eigenen Vorteil – ausersehen sein. Man muß es so hart formulieren, denn er tut es selbst. Einer der ungeheuerlichsten Sätze des Journals und gleichzeitig eines der letzten Notate in Kalifornien reflektiert, was bloß als »Besorgnis« deklariert wird. Es ist der 6. Juni 1952, der Tag des 77. Geburtstags. »O grundwunderliches Leben!« apostrophiert er. Dann: »K.'s Leiden unter E.. Meine Dankbarkeit für sie u. meine Besorgnis ihretwegen, die leicht ihrem Bruder folgen könnte.« Und dann, in der unverhüllten Fassung des Todeswunsches, diese acht Wörter: »Gewiß will sie nicht länger leben, als wir.« (IX, 224)[23]

Wenn er verschwindet, muß seine Welt verschwinden. Wenn er nicht mehr da ist, kann den Seinen am Leben nicht mehr gelegen sein. Wenn seine Liebe erlischt, fehlt der geliebten Tochter der Atem der Existenz. Das ist schrecklich gedacht und um so schrecklicher, weil es einen Kern von Wahrheit hat – man müßte wohl ergänzen: von geschaffener, »erreichter« Wahrheit. Als ob sich der einst über Generationen ins Epische gezogene Verfall der »Buddenbrooks« nun in die knappste Konstellation des Vaters und seiner Geliebten zusammenzöge, entwirft Thomas Mann zur eigenen Satisfaktion ein Familienende. Er kann es sich anders gar nicht mehr vorstellen.

Aber noch ist es nicht soweit. Ende Juni reist er von New York ab. Am 1. Juli 1952 meldet die erste Zeile aus dem Zürcher Hotel Baur au Lac: »Das Ziel erreicht.« Er verbringt einige Urlaubswochen in Kandersteg und kehrt Anfang August – natürlich unter »abscheulichen« Bedingungen »in überfülltem Zuge« – nach Zürich zurück. Ein kürzerer Aufenthalt in Bad Gastein – »Zuviel dumme peinliche Erinnerungen« – schließt sich an. Ein erster Anflug von Euphorie ist zu verzeichnen, nachdem er am 17. September im Zürcher Kongreßhaus das »Kuckuck«-Kapitel aus dem dritten Buch des »Felix Krull« vorgetragen hat. »Gute Akustik. Große Aufmerksamkeit und Heiterkeit. Starker, andauernder Beifall, mehrfache Hervorrufe. Aufrichtige Begeisterung auf allen Seiten, hervorgerufen durch Vortragsbravour mehr als durch das Kapitel, das nicht so gut ist.« (IX, 275) Am 20. September erfreut den Solisten die »erfreuliche Besprechung« der Lesung durch Werner Weber in der »Neuen Zürcher Zeitung«. Dem Auftritt des Virtuosen und anderen öffentlichen Verpflichtungen folgt die wohlverdiente Regression. »Als wir gestern vom Mittagessen bei Trebitschs heimkamen legte ich mich ins Bett und wärmte mich unterm Plumeau. – Etwas verwirrtes, verbummeltes Leben.« (IX, 276) – Nochmals liest er einen Monat später im Münchner Schauspielhaus aus dem »Krull«, und wieder erreichen ihn unzählige »Hervorrufe« mit dem Wunsch »Wiederkommen!«, »Dableiben!«. Dem Diarium bekennt er danach seine »Halb-Neigung«, sich eventuell in der alten Heimatstadt niederzulassen.

Gleichwohl erhält die Schweiz den Zuschlag – wie hätte es nach den vielen Erwägungen seit dem amerikanischen Exil anders sein können? Am 29. Oktober 1952 fährt er unter »Heulewind« und Regen »nach Erlenbach hinter Küsnacht« und schließt den Mietvertrag für sein vorletztes Haus ab. Im Tagebuch liest sich das mit der gebührenden symbolischen Schwere. »*Bedeutender denkwürdiger Tag* in der Epoche meiner Aufzeichnungen seit Arosa 1933. Neunzehn Jahre seit wir München verließen, das wir eben wieder festlich besuchten. 14 Jahre Amerika und nun Rückkehr in die Schweiz ›zur Verbringung des Lebensabends‹. Sind unterdessen allerdings zu alten Leuten geworden.« (IX, 292) Und während er, die Weiterführung des Hochstapler-Romans aufschiebend, an der Novelle von der »Betrogenen« arbeitet, die ihm das Illusorische der Körpersprache als Phänomen natürlicher, vielleicht gar einfach kreatürlicher Metamorphose von sich weg in ein Stück Literatur vergegenständlicht, inszeniert er für das Tagebuch weiterhin die Parallelaktion der Selbstbeobachtung. »Oft Sehnsucht fort aus dieser verrückten, geifernden Welt, – aber nicht unter Atemnot!« heißt es am 27. November, und einen Monat darauf: »Mein Abnehmen, das Alter, zeigt sich darin, daß die Liebe von mir gewichen scheint und ich seit langem kein Menschenantlitz mehr sah, um das ich trauern könnte. Mein Gemüt wird nur noch freundlich bewegt vom Anblick der Creatur, schöner Hunde, Pudel und Setter. – Schmerzlich juckende Entzündungen in der Rektalgegend, nachts mit Ohren-Alkohol zu betäuben.« (IX, 315)

Nicht vom Gegenüber, vom An- und Zuspruch eines anderen, sofern er »mehr« ist als die stumme Erscheinung des Gefälligen, kann die Liebe noch ausgehn. Aber war es denn jemals im Innersten das gegenteilige Erlebnis? Kam es Thomas Mann seit den Tagen des jungen Mannes jemals darauf an, im Gefühlsleben so etwas wie Wechselseitigkeit und Abtausch der Zuneigung zu wollen statt der und gegen die Macht des für sich Liebenden, der sich die Objekte seiner Wahl beschafft? Schon in den frühesten Notizbüchern aus der Zeit vor der Jahrhundertwende finden sich Kürzel zum *amour propre*; zu jenem Trieb, dessen daseinssteigerndes Potential dem Künstler die Welt eröffnet und sie einer Art von Eroberung aussetzt. Das schlagendste Exzerpt gibt einen Aphorismus von Nietzsche blank, ohne jeden Kommentar wieder. »Man liebt zuletzt seine Begierde und nicht das Begehrte.«[24] Das »zuletzt« müßte beim Autor von »Jenseits von Gut und Böse« verstanden werden als »eigentlich«, »letztlich«. Für Thomas Manns späte Jahre erhält es freilich noch die temporale Neigung: daß am Ende des Lebens die Liebe um eine weitere Drehung nach unten stürzt – in den Abgrund des Prüfens und Wägens, ob denn überhaupt ein Funke von Lust zu finden sei.

So, bereits als der zögernd enthusiastische Beschauer des Kellners im Hotel Dolder, hatte er diesen mit einem Pudel verglichen, was ihm Erika nicht ganz abnehmen wollte. So ist ihm nun jedes Gesicht zuwider, weil es zur »Antwort« des Geistes fähig wäre. Die unaufhaltsam verkümmernde Selbstliebe befriedigt sich allein beim »Anblick der Creatur«. Ganz konsequent geht es weiter, wenn die Autodiagnose an der Physis überhaupt, an der nackten Körperlichkeit die eigene Unlust beschreibt. Drei Tage vor Weihnachten 1952 ein einziger Weheklag. »Keine Lust zum Frühstück. Die Eier hier sind mir widerlich. Für Trüffelwurst, die K. besorgt, keinen Geschmack. Auch kaum für die Cigaretten. Was ich brauche, ist eine Freude.« (IX, 315)

Und der Strohhalm dieser Freude? »Die endliche Bestätigung aus Paris würde mich entschieden beleben, ich weiß es. Aber sie bleibt aus.« – Nein, sie bleibt nicht aus, denn am 15. Januar 1953 – die Umbauarbeiten im Erlenbacher Haus haben ihn ins Waldhaus Dolder vertrieben – erhält er vom französischen Konsulat zwei Exemplare der ihm zugesprochenen Auszeichnung der Ehrenlegion. »Ich freute mich sehr und legte eine an.« Noch am selben Abend trägt er im Speisesaal »erstmals die rote Distinktion«: den Bürger beglückt eine Ehre, mit der er völlig bei sich selbst sein kann – ein Ornament, das die Hülle der Kleidung im Verfallsstadium der Eitelkeit zum Leuchten bringen soll. So weit ist es inzwischen gekommen, so sehr muß ein Tausenden verliehenes Zeichen alles wirklich Fehlende und qualvoll Entbehrte bis zum mangelnden Liebesvermögen kompensieren. – Und selbst diese »Freude« wird ihm verschattet. Der Zufall will es, daß er zwei Monate später in der »Neuen Zürcher Zeitung« einen Essay über Mérimée liest. Mérimée sei der einzige Franzose gewesen, »der die Rosette der Légion d'Honneur nicht trug«. Die Irritation ist da – aber sie muß behoben werden, und dies gelingt ihm, indem er – der doch bereits nach dem Schweizer Bürgerrecht Ausschau hält – seine Herkunft anführt. »Als Deutscher ist man wohl entschuldigt, wenn man sie trägt.« (X, 38) In seinem Sinne wäre bloß noch zu fragen, ob man ihm »den Deutschen« einfach ansieht, oder ob schlicht und für alle zu wissen ist, daß Thomas Mann zu Tisch sitzt.

Andere Sorgen betreffen wieder einmal Erika, deren »Haßverzehrtheit« und deren »Neigung zur Selbstzerstörung« ihn bekümmern. Dann auch das Haus in Erlenbach: gern hätte er sich das Ambiente großzügiger, die Zimmer höher, die Waschanlagen komfortabler gewünscht. »Wie merkwürdig, traumhaft, erregend und bewegend, mit einem Einschlag von Bangen immer, das alles ist!« (X, 14) Er sehnt sich nach der Villa in Pacific Palisades zurück, ärgert sich über den »überempfindlichen Radio-Apparat«, wo er doch »so gern Musik gehört« hätte – und nimmt Zuflucht zum Grammophon, das ihm wie ein Menetekel die selbstgewählte Botschaft entgegenschallen läßt. »Hörten meine Sprechplatte (›Lob der Vergänglichkeit‹), ohne Nadelgeräusch.« (X, 27) Und ein paar Tage später erklingt endlich auch »Tristan und Isolde«. Da stellt er allerdings »peinliche Längen ... durch die Versessenheit aufs Metaphysisch-Gedankliche« fest. – Man muß sich vor Augen halten, daß der musikalische Kommentar nicht nur von den persönlichen Stimmungen abhängig ist, sondern auch von den Stoffen, die er jeweils wälzt. Weder die Novelle von der »Betrogenen«, die kurz vor dem Abschluß steht, noch das weiter gefaßte Thema des »Krull«, das ihn im Hintergrund zugleich beschäftigt, wären dazu geeignet, ihm nun noch die metapysische Spekulation herbeizurufen.

Am 18. März 1953 ist es soweit; er verfaßt die letzten Zeilen der »Betrogenen« – nicht mit dem Eindruck der Genugtuung. »Nachts kalte Umschläge. Morgens von Katzenstein beraten: warmes Borwasser. – Gebadet nach Einreibung der Unterschenkel mit Öl. – Klarer Tag. – *Schrieb die Novelle zu Ende.* 91 Seiten. Begann sie in P. P. am 16. Mai vorigen Jahres. 10 Monate! Nun denn, auch das ist noch durchgehalten. Die zweite Hälfte ermüdet. Aber neu in meinem Werk ist es auch wieder. Es gehe hinaus.« (X, 36) Doch zuvor prüft er mit Erika die Abschrift des Texts. Erst jetzt verbucht er »eine gewisse Hochstimmung«. Die Tochter hat ihm bescheinigt, daß er zu seinem »Ur-Kram« gehöre; zugleich erzählt sie ihm von Klaus' Aufregung, wie »alle meine Liebesgeschichten dem Bereich des Verbotenen und Tötlichen angehören, – wo ich doch ›glücklicher Ehemann und sechsfacher Vater‹. Ja, ja … Diese Geschichte, noch immer die nämliche, sei noch eine Übersteigerung.« Dann, getröstet: »Also wenigstens nicht schwach.« (X, 43) – Erst der Vergleich mit der Manuskriptfassung zeigte, welche weiteren Peinlichkeiten, vor allem als Selbstaussage der Protagonistin, Erika dem Verfasser ersparte, als sie den Stift zu Kürzungen und Änderungen ansetzte.[25]

So hätte sie auch dem bürgerlichen Publikum der fünfziger Jahre die Geschichte um die vermeintliche Menstruation einer späten Dame mindestens annehmbarer gemacht. Der Vater hat es gebilligt – doch mit dem Widerstreben dessen, der als Künstler das stoffliche Wagnis eingehen wollte, dem »Naturtrieb« freien Lauf zu lassen. Und wiederum wäre für diese Gewagtheit sein Zeuge Nietzsche gewesen. Schon in seinem Notizbuch von 1901 paraphrasierte er einen Gedankengang aus der »Genealogie der Moral«: daß die Verdüsterung des Himmels über dem Menschen im Verhältnis dazu überhand genommen habe, als die Scham des Menschen vor dem Menschen gewachsen sei. »Ekel und Verneinung des Lebens treten erst auf, wenn jene Vermoralisirung vorhanden ist, vermöge deren der Mensch sich aller seiner Instinkte schämen lernt. Die Freude und Unschuld des Tieres wird widerlich.«[26]

Insofern war das Wort vom »Ur-Kram« durchaus am Platz. Aber längst hat der Schriftsteller gelernt, sein Selbstbild *auch* nach jenem Porträt auszurichten, das die Öffentlichkeit von ihm haben soll, und als Autor aus dem und für das Bürgertum, der nie ganz sicher weiß, wie weit er gehen darf, ohne ins »Peinliche« abzugleiten, muß er sich mit den Anspielungen begnügen. Nicht ungern hätte er deshalb seinen »Liebesgeschichten« als *opus ultimum* eine Erzählung entgegengesetzt, deren Größe keiner solchen Verfänglichkeit geschuldet gewesen wäre: das historisch eingefärbte Doppelporträt von Luther und Erasmus. Doch er bringt die Kraft dafür nicht mehr auf, zumal die Fortsetzung des »Felix Krull« schon auf dem Wege ist. Und schließlich rät ihm auch Katja zu diesem Projekt; vor allem wegen der pekuniären Aussichten. Am 10. April 1953 notiert er ins Journal: »Mit K. über die wirtschaftliche Ratsamkeit, den Krull fortzuführen, vor dem ich mich aber fürchte. Jedoch hat die Luther-Erasmus-Sache noch gar kein Centrum. – Beschäftigung mit dem Krull-Manuskript.«

Weder kann er wissen, daß diese Geschichte sein Vermächtnis werden wird, noch ahnt er, welchen Erfolg das Buch auch materiell dann abwirft. Aber jedenfalls ist er als alter Mann nun der Verfasser von Werken, die es weniger mit der »Moral« und der stillen Größe als mit der Travestie, der Illusion und der Erotik halten. Den Anfang der Sequenz hat »Der Erwählte« gemacht. – Dies führt zu überraschenden, wenn auch nur eingebildeten Komplikationen, als er im

April 1953 Pläne für eine Rom-Reise schmiedet. Es soll nicht einfach Rom sein. Er schickt einen Brief an Ranuncio Bianchi Bandinelli des Inhalts, »ob er ein Audienzgesuch beim Papst für opportun hält«. Am Ende seines Lebens zieht es den Lübecker Protestantensohn zum Heiligen Vater. Da tauchen ihm Bedenken auf; schließlich könnte es sein, »daß der ›Erwählte‹ mich unempfangbar macht«. So viel traut er sich zu: daß die Novelle humoristischer Prägung und »kreatürlicher« Versinnlichung um Gregor den Großen den Einspruch seines Nachfolgers bewirken könnte.

Aber diese stolzen Bedenken sind überflüssig. Am 1. Mai erzählt das Tagebuch aus der Rückschau in Erlenbach das Erlebnis mit allen Insignien der Ergriffenheit. »Am *Mittwoch den 29. April Spezial-Audienz bei Pius XII,* rührendstes und stärkstes Erlebnis, das seltsam tief in mir fortwirkt ... Die weiße Gestalt des Papstes vor mich tretend. Bewegte Kniebeugung und Dank für die Gnade. Hielt lange meine Hand ... Kniete nicht vor einem Menschen und Politiker, sondern vor einem weißen geistlich milden Idol, das 2 abendländische Jahrtausende vergegenwärtigt ... Darreichung der Hand. ›Ist das der Ring des Fischers? Darf ich ihn küssen?‹ Ich tat es. Beglückwünschung zu meinem Wirken und Entlassung. Rückweg gewiesen von den Kämmerlingen in lila Seidenmänteln.« Und dann: »Durch die Audienz im Stehen erinnert an Napoleon mit Goethe in Erfurt.« (X, 53f.) Später verleiht ihm der Präsident der Republik den italienischen Verdienstorden. »O seltsames Leben, wie es ebenso noch keiner geführt, leidend und ungläubig erhoben. Elend, Begnadung.«

Mehr könnte er nicht gewollt, mehr nicht bekommen haben. Was die Geneigtheit Roosevelts dem politischen »Berater« war, ist nun die »Begnadung« seines Lebens durch den unüberbietbaren Stellvertreter. Und die Glückwünsche zum »Wirken« bestätigten ihm zuletzt, was er in dem Vortrag »Meine Zeit« als eine Art von religiösem Bedürfnis charakterisiert hatte: die Abgleichung der schuldigen Existenz mit dem Dienst an der Arbeit. Thomas Mann hat denn gefunden, woran ihm stets so viel gelegen war – die Sichtbarkeit, ja die Berührbarkeit eines »transzendenten« Vertrauens gegenüber dem Dasein, wie es nur die katholische Kirche zu bieten hat. Kein Mensch ist der Papst, sondern Idol und Verkörperung von Jahrtausenden, vor dem die Ironie sich beugt. Natürlich wird er bald darauf den Besuch zur Trophäe im Gespräch mit Bekannten erheben. Aber es ist gleichwohl des Nachdenkens wert, mit welcher Erleichterung er den Zuspruch annimmt, und wenn er, als ob er dabeigewesen wäre, die Erfurter Begegnung in das Journal einspiegelt, so hätte ihn weniger die Figur Napoleons als die Statur Goethes – des unerreichbaren und dennoch nahen Bruders – beschäftigt.

»Erwachte besserer Dinge als seit langem«, bemerkt er denn am folgenden Tag. »Wohltat des Frühlings. Möchte ich noch einige Male diese Jahreszeit erleben!« Die geistliche Stärkung wirkt nach, die Schaffenslust ist von neuem geweckt, aber zugleich bleibt das Dilemma des Stoffes. Nach »Rom« wäre eine Geschichte um Luther und Erasmus nur noch angemessener, sein geistiges Format nochmals auszuweisen. Er blättert in einer Luther-Biographie, ohne den richtigen Angriffspunkt zu finden, während er bereits über dem Manuskript des »Felix Krull« brütet. Zögernd setzt er die Arbeit fort, wenig erbaut von der Vorstellung, einen »Unterhaltungsroman« zu liefern, der dem Gefühl der Würde kaum genügen kann.

Alles, was jetzt und fortan geschieht, scheint einem *Accelerando*, einer unheimlich beschleunigten Lebenszeit unterworfen – die Reise nach Cambridge, wo er den Ehrendoktor entgegennimmt, die Reisen nach Hamburg und Lübeck, wo er sehr festlich empfangen wird, schließlich das Datum des 78. Geburtstags. »Seltsam festlich geräuschvolles

Abschnurren des Lebensrestes«, kommentiert er selbst und erkennt dabei seine doppelte Persönlichkeit. »Im Salon ein langweiliger Mensch; auf dem Podium eine magnetische Persönlichkeit.« (X, 70)[27] Nach der Rückkehr aus Deutschland findet er in Erlenbach »Haufen von Geburtstagsbriefen« – es sei schon »kurios«: »... ich glaube kaum, daß seit Goethes alten Tagen an einen Dichter so geschrieben worden ist. Dies seltsame Leben. Bald ist es aus und wird nie wieder gelebt werden.« Wie zur Bestätigung erreicht ihn ein Artikel aus der »Freien Innerschweiz«, dessen Haupt-Satz er ins Journal übernimmt. »Es ist das erstaunlichste Leben unseres Jahrhunderts, jenem Goethes vergleichbar.« Dazu ergänzt er lapidar: »Fiel mir auch schon auf.« (X, 75)

Die Komplimente und Huldigungen häufen sich. Die Schattenseite bleibt dem geneigten Publikum unsichtbar: das mühselige Laborieren am »Krull«, den zwar, wie er sicher registriert, »alle erwünschen«, der aber allein schon von der Thematik her Schwierigkeiten bereitet. Das Problem bestünde darin, daß nach dem »Faustus« nichts ebenbürtig Gewichtiges mehr gekommen ist. Und in der Tat: »Den Krull als einen Faust aufzufassen, den es zu beenden gilt, ist schwer möglich.« Sogleich als Bilanz daraus: »Noch zu leben, ist fehlerhaft, besonders da ich fehlerhaft lebe.« Dann, im bekannten Ton: »Essen ist mir eine Last und Plage. Mein einziges Behagen ist Rauchen und Kaffee trinken, was beides schädlich. Übrigens ist das gebückte Sitzen am Schreibtisch ebenfalls schädlich. Mir fehlt die Sofaecke meines Zimmers in P. P., wo noch das späte Sprachspiel des Erwählten meinen Vormittagen Sinn gab.« (X, 81) – Und in diese Summa der Trübsal und des Sinnlosigkeitsverdachts wird endlich einmal auch die treue Gefährtin einbezogen. Am 18. Juli 1953 referiert das Tagebuch seine Arbeit an der Rede zu Katjas 70. Geburtstag. »Als ich nachmittags im Liegen daran weiterarbeitete, mußte ich weinen.«

Weinen über die Frau, die so viele Opfer brachte, so viele

»Peinlichkeiten« zu erdulden hatte? Er rühmt ihre Geduld, die Hingabe an seine Arbeit. »Diese schrecklichen Romane, in denen immer etwas Unmögliches möglich gemacht werden mußte, deren Entstehung sich in täglich webendem Bedacht hinschleppte durch Jahre und Jahre, mit ihren Einschaltungen, die ihrerseits Jahre verschlangen – wie oft hat sie seufzen müssen: ›Nein, ich erlebe es nicht!‹« Er preist ihr Ausharren bei der »Langsamkeit« seines Lebens. Aber die Stelle, von der das Weinen wohl ausging, hat doch vor allem mit ihm zu tun. So flicht er kurz vor dem Ende der Rede ein, woran *seine* Trauer hängt: daß »alles« fertig geworden sei, das große Werk. Dann ein gespieltes Innehalten, dann das Philosphieren über Auftrag und Abgeltung, überhöht von dem geliebten Shakespeare-Zitat. Man muß den vollen Absatz zitieren. »Aber alles? Das gibt es nicht. Wir gehen alle dahin als hoffnungslose Schuldner des Unendlichen. ›And my ending is despair‹, sagt Prospero, Shakespeare's Zauberer. Wenn die Schatten sich senken und all das Verfehlte und Ungeschehene und Ungetane mich ängstet, dann gebe der Himmel, daß sie bei mir sitzt, Hand in Hand mit mir, und mich tröstet, wie sie mich hundertmal getröstet und aufgerichtet hat in Lebens- und Arbeitskrisen, und zu mir sagt: ›Laß gut sein, du bist ganz brav gewesen, hast getan, was du konntest‹.«[28]

So – und nur so – kann es Thomas Mann wagen, mehr oder weniger öffentlich von dem eigenen Ungenügen zu sprechen, die Qualen der Schuld zu bekennen mit der leisen Himmelshoffnung: er schiebt die Gefährtin vor. Er instrumentiert *ihren* Anlaß. Mehr noch: er begibt sich unter ihren Schutz wie der Sohn, dem die Mutter guttätig und gutgläubig bestätigt, daß er »brav« gewesen sei. – Aber so, wie es hier klingen soll, im Stil des melancholischen Ab- und Nachgesangs, stimmt es auch wieder nicht. Denn immerhin findet er noch die Energie, das mangelhafte Erlenbacher Haus zu kündigen und nach etwas Besserem Umschau zu halten. Er denkt an Genf und an Lugano, und er denkt wenigstens an ein Arbeitszimmer mit Raum für sein Sofa. Am 12. September ist er in Vevey, wo die Damen passende Objekte entdeckt hätten. Jedoch: »Wenn nur nicht unsere Mittel mit unseren Ansprüchen so mangelhaft übereinstimmten! Das deprimiert mich immer wieder.« (X, 112) Es kommt noch ärger, als ihn am selben Abend Charlie Chaplin zu »seiner prachtvollen Besitzung mit Riesenpark« bittet. Und am folgenden Tag ist er dort schon wieder zu Gast. »Mittags von Chaplin mit seinem Wagen abgeholt. Mit ihm zu seinem fürstlichen Anwesen, dessen Park herrlich vor dem schlichten und geschmackvollen, geräumigen Hause sich ausbreitet. Blick wunderschön auf den See und den Dent du Midi.« – Der Trost: daß zwei Zelebritäten ungezwungen miteinander verkehren können. Das Elend: daß er sich solchen Luxus niemals mehr wird leisten können. Wenigstens war er darauf vorbereitet. In einem Brief an Henry Walter Brann schon vom 25. August hat er über die Enge des Erlenbacher Hauses geklagt; freilich ohne das Eingeständnis, die nachfolgend erwähnte Villa als etwas Unerreichbares ansehen zu müssen, im Gegenteil: »Überhaupt habe ich einen wahren Horror vor allem Mesquinen und sollte so reich sein wie Chaplin, der am Genfer See etwas Splendides erworben hat. Er selbst nannte es ›a bit pretentious‹, aber das wäre mir gerade recht.«[29]

Zu den Entbehrungen des »Styls« gesellen sich familiäre Zwistigkeiten, vor allem zwischen Golo und der »beunruhigend übergesprächigen« Erika. Wenn er in Zeitschriften liest, sind diese »gräßlich, anstrengend, einschüchternd, verstimmend«. Als das kalifornische Haus endlich verkauft ist, entspricht die gelöste Summe nicht seinen Erwartungen. Und wieder einmal der Blick in den Spiegel. »Alte, peinliche Lebenserinnerungen, zwanghaft, wie oft. War nicht das *ganze* Leben peinlich. Es gab wohl selten ein solches Ineinander von Qual und Glanz.« (X, 117)

Erst der Weihnachtsabend 1953 bringt wieder einiges Lichtvolle, und dies ist wie seit einem halben Jahrhundert verbunden mit dem Gabentisch.[30] Beinah wie ein Kind zählt er dem Journal die köstlichen Dinge auf, die bei der »Bescherung« ausgetauscht werden, sogar die Magd ist »nobel beschenkt«, fürs Essen sind »Caviar, Rehrücken, Reiscrême« bereit, das Ganze gibt ihm »allgemeines stilles, warmes Vergnügen«. (X, 158) In solchem Rahmen bürgerlicher Anständigkeit ist er endlich einmal *at ease* als Hausherr, Gatte, Vater und Großvater. Und weil er ja durchaus weiß, daß das so schön Gebotene aus seiner Arbeit entsprungen ist, setzt er sich am »ersten Weihnachtstag« gleich wieder an den Schreibtisch, um die letzten Stücke des ersten Teils des »Felix Krull« abzufassen. »Am Kapitel. Den Schluß finden!« Und zur Beglaubigung seiner asketischen Seite: »Bin wohl der einzige Mann weit und breit, der sich heute zur Arbeit setzt.« (X, 158) Der 26. Dezember gewährt ihm den Abschluß. »Schloß das III. Buch und damit den ›Ersten Teil‹ der Krull-Memoiren ab. Etwas ist abgetan, wieviel es nun wert sei.«

*

Und für den 6. Januar seines vorletzten Lebensjahrs kann das Diarium doch noch die potentielle Verwirklichung des Umzugswunsches vermelden. Katja hat in Kilchberg, am linken Ufer des Zürichsees, ein Haus begutachtet, »das nicht unmöglich ist«. Bereits drei Wochen später ist der Kauf perfekt; Thomas Mann hat für 255 000 Franken seine definitive Wohnstätte erworben – ein Anwesen von Villencharakter, das den Komfort des Erlenbacher Hauses deutlich übertrifft und die so dringend ersehnte Behaglichkeit gestattet. Daneben: weitere Arbeit am »Krull«, unterstützt durch einen Brief von Werner Weber, der dem Autor mitteilt, daß just dieses Buch sein »Meisterwerk« werde. Er dagegen, einschränkend: »Wer soviel Glauben hätte. Mich langweilt's unendlich.« (X, 173) Dann ein Besuch im Zürcher Schauspielhaus, zu einer Matinee »des Mimik-Tänzers Marceau«. »An Komik geringer als Chaplin, aber von fesselnder körperlicher Genialität, wenn auch nicht immer deutlich im Ausdruck. Selbstverständlich homosexuell. Der junge Schüler, der ihm assistiert, gewiß sein Geliebter.« (X, 171) – Marceaus Auftritt klingt ihm nach, als er zwei Tage darauf einen Brief an den Berliner Psychologen Paul Orlowsky verfaßt. Es ist allerdings, wie so oft, mehr ein Brief an sich selbst. Scheinbar unbeteiligt kommt er zuerst auf Goethes Liebesleben zu sprechen, darauf auf Schillers »Über-Männlichkeit«, bei der indessen »eine starke homosexuelle Komponente« zu vermuten sei. Schließlich aber steuert er das Zentrum seiner eigenen Gedanken an, da er der Typologie von Invertiertheit nachsinnt, und wie ein wenig kompliziertes Palimpsest mutet der Kernsatz dieser Epistel an: »Wirklich ›homosexuell‹ wäre doch nur die Liebe eines bärtigen Vollmannes zum andern, während die Knaben- und Jünglingsverehrung des Mannes offenbar nur eine leichte Abwandlung des Heterosexuellen ist.«[31]

Wären damit seine Neigungen hin zum schönen Körper als sanfte Variation des ästhetischen Bedürfnisses entschuldigt? Er ist nun jedenfalls endgültig der alte Mann, dem nur noch das Auge des Beschauers bleibt und der versucht, die Biographie rückwirkend um das viele »Peinliche« mit dieser Erklärung zu erleichtern. – Im Februar 1954 reist er nach Taormina: die Winterfahrt mit Kälte und Unbequemlichkeiten sei freilich ein »Unsinn«. Auch Rom mag ihn jetzt kaum noch aufzuheitern. Dort berichtet ihm Ludwig Curtius vom bedenklichen Gesundheitszustand des Papstes. Das kommt ihm insofern nicht ganz ungelegen, als er eine Art von Identifikation gefunden hat. »Empfinde eine nicht leicht zu erklärende brüderliche Teilnahme.« (X, 186) So schwer wäre solche Empathie, nach dem erhabenen Audienz-Erlebnis, nicht zu »erklären« gewesen.

Im April kauft er einen Teppich für das Arbeitszimmer. Die Freude ist beschränkt. »Die Frage, ob der ganze Aufwand eigentlich noch lohnt, taucht ... immer wieder auf.« Dann abschwächend: »Und doch hat der Gang der Dinge wohl seine Notwendigkeit.« (X, 207) Weitermachen, lautet die Devise des Bürger-Künstlers, der hin- und hergerissen ist zwischen der Resignation und dem ethischen Ideal, daß es solches nicht geben darf. Und der bestandene Umzug liefert ihm sogleich die Belohnung. »Schrieb nach alter Art in der Sofaecke das Kapitel von Eleanor und dem Lord zur Zufriedenheit zu Ende.« (X, 211) – Es ist tatsächlich schon so: wie in einer geglückten Anamnesis schreibt mit dem Geist auch der Körper in der vertrauten Lage mit – es ist die Urszene von Behaglichkeit, die er schon 1925 in dem Text »Meine Arbeitsweise« geschildert hat als notwendige Quelle seiner Inspiration. Ein weiteres Pendant hätte die »Ausstattung« in jenem eigentümlichen Detail gefunden, das – wider alle politische Skepsis – der äußeren Erscheinung eine Steigerung verschafft. Das Journal vom 16. Mai berichtet vom Besuch zweier »Herren aus Osten, Janka und Prof. Meyer«. Dieser – gemeint ist der Germanist Hans Mayer – »brachte sein Buch ›Studien zur deutschen Literaturgeschichte‹«; nach kurzer Lektüre steht das Urteil fest: »Kein reizvoller Geist.« Jener aber, Paul Janka, der Leiter des Ostberliner Aufbau-Verlags, bringt – und darauf kommt's jetzt an – »den glücklich herübergeretteten *Pelz*, prächtig, Nerz und Otterkragen«. (X, 223f.) – Zwar wäre Thomas Mann durch Erikas Erzählung von ihrer Inspektion in Ostdeutschland bestens über die traurigen Zustände daselbst unterrichtet gewesen. Gleichwohl läßt er sich die luxuriöse Gabe gefallen. Sie hat sich von ihren begleitenden Umständen gänzlich gelöst und umhüllt den Bourgeois, der sich damit schon beinah als königliche Hoheit fühlt.[32]

Oder doch eher als Halbbruder des travestieerprobten Felix Krull? Dies dürfte er sich freilich kaum eingestehn. Im

Gegenteil ist es, zwei Tage vor dem 79. Geburtstag, der sorgenvolle Bürger, der sich von dem »Krull-Bande« eine »entwürdigende Wirkung« fürchtet. Das Gegengift läge in Stoffen um die Schicksale von Luther, Hutten, Erasmus, Karl V., Leo X., Zwingli, Münzer und Tilman Riemenschneider, die er in eine »Reihe von 7 historischen Charakterszenen« fassen möchte. Aber dafür fehlt ihm schon der Titel, von »Lust zum Fleiß« zu schweigen. – So verdüstert sich der Eintrag zum Geburtstag. »Melancholie, Bangigkeit, Sorge um die Endzeit meines Lebens herrschen fort. Wie werde ich das anbrechende Jahr einigermaßen produktiv verbringen? Wie raffe ich mich noch einmal zu künstlerischem Unternehmen auf?« Und als letzte Zeile das Shakespeare-Motiv. »Es droht das ›And my ending is despair‹.« (X, 236)

Es droht für die innere Stimme des Tagebuchs schon länger, doch jetzt, da ihm der »Krull« nur noch redaktionelle Arbeit bereitet und die historischen Porträts als Schemen ohne Realität herumgeistern, ist die Lage allerdings verzweifelt. Am 19. Juni schreibt er einen Brief an die Literaturwissenschaftlerin Anni Carlsson, worin er Richard Wagner über die Maßen als einen »der größten *Vollbringer* der Welt«, einen Werk-Menschen und Werk-Helden »sondergleichen« lobt. Das eine ist, daß er diesen Kommentar einem Gegenüber loswerden muß. Das andere ist, daß er die Briefpassagen als Selbstzitate ins Journal aufnimmt. Denn dort findet sich der Kontext für all die vielen Erwägungen zu seiner eigenen Statur. Er ist zufrieden, wenn er »einen kleinen Vollbringer abgeben konnte«. »Wahrhaftig, ich war nicht groß. Aber eine gewisse kindliche Intimität meines Verhaltens zur Größe brachte in mein Werk ein Lächeln der Allusion auf sie, das Wissende, Gütige, Amüsable heute und später erfreuen mag.« (X, 241) – So wird es auch geschehen. Trotzdem findet er den Schluß des »Krull« beschämend schwach – so daß ihn dies und manches andere endlich gar dazu treibt, den Seelenspiegel des Tagebuchs für zwei Wochen zu verhängen. Am 21. Juni 1954: »Ich sollte aufhören, dies nutzlose, leere Tagebuch zu führen, aus Scham vor meiner gegenwärtigen elenden Existenz.« Am 24. Juni wird der Vorsatz in die Tat umgesetzt. Als er am 4. Juli den Faden wiederaufnimmt, lautet der erste Satz: »Das Tagebuch ekelte mich, wie mich alles ekelte ...«

Im August verbringt Thomas Mann einige Zeit im Engadin, wo er mit Hermann Hesse zusammentrifft, und als literarisches Pensum hat er sich die Arbeit an der Rede zu Schillers 150. Todestag vorgenommen, die er am 8. Mai 1955 in Stuttgart halten wird. Kurz darauf reist er nach Köln und Düsseldorf. In Köln liest er aus dem »Krull« vor, erfolgreich, doch ohne »Abgang und Wiederkommen ..., was mir nie gefällt«. Das Museum des Kunstvereins lockt ihn in eine große Ausstellung mit Gemälden von Memling bis Picasso. Am besten sagt ihm allerdings Chardins »Knabe mit dem Kreisel« zu: das von keiner dramatischen Dissonanz getrübte Bild vollendeter und selbstverständlicher Häuslichkeit, wie er sie sich nur wünschen kann. Als er dann in Düsseldorf der Familie Heuser begegnet, tauchen Reminiszenzen empor. »Klaus, der Geliebte von einst, ein Vierziger nun, kehrt nächstens nach 18jährigem Aufenthalt aus China zurück und wird, mich, mit seinem nicht recht angenehmen Vater besuchen.« Die Genugtuung: »Ist unverheiratet geblieben. Erika: ›Da er den Z. nicht haben konnte, hat ers lieber ganz gelassen.‹« (X, 268) Doch das Unsterbliche »dieser Liebe« findet Thomas Mann gleichwohl: in den Anfangssätzen seines »Amphytrion«-Aufsatzes.[33]

Solche Glossen auf vorangegangene Bemerkungen – hier: Erikas – zeigen den Prozeß von »Entzweiung« an, der zuletzt in Gang kommt. Selbst der narzißtischen Besorgtheit um die Einheit von Leben und Werk gelingt es weniger und weniger, das eine mit dem anderen zusammenzuhalten. Klaus Heuser, zu dessen Besuch es nicht mehr kommen wird, hat sich, ganz im Sinn der antiken Metamorphose, in die Eingangstextur seines Kleist-Essays verwandelt, wo ihm tatsächlich so etwas wie Verewigung zuteil geworden ist. – Für den »Krull« will Thomas Mann, gerade sich selbst gegenüber, kaum so gnädig sein. Als das Tagebuch am 27. September 1954 dessen Auslieferung vermeldet, ist er irritiert durch die »fast peinlichen Erfolgsprophezeiungen«. Wäre er nochmals zum Schriftsteller eines Bestsellers geworden? Und einige Tage darauf kann er sogar *sehen*, wie seine »leichteren« Stoffe in die Sichtbarkeit übersetzt werden: er wohnt im Zürcher Kino »Orient« der Vorpremiere der Verfilmung von »Königliche Hoheit« bei. »Ablauf des hübschen, oft etwas blöde-peinlichen Films vor Freunden und einem sympathisierenden Publikum, das ... mir noch unten in der Vorhalle Ovationen brachte.« (X, 282) – Erst Werner Webers Rezension des »Krull« in der »Neuen Zürcher Zeitung« unter dem Titel »Ein Meisterwerk Thomas Manns« lenkt ihn von seiner Beunruhigung ab; er hat das »Gefühl, in ein Festjahr eingetreten zu sein«, und gedenkt des Kinobesuchs, den früheren Roman in seiner Emblematik aufnehmend, mit Genuß. »Wunderlich, wie ich gestern im Theater und Hotel (die Angestellten!) selbst ganz wie eine Königliche Hoheit behandelt wurde und so reagierte. Wunderlicher Lebenstraum, der bald ausgeträumt sein wird. Kurios, kurios. Das habe ich früh gesagt und werde es zuletzt sagen.« (X, 282 f.)

Womit sich die Figuren des Hochstaplers und des »Königs« ineinander verwoben hätten: zum Motiv einer Kuriosität, deren Regie er schon abgegeben hat – er muß selber über soviel Koinzidenz staunen. – Über die letztmögliche »Vergegenständlichung« seiner Existenz sinnt er schließlich nach, als es darum ginge, in Deutschland an öffentlicher Stelle sein Standbild zu errichten. So heißt es mit unterkühltem Triumph: »Nachdenken über die Aufstellung meiner Büste in Stein auf einem städtischen Platz in Deutschland. Dauer in Sonne, Regen und Schnee. Eigentümlich beruhigend über den Tod und die Existenz festigend. Tod, wo ist dein Stachel.« (X, 285)

Anders sieht es mit der Arbeit aus. Obwohl – oder vielleicht gerade weil – der »Krull«-Roman in die achtzigtausend verkauften Exemplare läuft und seinem Autor beträchtliche Einnahmen bringt, fühlt er »keine Verlockung«, die Fortsetzung an die Hand zu nehmen. Immer noch bedrängen ihn Probleme bei der Gestaltung der Schiller-Rede. Beim Zürcher Referat über Tschechow beobachtet er »beängstigenden Zulauf«. Im Mai 1955 reist er zum letzten Mal nach Deutschland – zuerst nach Stuttgart, dann über Eisenach nach Weimar, wo der Vortrag über Schiller wiederholt wird. Das Diarium zieht diese Ereignisse als Rückschau zusammen: in Ost-Deutschland kommt sein Auftreten einem Staatsbesuch gleich. In den Dörfern sind Transparente ausgespannt, im Hotel ißt er »die ganze Zeit viel Kaviar, der zu hartkörnig«, in Jena, wo er einen Ehrendoktor mehr erhält, eskortiert den Wagenzug die »Motor-Polizei«, er nennt es bescheiden »Teilnahme an den Vorteilen der Despotie«. – Zurück in der Schweiz, hofft er auf die beschleunigte Einbürgerung.[34] Und nochmals muß das Tagebuch die Tage überspringen, als der achtzigste Geburtstag naht. Am 3. Juni macht er's kurz. »Gebadet. Mildes, nicht sehr warmes Wetter. Post, die später zu sichten. Ungefähre Komposition der zu improvisierenden Reden.« Am 15. Juni faßt er die große Festbeglückung in einen längeren Eintrag.

Noch einmal ist alles da: der Aufmarsch der Honoratioren, die üppige Einbescherung, die Post, das Gala-Diner, der Reigen der Ansprachen. Doch gegen das Ende des Notats, unvermeidlich: »Scham, weil sich der Luther-Stoff nicht bilden und zuspitzen will. Überhaupt das Gefühl, daß ich nicht mehr zu arbeiten weiß, nicht dazu zurückfinde. Schlafe gut, mit Mitteln. Aber mein Kopf ist müde, und ich kann wenig essen.« (X, 348 f.) Hell und Dunkel ziehen noch Wochen danach durch das Journal. Am 25. Juni ärgert er sich über die »Unordnung im Hause durch den Niederschlag des Geburtstages«. Für den 30. Juni: »Alle Vormittage waren ausgefüllt mit dankgeschäftlicher u. verwandter unproduktiver Arbeit im Gefolge des Geburtstages, von dem das Wort umgeht, daß selten oder nie ein Mensch so gefeiert worden sei. Kurios, kurios. Eine Merkwürdigkeit, dieses Leben.«

So flüchtet Thomas Mann Anfang Juli 1955 zuerst nach Den Haag, dann in das Seebad Nordwijk. Muß schon als Todesbote jenes Nachtgesicht gelten, da er »wirr« träumt, daß Erika ein Kind erwartet – nicht von ihm? »Es war wohl von Peter Pr., der aber seinerseits schwanger schien.« (X, 355) Er schreibt einige Briefe, liest »mit großer Anteilnahme« Melvilles Novelle »Billy Budd« und klagt am 20. Juli plötzlich über »Rheuma im linken Bein«. Die Krankheit zum Ende hat, letztlich unbemerkt, begonnen. Nochmals steht er hinterm Kontor, wenn er mit der ihm eigenen Ambivalenz notiert: »Der Krull trägt große Summen. Wir sind sehr reich und müssen hohe Steuern zahlen.« – Dann die zwei verbleibenden Einträge, der erste aus Nordwijk, der die Abreise nach der Schweiz referiert, der zweite *»In dem riesigen Kantonspital«* der Zürcher Universitätsklinik. Und obwohl er noch zwei Wochen – bis zum 12. August – zu leben hat, findet er dem Diarium mit den letzten Zeilen des Notats vom 29. Juli 1955 den angemessen schwebenden Abgang. Er erhofft wenn nicht die Transzendenz, so wenigstens das Licht einer Klarheit, übt sich ein in die Gelassenheit und kehrt ein im Haus des Leidens. »Lese Einsteins ›Mozart‹. – Lasse mir's im Unklaren, wie lange dies Dasein währen wird. Langsam wird es sich lichten. Soll heute etwas im Stuhl sitzen. – Verdauungssorgen und Plagen.«

Hegel hatte mit dem Blick auf die häuslichen Interieurs des Malers Ostade den Geist ausgespäht, der die bürgerliche Gesellschaft durchherrsche – als eine Aura von Arbeit und Behaglichkeit, von *vita activa* und lebensnaher Kontemplation. Noch am 11. Februar 1955, dem »*Tag unserer Goldenen Hochzeit*«, wäre Thomas Mann der unübertreffliche Schilderer solcher Innigkeit gewesen. »Telegramme und Blumen. Beim Frühstück brachten die drei Kinder festlich ihr Geschenk, den *neuen Niko,* einen zweijährigen, sehr hübschen schwarzen Pudel herein. Trug ein Gedicht von Erika auf dem Rücken. Ist gesittet und klug, spielt mit einem Ball, liebt Fleisch und Chokolade. Ist anhänglich an Golo, der ihn während unserer Abwesenheit schon hier hatte. Herzliche Freude über das Wiederdasein des kreatürlichen Hausgenossen. – Lag bis ½12 noch zu Bett und las im ›Klosterleben‹.« – Doch war es Nietzsche, der die »Freude im Alter« in einen Aphorismus der ergänzenden Wahrheit goß. Natürlich gehört er zum Thema »Menschliches, Allzumenschliches«. »Der Denker und ebenso der Künstler, welcher sein besseres Selbst in Werke geflüchtet hat, empfindet eine fast boshafte Freude, wenn er sieht, wie sein Leib und Geist langsam von der Zeit angebrochen und zerstört werden, als ob er aus einem Winkel einen Dieb an seinem Geldschrank arbeiten sähe, während er weiß, daß dieser leer ist und alle Schätze gerettet sind.«[35]

II.
Begriffe des Unpolitischen

Hätte Thomas Mann als Erbschaft seiner Zeit uns nur die Tagebücher seit jenen Tagen in Arosa vom März 1933 hinterlassen, da er zum Emigranten wurde, so bliebe – wenigstens für das Journal – das Bild des mehr oder minder aufrechten Republikaners und Humanisten, wie er sich schließlich selber sehen wollte. Doch dem Autodafé vom 21. Mai 1945 fielen einige Hefte nicht zum Opfer, welche einer früheren Epoche zugehören: einer Phase des Denkens, die anderen politischen Optionen geschuldet war. Man mag noch lange rätseln, weshalb der Zensor just diese Blätter schonte, während er Früheres und Späteres dem Ofen in Pacific Palisades übergab.[1] Gleichviel, wir besitzen denn Dokumente, die mit dem 11. September 1918 anheben und am 1. Dezember 1921 abbrechen – Testate des geschichtlichen Umbruchs, die es dem Autor offenbar wert waren, gerettet zu bleiben, den ideologischen Verfänglichkeiten zum Trotz, die ihnen in wechselnden Konstellationen eingeschrieben sind. Ohnehin hätte es keiner allzu eifrigen Phantasie bedurft, diese Tagebücher ihrer geistigen Richtung nach zu »rekonstruieren«: wenn doch die »Betrachtungen eines Unpolitischen« vom Herbst 1918 vorlagen, in denen für jedermann klar zutage tritt, wofür – vielleicht eher: wogegen – ihr Verfasser sich damals engagierte.

Denn was er unterm Eindruck des Großen Kriegs, im Grunde aber schon vor dem Jahr 1914 zu erkennen glaubte, war dies: daß dem deutschen Charakter aus langer historischer Tradition das politisierte und die Kultur durchdringende und verformende Leben fremd, ja unangemessen sein müsse. Und im Gegenteil gelte es, die Sphären von Geist und Kunst, von ästhetischem Ideal und künstlerischer Erziehung rein zu halten von den Ansprüchen einer »totalisierenden« Öffentlichkeit – wie er's besonders für Frankreich, letztlich aber für den Prozeß der zivilisatorischen Moderne insgesamt gegenläufig zu beobachten meinte. – Damit hätte er indirekt die später von Helmuth Plessner formulierte These bestätigt. Die »verspätete Nation«, die durch geschichtliche Verzögerungen und Fehlwege niemals das Bewußtsein des sich selbst verpflichteten *citoyen* erreichen und in die Praxis überzuführen vermochte, lief eben deshalb in die Katastrophen der Diktatur. Aber anderseits war die Verspätung ihrem geistigen Profil gerade zugute gekommen, indem Kunst und Wissenschaft wie in einem Exil der Unbetroffenheit von allem Öffentlichen zu besonderen Leistungen aufblühen konnten. Der Rückschritt der Säkula war auch ein Fortschritt. Diese Amphibolie war selbst Plessner durchaus bewußt.[2]

Der Essay der »Betrachtungen« war als Polemik konzipiert, worin ein Konservativer mit dem noch jungen Jahrhundert abzurechnen gedachte. Doch seit wir Einsicht haben in Thomas Manns »Notizhefte« zwischen 1895 und 1937, die oft nur stenographische Kürzel enthalten, manchmal aber auch zu längeren Exzerpten seiner Lektüre, zu ausführlichen Entwürfen und dichten Kommentaren auslaufen, können wir wissen, daß ihr Autor einen Zwiespalt mit sich trug. Bevor er noch das Vorwort verfaßte, legte er im Notizheft das Problem dar. »Das Ganze tagebuchartig aufzufassen, trotz komponierter Kapitel, u. zu bedenken, daß zwischen Anfang und Ende der größte Teil der Kriegszeit liegt.« Und weiter: »Was diese an inneren Veränderungen mit sich gebracht, ist wohl zum Teil kenntlich, zum Teil darum nicht, weil es hieß, der Conception und Komposition treu bleiben. Dies der Nachteil des komp. Buches gegen das Tagebuch.«[3] – Er hätte sich denn gewünscht, dieser Schrift die Unmittelbarkeit der Eindrücke mitzugeben.

Nicht einfach als »Summe« waren die »Betrachtungen« gedacht. Freilich kaschierte er hinter dem Bedürfnis nach Authentizität, hinter dem – für das Buch: unmöglichen – Wunsch, der Rolle des Chronisten gerecht zu sein, auch etwas anderes. Er war sich seiner Sache viel weniger sicher, als es den Anschein machte. Er gab als Pamphlet aus einem Gusse aus, was in Wirklichkeit zugleich ein Konglomerat der feinen und gelegentlich gröberen Widersprüche war. Und allerdings wäre ihm dies viel weniger zu rügen gewesen, wenn er den Essay im Rhythmus des Geschehenden als Journal geformt hätte. Nur wußte er selber, daß damit ein mächtiger Teil der Stoßkraft verloren gewesen wäre. – Das Diarium zwischen 1918 und 1921 darf deshalb *auch* als Fortsetzung der »Betrachtungen« gelesen werden; als das in bezug aufs »Ganze« ehrlichere Unterfangen, die Zeit, die ihn in ihren schwankenden Figuren so fasziniert, an die eigenen Urteile und Stimmungen zu binden. So hätte Thomas Mann, vielleicht unbewußt, jenes Diarium darum verschont, weil es ihm die »Komposition« für das Weitere der Geschichte und ihres Betrachters in der Richtung des älteren Ansinnens korrigierte. Es ging doch immer noch um die »inneren Veränderungen« – also um eine Art von Rezeption, die wie eh und je das Selbstgespräch, das dauernde Kreisen der Fragen und Antworten in Gang brachte.

Bereits der zweite Absatz des Eintrags vom 11. September 1918 bekennt »Neugier auf das Abenteuer des Erscheinens der ›Betrachtungen‹«. Daß er einen geheimen und letzten Humor »in der Erwartung von allem Möglichen« parat halte, dürfte man indessen nicht allzu wörtlich nehmen. Zwei Tage später fürchtet er sich vor einer »Anhängerschaft«, die ihn degradiere und ihn »in jeder Selbstverkleinerung unbewußt« bestätige. (I, 5) Als Ausnahme unter seinen Bewunderern läßt er nur den Germanisten Ernst Bertram gelten, der zu dieser Zeit regelmäßig in dem Münchner Haus an der Poschingerstraße verkehrt, seine damaligen politischen Einschätzungen weitgehend teilt und im Oktober des Jahres das Buch »Friedrich Nietzsche. Versuch einer Mythologie« veröffentlicht. – Noch sind die »Betrachtungen« nicht publiziert, da nimmt er mögliche Kritik vorweg, indem er nichts zurückgenommen wissen will. »Was will man? Uns das Erlebnis Goethes, Luthers, Friedrichs und Bismarcks austreiben, damit wir uns ›in die Demokratie einfügen‹. Ich bereue kein Wort der Betrachtungen.« (I, 7) Er schlägt es zur »Ironie«, daß sich die demokratischen Zeitungen »zunächst« um den Essay kümmerten und fragt sich besorgt, welche Rolle er spielen werde: es sei möglich, daß das Buch in die Lage eingreife. »Es ist aber auch möglich, daß Unlesbarkeit es vor dem Bemerktwerden schützt.« (I, 18)

So glossierte kein Autor, der seiner Botschaft gewiß wäre. Womit freilich dem »Unpolitischen« des Titels selber das Paradox entgegenschlägt, daß ein Künstler – dessen Pläne übrigens schon wieder beim Stoff des »Felix Krull« und des »Zauberbergs« verweilen – sich politisch artikuliert. Sollte dies zu seiner wahren Berufung wirklich gehören? Im »Notizbuch« von 1901 hatte er doch, inspiriert von Nietzsche, die »geborenen Protestanten« und Märtyrer gerügt. »Das Protestiren, *unkünstlerisch wie es ist,* gehört zur ›Litteratur‹. Der Künstler kritisirt nicht, nimmt auf, giebt sich hin, läßt sich von den Thatsachen, den Erscheinungen besiegen, sagt *immer* Ja, spiegelt wieder … ohne Reflexion.«[4] – Siebzehn Jahre später dürfte sich an dieser Bestimmung und Selbstbestimmung im Grunde nichts geändert haben. Und allerdings notiert er am 5. Oktober 1918 für das Journal, »daß der Welttriumph der demokratischen Civilisation auf politischem Gebiet eine Thatsache« sei – und »daß folglich, wenn es sich um die Erhaltung des deutschen Geistes handeln soll, die Trennung des geistigen und nationalen Lebens vom politischen, die vollkommene Gleichgültigkeit des einen gegen das andere zu empfehlen« wäre.

Und nochmals erklärt er – man müßte sagen: beinah beschwörend – die »Tendenz« seiner Schrift. Sie richte sich eben gegen die »Politisierung ... im Sinne der absoluten, auch geistigen Herrschaft des siegreichen demokratisch-civilisationellen Prinzips in Deutschland«. (I, 24f.) – Gleichwohl will sich Thomas Mann, gegen das *ästhetische* Prinzip, mit den »Thatsachen« nicht abfinden: worin der Widerspruch auf etwas untergründige Weise virulent wird und ihm gar den verführerischen Gedanken eingibt, »das Buch zu unterdrücken u. posthum zu machen«.[5] Soweit kommt es nicht. Dafür, nur für die Nachwelt, will er nicht Jahre gearbeitet haben. Zugleich aber heißt es in angemessener Einschätzung seines Temperaments, daß es falsch wäre, sich zu verhehlen, daß er dem Leben nur bei Ruhe und Zurückgezogenheit gewachsen sei. Wie arrangiert er sich denn? Er stößt sich zwar daran – die frühen Affekte gegen den »amerikanischen Geldmann« aufnehmend[6] –, wie »ausgemacht ein amerikanischer Professor kommen mußte, um vermittelst 14 Punkte die Welt einzurenken«; aber er empfiehlt sich auch, die Richtung des »politischen Weltganges« anzuerkennen und die demokratische »Neue Welt« – nun wörtlich: »mit guter Miene zu salutieren, als einen Weltkomfort, mit dem sich ja wird leben lassen ...«. (I, 31)

Es ist leicht zu sehen, wo das erlösende Stichwort einspringt. Es wäre der Weltkomfort, das kleinste Übel der politisierten Globalzivilisation, ja möglicherweise sogar deren Ausgleichsbewegung. Nicht, daß er dieses Zuschusses erst bedürfte. Er lebt ihn mit allen Privilegien gegen die große Mehrheit, wenn er »in Seide« seinen Abendgang absolviert, die kleine Elisabeth im Zimmer herumträgt und ihr die Uhren zeigt, wenn er »ergriffen« vor seiner Büste steht, die ein Plastiker eben vollendet hat und wenn er schließlich das schöne Winterwetter in München als einen »wahren St. Moritz-Tag« begrüßt. Und er denkt bei der »Amerikanisierung« auch weniger an die wünschbare Befriedigung der Volksmassen. – Im Grunde nagt die Furcht; der bisher bloß imaginierte Schrecken, daß er dies alles und noch mehr, im schlimmsten Falle sein Leben, verlieren könnte: durch die Revolution von links. Das Tagebuch registriert nun just dies politische Hin und Her der »Thatsachen«, dessen Rhythmus er doch gerne dem Gang der »Betrachtungen« mitgegeben hätte. Tatsache ist, daß er keinen echten Begriff des Politischen hat, vielmehr je nach den Umständen und Ereignissen reagiert. Anderseits bemerkt er sehr wohl – und spätestens seit dem 7. November 1918 –, daß die Lage ins Gefährliche wächst.

An diesem Tag herrscht noch »sonderbare, zweideutig-ungewisse Stimmung in der Stadt, bei klarem, feuchtem Sternenhimmel. Revolutionär, aber friedlich und festlich.« Dann, beschwichtigend: »Fortwährend Feuerwerkschüsse, die auch jetzt um Mitternacht hier draußen hörbar sind. Irgendwie begehen die Menschen den Anbruch einer neuen Zeit.« (I, 59) Das paßt dem Beschauer der Weltallruhe, der am nächsten Abend »demonstrativ« ein politisches Gespräch unterbricht und »auf die Schönheit des feuchten Sternenhimmels« verweist. »Das Ewige stimmt quietistisch. Das Menschliche ist dem Politischen im Grunde fremd.« Und noch einen Tag danach, immer unterm Eindruck einer gewissen Harmlosigkeit des Umsturzes, spricht er von der »Bereinigung und Erfrischung der politischen Atmosphäre«, die »schließlich gut und wohlthätig« sei – obwohl er zwischendurch ausrufen muß: »Das ist die Revolution! Es handelt sich so gut wie ausschließlich um Juden.« (I, 63 ff.) – Aber am 11. November kommen ihm »im Liegen« Vorstellungen »von Revolutionstribunal und Hinrichtung«. »Kommt es extrem, so ist es nicht unmöglich, daß ich infolge meines Verhaltens im Kriege erschossen werde.«

Thomas Mann hat keinen Begriff des Politischen, aber er *will* immerhin spüren, daß *seine* bürgerlich-literarische Existenz bedroht ist, und wäre er bloß der Krieger der Feder auf falscher Seite gewesen. Schon deshalb muß er von seinem »Verhalten im Kriege« reden. – Wiederum aus den Notizheften erfahren wir, wie er um 1907 die Antithetik von Geist und Tat – gegen Voltaire, für Nietzsche – herauspräparierte. »Der Geist will Friede und äußere Ordnung haben, uns gemächlich ›befreien‹, d.h. auflösen und zerstören zu können. ›Gesittung‹ – etwas Bürgerliches. Der Krieger u. Vornehme verachtet sie einigermaßen. Der Bürger als Nihilist. Gesittung als nihilistisch. Der Krieg, die That ist positiv.«[7] Und etwas später, als Vorbereitung für die »Betrachtungen«: »Ich will den Krieger nicht missen. Ich will nicht, daß die Menschen sich einteilen in Händler und Literaten – und das wäre die Demokratie.«[8] – Vor solchen Alternativen hat er keine andere Wahl, als sich zum heroisch Soldatischen zu schlagen, gegen die bürgerliche Lebensart, die der Erfolgsschriftsteller der »Buddenbrooks« und der Liebesmelancholiker des »Tonio Kröger« längst führt: zuerst als gepflegter Junggeselle, dann als ambivalenter Vater einer stilsicher lebenden Großfamilie. Natürlich hätte er sich damals nicht denken können, daß er einmal diese Rolle nicht nur im Entwurf seiner Arbeitspensen durchzuspielen, sondern vor dem Hintergrund realer Feindschaften in einem Bürgerkrieg neu und ernsthaft zu prüfen hätte. Man darf auch das wiederum nicht allzu ernst nehmen – besonders wenn sich die vorgestellte »Hinrichtung« wie eine »würdigere« Variation der Todeswünsche liest, die er zwei Monate zuvor dem Diarium anvertraut hat. »Todeswehmut. Dachte auf dem Mittagsspaziergang wieder einmal, wie gut es wäre, wenn ich jetzt stürbe.« (I, 5) Doch liegt in der Idee des Bürgers als Anti-Bürger von seiner möglichen Exekution weiterer Stoff für die Abrechnungen mit der Wendung der Geschichte, die Deutschland geschmäht und die Herrschaft des »Pöbels« begünstigt hat.

Denn die deutsche November-Revolution mitsamt ihren Tribunalen läßt Thomas Mann – wie viele andere Zeitgenossen – das Stück Historie zurückrufen, worin das Verhängnis gleichsam innerlich angelegt gewesen wäre. Ein Notat vom 12. November 1918 befaßt sich damit, und bis zu den stilistischen Pathosformeln nimmt es sich aus wie die Vorwegnahme der wenig später von Ernst Jünger präsentierten Polemik seiner ersten Essays.[9] In Wahrheit, heißt es da, sei das deutsche Volk »mit Begeisterung« in den Krieg gegangen, als es glaubte, daß er ihm aufgezwungen sei; es habe geglaubt, daß es siegen »und Europa im deutschen Zeichen organisieren« werde. »Der heroische Kampf, der nie gesehene Leistungen zeitigte, ist, durch furchtbare militärische und politische Fehler und durch die für solchen Kampf tief untaugliche deutsche Geistigkeit verloren gegangen u. endigt mit einer nie gesehenen Katastrophe.« Aber: »Dieser Ausgang sollte das deutsche Volk nicht bis zum widerlichen Selbstverrat moralisch brechen.« (I, 73)

Deutlich wird hier, wie bereits in den »Betrachtungen eines Unpolitischen« und noch um einiges früher in den Notizheften, die Ambivalenz, die dem Begriff vom Geiste innewohnen soll. Einerseits trägt er die wissenschaftlich-spekulativen Bemühungen; anderseits behindert er die Urkräfte des Lebens und der Selbstbehauptung. »Der Geist ist bürgerlich-revolutionär. Nichts falscher, als die Antithese von Geist und Bürgerlichkeit!« So heißt es in den Arbeitskladden zwischen 1911 und 1916. Und weiter: »Eher richtig ist die von Geist und *Anständigkeit*, denn nur wo *kein* Geist ist, giebt es Anständigkeit.«[10] Indem er das Geistige mit dem Bürgerlichen zusammenschließt und als überraschendes Produkt daraus die »revolutionäre« Zersetzung des Volkskörpers hervorspringen läßt, nimmt Thomas Mann – bis in die Zeilen des Tagebuchs – entschieden Partei – wofür? Zu denken wäre: für die Gemeinschaft; für das »anständige« Zusammenstehn; letztlich für das vitale Gefühl einer ungeschiedenen Nation. So schon in dem zehnten »Notizbuch«: »Es ehrt die Menschheit, wenn sie den bürgerl. Sicherheitsstaat auf die Dauer nicht aushält.« Und dort, kurz darauf, mit einem längeren Zitat aus den Essays von Hermann Bahr: »Erst als sich das Bürgertum in der Herrschaft einzurichten begann, vermaß sich jeder, um seinerselbst Willen dazusein. Aber schon tritt im Arbeiter der Wahn der Vereinzelung wieder ab ...«[11] – Das ist, gemessen am epochalen Drang zur Lebensphilosophie, nicht originell. Aber es setzt den Schriftsteller in den Stand, sich eine deutsche Welt herbeizusehnen, die trotz der militärischen Niederlage ein Bewußtsein ihrer selbst jenseits von Individualismus, Liberalismus und »Freiheit« gewänne. Der Großbürger, der doch irgendwie um Hab und Gut fürchtet, ist daran, die eigene Existenz zu überlisten, und es kann bei weitem nicht bloß der Affekt gegen die politischen Optionen seines älteren Bruders Heinrich gewesen sein, der ihn zu den starken Diatriben aufstachelt. Schon um 1915 notiert er: »›Freiheit‹ ist ein bis zum Nihilismus geistiges Prinzip und kann daher auf die Dauer – länger als 100 Jahre – kein *politisches* Prinzip sein.«[12]

Nur deshalb – mit solchen Vorbereitungen, die gegen das Prinzip des analytischen Geistes die seelische Kraft des Künstlertums, *seiner* Autorschaft, ausmünzen – scheint es ihm zu gelingen, die kommenden Ereignisse in und für Deutschland nicht nur im Licht anarchistisch-revolutionärer Ermächtigungen zu betrachten. »Ich bin durchaus versöhnlich und positiv gestimmt gegen die großdeutsche soziale Republik Deutschland ... Sie ist etwas Neues, auf der deutschen Linie Liegendes ... die soziale Republik ist etwas über die Bourgeois-Republik u. Plutokratie des Westens hinaus und hinweg Gehendes, zum ersten Male wird Frankreich Deutschland politisch nachzufolgen haben.« (I, 73f.) – Zwei Wochen später jedoch, ernüchtert: »Mit dem ›Reich‹ ist's aus. Das demokratisch-sozialistische Reich ist Blödsinn.« (I, 97) Was Thomas Mann, immer im engen Rhythmus der Tage und Geschehnisse, so weit bringt, daß er »eigentlich die Bolschewisierung Deutschlands und seinen Anschluß an Rußland« wünscht: einerseits entsetzt er sich »vor der Anarchie, der Pöbelherrschaft, der Proletarierdiktatur ... à la russe«; anderseits überwiegt »mein Haß auf den triumphierenden Rhetor-Bourgeois«. (I, 84f.) Zum ersten Mal spricht er im Journal am 29. November 1918 aus, was ihn als halb utopische, halb reale Sehnsucht wieder im kalifornischen Exil und mit wütender Polemik gegen Amerika und die Amerikanisierung durch den Kapitalismus heimsuchen wird: daß der Idee des Sozialismus, »ja des Kommunismus« die Zukunft gehöre. Und in den besinnlicheren Stunden zwischen Weihnachten und Neujahr 1918/1919 philosophiert er, wie der Krieg das Ende der bürgerlichen Gesellschaft erwirkt habe, was Dostojewski richtigerweise voraussah.

So erfährt der Schriftsteller, der sich um die Reparatur seiner Stutzuhr kümmert, mit einem »Kunstschieber« mögliche Akquisitionen berät und über seine »einsame, abgesonderte, grüblerische, wunderliche und trübe Existenz« im Bogenhausener Villenviertel sinniert, die Macht der Zeit. Man lebe schnell, meint er. In der Tat böte das Tagebuch seiner politischen Kommentare dafür den besten Beweis – was ihn allerdings, weil es »nur« das Tagebuch ist, viel weniger beunruhigt als der Blick auf das eigentliche Werk der Romane und Erzählungen. Verachtungsvoll hatte er sich um 1908 im neunten Notizbuch über die »Trägheit des *Volks*« geäußert und den »unteren Schichten größte Neigung zum Ideal des Nichtsthuns« unterstellt: nicht durch den »Arbeiter« sei die Welt vorwärtsgekommen, sondern durch den »bürgerlichen Erfinder, Industriellen, Spekulanten, Kaufmann«, die »etwas von ›Würde der Arbeit‹« wissen.[13] Am 19. Juni 1919 klingt es völlig anders. Er sitzt über dem Manuskript des »Zauberbergs« und bedenkt »in diesem Zusammenhang, daß der sittliche Unterschied zwischen Kapitalismus und Sozialismus darum geringfügig ist, weil beiden die *Arbeit* als höchstes Prinzip, als das Absolute gilt«.

(I, 268) Da hat er sich insofern etwas vom direkten Engagement des Kommentators distanziert, als er das so Bedachte in den Stoff des Buches und seiner Figuren zu verweben im Begriffe steht. – Das Leiden an der akzelerierten Zeit kommt anders zum Ausdruck. Gerade für den »Zauberberg« ängstigt ihn besonders, daß er, »wenn er fertig ist, schon abermals wieder nicht mehr zeitgemäß sein« werde. (I, 135)

Im Januar 1919 ist er noch immer der Kritiker der »Monstre-Demokratie«, des »Riesen-Gemeinheits-Betriebs der Neuzeit«. Im Februar wendet er sich gegen »Wilsons abstoßend ölige Rede über den Segen des Völkerbundes«. Auch verzeichnet er einen Traum – nun nochmals: den Wunschtraum vom lebensgesättigten Krieger –, der ihn der Gegenwart als besseren Menschen entrückt hätte. »In der vorigen Nacht träumte ich sonderbar, daß ich, gekleidet in die spröde und brüchige Tracht eines Seeoffiziers oder -Kadetten, das dolchartige Seitengewehr war auch vorhanden, in Lübeck herumging und zwar in sehr gehobener und angeregter Stimmung.« (I, 132) – Der Chronist der »Buddenbrooks« und ihres bürgerlichen Verfalls wäre denn zurückgekehrt in die Heimatstadt: nicht mehr nur der Pessimist dieses Epos, zugleich ein bewaffneter Held möglicherweise jener neuen Epoche, die in den Realien des Diariums freilich zustimmend und rasch wieder ablehnend charakterisiert wird.

Das ist das wahre Problem, daß sich Thomas Mann noch bis in die letzten Aufzeichnungen seiner frühen Tagebücher nicht zu entscheiden vermag, was er selber wünschte oder verwürfe. Es zeigt sich dabei die Abhängigkeit einerseits von den so oft beschworenen »Thatsachen« – in einem gleichsam mimetisch gefaßten Bedürfnis, sich die »Zeit« dienstbar zu machen, sei es sogar in der für ihn völlig unlebbaren Sphäre eines möglichen »Kommunismus«. Anderseits ist er zugleich der Leser; der Studiosus von Zeitschriften, Pamphleten und Büchern, die ihn schnell, allzu schnell in die eine oder andere Richtung beeinflussen. Der Verseschreiber seines »Gesangs vom Kindchen«, der das häusliche Idyll um die kleine Elisabeth feiert, der Prosakolorist von »Herr und Hund«, der so seinen Bauschan in die Unsterblichkeit versetzt; überhaupt der von Goethes ruhiger Größe angezogene bürgerliche Schriftsteller des geregelten Tagesverlaufs kann sich, wo das politische Glossarium ihn fordert, zur Gelassenheit eines festen Standpunkts noch lange nicht durchringen. Grell sticht gegen die Geschütztheit der privaten Lebenssphäre ein Ausruf ab wie jener, den er am 24. März 1919 – man dürfte an dem Vorsatz mehr als zweifeln – ins Journal einträgt. »Ich bin imstande, auf die Straße zu laufen und zu schreien ›Nieder mit der westlichen Lügendemokratie! Hoch Deutschland und Rußland! Hoch der Kommunismus!‹« (I, 178) – Etwas später vermeint er, auf derselben Linie, zu erkennen, daß der Kapitalismus gerichtet sei und daß man den Arbeitern nicht mehr von der Einheit ihres Interesses mit dem Kapital reden könne. Noch im elften »Notizbuch« aus dem Kriegsjahr 1916 hatte es, natürlich wieder mit einer bösen Spitze gegen den »Civilisationsliteraten« Heinrich Mann und dessen linke Präferenzen, ganz anders geklungen. »Lächerliche Art der Literaten, von ›Kapitalismus‹, ›Imperialismus‹ (›kapitalistischem Militarismus‹) wie von dem verworfensten Teufelszeug zu sprechen. Als ob nicht der Kapitalismus eine notwendige Entwicklungsstufe des Wirtschaftslebens wäre und der Imperialismus dito.«[14]

Man soll nicht über die Massen psychologisieren. Doch allerdings trägt die Rivalität mit dem Bruder und den Überzeugungen, die dieser vielleicht am markantesten in seinem Essay über Emile Zola offenbarte, Mitschuld an den schnell changierenden Positionen. Nach der deutschen November-Revolution verschärft sich der Konflikt insofern, als Thomas Manns Beurteilung der Lage unterm Diktat der »Thatsachen« ins Oszillieren kommt. Wenn die »kommunistische Zukunft« unabwendbar scheint, soll sie gegen alles Rückwärtsgewandte akzeptiert sein. Da hätte er freilich und *contre cœur* den »Anschluß« an Heinrich gefunden – eine unwillkommene Perspektive. Also versucht er zu trennen zwischen der Großgeschichte und seinen persönlichen Wünschen. Am 17. April: »Mein Verhalten zu den Dingen sehr unsicher, doch gehen meine Privatwünsche auf den Einzug der ›Weißen‹ und Herstellung der bürgerl. Ordnung.« Umgekehrt – und gerade in den Tagen der Geburt seines sechsten Kindes, des Knaben Michael – vermag er auf die Restitution kaum mehr zu hoffen. Es sei ohnehin ein »merkwürdiger Irrtum«, daß nun die Freiheit angebrochen sei. »Im Gegenteil, die Freiheit war das Ideal der ›bürgerlichen‹ Epoche.« (I, 211) – Hatte er diese Freiheit in dem zehnten »Notizbuch« noch ungnädig als Ausschweifung ins Privat-Individuelle gebrandmarkt – indessen ohne die klare Anschauung ihres möglichen Verlusts –, so wäre sie ihm jetzt wieder fast als erstrebenswert erschienen. Als er im Mai 1919 in Feldafing einige Erholung von den familiären Verpflichtungen sucht, glaubt er einen Ausweg aus dem Dilemma gefunden zu haben. Er gälte einfach für die eigene Lebensführung. »Die entscheidende Erwägung und Sicherheit bleibt mir, daß ich mich meiner Natur nach im Bürgerlichen bergen darf, ohne eigentlich zu verbürgerlichen. Hat man Tiefe, so ist der Unterschied zwischen Einsamkeit u. Nicht-Einsamkeit nicht groß, nur äußerlich.« (I, 247)

Das sind die Worte dessen, der sich schon entschiedener wieder der künstlerischen Berufung zuwenden will; der daran ist, die Zeitkommentare in die »Polyphonie« des Romans vom »Zauberberg« hineinzuziehen und da zu ästhetisieren. Im Werk auch schmölze die Differenz von Theorie und Praxis ein zugunsten einer distanziert »erzählten« Synthese, und man erinnerte sich seines viel später dem Diarium anvertrauten Wortes, das ganz falsch nicht ist: daß er seit der Novelle von »Tonio Kröger« nichts ungefiltert Autobiographisches mehr zur Darstellung gebracht habe.

Dennoch, so gesittet und geläutert stiehlt er sich nicht weg aus der Zeitgeschichte. Für diese nämlich – im Gegenzug zur persönlichen Existenz des unverbürgerlichten Bürgers – sei der Hiatus zwischen Theorie und Praxis groß. »... ich hasse die verantwortungslosen Verwirklicher, die den Geist kompromittieren, wie die Burschen, die für diesmal abgewirtschaftet haben. Ich hätte nichts dagegen, wenn man sie als Schädlinge erschösse, was man aber zu thun sich hüten wird.« (I, 196) Was hier auf die Anführer der Münchner Räte-Regierung gezielt ist, weitet sich drei Wochen danach bei einem Gespräch mit Katja und vor dem finsteren Horizont des von Oswald Spengler diagnostizierten »Untergangs des Abendlandes« zu einer bösen antisemitischen Abrechnung. »Wir sprachen auch von dem Typus des russischen Juden, des Führers der Weltbewegung, dieser sprengstoffhaften Mischung aus jüdischem Intellektual-Radikalismus und slawischer Christus-Schwärmerei. Eine Welt, die noch Selbsterhaltungsinstinkt besitzt, muß mit aller aufbietbaren Energie und standrechtlichen Kürze gegen diesen Menschenschlag vorgehen.« Zuletzt, den Tötungswunsch in die Kunst sublimierend: »Dachte an die Möglichkeit, die russisch-chiliastisch-kommunistischen Dinge auch in den Zbg. einzubeziehen.« (I, 223)

Eine Woche später, am 9. Mai 1919, bestellt er in einer Buchhandlung endlich Spenglers Hauptwerk, von dem Thomas Mann sich die geschichtsphilosophischen Aufschlüsselungen erhofft, die seinen eigenen Pessimismus auf höhere Weise beglaubigten. Am 22. Juni blättert er »nach Tische« im »Untergang des Abendlandes«, was offenbar etwas »für mich« sei. Dann wieder harmlos gefärbte Häuslichkeit aus dem Strandhotel von Glücksburg. »Am Geburtstag meiner armen kleinen K., die ich liebe, wie ich auch meine 6 Kinder liebe, mache ich wieder einmal eine Eintragung.« (I, 281) Nicht vergessen, bloß verdrängt ist das Tertullian-Zitat im »Notizbuch« aus der ersten Münchner Zeit von 1894. »Ehelosigkeit muß gewählt werden, wenn auch das Menschengeschlecht zu Grunde geht.«[15]

*

Und zur selben Zeit, da sich die Verhältnisse in Deutschland beruhigen und am 11. August 1919 vom Reichspräsidenten Ebert die von der Nationalversammlung ausgearbeitete Weimarer Verfassung unterschrieben wird, glossiert er zwar die Weltpolitik als »Komödie ohne gleichen«, doch wendet sich Thomas Mann zusehends von den politischen Betrachtungen ab. Beinah läge in der Luft seiner Tagebuch-Notate, daß er den großen Essay inzwischen als etwas »peinlich« empfinden müßte. Am 17. September registriert er nämlich enigmatisch: »Es unterliegt für mich selbst keinem Zweifel, daß ... die ›Betrachtungen‹ ein Ausdruck meiner sexuellen Invertiertheit sind.« (I, 303) Das solcherweise zur Polemik gebrachte Unbehagen in der Kultur als transformierte, »verschobene« Expression der Homoerotik? – Befriedigt vermerkt er am 4. August die Promotion zum Ehrendoktor der Universität Bonn. Am 6. August trägt er sich im Berliner Hotel »Excelsior« ein: »... erstmalige Benutzung des Doktor-Titels.« Die Belohnung folgt sogleich. »Die Annehmlichkeiten des Hotels bewährten sich aufs beste.« (I, 291)

So kündigt sich im Journal jetzt mehr und mehr ein Stil an, welcher den »Styl« und die Bedürfnisse des bürgerlichen Autors seiner späteren Tagebücher zur Kurzprosa bringt, und die weiteren Aufzeichnungen bis zum November 1921 lesen sich häufig wie die Ouvertüre jenes Duktus, der die Diarien seit dem 15. März 1933 kennzeichnen wird. – Im November 1919 trägt er, der Wirtschaftskrise zum Trotz, »zum ersten Mal den neuen 800 M-Anzug, schwarz mit gestreiftem Beinkleid«. Das kann ihm kein Problem sein, weil ihm Katja am 26. November die Abrechnung des Fischer-Verlags mit den Tantièmen kundtut. »Im Ganzen also habe ich dieses Jahr über 100000 M eingenommen. Vergnügen darüber.« Als er kurz vor Weihnachten Oswald Spenglers Schrift »Preußentum und Sozialismus« zu lesen beginnt, spendet er Beifall; ein erlösendes Stichwort kann der Titel nicht mehr sein. Viel wichtiger sind die Weihnachts-Ereignisse mit ihrem großbürgerlichen Zauber, die er nun minuziös beschreibt.

»Um halb 7 Uhr K.s Mutter und Peter, der das Anzünden des Baumes beaufsichtigte. Gesang der 4 älteren Kinder im verdunkelten Arbeitszimmer. Eintritt in die Diele, alles wie immer. Ich holte die Kleinen, Elisabethchen auf meinem Arm, tief benommen vom Anblick des brennenden Baumes, dann beglückt von ihrem Spielzeug und beschäftigt damit. Auch die anderen Kinder glücklich, in der That vorkriegerisch reich beschenkt ... Verspätetes Abendessen mit Gänsen, Chokoladekuchen, Mosel und französ. Champagner. Alles hatte recht reichen Charakter ... Über der Stadt läuten die Weihnachtsglocken.« (I, 349)

Alles wie immer – das ist sein Stern der Erlösung, das Ritual der Wiederholung von Gegenwart, die für die private – nicht die privateste – Vita an der gewohnten Ausstattung ihre Ewigkeit haben soll.[16] Noch mitten im Ersten Weltkrieg hatte er im »Notizbuch« von den Ereignissen »zugleich konservative und demokratische Wirkungen« erwartet. Aber die konservativen, »*aufhaltenden*« seien wichtiger, denn sie könnten die demokratischen Entwicklungen, die vor dem Krieg im Gang gewesen seien, »eindämmen, korrigieren, in gesündere Richtung lenken«.[17] Jetzt, zum Jahresbeginn 1920, muß er begreifen, daß es mit dem konservativen Effekt einstweilen vorbei ist. Doch nicht ohne Staunen erfährt er zugleich den unveränderten Lauf für die familiären Verhältnisse. Der Bruch kommt viel später, seit dem 30. Januar 1933, und es ist auch ein Stück Ironie der Geschichte, daß er von einer »Bewegung« herbeigeführt wird, die sich als konservative Revolution ausgibt mit dem Anspruch der aufhaltenden, katechontischen Politik wider die Bedrohungen des Bolschewismus. Da wird Thomas Mann freilich erst zu lernen haben, welche Täuschung die Nationalsozialisten inszenieren, um die bürgerliche deutsche Gesellschaft von ihren Zielen zu überzeugen. Zur intellektuellen Kritik an der Diktatur zählte dann die schmerzliche Einsicht, daß der nationale Sozialismus mit List vom Zusammenzug in das Doppelwort absorbiert ward: zum Unglück jener Gläubiger, die sich mit dem Nationalen als dem Sozialen der Weimarer Republik irgendwie bejahend abgefunden hatten.

Darüber braucht sich Thomas Mann im Jahr 1920 noch keine Sorgen zu machen. Die Sorgen gelten vielmehr den heranwachsenden Kindern; etwa Golo, dessen »mehr und mehr problematische Natur« ihn als »verlogen, unreinlich und hysterisch« zeige, oder auch Klaus, dessen offenliegendes Tagebuch seine Mutter gefunden und gelesen hat. »Ohne gerade eigentlich Schlechtigkeit zu offenbaren, zeugt es von so ungesunder Kälte, Undankbarkeit, Lieblosigkeit, Verlogenheit, abgesehen von den literarisch-radikalistischen Flegeleien und Albernheiten, daß das arme Mutterherzchen tief enttäuscht und verwundet war.« (I, 431) – Es mutet schon ein wenig unheimlich an, wie hier als Urfassung eines Urteils kommentiert ist, was der Vater mehr als fünfundzwanzig Jahre später nach dem Selbstmord des Sohnes demselben Tagebuch in derselben Weise schildern wird. Sogar scheint die Todesszene vorweggenommen und mit ihr die Nachsicht gegenüber Klaus' »Natur«. »K. weinte über den Jungen, wie sie es vor Jahren that, als er sterben sollte … Der Junge kann nichts für seine Natur, die ein Produkt ist.« (I, 431 f.) Da sich das Ganze aber am offenen Diarium entzündet, wirkt Thomas Manns eigener Eintrag noch mehr wie der unwillige Blick in den eigenen Spiegel.

Eine andere, glücklichere Form von »Reproduktion« – diesmal in die Richtung der ästhetischen Wiederholung – entdeckt er sich, als er im Februar 1920 bei seinem Freund Georg Martin Richter in Feldafing weilt. »Der Clou des Aufenthalts: sein vorzügliches *Grammophon*, das ich allein und mit K. und Richter beständig spielen ließ. Die Tannhäuser Ouvertüre. Bohême. Aida-Finale (italienischer Liebestod) ... Neues Motiv für den ›Zbg.‹, gedanklich und rein episch ein Fund.« (I, 375) Der »Fund« bewegt ihn so sehr, daß er seiner im Mai bereits wieder, abermals in Feldafing, gedenkt. »Abends, auch nach dem Mittagessen, ließ ich viel das Grammophon spielen, für das ich eine etwas ins Lasterhafte abbiegende Leidenschaft habe, u. dem ich im Zbg. eine wichtige Rolle zuweise.« (I, 436)

Diese Rolle bestünde, unter anderem, darin, daß das Gerät eine Aura von Verfügbarkeit auswiese, welche die Musik als Seelendroge je nach Stimmung hergäbe. Das ist es aber, was ihn selbst daran so fasziniert: dort, im »Zauberberg«, das Pharmakon inmitten der naturhaften Isolation des Krankendorfes; hier, real für ihn, dasselbe – der freie, von allen äußeren Umständen und Umständlichkeiten unbehinderte Zugriff auf Quellen, die sein Herz trösten oder erregen. Auch das gehört zur instinktiven Scheu des *bourgeois* vor dem öffentlichen Raum; nur und erst im Gehäuse seiner Sammlung mag er den Zustand vielfacher Ergriffenheit herbeizaubern, der ihm bis in die letzten Jahre beim Vorspiel zum »Lohengrin« die Tränen entlockt. Am 31. Oktober 1920 notiert er, was er viel später in die unbeantwortete Frage steigern wird, weshalb bei der Musik – doch nur bei ihr – das Längstbekannte stets das Schönste sei. Hier der anfängliche Gedanke: »Um Musik zu genießen, muß ich sie *oft* gehört haben, *genau* kennen.« (I, 474)

Der ästhetische Solipsismus ist für ihn die Bedingung der gelingenden Arbeit am Werk. Fünf Jahre nach 1920 wird Thomas Mann in dem Kurzessay über seine Arbeitsweise darüber Rechenschaft geben; wie es sich versteht, mit gebührend freundlicher Distanziertheit. Die private Selbstbezogenheit, die jedes Welt-Erleben, so sehr es auch zu begrüßen ist, mit allen möglichen Gewinnen und Verlusten seiner Größe und seines Leidens liiert, hält solcher Legitimation weniger stand. Es geht auch nicht ohne Enttäuschungen ab. Eine weitere Urszene für die kommenden Auftritte des »Konzertsolisten«, der später so erfolgreich und vom Publikum verwöhnt in der Schweiz, dann in Amerika, dann wieder in der Schweiz aus seiner Prosa vorlesen wird, findet sich unterm Datum des 19. Oktober 1920. Er hat in München aus dem »Felix Krull« vorgetragen. »... trat ohne Beifall zu einer Pause ab, las dann die Untersuchung und trat auch diesmal ab, ohne daß irgend welcher Applaus zustande gekommen wäre, zum ersten Mal, seit ich überhaupt öffentlich aufgetreten bin. Zufall, Mißverständnis, ›Feinheit‹ des Publikums, Undeutlichkeit des Arrangements wirkten zusammen, denn die Leute hatten sich offenbar meist amüsiert. Meine Umgebung betreten ... Auch ich war verwirrt ... Der Verlauf mir peinlich um der Kinder, Verwandten u. Freunde willen, die dabei waren.« (I, 471) – Erst im Mai 1921 kann das Diarium einen Ausgleich verzeichnen, als ihm nach einem Souper mit »Leckerbissen« im Hotel »Vier Jahreszeiten« von Freunden ein »Toast auf den ›größten deutschen Dichter‹« ausgebracht wird. (I, 513)

Womit für einmal wieder ins Lot der »Abgleichungen« gebracht wäre, was anderen Ortes und wieder für die Sphäre des Privaten – diesmal nun wirklich des Privatesten – nicht ihm, aber wohl Katja fehlt. Schon am 25. Juli 1920 hat er während einer Zugreise das Gespräch »mit dem sympathischen jungen Mann in weißen Hosen« gesucht, »der in der III. Klasse neben mir saß«. Dann: »Freude hierüber.« Und: »Es scheint, ich bin mit dem Weiblichen endgültig fertig?« Die Antwort folgt unterm Datum des 17. Oktober. »Dankbarkeit gegen K., weil es sie in ihrer Liebe nicht im Geringsten beirrt oder verstimmt, wenn sie mir schließlich keine Lust einflößt und wenn das Liegen bei ihr mich nicht in den Stand setzt, ihr Lust, d. h. die letzte Geschlechtslust zu bereiten. Die Ruhe, Liebe und Gleichgültigkeit, mit der sie das aufnimmt, ist bewunderungswürdig, und so brauche auch ich mich nicht davon erschüttern zu lassen.« – So leicht und unbeschwert richtet er sich's ein. Die »Melancholie« verweilt bereits bei einem anderen Thema: der Furcht, daß die »romantische Bürgerlichkeit« und der Literaturgeschmack des im Entstehen begriffenen »Zauberbergs« überholt und damit »Totheit« sein könnten. Jetzt, im Frühling 1921, ist das Zeitgeschehen im Politischen entschärft, es ist zur Folie nicht der Mobilmachung von Technik und Ideologie geworden, sondern, wie er von anderer Seite her argwöhnt, zum Ausdruck eines modernen Geschmacks, für welchen Thomas Mann wieder einmal als der Unzeitgemäße gälte. – Am zweitletzten Tag der von der Verbrennung verschonten Diarien bis zum 1. Dezember 1921, also mit dem Datum des 20. November, beklagt er seine Depression, und der Heros der »Betrachtungen« hat sich seiner leidenden Körperlichkeit zugewandt. »Auch leide ich seelisch und körperlich darunter, daß No 4 aller Unterkleider mir zu klein, No 5 mir zu groß ist. – Magensäure und Verstopfung.« (I, 555)

*

Für die weiteren Jahre bis zum 15. März 1933 besitzen wir fast nichts, was die von ihm selbst durch die vernichteten Tagebücher geschaffene Lebenslücke zu rekonstruieren vermöchte. Denn weder die Briefe noch die vielen kürzeren und längeren Essays, weder die Antworten auf Umfragen noch gar die eigentlichen Werke können hineinleuchten in die Intimität, wo so vieles different, ja gegenläufig zu dem gedacht und glossiert ist, wovon das Publikum erfahren darf. Am ehesten noch die »Notizbücher«, die sich mit größeren Zäsuren bis in die zwanziger und dreißiger Jahre fortsetzen, fangen einige Ideen und Gedankenkürzel auf – doch zumeist im Sinn des Selbstgesprächs aus der Werkstatt und für die Stoffe, die den Autor bewegen. Natürlich könnte man eine Passage aus dem elften »Notizbuch«, geschrieben 1916, nicht nur als Brouillon zu den »Betrachtungen« lesen, sondern auch als antizipierende Warnung vor kommenden Dingen, wie sie der Nationalsozialismus gestalten wird. »Die Kunst politisiert, der Geist politisiert, die Moral politisiert, der Begriff, alles Denken, Fühlen, Streben politisiert – wer möchte leben in solcher Welt? Ich nicht, ich nicht!«[18] Aber die – übrigens nicht völlig eindeutige – Kritik am Totalitarismus formuliert er erst im vierzehnten »Notizbuch« um 1932, als die »Bewegung« kurz vor der Machtergreifung steht. »›An ihren Früchten‹. Der geistige N.-S. hat viel Bestechendes. Aber der politisch-wirkliche zeigt, was er ist in Wahrheit: dieser Abgrund von Lüge, Niedertracht, Geisteshaß, · Verräterei · Brutalität, Todschlagegesinnung – das ist nie Revolution, nie ist das Zukünftige, das Befreiende so gemein, nie so niederträchtig. Das ist der Haß u die verzweifelte Roheit dessen, was untergeht, des vom Leben Verurteilten.«[19]

Er wird die Apostrophe in den Essay »Nietzsche's Philosophie im Lichte unserer Erfahrung« verarbeiten und sich dort auch scharf gegen Spengler, den »klugen Affen«, aussprechen. – Immerhin ist die Abwehr von Spenglers Geschichtsphilosophie schon für das Jahr 1922 dokumentiert, im ersten seiner »Briefe aus Deutschland« für eine amerikanische Zeitschrift, den er zwei Jahre später in den Aufsatz »Über die Lehre Spenglers« umwandeln wird. Noch am 26. Februar 1920 hatte Thomas Mann im Journal diese »Lehre«, halb zustimmend, als »melancholische Ironie« charakterisiert – was seiner eigenen Befindlichkeit im Stil von Schopenhauers Weltverneinung nicht zu sehr widersprochen hätte. Im vierzehnten »Notizbuch« heißt es bloß lakonisch dann: »Spengler, oder die Verhunzung des Pessimismus«.[20] Was ihm jedoch bereits in dem »Brief« von 1922 aufstößt, hat mit der »Lieblosigkeit« zu tun, die den Fatalismus des »Untergangs des Abendlandes« beschwere. Spengler trage den Zug »einer boshaften Apodiktizität und einer

Zukunftsfeindlichkeit, die sich in wissenschaftliche Unerbittlichkeit« vermumme. Man könne sehr wohl »dunkel« denken vom Schicksal des Menschen, der vielleicht »zum Leide auf ewig« verurteilt oder berufen sei. Man könne sich, wenn vom »Glück« die Rede sei, durchaus »in tiefste Skepsis« hüllen. Aber man dürfe nicht »der oberlehrerhaften Sympathielosigkeit des Spengler'schen Fatalismus« den mindesten Geschmack abgewinnen.[21]

Da ist Spenglers angriffiger Analytiker nun doch schon der Humanus, der sich der Republik von Weimar, dann auch den Lesern der »Pariser Rechenschaft« von 1926 als europäischer Deutscher empfehlen will. – Wenig, was seit dieser Zeit und fortan für die Öffentlichkeit gedacht und adressiert wird, verrät noch den Schatten jener nationalistischen Invektiven, wie sie die »Betrachtungen eines Unpolitischen« nach außen, die Notate des Journals nach innen zur Schrift brachten. Als der berühmte Dichter am 1. März 1922 im Frankfurter Opernhaus eine Rede hält unter dem Motto »Bekenntnis und Erziehung« – danach wird Mozarts »Zauberflöte« aufgeführt –, feiert er die Selbst- und Menschenbildung in der Nachfolge Goethes und verbindet Rousseaus radikalen Auftrag mit der aufs organische Wachsen gestimmten Humanität des Weimarers.

Nicht viel anders sagt er's in seiner »Pariser Rechenschaft«. Der Text folgt einem *stilisierten* Tagebuch, und allerdings hätte man sich des Wunsches nicht ganz entschlagen können, parallel dazu das wirkliche Diarium studiert haben zu können. Es beginnt mit dem 20. Januar und endet am 28. Januar 1926 stilgerecht mit der Rückreise im Orient-Expreß. Was er mitteilt, was er an Begegnungen und Freundschaften festhält, das zeigt ihn durch die Gespräche und Erlebnisse hindurch nicht mehr als den Verächter der Zivilisation und ihres »französischen« Einschlags, sondern als einen Emissär aus Deutschland, der einerseits um Verständnis für sein Land und dessen geschichtliche Lage wirbt, anderseits die Kultur als Leistung des Menschen schlechthin beschwört. Man verunglimpfe den deutschen Charakter nicht, wenn man ihm »eine tiefe und mehr oder weniger eingestandene Neigung zu den Mächten des Unbewußten und des vorkosmisch-lebensträchtigen Dunkels« nachsage; »eine Tendenz zum Abgrunde, zur Unform und zum Chaos, die uns Deutsche zu rechten Sorgenkindern des Lebens« mache. Er verteidige mit Vorsicht die Romantik und befürworte doch zugleich die Demokratie. Er preise die französische Skepsis, die auch Teil seiner selbst sei. – Als er am 26. Januar einen »Anstandsbesuch« im Louvre absolviert, hat er den willkommenen Anlaß gefunden, über Seele und Sinnlichkeit, über Trieb und Geist zu räsonieren: immer im *redigierten* Stil des »Journals«, dem es schließlich auf Wirkung und Botschaft ankommen muß.

»Ach ja, der Mensch!« ruft er aus. Er habe gesündigt, »sich wie ein Vieh benommen«, »sich gegenseitig gemetzelt all die Jahrhunderte her – und unterdessen beständig dergleichen hervorgebracht«. *Dergleichen*: das meint die Bilder des Museums; die gleichzeitig vom *homo necans* erzählen und ihn mit ihrer Erzählung sublimieren. Und an diesem Punkt denkt der Beschauer – jedoch: in geschickter Dialektik – weiter, was er bis in die »Betrachtungen« hinein übers Verhältnis von Kunst und Geist einst reflektiert hatte. Die Pointe ist, große Kunst komme nicht aus dem Geist. »Heiligkeit und Friedlichkeit machen keine Bilder.« Und: »Der ›Geist‹ tut das auch nicht, sondern die Seele, welche nämlich Sinnlichkeit und Sünde ist. Ich habe immer behauptet, daß im Kampfe gegen den Krieg mit dem Namen der Kultur nicht viel anzufangen ist.« Als Konklusion: »Der europäische Pazifismus von heute ist eine Sache der allerpraktischsten Vernunft, und nur Narren freilich löcken gegen diesen Stachel.«[22]

Als hätte Thomas Mann den Roman von »Doktor Faustus« bereits vorweggenommen, schlägt er die Kräfte, die zum Kunstwerk führen, einem seelisch-triebhaften Urwollen zu, das von den Aufklärungen des Geistes bloß behindert, ja verhindert würde. Da ihm aber und mittlerweile umgekehrt an der Humanisierung der Welt im Politischen, ausdrücklich am Pazifismus auch gelegen ist, stellt er dem einst doch abfällig gekennzeichneten »Geist« hier seine Aufgabe. – »Sünde« kann nicht in letzter Hinsicht das »Programm« sein, das er für die eigene Autorschaft mindestens des Ironikers von Spiel und Travestie zu reklamieren wüßte. Aber die Unterscheidung gälte für jene Stoffe vom »Zauberberg« bis zum »Faustus«, in welchen die Figuren nach der einen wie nach der anderen Seite ringen: vielleicht in der Stellvertretung ihres Erschaffers, dessen Tragik der späten Jahre sein wird, daß er schließlich mehr der »Vernunft« als der Urgewalt des faustisch schöpferischen Genies folgen *mußte*; aus der Vorsicht des Bürgers, aus der Scham vor dem »Peinlichen«, aus dem Bedürfnis nach dem »Gleichmaß in Leben und Kunst« wider das Lebens- und Künstlerdrama, wie er es 1929 bei der Überreichung des Nobelpreises in Stockholm bekennen wird.[23]

»Verfall einer Familie« hatte es im Jahre 1901 für den Untertitel der »Buddenbrooks« geheißen. So weit von *diesem* Niedergang wäre Deutschland seit dem verlorenen Krieg nicht entfernt gewesen, wo der Schriftsteller die Geschicke im eigenen Land kommentiert, als handelte es sich dabei irgendwie auch um eine familiäre Angelegenheit im Volk selbst. »Leben« ist, wie er schon lange weiß und erzählt, Verfall und Tod. Doch ist es dem Verehrer alles Organischen gleichzeitig wieder Erwachen und Blüte, und in solche Linie müßte es im Politischen gerade nach der Niederlage gerichtet werden. Als er am 15. Oktober 1922 im Beethovensaal zu Berlin die Festrede auf den 60. Geburtstag Gerhart Hauptmanns hält, die »Von deutscher Republik« ausgeht, versucht er die demokratische Idee der romantischen Geschichtsphilosophie des Novalis mit den Visionen Walt Whitmans zu verschwistern; besonders letzterem sei ein »erotisch-allumarmender Demokratismus« am Herzen gelegen, etwa »wie Biologie als Verliebtheit«. Auf das nicht sehr versteckte Bekenntnis zur Homoerotik mit ihrer »Knabenverehrung« kommt es in diesem Zusammenhang weniger an.[24] Wichtig ist aber, freilich davon abgeleitet, das propagierte Gemeinschaftsgefühl für die »nationale Sache« Deutschlands. »Ich nenne noch einmal ihren ein wenig altmodischen und heute doch wieder in Jugendglanz lockenden Namen: Humanität.«[25] Die »deutsche Mitte« liege zwischen Mystik und Ethik, zwischen Innerlichkeit und Staatlichkeit. Konsequent ergibt sich daraus die Zurückweisung jenes »Untergangs des Abendlandes«, der ihm bei aller anfänglichen Faszination eben die Vermittlung in die *restitutio* der Kultur verwehrte und deshalb als kalte »Inhumanität« zu bekämpfen ist.

Fast alle politischen Essays der zwanziger und noch der frühen dreißiger Jahre, für die es die hintergründigere Folie der Tagebücher nicht gibt, kreisen um dasselbe Problem, ohne daß das Widersprüchliche in den Einzelheiten auf eine stimmige Bahn zu bringen wäre. Als Dichter der Tischrede zu seinem 50. Geburtstag spricht er vom Tod und von der Lebensfreundlichkeit, vom Nationalen und vom überpersönlich Sozialen. Als Essayist, der 1925 unter der Überschrift »Deutschland und die Demokratie« von der Notwendigkeit der Verständigung mit dem Westen handelt, legiert er das deutsche Wesen mit der europäischen Gesittung, wörtlich: »Dienst am Leben aber, zu dem wir Deutschen immer wahrhaft bereit waren, ist heute Dienst an der Demokratie, ohne die Europa des Todes ist ...« Doch dort entschlüpft ihm zugleich der bedenkliche Verweis auf Nietzsches Prophetie vom »Dritten Reich«, das »ein Reich der Verleiblichung des Geistes und der Vergeistigung des Fleisches« sei – »das Reich des ›Übermenschen‹«, das Nietzsche selber das Reich des Menschen und der Humanität hätte nennen mögen.[26] Drei Jahre später, in »Kultur und Sozialismus«, unterscheidet er schon wieder zwischen Zivilisation und Gemeinschaft und verknüpft die Demokratie mit der sozialistischen Kraft beinah im Sinne eines Nationalbolschewismus. »Was not täte, was endgültig deutsch sein könnte, wäre ein Bund und Pakt der konservativen Kulturidee mit dem revolutionären Gesellschaftsgedanken, zwischen Griechenland und Moskau, um es pointiert zu sagen …« Deutschland werde sich selbst gefunden haben, »wenn Karl Marx den Friedrich Hölderlin gelesen« haben werde.[27] – Und als Thomas Mann am 17. Oktober 1930 nochmals im Berliner Beethovensaal zu Gast ist und einen »Appell an die Vernunft« als »Deutsche Ansprache« vorträgt, laufen die Denklinien zusammen in ein von der Epoche zur Erschütterung gesteigertes Gesamtbild der deutschen Lage. Als da wäre: das Ende des Bürgertums, die Rückkehr des »Unbewußten, Dynamischen, Dunkelschöpferischen«; »Naturreligiosität« und »Nordgläubigkeit«, »Weltfremdheit« und »politische Romantik«.

Er kann dies nicht einfach in toto ablehnen – schon deshalb nicht, weil er einerseits den Dunkelheiten des organischen »Lebens« kaum viel weniger verbunden ist als den Mächten von Licht, Aufklärung und Vernunft, und weil ihm das schließlich zu den Urstoffen des Erzählers gehört. Aber jetzt – endlich, dürfte man sagen – hat er den Gegner entdeckt, der es ihm entfremdet und ins Böse zu verfälschen droht, weil er *nur* das Finstere im Deutschtum beschwört und für seine Zwecke des Ein- und Ausschließens politisiert. Man muß den vollen Absatz des Zorns der Abrechnung zitieren. »Der exzentrischen Seelenlage einer der Idee entlaufenen Menschheit entspricht eine Politik im Groteskstil mit Heilsarmee-Allüren, Massenkrampf, Budengeläut, Halleluja und derwischmäßigem Wiederholen monotoner Schlagworte, bis alles Schaum vor dem Munde hat. Fanatismus wird Heilsprinzip, Begeisterung epileptische Ekstase, Politik wird zum Massenopiat des Dritten Reiches oder einer proletarischen Eschatologie, und die Vernunft verhüllt ihr Antlitz.« Dann: »Ist das deutsch?« Es darf es nicht sein.[28]

Nietzsches »Drittem Reich« fehlen nun die Anführungszeichen. Der Nationalsozialismus ist an seinen »Früchten« erkannt. Der Raubzug der »Bewegung« hat einen Führer, der »Führer« hat einen Namen, und er ist ein Barbar. – Es ist viel mehr als bloß der in die Öffentlichkeit applizierte »Stil«, der dem Großbürger mißfällt. Die Wut wendet sich nach außen, als Kritik am Niedergang der Kultur. Sie wendet sich nach innen, als eine Art von Selbstgespräch, wo zu bedenken wäre, was die heraufziehende Diktatur pervertiert: all jenes, wofür er selbst noch Sinn besäße – die Feier des Gemeinschaftlichen, das Erotisch-Allumarmende, jugendliche Fähigkeit zur »männlichen« Begeisterung, den Geist des über-individuellen, sozialistisch-nationalen Daseins. Als Sorgenkinder des Lebens hatte er in der »Pariser Rechenschaft« von 1926 die Deutschen etwas liebevoll bezeichnet. Jetzt drängt der deutsche Familienstreit in das Stadium der Entscheidung wie niemals zuvor. Doch die Sache – der übrigens selbst Oswald Spengler ablehnend begegnet – ist schon entschieden, und sie zwingt Thomas Mann dazu, das leibliche wie das seelische Heil *contre coeur* schon bald im Exil zu suchen. Die Kränkung wird immens sein: die deutsche Familie verfällt, den Hoffnungen von »Weimar« zum Trotz, und gleichzeitig stößt sie ihn aus. Es mag ihn ehren, daß er, der heimliche Kapitalist, gleichwohl und bis zuletzt noch auch dem Traum vom Sozialismus anhängen wird – als hätte er diese Idee nicht nur wider die westlich geprägte Moderne, sondern auch für die Unversehrtheit seines mystisch-erotisch beeinflußten Begriffs des Politischen autobiographisch sich bewahren wollen.

*

Es ist letztlich müßig, darüber zu spekulieren, ob er am 21. Mai 1945 auch die Tagebücher aus den Jahren zwischen 1921 und 1933 verbrannte, die es vielleicht, jedenfalls in der Vollständigkeit für diesen Zeitraum, gar nie gegeben hat.[29] Möglicherweise wäre die Sorge um den vermißten, dann wiedergefundenen Handkoffer den Diarien *vor* dem Herbst 1918 geschuldet gewesen, die immer noch hinreichend »Peinliches« – freilich allein im Bereich der privaten Vita – enthalten hätten. Wie auch immer, das Tagebuch auch fürs Politische hebt dem Leser wieder mit dem Datum des 15. März 1933 aus Arosa an, und es führt die Überlegungen fort, die in der Berliner Ansprache vom Oktober 1930 bereits zur Kenntlichkeit gelangt waren. Am 27. März 1933 heißt es entsprechend aus Lugano: »Es war den Deutschen vorbehalten, eine Revolution nie gesehener Art zu veranstalten: Ohne Ideen, gegen die Idee, gegen alles Höhere, Bessere, Anständige, gegen die Freiheit, die Wahrheit, das Recht. Es ist menschlich nie etwas Ähnliches vorgekommen.« (II, 21) Was er die »*Verfälschung der Gehirne*« nennt, was etwas später als »Riesen-Ungezogenheit gegen den Willen des Weltgeistes« apostrophiert wird, hat mit dem korrumpierten Begriff von Revolution zu tun, welchen die Nazis zur Tat ausmünzten. Thomas Mann, der es sonst viel eher mit Schopenhauer hält und zu Hegel kein Verhältnis finden kann, will nun gleichwohl die Geschichtsphilosophie des früher beargwöhnten »Fortschritts« bemühen, um das Reaktionäre von Hitlers Machtergreifung zu kennzeichnen. Seltsam sei es, daß in Deutschland kaum einer Empörung und Ekel aufbringe, die er selber empfinde. Und er fragt sich: »Ist meine Rolle nur die eines Erasmus im Verhältnis zu einem neuen Luthertum?« (II, 32)

Erasmus gegen Luther, und umgekehrt: das rücksichtslos Fanatische gegen Gelassenheit und Toleranz. Noch in den zwanziger Jahren hatte er die beiden Symbolträger zum Wohl des deutschen Geistes sich ergänzen lassen. Jetzt meint der Genealog des historischen Prozesses erstmals zu sehen, was ihn in den späteren Essays über Deutschland und die Deutschen und bis in das letzte, nicht einmal zu Skizzen gediehene Erzählprojekt beschäftigen soll – daß schon mit Luther die Fehlentwicklung des humanitätsfeindlichen Rigorismus ihre Wurzeln ausstreckte. Er aber nun, der einzige »Erasmus«? So stimmte es natürlich nicht. Doch will und muß er in den Überraschungen des Schweizer Exils an seiner Sonderstellung festhalten, sogar um den Preis des auch von ihm wenigstens für das Journal betriebenen Antisemitismus. Er fühle sich »nicht unbedingt wohl« in der Gesellschaft derer, »die draußen sind, dieser Kerr, Tucholski etc.«. (I, 32) Vor allem Alfred Kerrs Rezension seines frühen »Fiorenza«-Dramas wird er niemals verwinden. Aber weiter und um eine deutliche Drehung böser: »Die Revolte gegen das Jüdische hätte gewissermaßen mein Verständnis, wenn nicht der Wegfall der Kontrolle des Deutschen durch den jüdischen Geist für jenes so bedenklich und das Deutschtum nicht so dumm wäre, meinen Typus mit in den selben Topf zu werfen und mich auszutreiben.« (I, 54)

Da ist es nochmals der Opfergang dessen, den der Unverstand einer »Gesellschaft« zugetrieben hat, die er im Herzen nicht mag und die ihm bloß in der Funktion des Korrektivs ihre Berechtigung hätte. Und fast spielt eine Spur von Neid hinein, wenn er Gerhart Hauptmanns Verbleiben im Reich registriert: der Dichter sei doch ein Freund Rathenaus und Eberts gewesen und von Juden »erhoben« worden; gleichviel, er habe am »Tage der Arbeit« auf seinem Haus das Hakenkreuz hissen lassen.

Könnte es endlich sein, daß die neue Politik nicht *nur* Schuld auf sich lädt? Das behauptet allerdings ein Eintrag vom 12. Mai 1933, als Thomas Mann bereits und unter wenig bekömmlichen Umständen in Südfrankreich der Frage nachsinnt. Die Weimarer Republik habe »im Tiefsten« Staat und Kultur einander versöhnen wollen, »Elemente und Sphären, einander fremd bei uns seit je«. Daran hätte er als Redner und Essayist indessen damals auch sein Anliegen gefunden. Doch: »Es mißlang gänzlich. Geist und Macht, Kultur und Staat sind heute weiter auseinander als je; aber man muß erkennen, daß die Mächte der geistfeindlichen Roheit die historischen Aufgaben an sich genommen haben und mit einer Energie, an der es der Republik vollkommen gebrach, durchführen. Sie irren nur, wie ich vorläufig glauben muß, wenn sie sich für umfassend halten und auch im Kulturellen für produktiv.« (II, 84) – Das verräterische »*vorläufig*« indiziert, daß er noch immer – man müßte schon sagen: vor allem für sich und seine Bedeutung – eine Änderung erhofft.

Am 2. Juni notiert er ein Gespräch mit dem Bruder Heinrich in Bandol. Das Schicksal hat die beiden wieder enger zusammengebracht und ihre Rivalität vor der Drohung des Geschehens entschärft. Es geht dabei um den »möglicherweise richtigen sozialen Kern der deutschen ›Bewegung‹: Das Ende der parlamentarischen Parteien, die Vereinigung der proletarisierten Kleinbürgermassen zur Verwirklichung des Sozialismus«. (II, 100) – Trautes Beisammensein beim Räsonnement über die sozialistische Idee: wo doch der Autor der »Betrachtungen« für die Optionen des Älteren damals und noch länger gar nichts übrig hatte. Und gleichwohl gäbe es dazu eine Vorgeschichte einstens vertauschter Köpfe, die das siebte »Notizbuch« um 1903 preisgibt. Thomas schrieb: »Ich bin im Vergleich mit H., dem Vornehmen, Kalten, ein weichmüthiger Plebejer, *aber* mit sehr viel mehr Herrschsucht ausgestattet. Nicht umsonst ist Savonarola mein Held ...«[30] Da wäre denn, wie so oft, vieles Gedankliche schon im Keim präpariert gewesen, aus dem dreißig Jahre danach die Früchte reifen: das plebejische Gemüt in der Kutte des italienischen Eiferers. Völlig unverständlich kann ihm der »Gehalt« der Bewegung jedenfalls nicht sein.

Und es gehörte noch immer in denselben Zusammenhang, wenn er am 20. Juni dem Diarium einen Satz einfügt, den er mit keinem weiteren Wort kommentiert. »Durch Klaus Erkundigung der ›Weltbühne‹, auf vielfaches Verlangen, warum Heinrich und ich eigentlich schweigen.« (II, 118)

Noch länger bleibt es bei diesem Schweigen, selbst als Erika ihn einen Monat später ermahnt, sich das Bild seiner Gesittung und Haltung nicht durch die Unterlassung trüben zu lassen. Das mag Thomas Mann zwar bedrücken; so lange er selber sich's im Unklaren läßt, wohin die Lage steuert, ändert er es nicht. Am 15. August 1933 und mitten in der Arbeit am »Potiphar«-Kapitel des »Joseph«-Romans zeigt er durchaus Sympathien für »Rom«. »Neigung der Italiener, den Fascismus als ebenso gemein und verbrecherisch hinzustellen, wie den Nationalsozialismus, – wie ich glaube irrtümlich.« Kurz darauf ärgert er sich über die »journalistische Provokation« der »Weltbühne«, welche verlauten lasse, daß es noch immer Schriftsteller gebe, die kein Wort gegen die Hitlerei gefunden hätten. Dann wünscht auch Golo eine klärende Stellungnahme, ohne Erfolg: denn der Vater hat – einstweilen – die »Versöhnung« des Widerspruchs erblickt, indem er einerseits draußen sei, anderseits seine Bücher in Deutschland erscheinen lassen könne. – »Draußen«: das meint seit dem September 1933 die Schweiz und das Haus in Küsnacht bei Zürich. Hier kommt die alte Bekanntschaft aus den Münchner Jahren mit Eduard Korrodi, dem Feuilleton-Chef der »Neuen Zürcher Zeitung«, wieder zum Tragen, und hier und jetzt beschäftigt er sich denn doch mit der Frage seiner Einbürgerung in der Schweiz.

Aber gleichzeitig will er festhalten an seiner »Zugehörigkeit zum deutschen Schrifttum«. Dies bedeutet ihm eine Art von beständigem und ruhigem Kapital, das er – noch – nicht gefährden möchte mit der Aufregung einer Rede oder eines Aufrufs gegen das Regime. Viel näher läge ihm der Plan einer »Faust-Novelle«, über den er im Februar

1934 mit Hans Reisiger sich unterhält. Dieser Plan reicht, wie wir aus den »Notizbüchern« wissen, bis in die früheste Zeit nach der Jahrhundertwende zurück, wo freilich nur der dramatischen Biographie eines »syphilitischen Künstlers« gedacht wäre. Mittlerweile hat sich jedoch das Faustische tief ins Gesicht der Epoche eingefurcht – womit der Stoff in der ganzen Zwiespältigkeit der von Nietzsche auch im Politischen herausgeforderten deutschen Situation aufzublühen vermöchte. Am 11. Februar also: »Ein solches freies Symbol für die Verfassung und das Schicksal Europa's wäre vielleicht nicht nur glücklicher, sondern auch richtiger u. angemessener als ein redend-richtendes Bekenntnis.« (II, 321) – Es hätte als epische Anlage natürlich auch den Vorteil der Mehrdeutigkeit wie der hermeneutisch zu betreibenden Lektüre gehabt, wovon – wie später für Ernst Jüngers unter bedenklicheren Bedingungen verfaßte »Marmorklippen« – eine Art von Geschütztheit seiner Autorschaft ausgegangen wäre.

Daneben hadert Thomas Mann zwischendurch gerne mit dem Schicksal des Verstoßenen. Am 2. Mai 1934 berichtet er unwillig von einer Opernaufführung im Zürcher Stadttheater. Es ward die »Salome« von Richard Strauss gegeben. »Ich empfand stark die Oberflächlichkeit, Überholtheit und törichte Kälte des Schmißwerkes und seines bürgerlichen Ästhetizismus von vor dem Kriege. Ist nicht dieser Strauss, dies naive Gewächs des Kaiserreichs, viel unzeitgemäßer geworden als ich? Müßte er nicht als Künstler nicht viel unmöglicher im ›3. Reiche‹ sein als ich?« (II, 408) Solches Messen und Vergleichen mutet prekär an, weil er den Nationalsozialisten ein Gewicht von Autorität hinsichtlich auch der Entscheidung zubilligt, über die künstlerische Moderne zu befinden – ohne zu bedenken, daß sich Richard Strauss, abgesehen von seiner Zeit- oder Unzeitgemäßheit, nie gegen das Regime polemisch aussprach. Doch so viel liegt dem Schriftsteller immer noch an der Macht der »Rezeption«, daß er ihre konkreten Träger weniger in Zweifel zieht als sich selbst. So wiederholt sich die Furcht des Verspäteten, der vor der Publikation des »Zauberbergs« mit den gleichen Bedenken um die Anerkennung bangte, und es scheint ihm gar nicht so wichtig, von welcher Seite er beglaubigt wird, wenn er's nur würde. Da hätte das Schweigen einen letzten, beunruhigenden Grund: den Grund zur Hoffnung, daß ihm aus Deutschland vielleicht doch ein Zeichen der Zustimmung zu seinem Schrifttum entgegenkäme.

Zumal es dem Emigranten zunehmend schwerer fällt, an die bürgerliche Gesellschaftsordnung zu glauben. Als am 24. Juni die Schauspielerin Therese Giehse von einem Besuch bei der Schweizer Industriellenfamilie Schwarzenbach berichtet, will er von dem »reichen und krankhaft-stupiden Geschlecht« nichts halten. »Diese entartete und bösartige Bürgerei ist imstande, einen von der Zukunft des Kommunismus zu überzeugen. Es verdient ein schreckliches Ende.« – Ein solches Ende hat freilich vorerst der Hauptmann Röhm gefunden. Thomas Mann kommentiert den »Putsch« halb erleichtert, halb erschreckt. Bis dahin habe man »all die Zeit unter dem Druck des begeisterten Glaubens der Thoren« gestanden. »Man konnte innerlich zuweilen wanken.« Die Erleichterung gilt diesem ins »man« gekleideten eigenen Wanken, wovon er – endgültig? – befreit sein soll. Denn nach wenig mehr als einem Jahr beginne sich der Hitlerismus als das zu erweisen, »als was man ihn von jeher sah, erkannte, durchdringend empfand: als *das Letzte* an Niedrigkeit, entarteter Dummheit und blutiger Schmach – es wird klar, daß er sicher und unfehlbar fortfahren wird, sich so zu bewähren, – und man schämt sich der wenigen schwachen Augenblicke, wo man an seinem Gefühle zweifeln wollte.« (II, 463)

Das liest sich gut, aber es ist doch nicht alles. Eine Woche später nämlich und während er bei der Arbeit am »Joseph« über den »Sündenbegriff« philosophiert, nimmt das Journal eine Richtung, welche der Autor dem Roman klugerweise vorenthält. »Dachte an den Widersinn, daß ja die Juden, die man in Deutschland entrechtet und austreibt, an den geistigen Dingen, die sich in dem politischen System gewissermaßen, sehr fratzenhaft natürlich, ausdrücken, starken Anteil haben und zum guten Teil als Wegbereiter der antiliberalen Wendung zu betrachten ...« Weiter: »Überhaupt glaube ich, daß viele Juden mit ihrer neuen Rolle als geduldete Gäste, die an nichts teilhaben, bis auf die Steuern freilich, in tiefster Seele einverstanden sind.« (II, 473 f.) – So »verschiebt« Thomas Mann, was der antiliberale Polemiker der »Betrachtungen« zunächst einmal auf sich selbst hätte beziehen müssen, und er repetiert unter leicht verstellter Optik den Vorwurf, den er schon nach der Novemberrevolution von 1918 dem jüdischen Geist machte: er sei ein Hauptagent des Bolschewismus. Aber der Passus greift noch weiter zurück, bis ins Jahr 1910, und er ist der weiteren antisemitischen Verschärfung fähig. Damals, in der Zeitschrift »Literarisches Echo«, hatte Thomas Mann einen Streit mit dem Schriftsteller Theodor Lessing ausgetragen. Jetzt, im Zusammenhang mit Hitlers Säuberungen, ist auch Lessing ermordet worden. Ficht es ihn an? Im Gegenteil läßt er alten Zwist nochmals aufflammen. »Der – übrigens recht widerwärtige Lessing, der stumpfsinniger Weise ermordet wurde, hatte ein Buch gegen den Geist geschrieben – warum mußte man den ermorden. Er hatte zwar allerlei weichliche und pseudo-lyrische Taktlosigkeiten begangen und nannte sich einen Sozialisten. In der Hauptsache aber war er einer Gesinnung mit seinen Mördern.« (II, 474)

Das liest sich nun keineswegs mehr gut, und es ist allein gegen den »Stumpfsinn« der Tat gerichtet, die seinem Fehlurteil entsprechend gar nicht verständlich gewesen sein soll. Und Thomas Mann schweigt weiter. Den »gründlichen offenen Brief« an die »Times«, mit dem er »die Welt und namentlich das zurückhaltende England« beschwören will,

»ein Ende zu machen mit dem Schand-Regime in Berlin«, beläßt er im Status des Projekts; am 11. August 1934 gesteht er dem Diarium, daß er das »Politikum« beiseite geräumt habe. Lieber wolle er die kommenden Ereignisse abwarten, ohnehin seien die Dinge »erkannt und durchschaut«. So am 1. Oktober. Dann: »Mein Antrieb, darüber zu schreiben, hat sehr nachgelassen, und meine eigenen dringlichen Angelegenheiten sind mir näher.« Das Dinglichste wäre der »Joseph«. Das Dringlichere wäre die Ungestörtheit des Lebensstils in Küsnacht oder Lugano. Selbst die Absicht im Sinne Erikas, »einen längeren grundsätzlichen Brief an Korrodi zu richten«, gelangt nicht zur Verwirklichung. Es muß ihm allerdings wie eine etwas leichtfertige Form von Entlastung wirken, daß das Tagebuch die vielen Vorsätze registriert.

Im April 1935 ist es wieder einmal soweit. »Seit einigen Tagen bewege ich neben den Roman-Problemen den Gedanken an ein neu geplantes Politikum in mir, ein Sendschreiben oder Memorandum an das deutsche Volk, worin die Gefühle der Welt ihm gegenüber erläutert und es vor dem Schicksal des inimicus generis humani auf eine warme, wahrhafte Weise gewarnt werden müßte. Es handelt sich abermals um die politische Seelenrettung, deren rechte und angemessene Form ich beständig suche ...« (III, 86) Seelenrettung für wen? Und für wen »abermals«? – Es illustriert auf befremdliche Weise den Widerstand – und vielleicht doch auch den Verdacht der Selbstüberschätzung –, daß er noch sechs Monate später den Rettungsaufruf erst in einer provisorischen Überschrift gestaltet hat. »Der Aufsatz für die Weltpresse müßte ›Von geistiger Ehre‹ heißen.« (III, 206) Mit Hans Reisiger diskutiert er am 7. Januar 1936 in Küsnacht wieder, »ob die Situation in Deutschland reif sei, um mit einem maßvollen Aufruf zum Zusammenstehen der Anständigen die Entwicklung zu beschleunigen ...«.

Die Situation ist längst nicht mehr »reif«. Thomas Mann,

der nicht an den Krieg glauben will, hat seine Chance verpaßt – die zwar an der politischen Lage kaum etwas verändert hätte, wohl aber *seiner* Seele zu gönnen gewesen wäre. Denn am 31. Januar 1936 schreibt er schließlich das Bekenntnis. Doch der offene Brief an Eduard Korrodi, der kurz darauf in der »Neuen Zürcher Zeitung« publiziert wird, verdankt sich Umständen, die nicht ganz so ehrenvoll sind, wie sie hätten sein können, wenn er früher reagiert hätte. Dem »Politikum« ist nämlich ein Stück Selbstverteidigung zugewachsen: indem er sich, nicht zu Unrecht, von Korrodis Behauptung verletzt gefühlt hat, daß keineswegs alle bedeutenden Dichter ihr Heimatland verlassen hätten, sondern primär die Exponenten der »Roman-Industrie«. – *Dagegen* wehrt er sich, das will er nicht auf sich sitzen lassen; und erst das gestörte Selbstvertrauen, beunruhigt zusätzlich durch die törichte Polemik aus einer Schweizer Feder, führt ihn endlich auch dazu, der Diktatur als politischer Kommentator entgegenzutreten. Und dennoch brechen alsbald wieder die Aggressionen des Emigranten gegen seinesgleichen auf. Während einem Küsnachter Spaziergang mit Bernard von Brentano vernimmt er von diesem, daß sich sein alter Widersacher Alfred Kerr »in die Korrodi-Sache« eingeschaltet, Korrodis Position verteidigt und erklärt habe, »in der Emigration müsse sehr nach dem Rechten gesehen werden«. Der Diarist bemerkt nicht, daß er mit dem nächsten Satz just das übernimmt, was Alfred Kerr – allerdings: bloß gesagt haben *soll*. »Die alte Spinne will sich damit über meinen Brief erheben, zäh und ungeläutert von ihrem Elend nimmt sie den alten Haßkampf gegen mich wieder auf. Ich weiß, daß es unter den Emigranten viel schädliches Gesindel gibt, und er gehört dazu.« (III, 277)

Was er weniger weiß, betrifft die politischen Umwälzungen in Hinsicht auf die Beurteilung im Ideologischen. Es macht den Charakter des authentischen Tagebuchs aus, daß es vieles und Gegenläufiges amalgamiert. Aber auch wenn man den Faden des politischen Glossars hartnäckig sucht, fällt es schwer, ihn in *einer* Richtung zu finden. Am 28. Mai 1936 streut Thomas Mann zwischen den Reiz eines Trickfilms und das Abendessen einen Satz über die Zustände in Italien. »Weises und beruhigendes Interview Mussolini's, der offenbar dringend wünscht, in die Reihe der Ordnungsmächte zurückzukehren.« (III, 308) Es wird nicht das letzte Mal sein, daß er dem »Duce« Sympathien bekundet. Dann, am 13. August, nachdem er sich gegen die Haltung der »Neuen Zürcher Zeitung« »in Sachen Spanien und Frankreich« empört hat, notiert er apodiktisch: »Es ist ausgemacht, daß Pressefreiheit nicht mehr möglich ist. Der Liberalismus als politisches Prinzip ist wirklich tot – es ist nicht einmal so, daß erst die Fascisten einen darüber belehrt hätten. Daß eine aufgeklärte Diktatur das Wünschenswerte sei, schrieb ich schon anfangs der 20er Jahre.« (III, 351) Und zwei Tage später berichtet er dem Journal von einem Gespräch mit Eduard Korrodi: dabei hätte er, so ist zu rekonstruieren, dem Redaktor das Wohlwollen seines Blattes gegenüber Franco kritisiert. »Korrodi äußert: ›Aber Sie können von mir nicht verlangen ... Ich bin ein Bürger!‹« Nun fährt er gereizt fort: »Ein Bürger ist nicht der geistige Gefangene seiner Klasse und ihrer Wirtschaftsinteressen. Der antimarxistische Bürger, mit ›Klassenbewußtsein‹ ist heute Faschist. Es gibt nichts Drittes.« (III, 353)

Da verschlingen sich die Argumente bis zur Unkenntlichkeit dessen, was er für sich selber beanspruchen wollte, und folgte man seiner Logik, so gäbe es nur noch die Parteinahme auch des Bürgers entweder für den Faschismus oder für den Kommunismus. Wäre dies tatsächlich die geistige Freiheit gewesen, die der Propagandist der »aufgeklärten Diktatur« hätte nutzen wollen? Das Rätsel ist nicht zu lösen – oder doch bloß so, daß er wie seit langem im Diarium, wo keine Botschaften an die Humanität zu formulieren sind, situativ und der Stimmung nach entscheidet: selbst nicht der *citoyen* des ungerührten Bekenntnisses zur demokratisch verfaßten Republik, sondern der »Bürger«, dem die Ungunst des Schicksals die praktische Verantwortung entzogen hat. Daran kann auch die »feierliche Vereidigung« auf die tschechoslowakische Staatszugehörigkeit nichts ändern, die er am 19. November 1936 aus Küsnacht meldet. Gern hätte er nun den Deutschen den Abschied gegeben; aber sie haben ihn überrumpelt. Beim Mittagessen vom 4. Dezember erreicht Thomas Mann »die ... doch überraschende und ärgerlich zuvorkommende Nachricht von meiner Ausbürgerung durch die deutsche Regierung«. Das letzte Band ist zerschnitten – eine Formsache und zugleich mehr, nämlich die symbolisch geladene Entlassung in die Ortlosigkeit des Exils, zwingt ihn zum Weltbürgertum. Der eine oder andere Paß bietet dagegen keinen Widerstand.

*

Während er sich über die Schweiz »und ihre degenerierende Neutralität« ausläßt, genügt schon eine Anekdote, ihn kommentieren zu lassen, daß der Faschismus eben höheres Format habe als das Regime Hitlers. Entscheidend für solche Aperçus ist allerdings, wie *er* wahrgenommen wird und ins Bild rückt. Das Besondere des folgenden Passus macht, darüber hinaus, die Person dessen aus, der als Zeuge zitiert wird: es ist Stefan Zweig, ein weiterer Rivale im Konkurrenzkampf der Literatur, den er auch deshalb wenig schätzt, weil Zweig seinerseits sich der Aktualisierung historischer Stoffe widmet. Am 4. September 1937: »Zweig erzählte: Mussolini sieht Rocca. ›Rocca, come va? Sempre la critica? Ebbene ho letto un buon articolo su Thomas Mann.‹ Es ist doch was andres.« (IV, 98)

Das »Andere«: der Sinn für Kultur, ein Bildungsstil, Anerkennung auch jenseits von politischen und literarischen Grenzen? Hätte dies ein Zeugnis »aufgeklärter Diktatur« sein mögen? Vielleicht; und um so eher, als er Mussolinis

Bündnispartner nun immer deutlicher als das Verhängnis in seiner eigenen deutschen Familie erkennt – nicht als etwas Inkommensurables, was wie ein Meteor im Lande niedergegangen ist, sondern als das Produkt von »Genealogie«. Hitler sei kein Zufall, kein illegitimes Unglück und keine Entgleisung, schreibt er am 19. Oktober 1937 in Küsnacht. Von ihm falle »Licht« zurück auf Luther, man müßte diesen in dem »Führer« weitgehend wiedererkennen. Und bekräftigend: »Er ist ein echtes deutsches Phänomen.« (IV, 119)

Schon am 13. März desselben Jahres hatte Thomas Mann vor dem Zürcher zionistischen Verein »Kadimah« als Einleitung zu einer Lesung aus dem »Joseph in Ägypten« unter dem Titel »Zum Problem des Antisemitismus« einen Vortrag gehalten, in welchem dieses Phänomen – natürlich ohne die mindeste Anspielung auf heimlichere Gefühle, wie sie das Diarium dokumentiert – umrissen wurde. Bei Goethe habe sich noch ausgedrückt, was später böswillig verdrängt und ins Gegenteil verkehrt ward: »... das charakteristische Ungenügen und Unbehagen ..., das jede kulturell gerichtete Menschlichkeit und *gerade die deutsche* vor dem Nichts-als-Deutschen, dem Deutschtum als völkischem Reinpräparat empfindet ...«.[31] Das kann allerdings nicht genügen, Hitlers ganze Physiognomie zu verstehen. Das Ein- und Ausschließende, der Unterwerfungswille seit »Luther«, der wilde Ausschlag ins triebhaft Barbarische wäre das eine. Das andere als das Ressentiment des künstlerisch aspirierenden und fallierenden Kleinbürgers müßte ergänzend hinzutreten. Der Analytiker wird es freilich erst etwas später entdeckt haben: wenn er 1939 den Essay »Bruder Hitler« vorlegt.

Die Gedanken kommen und gehen, sie nehmen Form an und verschwinden wieder, sie knüpfen an längst Bekanntes an und scheinen es alsbald zu korrigieren. Und manchmal realisiert er es selbst. Als er am 27. November 1937 an einem

Vortrag für seine nächste Amerika-Reise arbeitet, bemerkt er überraschend offen: »Demokratischer Idealismus. Glaube ich daran? Denke ich mich nicht nur hinein wie in eine Rolle?« Immerhin weiß er jetzt endgültig, was die Welt von ihm erwartet, wenn er – und wäre er *auch* der Schauspieler seines Gewissens – zur Öffentlichkeit spricht. Der »Anschluß« Österreichs trifft ihn in den Vereinigten Staaten, und er ist schockiert. Als er am 7. Juli 1938 wieder in Küsnacht ist, hat er das Hitler-Porträt weiter in die Richtung des Künstlers und Gegen-Künstlers entwickelt. Da fügt es sich, daß ihm der Verleger Alfred Knopf kurz darauf, während des längeren Amerika-Aufenthalts vom September 1938 bis zum Juni 1939, bekennt, daß er des »Führers« eigentlicher Widerpart sei. »Knopf sagte beim Essen, ich sei heute Hitlers gefährlichster Feind.« (IV, 298) So beiläufig das notiert scheint, zählt es doch zu den Verdichtungsmomenten nicht nur für den Essay gegen den Diktator, dem er das Etikett des »Bruders« anheften wird, sondern auch für das Bewußtsein der großen Gegnerschaft, das ihn fortan energisch, ja leidenschaftlich erfüllt. – Und nachdem er von der »Kristallnacht« vom 10. auf den 11. November erfahren hat, beginnt Thomas Mann in Princeton mit dem Aufruf »An die gesittete Welt«. »… festere seelische Verfassung heute, ernst und gewillt, im Namen der moralischen Welt eine große Sprache zu reden und einen Schlag gegen das Geziefer zu führen.« So verspricht es das Tagebuch vom 19. November 1938.

Tatsächlich nutzt er im Folgenden seine Vormittage, um an dem Manifest zu arbeiten, das schließlich weniger als zehn Druckseiten umfassen wird. Das Enddatum trägt den Hinweis »Princeton, 24. November 1938«. Doch dann geschieht das Überraschende: er gibt den Text nicht zur Veröffentlichung frei, übernimmt ihn statt dessen beinah vollständig in die Rede »The enemy of mankind«, die er am 5. April 1939 in Beverly Hills und am 10. April in Chicago halten soll.[32] – Das Pathos des »Schlags« ist zerfallen, die Gelegenheit zur »großen Sprache« vertan, die »moralische Welt« hätte allein in dem amerikanischen Publikum bestanden. Man versteht diesen Schritt besser, wenn man die Prosa prüft, in welcher der Aufruf formuliert ist. Die Sprache ist nicht einfach,wie er's in Aussicht gestellt hat, »groß«: sie ist übergroß, mächtig gestikulierend, in gewaltige Perikopen auslaufend, darin aber beinah die Rollenprosa dessen, der im Innersten selber unsicher ist, ob er in seinem Verhältnis zum demokratischen Idealismus eine »Rolle« spielt. »Es ist unerträglich, daß eine Abart des Menschen, der nach dem Willen der Natur nichts als ein niedriges Schweigen zukäme, eine lichtlose Brut, blind für alle Moral und Menschenwürde, für die bescheidenste Rechtlichkeit, den anfänglichsten logischen Anstand, ohne den das Leben versagt, – es darf nicht sein, daß diese Kreatur allein das Wort führe, um es zu schänden, zu verdrehen, durch den Kot zu ziehen und eine Menschheit, die nichts mehr vernimmt als ihren scheußlichen Dialekt, nichts mehr sieht als den Triumph einer aller Rücksicht überhobenen Gemeinheit, in die Verzweiflung an sich selbst zu stürzen.«[33] So geht es Satz um Satz, gegen den »Feind der Menschheit«. Zweimal ruft er in diesen Rhythmus hinein: »Fürchtet euch nicht!« Am Ende wirkt es schließlich so, als wäre die ganze Diktion einer Figur seiner Romane zugedacht gewesen.

Konnte es sein, daß eben *das* – der Orchesterklang, die Beschwörungsgeste – ihn letztlich zurückschrecken ließ? Es gäbe freilich noch einen zweiten, mehr inhaltlichen »Vorbehalt«, und er hätte mit einer Dialektik zu tun, die den »Bolschewismus« beträfe. Denn der Nationalsozialismus spiele bekanntlich mit der Furcht vor jenem und gebe sich aus als das einzige Bollwerk wider das »rote Gespenst«. Allein, dies sei eine bösartige Zwecklüge. Nun: »Wollt ihr die Wahrheit hören? Den Bolschewismus, den er meint, und den auch ihr meint, wenn ihr das Wort sprecht oder sprechen hört, den Bolschewismus gibt es allerdings in der Welt; der damit droht, der ihn zum Vorwand seiner Schandtaten nimmt, der sich seine Siege damit erpreßt, er weiß genau, wo der Bolschewismus ist: *er ist der Bolschewismus.*«[34] – Das ist die umkehrende Pointe von Thomas Manns Lagebeurteilung, und das »Fürchtet euch nicht!« hätte zugleich versucht, der Welt nachzuweisen, daß es nur *einen* Bolschewismus gebe: den der deutschen Diktatur in ihrer »Verkehrung aller Begriffe«.

Das kann nun einfach so nicht stimmen, was er doch insgeheim wissen muß. Aber er geht noch ein Stück weiter, und erstmals taucht ihm dabei schemenhaft eine Idee auf, die in den Umkreis der Vorstellung vom »Ende der Geschichte« hineinzunehmen ist.[35] Es sei nämlich nicht so, daß die »Linke« – »und was immer mit Fortschrittsideen, Besserungsglauben, dem Willen zur Befreiung von überflüssigem ... Leiden« zusammenhänge – abgewirtschaftet habe. Was sei die offenkundige Wahrheit? »Der ›Fortschritt‹, die moralische, intellektuelle, ja die technische Entwicklung hat die Menschheit, grundsätzlich, zum Pazifismus geführt. Die Völker, der Durchschnittsmensch, der Mann auf der Straße wollen vom Kriege nichts mehr wissen, sie durchschauen ihn, haben ihn satt, wollen sich durch ihn und für ihn nicht mehr dumm machen lassen, so weit sind sie.« »Geschichte« indessen mache nur noch der Nationalsozialismus. »Es ist aber eine bübische, ungültige, sinnlose und anachronistische Art von Geschichte.« Und: »Vor euren Augen wird sie zerplatzen ...«[36] Ohne ihn zu benennen, evoziert er für eine befriedete Menschheit einen Chiliasmus, welchen in dieser Radikalität bisher nur die von Marx inspirierte und von Lenin, dann von Stalin politisierte Geschichtsphilosophie behaupten konnte.

»Es gibt nichts Drittes.« Das hatte Thomas Mann an dem »schönen Spätsommertag« vom 15. August 1936 gegen die Position der liberalen Mitte dem Tagebuch anvertraut. Und das ist nun, in dem Aufruf »An die gesittete Welt«, der gedankliche Wiedergänger, der dem Faschismus das »Andere« entgegenhält: den – kommunistischen? – Weltfrieden. – Solche Alternativen wären dieser Welt wohl doch nicht zuzumuten gewesen. Es konnte genügen – und war auch schon ein Risiko –, sie Amerikanern mündlich und in der Verfremdung der englischen Sprache zu offenbaren. Nicht gar viel später, als er sich für lange Zeit definitiv in Amerika niedergelassen hat, wird er den Faschismus selbst da wittern: dann hätte er's immerhin einmal beizeiten ausgesprochen gehabt. Der Schriftsteller des epischen Sowohl-Als-auch nun in der Rolle dessen, der mit dem Entweder-Oder spielt? Er hält noch eine weitere – man müßte sagen: skurrilere – Alternative parat. Am 28. April 1939, einen Monat vor seiner letzten Reise vor dem Zweiten Weltkrieg in die Schweiz, notiert er in Princeton das Altbekannte. »Wachsender Wunsch, auf das Volk zu wirken.« Dann aber: »Simon über die Selbstverständlichkeit und Unausweichlichkeit meiner Präsidentschaft nach Hitlers Fall ...« Und wie zur Bestätigung, gleich anschließend: »Churchill im Radio über Hitlers Gerede, schwach.« (IV, 400)

Was Thomas Mann diese Ablösung des Diktators durch den Schriftsteller mindestens bedenkenswert macht, hat nun allerdings wesentlich auch damit zu tun, wie er selber Hitler sehen will. Am 25. März 1939 publiziert das in Paris vertriebene »Neue Tage-Buch« sein Porträt unter dem Titel »Bruder Hitler«, und zeitgleich erscheint der Text im »Esquire« in der englischen Fassung »This Man is My Brother«. Noch knapper wird ihn die erste Buchveröffentlichung 1942 im Verlag von Alfred Knopf annoncieren: »A Brother«. – Natürlich ist diese Überschrift auf Irritation hin angelegt. Aber daneben unternimmt der Autor den Versuch, den »Führer« auf gewissermaßen »familiäre« Maße zurückzustutzen: nicht der gewalttätige Demagoge soll erscheinen, der den »Allesbezwinger« spielen dürfe, sondern die »trübe

Figur«, die das starke Gefühl des Hasses eigentlich kaum verdiene. Wichtiger also sei das Interesse, wichtiger für ein angemessenes Urteil seien »humoristisch-asketische Ansätze zum Wiedererkennen«, die er »dem Haß als moralisch überlegen« empfinde.[37]

Und was glaubt solches Wiedererkennen? »Der Bursche ist eine Katastrophe …« Doch sei dies kein Grund, ihn als Charakter und Schicksal nicht interessant zu finden – *ihn*: den Untauglichen, Unmöglichen, zehnfach Gescheiterten; den extrem faulen, zu keiner Arbeit fähigen Dauer-Asylisten; den Viertelkünstler und Schlechtweggekommenen, der die eigenen Minderwertigkeitskomplexe geschickt mit jenen eines geschlagenen Volkes verbinde. Das alles sei durchaus einmalig, dem Maßstab nach neu und eindrucksvoll – man könne unmöglich umhin, »der Erscheinung eine gewisse angewiderte Bewunderung entgegenzubringen«. Und weiter: »Wagnerisch, auf der Stufe der Verhunzung, ist das Ganze, man hat es längst bemerkt und kennt die gut begründete, wenn auch wieder ein bißchen unerlaubte Verehrung, die der politische Wundermann dem künstlerischen Bezauberer Europas widmet, welchen noch Gottfried Keller ›Friseur und Charlatan‹ nannte.«[38] – Kurzum, man müsse, ob man wolle oder nicht, »in dem Phänomen eine Erscheinungsform des Künstlertums wiedererkennen«.

Das ist das Stichwort. Aber das Künstlertum ist Faulheit und klägliche Undefinierbarkeit der Frühe. Es ist »das halb blöde Hinvegetieren in tiefster sozialer und seelischer Boheme«. Es ist zugleich die »Wut auf die Welt« des Unerkannten und einst Verschmähten, der nun zur politischen Erfüllung drängt: immer mit der »Unersättlichkeit des Kompensations- und Selbstverherrlichungstriebes«. Eben – und hier eine Spur verräterisch: »Ein Bruder … Ein etwas unangenehmer und beschämender Bruder; er geht einem auf die Nerven, es ist eine reichlich peinliche Verwandtschaft.« – *Da* meint Thomas Mann den Erzfeind in seiner innersten Physiognomie agnosziert zu haben: den Anti-Künstler des äußersten Primitivismus, den Schamanen und bösen Zauberer. Wo indessen schon einmal von der Familie die Rede ist, muß er auch von sich selber reden, und das ist vielleicht das aufschlußreichste Moment des ganzen Porträts. *Er*, der Verfasser von »Fiorenza«, sei noch »sehr jung« gewesen, als er »Schönheit und Bildung über den Haufen werfen ließ von dem sozial-religiösen Fanatismus des Mönches, der ›das Wunder der wiedergeborenen Unbefangenheit‹ verkündete«. Savonarola ist gemeint, den er damals, ohne es jetzt zu bekennen, so sehr bewunderte. Auch *er* habe im »Tod in Venedig« von einer »neuen Entschlossenheit und Vereinfachung der Seele« gehandelt. Dann freilich, als die Epoche die »Geistfeindlichkeit« auf die Spitze trieb, habe er davon nichts mehr wissen wollen.

So hätte er sich vom Ambiente des »Bruders« noch rechtzeitig gelöst – dies wäre der Subtext der Erinnerung. Doch nun müßte auch eine zweite »Parallele« bedacht und zurechtgerückt werden: die des Genie-Begriffs. Nichts hindere ihn daran, Hitler als Genie zu bezeichnen. »Wenn Verrücktheit zusammen mit Besonnenheit Genie ist (und das *ist* eine Definition!), so ist der Mann ein Genie …«[39] Allerdings dürfe dies nicht bedeuten, daß man sich »das Genie überhaupt, das Phänomen des großen Mannes« dadurch verleiden lasse – welches »zwar vorwiegend immer ein ästhetisches Phänomen, nur selten auch ein moralisches war, aber, indem es die Grenzen der Menschheit zu überschreiten schien, die Menschheit einen Schauder lehrte, der trotz allem, was sie von ihm auszustehen hatte, ein Schauder des Glücks war«. Napoleon sei ein solches authentisches Genie gewesen, und erst später habe die »Verhunzung« seiner und anderer Ideale eingesetzt. »Und wirklich, unserer Zeit gelang es, so vieles zu verhunzen: Das Nationale, den Sozialismus – den Mythos, die Lebensphilosophie, das Irrationale, den Glauben, die Jugend, die Revolution und was nicht noch alles. Nun denn, sie brachte uns auch die Verhunzung des großen Mannes.«

Fast unmerklich ist das Porträt des »Führers« gekippt: ins Selbstporträt seines Gegners, der, als ob er *nur* die Familienfehde gesucht hätte, dem Mißratenen den Verrat auch dessen vorrechnet, worin sich seine eigene Biographie von »Fiorenza« bis zu den »Betrachtungen« und schließlich in die heimlicheren Bekenntnisse des Tagebuchs als Anteil an der epochalen Lebenszeit geformt und mitbestimmt hätte. Der Bruder Gegen-Künstler hat es verdorben. Gerade deshalb darf er nicht siegen. Und die letzten Sätze über Hitler beschwören denn, was fortan Thomas Manns Größe zur Kenntlichkeit entwickeln müßte. »Deutlicher und glücklicher als bisher wird Künstlertum sich in Zukunft als einen helleren Zauber erkennen und manifestieren: als ein beflügelthermetisch-mondverwandtes Mittlertum zwischen Geist und Leben. Aber Mittlertum selbst ist Geist.«[40] – Das ist die Essenz. Es ist der Wahr- und Zuspruch für ein Selbstvertrauen, welches ihm Deutschland unter Hitler so bedrängend erschüttert hat.

Jetzt hat er's gesagt. Nun ist er besser als je zuvor vorbereitet, die Ansinnen nach der »Reichspräsidentschaft«, die an ihn bei Diners und Empfängen, zwischen Reden und Cocktails herangetragen werden, durchaus ernst zu nehmen. Natürlich war es eine wenig durchdachte Selbstüberlistung, den Monsterdemagogen wenigstens den Anlagen und künstlerischen Ambitionen nach als einen verrufenen »Gefährten« darzustellen. Aber es genügt ihm – einstweilen –, die Erscheinung nach *seinen* Maßsetzungen eingekreist zu haben. Es genügt, und es genügt nicht. Denn während er noch glaubt, den »Bruder« im Bild gebannt zu sehen, bewegt sich der zu neuen Untaten, und viel zu wenig realisiert Thomas Mann, wie die geschichtlichen Mächte eine Kraft entfalten, deren Fakten ihn beständig verführen: in die eine oder in die gegenteilige Richtung der Kommentare. Am 27. Februar

1940 berichtet er von »schwer pessimistischen u. ungläubigen Gedanken an den Ausgang des politischen Prozesses«, die seine Stimmung und Spannkraft für die Vollendung des »Joseph«-Romans beeinträchtigten. Als Hitlers Frankreich-Feldzug anrollt, heißt es: »Scham, Gram und Haß dieser Tage werden unvergessen bleiben; sie sind kaum zu ertragen.« (V, 80) Da tröstet ihn nur der »Reiz der grünen und blütenvollen Gärten« in Princeton. Aber am 28. Mai schätzt er die Lage bereits wieder anders ein, nachdem er gehört hat, daß sich der König von Belgien mit seiner Armee den Deutschen ergeben habe. »Wie soll die Seite nicht singen, zu der Monarchen und ganze Armeen, die ›überfallen‹ wurden, übergehen? Sie sind nicht ›überfallen‹ und gar kein Verbrechen ist gegen sie begangen worden. Ich sehe auch den französischen Sonderfrieden.« Dann: »Man soll einen Strich machen u. sich nicht länger an tote und von keinem lebendigen Willen gestützte Hoffnungen klammern. Vielleicht ist wirklich schon in ein paar Wochen die faszistische Friedenskonferenz da. Daß es keine Schande war, auf der ›falschen‹ Seite zu sein, habe ich schon nach München gesagt.« Und wie im Nachhall auf die »Betrachtungen eines Unpolitischen«: »Frankreich u. England sind mit Schuld bedeckt. Sie hatten wahrscheinlich kein Recht mehr, diesen Krieg zu führen.« (V, 84f.)

Vielleicht hätte er es am liebsten einfach mit dem deutschen Obrigkeitsstaat vor 1914 gehalten: mit der von keiner radikal-republikanischen Bewegung gestörten Abgeschiedenheit im Zirkel seiner Hauswirtschaft. Doch jetzt herrscht Weltpolitik, und wie wenn es ihm unerträglich wäre, nach 1918 nochmals auf der Seite von möglichen Verlierern zu stehen, betreibt er das eigene *appeasement* einerseits mit dem Gedanken, Gegebenes anzuerkennen, anderseits mit der Adresse des Vorwurfs an jene, welche schon lange vor diesem Gegebenen Schuld auf sich geladen hätten. Dabei wird auch Amerika nicht geschont. »Welches wird die Entwicklung in Amerika sein? Ich glaube *nicht* an dieses Land, längst nicht mehr. Es ist unterminiert, gelähmt, fallreif wie die übrige sogenannte Civilisation. Uns wird es sehr möglicherweise nicht lange mehr Sicherheit bieten. Wir sprachen viel darüber ..., bevor Erika mit den Gästen abreiste. Klaus blieb noch zurück.« (V, 98)

So notiert er am 16. Juni 1940. – Die Idee, daß der Westen bald ganz heruntergekommen sein könnte, ist freilich nicht neu. Thomas Mann wiederholt, was zuerst Nietzsche, dann Spengler in seinem Untergangspanorama mit Blick auf die Dekadenz festgeschrieben hatten: jener mehr *more anthropologico*, indem er der »Civilisation« den traditionsfreien Übermenschen entgegenstellte, dieser aus der Erwähltheitsperspektive des allwissenden Geschichtsphilosophen. Auch selber war er schon in dem »Notizbuch« von 1917 als Warner vor Amerika aufgetreten; damals jedoch noch aus anderer Perspektive: weniger den globalen Kapitalismus befürchtend als die Stärkung des nationalen Potentials der Vereinigten Staaten. »Von einem Rückgehen des nationalen Gedankens in der Welt kann man nicht reden, in dem Augenblick, wo Amerika sich vermittelst der allgem. Wehrpflicht nationalisiert, militarisiert, zur Großmacht im europäischen Sinne wird.«[41]

Inzwischen soll auch dieses Land »unterminiert« und »fallreif« sein. Gebricht es ihm an kriegerischer Entschlossenheit, dem Totalitarismus zu entgegnen? Ist es seinerseits erfaßt vom europäischen Schwund der Willenskraft? So muß Thomas Manns Pessimismus wohl gedeutet werden. Bezeichnend jedenfalls ist, daß das Diarium kein Wort darüber verliert, wovon in dem Essay »Bruder Hitler« die Hoffnung ausgegangen war: der »Fortschritt« möge letztlich siegen wider die Mächte des finsteren Vitalismus. Im Gegenteil sieht er für Amerika gar den »Bürgerkrieg« – doch welcher Positionen? – heraufkommen, und aus dem allgemeinen Moral- und Kulturverfall ragt ihm der »Führer«

plötzlich als dämonischer Schicksalsmensch heraus. »Daß Hitler als Reiniger einer morschen und verschmutzen Welt fungiert ist der Gotteshohn … Gericht über den Kapitalismus?« (V, 99)

Er schreibt nicht, wie an anderen Stellen, daß es dem Kapitalismus zu gönnen wäre. Und er wagt sich auch nicht, wie gleichfalls in anderen Passagen seines Tagebuchs, in die Spekulation vor, daß allein noch vom »Kommunismus« die Rettung der »Welt« zu erwarten wäre. Aber der Anti-Kapitalist, dem die Segnungen der Marktwirtschaft nicht gleichgültig sein können, wird zusehends zum Apokalyptiker – weil er sich niemals vorstellen wollte und im Grunde genommen auch später kaum vorstellen will, daß der Liberalismus durchaus mit politischen Prinzipien ausgestattet ist. – Der Ästhetiker bewegt sich in anderen Sphären; als Schriftsteller, wenn es sein muß, in den »faustischen« Gefilden von Teufel und Tod, von Urgrund und Abgrund. Am 20. Juni 1940 flüchtet er sich wieder einmal in das geliebte »Lohengrin«-Vorspiel, weint dabei und glaubt, daß er's bereits »im Untergang« höre. Da paßt es, daß er vier Tage später dem Fluch der deutschen Eroberungen nachdenkt. »Anfangs fragte man: Wo ist die Polizei? Nun: Wo ist Gott?« (V, 105)

Ist das ein metaphysisches Fragen? Eine Ratlosigkeit aus der Verzweiflung über die Richtung, die der Sinn der Geschichte genommen hat? Thomas Mann wäre nicht der »Philosoph« der existentiellen und ins Bodenlose versinkenden Angst, darüber aus dem Eigensten heraus sich zu quälen. Solche Beunruhigungen erscheinen eher als etwas Abgeleitetes: mehr als dem theologischen Zweifel verdanken sie sich der Störung, daß einer, dem die Welt als geordneter Hintergrund zu heiter-aufgeklärten Stoffen gegeben sein müßte, im Chaos der Politik das Unangemessene des Bedürfnisses nach künstlerischer Muße zu erkennen gezwungen wird. Haß, so hatte er in »Bruder Hitler« verkündet, sei jeder freien Erkenntnis hinderlich. Aber die daraus entspringende Schadenfreude ist ihm keineswegs fremd – und wieder besonders da nicht, wo Rechnungen zu begleichen sind. Am 16. August referiert er die aktuelle Kriegslage. »Steigerung der Luftkämpfe über England und London selbst. Der angerichtete Schaden soll den Kosten nicht entsprechen.« Dann mit Genugtuung: »Die R.A.F. findet Zeit und Kraft zum Bombardement Münchens, was ich diesem dummen Nest gönne.« (V, 133)

Das hat sich so weit vom Anliegen irgendwelcher weltpolitischen Betrachtungen entfernt, daß es, sein eigenes Wort zu brauchen, peinlich ist. Der Unpolitische denkt und fühlt in »Verkörperungen« – und öfter nun auch in bedenklichen Metonymien. »München« ist eine solche Metonymie für das Ganze, was ihm seit 1933 widerfahren ist, und damit ist wenigstens ein Teilerfolg in der persönlichen Auseinandersetzung mit Hitler erreicht. Es zählt dann auch zu den Strategien der Selbststilisierung, daß die Feindschaft alles Strukturelle zu vernachlässigen droht, weil er in dem Kampf der unberührbar einzelne bleiben will. Ein Abendessen bei jüdischen Freunden in Brentwood gibt Anlaß, über die »Emigranten-Inzucht« zu referieren: »... in einer abgelaufenen Epoche lebend und an Hand gehegter Dokumente zu Erinnerungen zwingend, über die man hinausgewachsen ... Das Beste war Goetzens weißer Setter Athenia.« (V, 153) Deutschland ist ihm verloren. Doch in Amerika soll er dem Exil nicht zugehören: als ob *er* mit Vergangenem nichts mehr zu schaffen hätte.

Ist es indes nicht memorierende Trauer und, unter den herrschenden Umständen, seltsame Nostalgie, wenn Thomas Mann dann doch wieder in Gedankenübungen versinkt, wie anders die Historie hätte gestaltet werden können? »Viel über das Politische, Frankreich, England, Rußland, die Unredressierbarkeit von vielem, was auf dem Continent geschieht; der natürlichere Beruf Deutschlands, Europa zu organisieren, verdorben durch den niedrig phantastischen

Geist des Regimes.« (V, 165) Zu gerne hätte man gewußt, wann der Kairos die Stunde der Organisation präparierte. Doch ein weiteres Abendessen räumt das so großzügig Imaginierte wieder ab. Jetzt nämlich ist unversehens vom »veränderten Charakter« des von ihm selbst in Anführungszeichen gesetzten »Exils« die Rede. »Entdeckung der Einheit, Ende der Nationen, Auflösung ins Planetarische.« (V, 169) Nicht Ernst Jünger, sondern Thomas Mann – man müßte wohl vorsichtig sagen: gibt es zu Papier. Aber schon daß er's überhaupt im Journal vermeldet, bezeugt das Interesse an der Idee, die mit der gleichen Generosität die Zukunft umreißt, wie zuvor die Erinnerung die verpaßte Chance Deutschlands eingezeichnet hatte.

Was einem kritischen Leser dabei aufgehen könnte, beträfe das Erleben der Gegenwart als *punctum* von Ortlosigkeit. Schwer hält der Schriftsteller aus, was als herausgesprengt aus dem geschichtlichen Kontinuum ihm erscheint. Das Ärgernis ist schon die Zeit als solche: als der Fluß des Verschwindens, als das Medium des Lebens, dem im Ästhetischen etwas Unverlierbares abzupressen wäre und das gleichwohl so rücksichtslos, ja blind gegenüber aller Anstrengung voranrückt. Jeder Moment ist ein Nichts, wenn es nicht gelingt, ihn ins Epische sei es der literarischen Leistung, sei es der biographischen Sinnfälligkeit zu bannen. Jeder Augenblick, der nicht irgendwie gesichert wird – und sei er's in einer einzigen Zeile des Tagebuchs –, verfällt dem Verdacht des Nihilismus. Die Vita des Bürgers mag dagegen die Kräfte des häuslichen Rituals bis hin zur Droge des Grammophons mobil machen. Wo sie zugleich in die unberechenbare Abhängigkeit von der Geschichte gerät, wächst der Gram über so viel Unverstandenes. Böte die »Auflösung ins Planetarische« als eine Art von »Ende der Geschichte« dagegen Schutz? Würde der von den Zeitläufen so sehr Irritierte sogar das Ende in der sozialistischen Weltgesellschaft in Kauf nehmen, um nur die Ruhe vor den »Ereignissen«

zu finden? Solche Fragen laufen im Journal wie die stumme Melodie, und die Begeisterung wie die Abwehr gegenüber Wagner hätte ihr Fundament auch darin: daß die Kunst eine Erlösung vortäuscht, die im Leben vergeblich erwartet wird.

Aber mehr noch: selbst Hitler, der gescheiterte Akademiestudent und Wagner-Verehrer, hatte mit dem Sieg des »Tausendjährigen Reichs« wenn nicht *das* Ende, so doch *ein* Ende der Geschichte im Sinn – als den Chiliasmus, der für die deutsche Welt urbar zu machen war. Und auch er, der gewalttätige »Bruder«, in welchem sich Thomas Mann deshalb auf unliebsame Weise ein Stück weit wiedererkennen mußte, träumte die Vision der erlösten Volkshistorie, die es gegen die knappe, ihm davoneilende Ressource »Zeit« durchzustehen galt.[42] Mit den Instrumenten von Krieg und Terror und Genozid war aufzuholen, was seit dem Jahr 1933 schon als Verspätung begann. Wäre es gelungen, so hätte der »Führer« bereits seinen Rückzug von der Politik in die Künstlerstadt Linz im Auge gehabt.

Dieser Hintergrund verdeckter »Verwandtschaft« ist zu bedenken, wenn der Schriftsteller sein Gespräch mit dem Diktator für sein Tagebuch verzeichnet; immer gespannt, was der andere gerade unternimmt. Als ihn am 21. April 1941 ein Brief von Kuno Fiedler in Pacific Palisades erreicht, meldet die Botschaft, »daß Hitler mich in seinen Reden … beschimpft haben soll«. Am 3. Juni faßt das Journal einige Katastrophen auf den Schauplätzen der Weltgeschichte zusammen, und daraus ergeben sich düstere Aussichten. »Bleibt es nicht trotz allem dabei, daß mit jedem *neuen* Jahr, in das der Krieg geht, ihr Sieg, im weltbestimmenden Sinn, unwahrscheinlicher, ja unmöglicher wird?« Das hofft er. Aber zugleich fürchtet er das Gegenteil. »Ist es denkbar, daß die ganze Welt gezwungen wird, sich Hitler auf Gnade und Ungnade, nämlich auf Ungnade, zu ergeben?« (V, 275) Drei Wochen später kann er wenigstens eine

»abendliche Sensation« registrieren. »Kriegserklärung Hitlers an Rußland. Tolle, in ihren Folgen inkalkulable, im Wesentlichen aber doch wohl erfreuliche Wendung.« Niemand könne beurteilen, in welchem Grad und wie lange die Russen den Deutschen zu schaffen machen würden. »Der neue Geniestreich bedeutet wohl neue Verwirrung, aber auch das Aufhören der 1939 bewirkten.« Und dann, als ob es niemals eine Teilung Polens zwischen den ehemaligen Verbündeten gegeben hätte: »Ende des kommunistischen Pazifismus.« (V, 283f.)

Der friedliebenden Sowjetunion traut Thomas Mann jedenfalls einen Widerstand zu, den er für Amerika, obwohl er inzwischen das Ohr von Roosevelt gefunden hat und als wiederkehrender Gast im Weißen Haus begrüßt wird, kaum zu erkennen vermag. Einen etwas merkwürdigen, aus der Kultur dieses Landes abgelesenen Grund dafür hat ihm eine Unterhaltung mit Aldous Huxley suggeriert. Am 30. Juni 1941: »Tief niedergeschlagen. Nachmittags zu Huxleys zum Thee, mit Vater und Sohn. Über Negerschulen, hier und Marocco: ›Nos ancêtres, les Gaulois‹. Die Inkohärenz der amer. Bevölkerungsgruppen. Zusammengewürfeltes Kolonial-Land mit Technik. Wie soll es Verständnis und efficiency zeigen in einer Lage wie dieser? Im Übrigen nur allzu europäisch: Die fascistische Minorität ist da, die antifascistische Majorität wird desintegriert, es ist Hitler ein Leichtes. Von hier soll die Rettung kommen? Das Verhängnis wird seinen Gang gehen.« (V, 288)

Wieder – und im Stil der »Betrachtungen eines Unpolitischen« – weckt ihm der französische Einschlag sein Mißtrauen. Wieder vermißt er die Kraft einer homogenen Nation: aus dem kolonialen Sammelsurium kann nichts Rechtes sich bilden. Und lange bevor der Senator Joseph McCarthy seine bösartige Inquisiton betreibt – sein Name taucht im Tagebuch erstmals am 9. April 1950 auf –, sieht er Amerika im Sog faschistischer Umtriebe. Da kann es nur, durchaus nach der gedanklichen Vorlage des politischen Entweder-Oder, allein der Kommunismus sein, der möglicherweise die Wende gegen Deutschland beizubringen vermöchte. Gleichzeitig aber arbeitet Thomas Mann an einem Aufsatz über das »böse« und das »gute« Deutschland: weniger in der Absicht, die für ihn falsche Unterscheidung bald als Text in die Öffentlichkeit zu entlassen, als mit dem Bedürfnis nach der therapeutischen Wirkung für den Autor selber, der an dieser Rechenschaft noch länger laborieren wird. Eine erste Fassung wird er am 29. Mai 1945 in der Library of Congress in Washington als Vortrag präsentieren.

Und am 23. November 1941 spinnt das Diarium aus San Francisco die Ideen zu Hitler fort, in einer ausführlichen Einlassung. Früh ist Thomas Mann wach und denkt »viel über die Zeit« nach, über die »Revolution«, das Treiben in Deutschland, die von ihm so genannten »Begattungstage«, die »reiner Bolschewismus« seien, »und das Weimar-Kultur-Getu' daneben«. »Welch ein schmutziges Durcheinander.« Denn der Zug gegen Rußland sei ein Unsinn. Dann eine überraschende Glosse, wie wenn es die Oktoberrevolution von 1917 nicht gegeben und Hiler seinen Sturm nicht 1941, sondern schon 1914 ausgelöst hätte: nämlich gegen das Moskauer Ancien Régime. »... wenn es im Geringsten sauber zuginge. Beseitigung äußerer feudaler Reste ...« Doch der »Führer« ist kein Revolutionär nach dem Geschmack seines Widersachers. Er ist »der feine Mann mit dem Bärtchen«. Weiter: »Ein Revolutionär, der es immer mit der Macht, der Groß-Industrie, der Armee gehalten. Ungeheuere Niedertracht. Satrapen-Luxus der Bonzen. Soziale Fortschritte: Lehrlingsbezahlung. ›Kraft durch Freude‹, eine Art von analphabetischer Massen-Demokratie, dumpf, rassenstolz, unwissend-glücklich, ohne Individuum. Rückbildungsprozeß hinter das Erwachen des Ich auf der Tageshöhe der Technik ... Bei den ›Führern‹ erfüllter Neid auf kapitalistische Pracht, dabei anti-kapitalistisch ... Sehr feindlich gegen die

Verbindung von Sozialismus u. Demokratie.« Und schließlich: »Man sah der neuen, irgendwie kommunistischen Welt, wie sie sich andeutete, mit Sympathie entgegen. In die Hände welches Halunken ist ihre Bewerkstelligung geraten! – Gedanken an ein Stück im Begattungshotel, 2 Paare in Nachbarzimmern.« (V, 351 f.)

Zu dieser Bühnen-Farce kommt es glücklicherweise nicht. – Natürlich stimmt für die Charakteristik des Regimes jedes Wort. Aber interessanter ist doch, wie er sie beschließt: abermals mit einem Rückblick auf die Anfänge der nationalsozialistischen Bewegung, die seine Sympathie – er kaschiert sie wie immer, wenn er davon redet, und wie immer vergeblich durch das unpersönliche »man« – in ihrer »kommunistischen« Stoßrichtung gehabt hätte. Nun wird dabei freilich auch deutlicher, daß er mit dem »Kommunismus« oder dem »Bolschewismus«, den er oft äquivok zitiert, weitaus eher eine Konstruktion gefühlsmäßiger Billigung als eine durch die Anschauung gesättigte politische Realität verbindet. Zuallererst ist er ihm ein Phänomen der Negation: der Kritik am bürgerlichen Kapitalismus, der Aggression gegen die scheinbar mürbe Dekadenz der liberalen Gesellschaft. Ist es zu spekulativ, wenn man dabei zu beobachten glaubt, daß er *darin sich* wiederfindet – daß die Seite des bourgeoisen Schriftstellers, obwohl er niemals von ihr loskommt, *damit* zu bekämpfen wäre? Parodie und Heiterkeit, Mimesis und Zitat, Ironie und ein feiner Eklektizismus: das will er und das kann er. Vergleicht er sich allerdings mit anderen – und er tut es reichlich –, so fiele ihm für seine Kunst spätestens seit der befürchteten Unzeitgemäßheit des »Zauberbergs« ein Mangel an Authentizität auf: eben bloß Genie, dessen Meisterschaft in der Ästhetik der Nachahmung gründet und sich die Themen von der Bibel bis zu Goethes Kosmos, vom sozialen Sittenspiegel bis in die Stoffe der Nietzsche-Nachfolge unentwegt und bravourös *anverwandelt.*

Da hätte ihn – vielleicht – der Systembruch, der »Bolschewismus«, den er nur vom Hörensagen kannte, mindestens für die äußere Existenz herausgerissen. Oder zugespitzter: der böse »Bruder« hätte dabei Hilfe geleistet. Statt dessen suhlt der sich im Luxus des Bonzen und im »erfüllten« Neid der kapitalistischen Pracht. *Das* kennt er selbst, der sich den Stil des Duke of Windsor zum Vorbild gemacht hat. Doch nährt es zugleich den Verdacht, daß die lebensweltliche Politur der literarischen Brillanz so gar wesensunverwandt nicht sein könnte.

Am 31. Januar 1942 geht Thomas Mann das Thema von der Seite her an. Es gibt sich, daß er beim Abendessen mit dem Sohn Golo, dem gewandten und nüchternen Historiker, über die »Unlösbarkeiten der Weltgeschichte« diskutiert. Den Anstoß dazu hat ein Buch gegeben, das von dem Erzherzog und Kronprinzen Rudolf von Habsburg handelt und das er »bewegt« zu Ende gelesen hat, ohne daß er es sehr bewundert hätte. »Aber das Leben geht mir nah, die Bilder des 16jährigen und des 30jährigen, schon nahe dem Ende, das junge und das schon zerrüttete, zu sehen ist tief rührend.« Degeneration und die Nähe der Geisteskrankheit seien »zweifellos« vorhanden gewesen, das »Wartenmüssen« auf die Übernahme der Doppelkrone habe keinen Grund für die »Abnützung« gegeben. »Der alte Kanzlist hat ihn nicht zu Tode gelebt, war nur einige 50 als Rudolf schied – in einem Alter, wo ich sehr jung war und volles Haar hatte.« (V, 385)

Dieser Vergleich muß sein – und sei es nur, die eigene Vitalität gegen den kranken Geist zu behaupten, der im Januar 1889 zusammen mit der 17jährigen Baronesse Mary Vetsera auf Schloß Mayerling in den Tod ging. Solche Umstände wecken die Gefühle des Schriftstellers: wäre das etwa keine geeignete Vorlage zu einer Novelle gewesen? Aber er denkt doch eher ans Existentielle des Lebenslaufs. Und deshalb maliziös: »Für etwas wie die ›Geschichte‹ geboren zu sein, ist natürlich strapaziös. Offenbar war er den Ansprüchen nicht gewachsen. Die Last des Erbes eines aussichtslosen Reiches scheint ihn ruiniert zu haben, – denn mit 30 war er eine Ruine.« Dann mit Stolz: »Ich bin es doch mit 67 kaum, obgleich ich meinen Teil zu tragen hatte … Der Umgang mit solchen Dingen scheint viel unbekömmlicher zu sein, als die Bürden, die Goethe und Tolstoi trugen und bei denen sie alt wurden.« – Es geht immer weiter, wenn er das Psychogramm des Prätendenten wie im Gegenzug zum eigenen Selbstbewußtsein verfeinert. »Wäre er für das Geistige so wenig ausgestattet gewesen, wie für das ›Geschichtliche‹? Er war ästhetisch ganz unbegabt, trivial von Geschmack, der Tod mit dem kleinen Weib hat auch viel Kitschiges, wenig Hochstehendes, auch wenn er die Ehren-Konsequenz des Wortbruchs war.« Und nach der deutlichen Degradierung zuletzt Thomas Manns väterliches Erbarmen. »Ich liebe das junge Gesicht, die Bernstein-Augen, die feine Nase, den Mund, selbst noch den Backenbart des 23jährigen Generals … Kavaliersgewöhnlichkeit bei Tiefgang des politischen Gedankens und Verachtung der Unbildung des österr. Adels. Offenbar schon früh Auflösung der sittlichen Persönlichkeit, ähnlich wie bei Ludwig.« (V, 385f.) – So viel Raum schenkt der Diarist nach dem Gespräch mit Golo einer Figur, die er subtil auf ihre äußeren Züge reduziert.

Aber gegen alle Dramatik, der auch das Kitschige innewohnen soll, und gegen die Wahrnehmungen des Connaisseurs frühmännlicher Schönheit behält eine gewisse Erleichterung das Übergewicht: daß er selbst nicht für die von ihm zweimal in Anführungsstriche gesetzte Geschichte geboren sein mußte. Das wäre »natürlich strapaziös«. So würde er's lieber mit Goethe und Tolstoi halten, die noch immer genug Bürde trugen. – Nun kann freilich die Sache ganz so einfach auch wieder nicht sein, da er intermittierend von anderen und von sich selber zum Gegenspieler Hitlers erkoren ward. Griffe denn doch eine Spur von

Furcht in diese Passagen ein, eine Vision möglicher Strapazen, die er zu erleiden hätte, wenn der Kairos der Historie ihn plötzlich riefe? Am 4. März glaubt er aus dem britischen Kabinett und aus Presse-Äußerungen die Prophezeiung herauszuhören, daß die Vormachtstellung Rußlands in Europa im Grunde schon besiegelt sei. Dazu: »Wie recht sollte es mir sein!« Das läßt zwar alles offen, was die eigene Position beträfe. Immerhin könnte er sich, über den Aspekt der platten Schadenfreude hinaus, der Einbildung hingeben, daß er sozusagen rechtzeitig, nämlich bereits am 12. Januar 1933, sein »Bekenntnis zum Sozialismus« abgegeben hatte.

Für den Augenblick allerdings und gegen die verborgenen Tiraden des Tagebuchs scheint es Thomas Mann schicklicher, das »Lob Amerikas« anzustimmen, wie er den kurzen Essay überschreibt, der am 15. Mai 1942 in New York erscheint. In der englischen Originalfassung klingt der Titel indessen ambivalenter: »Land of Good Will«. Also nicht *nur* Apologie, sondern zwischen den Zeilen auch Einiges Ermahnende. Es gebe, so führt er aus, das Gute und das Böse in diesem Krieg, und er habe das Glück, den Krieg auf derjenigen Seite zu erleben, »wo vielleicht das Gute nicht *ist,* aber wo es *gewollt* wird«. Er lebe lange genug in Amerika, »um die Schwächen, Gebrechen, Gefahren seiner Demokratie gewahr geworden zu sein«. Und: »Ich weiß sogar, daß die Giftstoffe, die Europa zersetzten, auch in seinem Organismus ihr Wesen treiben und daß sie nicht ohne alle Aussicht auf Erfolg seinen Siegeswillen lahmzulegen versuchen.«[43] Auch Amerika habe den Feind im eigenen Land, und es führe den Weltbürgerkrieg zugleich gegen die innere Bedrohung.

Auf der Linie von Ernst Jünger und Carl Schmitt, deren Arbeiten Ähnliches verfolgen, zeichnet der Geschichtsphilosoph das Bild von der planetarischen Revolution. Deren antagonistische Prinzipien aber wären, wie es für ihn seit langem feststehen muß, bei weitem weniger die Pole von Freiheit gegen Diktatur als jene von Sozialismus und Faschismus. Gälte *das* als *ultima veritas*, so hätte allerdings die bürgerliche »Mitte« schon verloren, und es wäre ihr, gemäß dem Tagebuchnotat vom 15. August 1936, nur die Entscheidung für die eine oder die andere Seite verblieben. – Doch der Essay will es noch einfacher sehen. Es sei nämlich die »soziale Revolution«, in deren Signatur die Welt sich befinde. Schlimme Mächte, die »sogenannten Achsen-Mächte«, hätten diese Revolution »zur Errichtung großer Imperien« mißbraucht. Die nationalistische Machtpolitik sei zum »unehrlichen Mittel« dafür verwendet worden: »Das ist ihr Grund-Verbrechen, aus dem alle anderen Verbrechen sich ergeben ...« Nun obliege es Amerika und einem Volk, das »guten Willens« sei, die angemessene »Mutation der Demokratie« zu betreiben. Es heißt nirgends: in die Richtung des Sozialismus. Doch so ist es gemeint, wie denn der innere Feind eben das Gesicht des Faschismus trägt.[44]

Es müßte wohl manch einen Leser beschäftigt haben, daß Thomas Mann mit keinem Wort den Imperialismus der Sowjetunion erwähnt, die ihm anderen Ortes viel lieber Rußland heißen soll. Aber das gehört zum Produkt seines Manichäismus, der leichthin die Auflösung der Nationen im Zeitalter der moralischen Weltkrise dekretiert. Fast drängte es seinen Kommentator, zu sagen: da er nun einmal die eigene Nation verloren hat, soll es den Nationalstaat nicht mehr geben dürfen. – So richtig beobachtet manches ist, so sehr schlägt es gleichzeitig ins Kosmische, ins Mythische, ins Globale aus, als wiederholte er die deliberierenden Partien des »Zauberbergs« oder des »Joseph«-Romans. Auch tritt ein politischer »Biologismus« hinzu, wenn er von »Giftstoffen« spricht, die den »Organismus« schädigten. Seit die »Betrachtungen eines Unpolitischen« für jedermann einsehbar die Scheidung des Lebens in Geist und Macht beschworen, verschwimmen ihm die Realien: die großen, ja die letzten Prinzipien haben das Besondere und Kontingente jeder geschichtlichen Lage verdrängt.

Hätte *er* denn der Verfasser des »Untergangs des Abendlandes« sein wollen? Der Spezialist und Augure für die Entwicklungen des Weltgeistes? Dem stünde freilich eine Art von Eitelkeit entgegen, die das eigene Schicksal nicht als ein bloßes Komma in der Riesensyntax der Erdbewegung hätte verschwinden sehen mögen. Der Blick hinauf in die ewigen Kreisläufe des Kosmos ist schon recht: er vermittelt das Gefühl der Erhabenheit – auch gegenüber den »peinlichen« Wechselfällen jeder Biographie. Aber für das bürgerlich-ästhetische Empfinden von so etwas wie Wichtigkeit und Berufung böte er zugleich Verdruß. Deshalb sehen wir Thomas Mann schon bald wieder dabei, Weltzeit und Lebenszeit im Sinne von ausgezeichneten Momenten zusammenzuführen. Es klingt scherzhafter, als es intendiert war, wenn er in Pacific Palisades am 8. Januar 1943 das Folgende ins Journal transportiert. »Roosevelt hofft auf das Ende in 1944. Vielleicht also wenigstens zu meinem 70. Geburtstag.« Dann der Roosevelt der Literatur: »Mit dem Joseph bin ich früher fertig geworden, als die Welt mit dem Fascismus.« Und gleich wieder der argwöhnische Abgang: »Gesetzt, daß sie selbst durch den Sieg mit ihm fertig wird.« (V, 521)

*

Der deutsche »Endsieg« ist kaum mehr zu befürchten, sogar wenn der Verfasser des Tagebuchs ein Gerücht als verläßlich wiedergibt, wonach Hitler von seinem ostpreußischen Hauptquartier aus den japanischen Angriff auf Pearl Harbor minuziös geplant und angeordnet habe. Mit solchen Mystifikationen der realen Reichweite des Bösen ist er nicht allein. Hingegen dienen sie ihm dazu, den Gegenspieler noch länger nicht in der Banalität des schlichten Verlierers zu betrachten. Er muß der Dämon bleiben, der Teufel, dem fast alles möglich ist. Um so bedeutender wäre dann die Ablösung durch Thomas Manns Präsidentschaft. Am 16. Februar 1943 besucht ihn Leonhard Frank zum Lunch, »sehr aufgeräumt durch die russischen Erfolge«. Und wieder ist es ein Gerücht, welches der Gast dem Hausherrn kolportiert. »Hatte in den Los Angeles Daily News gelesen, ich sei nach Washington berufen und zum Präsidenten Deutschlands bestimmt worden.« So schmeichelhaft diese Vorstellung sein mag, sie kann dem vermeintlich Erwählten nicht zur Einschätzung dessen passen, was er inzwischen von Amerika hält. Der Kommentar fällt trocken aus. »Ich würde eher noch von Stalin, als von Washington dafür gewählt werden.« (V, 538)

Derweil er einerseits »Gedanken an den alten Novellenplan ›Dr. Faust‹« mit der »Umschau nach Lektüre« verbindet, anderseits die Wiederaufnahme des »Hochstaplers« erwägt. Doch damit die literarischen Projekte nicht einfach mit der Gunst der Abgeschiedenheit von der Weltgeschichte korrelieren, will er ihnen die Aura auch einer symbolischen Tat umlegen. Churchill sei pessimistisch bezüglich der Restdauer des Kriegs, den die Stärke der deutschen Kriegsmaschine und ihrer Produktion wohl verlängern werde. Deshalb das Fazit: »Ich werde *noch* einen Roman schreiben müssen, bevor das Ende kommt, – wenn je ein eigentliches Ende kommt.« (V, 555) – Unter solchen Auspizien hätte der »Faustus« natürlich ein anderes Kaliber als die Fortsetzung des »Felix Krull«. Immerhin geht daraus hervor, daß ihm der auktoriale Begleitakt zum großen Finale wichtiger ist als das eigentliche Thema. Was zählt, ist die Arbeit in der Parallelität zur Weltzeit, und erst später darf es so aussehen, als ob allein die Geschichte um Leverkühn die angemessene Entsprechung der politischen »Götterdämmerung« hätte sein können. Daß er sich bald für den »Faustus« entscheidet, hat mit dem Instinkt des Regisseurs seiner Dichter-Vita zu tun; er ist nun einmal der schicklichere Stoff. Allerdings spielt dabei auch eine künstlerische Erwägung hinein: wenn Amerika schon »Menschenfremde« ist, »die wenig haftende Eindrücke« liefert, liegt es näher, an einem Material zu wirken, dessen metaphysische Verdichtung mehr der Vorstellungskraft als der »Echtzeit« von Lebensbeobachtungen abzugewinnen ist.

Und er hört nicht auf, die Präsidentschaft eines neuen Deutschlands in Betracht zu ziehen: immer mit Vorbehalten, oft in der Weise, daß er Wünsche von außen referiert. Am 2. November 1943: »Im Laufe des Abends viel über meine Führer-Zukunft in Deutschland, vor der mich Gott bewahre.« »Viel« muß gewesen sein, was er schließlich hätte unterbinden können. Und wieder am 14. Januar 1944 in Pacific Palisades: »Las in dem Buch ›Stepping stones to peace‹ von Felix Langer. ›Idealists dream of Th. M. as the president of the second German Republic, a post which he himself would probably most decidedly refuse.‹« (VI, 9f.) Der nächste Satz hält allerdings im Unklaren, wie er sich selbst zu dem »Traum« verhält; denn er notiert etwas enigmatisch: »Im Ganzen vernünftiges blueprint über What to do with Germany.« Noch am Sylvesterabend 1943 mußte er ein anstehendes Ereignis verbuchen, das kaum mit der Würde der möglichen »Führer-Zukunft« zu vereinbaren wäre. »Die alberne und wenig sympathische Ceremonie der Bürger-Prüfung steht mir beschämend und ärgerlich vor.«

»Führer« – vielleicht. Das könnte er sich noch vorstellen. Der Gedanke gewänne schließlich allein schon durch die Häufung der Journal-Notate und unabhängig von den ergänzenden Glossen an »Realismus«. Doch Führer für Deutschland? Für ein zerbombtes, verwüstetes, in der politischen Bildung verbohrtes und kulturell zerrüttetes Deutschland? Das müßte den Unversehrten im Grunde viel eher schrecken als das Präsidenten-Amt an sich. Und nähme Thomas Mann sein Philosophieren über das Ende der Geschichte wirklich ernst, so wäre mit der Restitution des Nationalstaates ohnehin nicht zu rechnen. – Just darüber spekuliert er am 11. Januar 1944. Es geht zunächst um den Luftkrieg, der das stärkste Werk der Zerstörung betreibt. Wahr sei freilich, daß die Alliierten zu einer Form von Kriegführung gezwungen seien, von der befürchtet werden müsse, »daß sie die Möglichkeit der Versöhnung ausschließt«. Doch liegt *ihm* denn – wie zur gleichen Zeit Ernst Jünger – an solcher Versöhnung nach allem, was er sich an Abgeltungen für die Deutschen gewünscht hat? Nicht dem Moralisten, doch dem Präsidentschaftskandidaten müßte daran liegen. Doch da fährt ihm sein Pessimismus energisch dazwischen. Die Aufteilung des Reichs sei unvermeidbar. »Ich nehme an, daß die Deutschen sich, wenigstens zunächst, apathisch verhalten werden. Die deutsche ›Geschichte‹ scheint wirklich zu Ende. Sie begann im Osten und wird an der Quelle desavouiert.« (VI, 8)

So referiert das Tagebuch ein beständiges Hin und Her zwischen dem verhaltenen Bedürfnis, das eigene Land nicht gar zu arg gebeutelt aus diesem Krieg hervorgehen zu lassen, und dem Zorn des vielfach Enttäuschten, der, als ob er selber darüber verfügen könnte, keinerlei Pardon geben will. Die Russen, bemerkt er am 7. Februar, kämpften in dem Geist, »der allein einen Gegner wie die Deutschen schlagen kann«. »Umzingelungen und wenig Neigung, Gefangene zu machen.« Dagegen steht die Sorge, daß die Amerikaner zu milde verfahren könnten. Ausdrücklich: »Auf unserer Seite kann die Scheu vor Menschenopfern, die von der öffentlichen Meinung erzwungen, verhängnisvoll werden.« (VI, 19) Unausgesprochen aber läuft ihm die Idee mit, daß diese »Scheu« einer Art von politischer Sympathie mit dem »Faschismus« verdankt sein könnte. An anderer Stelle wird Thomas Mann konkreter. Die Angelsachsen würden nämlich ihr »blaues Wunder« erleben im europäischen Dschungel. Vielleicht aber würden sie auch rasch sich davonmachen und nach dem Sieg fliehen, »besonders da die faschistisch-sozialistischen ›Saalkämpfe‹ bei ihnen selbst angehen werden«. Und unmißverständlich die Konklusion: »Amerika wenigstens tritt offenkundig in den Geisteszustand Prae-Hitler-Europas ein.« (VI, 18)

Das ist noch nicht die Machtergreifung von rechts, aber es gliche der letzten Phase von »Weimar«, und in dieser Allusion hätte die Entwicklung bereits ihre Unvermeidlichkeit bestätigt bekommen. Ob es freilich unter solchen Konditionen noch sinnvoll wäre, als Präsident Deutschlands *post bellum* gehandelt zu werden? Die Frage scheint ihn nicht zu beunruhigen, denn unverwandt notiert er sogar die Vermutung eines »Bauunternehmers X«, »ob ich President of Germany sein werde ...« – Näher an der Wirklichkeit verläuft – das Journal meldet sie am 23. Juni 1944 – die Unterzeichnung der Einbürgerungspapiere. »So denn also amerikanischer Bürger.« – Ein einziger Satz reicht aus, den Tatbestand festzuhalten, der dem *citizen* keine innere Genugtuung gibt. Allerdings hat er sich drei Tage zuvor darangemacht, »alte Tagebücher« zu vernichten. Wäre es denkbar, daß dieser Akt der Reinigung und Selbstbefreiung von lastend Vergangenem dem Gedanken entsprungen sein könnte, seiner »neuen« Nation im Fall ihrer Wendung zum »Faschismus« keinerlei kompromittierendes Material als Handhabe hinterlassen zu haben? Er hätte dann jedenfalls nicht mehr jene Furcht auszustehen, die ihn im Sommer 1933 als die Affäre mit dem zeitweilig vermißten »Handkoffer« beschwerte.

Eine glücklichere Koinzidenz notiert das Diarium an seinem 69. Geburtstag. Agnes Meyer, seine Gönnerin, ruft aus Washington an und berichtet ihm, daß die Invasion Frankreichs in der Normandie begonnen habe. »Eigentümliches Zusammentreffen«, heißt es denn für den 6. Juni. Darüber hinaus zeigt es dem Skeptiker, daß der Weltbemächtigungswahn des »Führers« kurz vor dem endgültigen Zusammenbruch steht. Doch auch jetzt noch hat Thomas Mann nicht nur Gefühle der Erleichterung. Dem Journal und allein dem Journal vertraut er plötzlich und in einer Art von ergriffener Erinnerung eine Glosse an, deren Inhalt bloß überraschen kann, wenn man sich an das hielte, was der Anwalt des sozialen Humanismus der Welt mit seinen Reden und Essays als das ungetrübte Bild von sich selbst geben wollte. Am 17. Juli 1944 reflektiert er mit unterschwellig polemischem Ton: »Man soll nicht vergessen und sich nicht ausreden lassen, daß der Nationalsozialismus eine enthusiastische, funkensprühende Revolution, eine deutsche Volksbewegung mit einer ungeheueren seelischen Investierung von Glauben und Begeisterung war.« (VI, 78)

Mag sein, daß die Arbeit am »Faustus«, der nun deutlich in die Richtung auch des zeitgeschichtlichen Menetekels läuft, die seltsame Einlassung mitbewirkt hat. Erstaunlich ist es gleichwohl. Denn für alle öffentliche Stellungnahme liegt ihm doch eminent daran, Hitlers Politik den Charakter der wahren Revolution abzusprechen. Wäre also nicht das Ganze seit seinem Beginn, sondern eher dessen ungünstiger Verlauf zu beklagen gewesen? Mehr noch: hätte es für die Frühphase der »Bewegung« vielleicht eine ideelle Gemeinsamkeit mit Überzeugungen gegeben, wie er sie in manchen Passagen seiner »Betrachtungen eines Unpolitischen« ausgedrückt hatte?

Dazu paßte freilich ein weiteres Notat vom 16. Januar 1945. »Nach Tische« behandelt er die eingegangene Post und studiert Zeitschriften; offenbar auch »Das Reich«, das Blatt des deutschen Propaganda-Ministeriums. Und für das Folgende muß man wohl wiederum bedenken, daß er wenige Stunden zuvor an dem »Teufelsgespräch« des »Faustus« laboriert hat. »Goebbels im ›Reich‹: ›Wir Deutschen fühlen uns keineswegs über andere Völker erhaben. Wir stellen nur fest, daß die ganze Welt über uns herfällt, und schließen daraus, daß es eine besondere Bewandtnis mit uns haben muß.‹ Ungefähr, wie ich vor 30 Jahren geschrieben habe.« (VI, 150f.) – Vor dreißig Jahren: damit kann

Thomas Mann nur die »Betrachtungen« meinen. Es kommt ihm aber gar nicht darauf an, Goebbels' Sätze als aus der Verzweiflung der Verlierer geborene, die gesamte Ideologie des Nationalsozialismus verfälschende Rechtfertigung in extremis zu entlarven. Es geht ihm, ganz einfach, um die Deutschen, und dafür ist ihm selbst das Zitat aus dem »Reich« nicht der schlechteste Anstoß. *Dies* glaubt ja auch der Diarist: daß nicht nur Deutschland die Welt mit Haß, Verfolgung und Krieg bedacht, daß vielmehr auch die Welt – und womöglich noch etwas früher, möglicherweise schon *vor* 1914 – den Deutschen ihre Feindschaft gezeigt habe. So bliebe, sozusagen als ungeklärter, ja unerlöster Rest der nationalen Katastrophe, das Schicksal einer Volkserwähltheit – einer »besonderen Bewandtnis«, welche die anderen niemals verstehen konnten, weshalb sie um so heftiger in ihrer Ablehnung reagierten.

Ein glücklich-unglücklich und schließlich verhängnisvoll »Erwählter« soll, nach dem Willen seines Erfinders, Adrian Leverkühn, der »Doktor Faustus«, sein. Das in der ausdrücklichen und jedem Leser sogleich ersichtlichen Differenz zu Goethes Figur. Der Plan war in seiner rudimentärsten Form spätestens 1901 gezeugt. Doch jetzt, im Herbst 1944, als die Hälfte des Romans geschrieben ist, offenbart sich dem Verfasser eine Dimension von Schicksal, die das Thema des künstlerischen Dilemmas zwischen Teufelsversuchung und Erfüllung mit einer unerhörten Geschichtsmächtigkeit erfüllt. Am 20. Februar 1945 dann ist das »Teufelsgespräch« abgeschlossen. Das Stärkste sei, so registriert der Autor, die Beschreibung der Hölle. Und in Klammern fügt er zur Hölle an: »Gestapokeller«. – Für einen, der wie Thomas Mann und wider viele Selbstzweifel zugleich am prophetischen Zuschuß der literarischen Invention hängt, darf es denn so aussehen, als hätte weniger die Geschichte den Roman als der Roman die geschichtlichen Ereignisse eingeholt. Oder noch deutlicher: was der Schriftsteller intermittierend und über Dezennien am Faustisch-Deutschen herumstudierte, findet im Höllensturz des Regimes ein Korrelat, das er gleichsam vorausgenommen hätte.

Doch die Sache ist noch verwickelter. Nicht aus dem Nichts oder aus den Kontingenzen verspäteter politischer und sozialer Entwicklungen wäre nun der Nationalsozialismus erwachsen. Vielmehr fügte er sich ein in ein umfassenderes Kontinuum deutschen »Wesens«, welchem die schlichte Unterscheidung in Gut und Böse vernünftigerweise unangemessen wäre. Vieles, wenn nicht alles hätte auch anders kommen können. Aber wie in den Sphären Wagners brachte ein Schicksal Verrat und Korruption – letztlich gar für jene »Volksbewegung«, die in ihren Anfängen noch das Feuer von »Glauben und Begeisterung« gefühlt haben soll. Und er selber, der konservative »Revolutionär«, wäre dabeigewesen: auch *er* noch ein Geist aus der faustischen Tradition des ewigen Zwiespalts zwischen Geist und Macht, zwischen Tradition und Erneuerung. »Schauerlich die Agonie von Berlin. Keine Kohle, keine Elektrizität. Die von Bomben, z.T. nur durch Luftdruck Getöteten, zusammengelesen, ohne Umstände in Massengräbern beerdigt.« (VI, 160) Es schreibt sich und es liest sich nicht *nur* als Summierung des Elends. Es ist verknüpft mit einer überlangen und windungsreichen Historie des deutschen Charakters, und wenn auch für Hitlers Machenschaften das Wort von der Tragik nicht zu beanspruchen wäre, so gälte es gleichwohl ein wenig für dessen Revolution.

Einerseits präpariert ihn die Philosophie des »Faustus« zu solchen Reflexionen. Anderseits arbeitet Thomas Mann zur gleichen Zeit an zwei Texten, die demselben Thema gewidmet sind. Am 18. März 1945 heißt es aus Pacific Palisades: »Beendigung des Vortrags ›Deutschland und die Deutschen‹. So weit zufrieden mit ihm, daß ich ihn für den besten hierzulande angebotenen halte.« Schon am 13. Februar aber: »Nachmittags Ausfertigung von Briefen. Dann weitere Redaktion der Tagebuch-Blätter ›Leiden an Deutschland‹.« Diese beiden Projekte sollen vertiefen und – man muß sagen: in eine dem Publikum annehmbare Façon bringen, was die deutsche Agonie ihm weit übers Politische hinaus an »Lesbarkeit« der Geschichte offeriert. »Deutschland und die Deutschen«, als Referat erstmals am 29. Mai 1945 in englischer Sprache in der Library of Congress in Washington gehalten, ist unverfänglicher. Die Tagebücher »Leiden an Deutschland«, publiziert zunächst 1946 von der »Pazifischen Presse«, erweisen sich als ein nicht ganz aufrichtiges Konstrukt.

Den Ingreß zu »Deutschland und die Deutschen« bildet das halb kokette Bekenntnis des Vortragenden, daß er eigentlich »geringes Vertrauen« zu seiner eigenen »biologischen Berufenheit und Tüchtigkeit« gehabt habe und daß es vorwiegend »Gnade« sei, welche ihm »Ausdauer« und Bewährung geschenkt. Es folgt das weitere Bekenntnis der Befriedigung, daß er Amerikaner geworden sei. Und mit der größten Selbstverständlichkeit: »Alles andere hätte eine zu enge und bestimmte Verfremdung meiner Existenz bedeutet.«[45] – Doch der Kotau hat eine Pointe. Wie er als Amerikaner ein Weltbürger sei, so gelte eben, daß dies auch den Deutschen »von Natur« auszeichne. Der deutsche Weltbürger? Damit ist das Motiv der Ansprache gegeben, und im Fortlauf entwickelt Thomas Mann die etwas überraschende Zuschreibung.

Indessen zuerst und ausführlich *ex negatione*: mit dem Fokus auf der Provinzialität, der stets etwas »Skurril-Spukhaftes« und »Heimlich-Unheimliches«, etwas von »stiller Dämonie« anhafte. So habe er selbst das alte Lübeck mit seinen mittelalterlichen Gassen und seinen vielen Sonderlingen erlebt, denn die »Hysterie« des späten 15. Jahrhunderts sei ihm dort besonders gegenwärtig gewesen. Faust, an der Epochenschwelle, vom Teufel in Versuchung geführt, getrieben vom Verlangen nach »Weltgenuß und Weltherrschaft«, wäre eine Zentralgestalt dieser Welt. Und im Grunde müßte man ihn – was Thomas Mann eben im Begriffe steht, zu tun – als Menschen der Musik und für die Musik deuten. Weshalb? Weil sich in der Musik das Dämonische am besten ausdrücke – jene Leidenschaft für das Abstrakte und Mystische, die man als »Innerlichkeit« bezeichnen könne. – Innerlichkeit: *auch* als das »Auseinanderfallen des spekulativen und des gesellschaftlich-politischen Elements menschlicher Energie und der völligen Prävalenz des ersten vor dem zweiten«.[46] Schon 1839 habe Balzac hellsichtig diagnostiziert: »Les Allemands, s'ils ne savent pas jouer des grands instruments de la Liberté, savent jouer naturellement de tous les instruments de musique.« – Luther sei »außerordentlich musikalisch« gewesen. Und: »Ich liebe ihn nicht, das gestehe ich offen.« Noch ein Prototyp deutscher Weltferne, dazu ein Charakter des Cholerisch-Grobianischen, des Schimpfens, des Speiens und Wütens, der fürchterlichen Robustheit bei »Gemütstiefe« und dem Aberglauben an Dämonen, »Incubi und Kielkröpfe«.

Luther verkörpert ihm also die These: einen Fanatismus, dessen Schilderung in vielem auch auf Hitler paßte. Die Antithese stellt Erasmus, der feine Skeptiker. Allerdings sei der Gegensatz schon deshalb nicht »notwendig«, weil ihn Goethe überwunden und »versöhnt« habe. »Er ist die *gesittete* Voll- und Volkskraft, urbane Dämonie, Geist und Blut auf einmal, nämlich Kunst ...«[47] Goethe hätte demnach als künstlerischer Weltbürger die europäischen Horizonte in das Deutschtum eingebracht. Und freilich dürfe auch Luther nicht allein in der wütenden Schwärze seines Temperaments wahrgenommen werden. Er habe nämlich auf revolutionäre Weise »die Unmittelbarkeit des Verhältnisses des Menschen zu seinem Gott« hergestellt. Luther sei, obwohl er nichts von Freiheit verstand, gleichwohl ein »Freiheitsheld« gewesen. Anderseits habe er den Bauernaufstand gehaßt und die Bauern »wie tolle Hunde« totschlagen lassen.

Mit solchen Parallelen und historischen Ergänzungen steuert der Redner die Kernfrage an: »Wie war es möglich, daß sogar der nun in Schanden verendende Nationalsozialismus sich den Namen einer ›deutschen Freiheitsbewegung‹ beilegen konnte, – da doch nach allgemeinem Empfinden ein solcher Greuel unmöglich etwas mit Freiheit zu tun haben kann?« – Die Antwort unterscheidet zwei Arten von Freiheit. Die erste wäre »ein moralisch-innerpolitischer Begriff«; ein Zustand der Selbstverantwortung. Die zweite Art hätten die Deutschen praktiziert: als eine Freiheit, die immer nur nach außen gerichtet war, als den Protest »selbstzentrierter Abwehr gegen alles, was den völkischen Egoismus bedingen und einschränken, ihn zähmen und zum Dienst an der Gemeinschaft, zum Menschheitsdienst anhalten wollte«.[48] Dieser vertrotzte Individualismus nach außen habe sich unheilvoll im Inneren mit einem befremdenden Maß von Unfreiheit, Unmündigkeit und Untertänigkeit verschränkt. »Er war militanter Knechtsinn, und der Nationalsozialismus nun gar übersteigerte dies Mißverhältnis von äußerem und innerem Freiheitsbedürfnis zu dem Gedanken der Weltversklavung durch ein Volk, das zu Hause so unfrei war wie das deutsche.«[49] Nie habe Deutschland eine wahre Revolution gehabt und daraus gelernt, den Begriff der Nation mit jenem der Freiheit zu vereinigen. Sogar habe das Volk in dem starken Napoleon bloß den Usurpator erkannt.

Mit wenigen Ausnahmen. Thomas Mann nennt Goethe, den Bewunderer des Korsen, und er beschreibt seine Isolation so, als ob er zugleich ein Psychogramm seiner eigenen Befindlichkeit in prekärer Zeit liefern wollte. »Die Vereinsamung dieses Großen, der jede Weite und Größe bejahte: das Übernationale, das Weltdeutschtum, die Weltliteratur, in dem patriotisch-›freiheitlich‹ aufgeregten Deutschland seiner Tage ist nicht peinvoll genug nachzuempfinden.« Und weiter, kräftig aktualisierend: »Die entscheidenden und dominierenden Begriffe, um die sich für ihn alles drehte, waren Kultur und Barbarei, – und es war sein Los, einem Volk anzugehören, dem die Freiheitsidee, weil sie nur nach außen, gegen Europa und gegen die Kultur gerichtet ist, zur Barbarei wird.«

Unmerklich ist dem Bruder des Weimarers das Tempus ins Präsens geglitten. Es ginge ja auch ums geteilte Schicksal: denn Goethes Abwehr der »völkischen Rüpel-Demokratie« habe selbst das deutsche Bürgertum nicht verstanden und aufgenommen. Überhaupt seien alle deutschen Revolutionen fehlgeschlagen, von 1525 bis 1918. – Natürlich gelte für das Politische immer die Einheit von Gewissen und Tat, von Geist und Macht. Politik könne als eine Kunst begriffen werden, »bei der es ohne den Einschlag von Lebensnützlich-Bösem und allzu Irdischem nicht abgeht«.[50] Doch solcher »Kompromiß« sei dem Deutschen stets als Heuchelei erschienen. »Von Natur durchaus nicht böse, sondern fürs Geistige und Ideelle angelegt, hält er die Politik für nichts als Lüge, Mord, Betrug und Gewalt ... Der Deutsche, als Politiker, glaubt sich so benehmen zu müssen, daß der Menschheit Hören und Sehen vergeht – dies eben hält er für Politik. Sie ist ihm das Böse, – so meint er denn um ihretwillen recht zum Teufel werden zu sollen.«[51]

Das schreibt unmißverständlich und ohne Sorge um historische Differenzierung ein »Wesen« fest. Es wagt sich vor in eine »Anthropologie«, aus der die Logik der Geschichtsphilosophie fast zwangsläufig herausspringen *mußte*. Etwas widersprüchlich und unbekümmert heißt es dann allerdings, daß Deutschland seine »Macht- und Eroberungspläne« auch anders – friedlicher? – hätte realisieren können. Das »Peinliche« sei einerseits die »plumpe Übertreibung«, anderseits die Verspätung – »heute, wo überall die Menschheit der ökonomischen Demokratie zustrebt, um eine höhere Stufe ihrer sozialen Reife ringt«. – Das ruft er nun dem amerikanischen Publikum zu als wenig kaschierte Kritik am kapitalistischen System. Doch nochmals kehrt Thomas Mann dann zurück zu dem ihm schwer Begreiflichen. »Die Deutschen könnten wohl fragen, warum gerade ihnen all ihr Gutes zum Bösen ausschlägt, ihnen unter den Händen zum Bösen wird.« Nun, der ursprüngliche Universalismus und Kosmopolitismus habe sich »durch eine Art von dialektischem Umschlag« ins Böse verkehrt. Warum? Weil sich die Deutschen verführen ließen, auf den eingeborenen Kosmopolitismus die Weltherrschaft zu gründen.

»Dialektik« soll es gewesen sein. Da er aber zu merken scheint, daß *diese* genealogische Herleitung das Phänomen der Katastrophe kaum erfaßt – und um so weniger, als der »Urzustand« des Kosmopolitismus kaum sinnvoll in Anschlag zu bringen wäre –, soll es noch viel mehr gewesen sein. Deshalb spricht im Folgenden abermals der Romancier des »Faustus«. Zwar dürfe als die große Geschichtstat der deutschen Innerlichkeit die Reformation Luthers gelten: und zugleich habe sie Unheil und die Spaltung des Abendlandes gebracht. Und der eigentliche Urheber des Verhängnisses? »Daß ... der Teufel dabei seine Hand im Spiel hatte, ist offensichtlich.«[52] – Kein Geringerer hätte dafür gesorgt. Und fast alles Spätere, von den »chthonischen, irrationalen und dämonischen Kräften des Lebens« über die romantische Verführung zum Tode bis zur Verherrlichung des Vitalen wäre auf der dämonischen Linie gelegen und abgelaufen; endlich »heruntergekommen auf ein klägliches Massenniveau, das Niveau eines Hitler«. »Eines mag diese Geschichte uns zu Gemüte führen: daß es nicht zwei Deutschland gibt, ein böses und ein gutes, sondern nur eines, dem sein Bestes durch Teufelslist zum Bösen ausschlug.«[53] – Das ist die *message.* Das soll »ein Stück deutscher Selbstkritik« sein. Das beansprucht die angemessene Diagnose, wie sie Thomas Mann seinerseits verinnerlicht hat. Viel weniger »Geschichte« wäre zu rekonstruieren gewesen als eine Krankheit zum Tode für einen Organismus und

»Körper«. Was hätte der amerikanische *common sense* dazu noch erwidern mögen?

Doch wie es sich gehört, wollen seine Geschichten auch ihre Moral. Und er bietet sie dar als die Moral vom »Ende der Geschichte«. Die Hoffnung bleibe nämlich, daß die Liquidierung des Nazismus den Weg freigemacht habe »zu einer sozialen Weltreform, die gerade Deutschlands innersten Anlagen und Bedürfnissen die größten Glücksmöglichkeiten bietet«. Wie eine weite musikalische Phrase faßt es ein einziger Satz zusammen. »Weltökonomie, die Bedeutungsminderung politischer Grenzen, eine gewisse Entpolitisierung des Staatenlebens überhaupt, das Erwachen der Menschheit zum Bewußtsein ihrer praktischen Einheit, ihr erstes Ins-Auge-Fassen des Weltstaates – wie sollte all dieser über die bürgerliche Demokratie hinausgehende soziale Humanismus, um den das große Ringen geht, dem deutschen Wesen fremd und zuwider sein?«[54] – Weltbürgertum also doch, zuletzt, hoffentlich und unter deutschem Beistand.

*

Soll man, darf man das glauben? Kann man es nehmen als Ausdruck gedankenreicher Authentizität? Er selbst hat den Vortrag »für den besten hierzulande angebotenen« gehalten, noch ehe er ihn wirklich gehalten hat. Doch auch nach dem Ereignis hat er offensichtlich keinen Grund, sein Urteil zu revidieren. Selbigen Tages, am 29. Mai 1945, registriert das Journal: »Ueberaus glücklicher Verlauf des Vortrags nach schöner Einführung durch Archie.« Auch Walter Lippmann, der Kolumnist für die »Washington Post« und andere Blätter, sei »sehr angetan« gewesen. – Was will er mehr? Zumal noch lange keiner weiß, was die Tagebücher in subversiver Umkehrung mancher Ideen von »Deutschland und die Deutschen« verzeichnen. Schon am 29. April notiert er daselbst ganz anderes, als es das Referat beschwört.

»Viel Gespräch über Deutschland und den Rest, den gegen alle Vernunft schon heute so gut wie gewissen Vernichtungskrieg der Zukunft ...« (VI, 196) Und am 5. Mai liest ihm Erika einen von ihr für die Zeitschrift »Liberty« verfaßten Artikel vor, in dem es um die Bestrafung der Kriegsverbrecher geht, »die« – wie er nun selbst fortfährt – »so gut wie 1918 ausbleiben zu sollen scheint, soweit nicht die Russen Exempel statuieren«. Dann ohne Bedenken: »Anderseits ist es nicht möglich, eine Million Menschen hinzurichten, ohne die Methoden der Nazis nachzuahmen. Es sind aber rund eine Million, die ausgemerzt werden müßten. Meiner Meinung gehörten Menschen wie Haushofer, Johst, Vesper dazu.« (VI, 199)

Man müßte; und man kann nur deshalb nicht, weil man dabei der Praktik der Nationalsozialisten folgte. – Ein solches »Dilemma« ist natürlich nicht vortragsfähig und auch keinem Esssay anzuvertrauen. Aber so rigoros vermischt der moralische Erzieher die Forderung nach »Reinigung« mit dem Affekt der Rache, die rasch noch ein paar persönliche Konti begliche. Schuld und Sühne, das liefe, wenn es möglich wäre, auf eine einfache mathematische Abrechnung hinaus. Und schließlich erfährt er etwas später, daß die Amerikaner gegen Japan die Atombombe eingesetzt haben – für Thomas Mann im kalifornischen Exil eine ähnlich abstrakte Vorstellung von Vergeltung. Anders als Ernst Jünger denkt er dabei nicht einen Augenblick lang an die Opfer.[55] Vielmehr reflektiert der Laie ausgiebig über die technischen Aspekte dieser Erfindung, dann über ihre Kosten, dann über die Mitarbeit jüdischer Wissenschafter. »Das Ganze erregend und unheimlich. Der Vatikan dagegen, charakteristischer Weise. Ins Innere der Natur dringt kein erschaffener Geist?« (VI, 238) Dazwischen soll Katja »bedrückt« sein »durch den Weggang des neuen, relativ brauchbaren Negermädchens schon morgen«. Endlich, am 14. August 1945, diesmal nicht ohne Hellsicht: »Die Russen in Sakhalin. Die Japaner völlig auf ihre engen Inseln zurückgetrieben – so endgültig wie die deutsche Vernichtung. Denn die Atom-Bombe bedeutet gewissermaßen das Ende der ›Weltgeschichte‹.« (VI, 241)

Aber ein Ende wohin? Das vermag sich Thomas Mann weder in die Richtung der Politik noch in jene der Moral auszumalen: um so weniger, als er auch vom Absterben des Nationalstaats überzeugt ist. Und es wird ihn bis in die letzten Lebensjahre verfolgen, daß die von ihm selbst konstruierte historische »Leere« der Welt gleichwohl schon bald darauf und gerade auch für Deutschland wieder aufgefüllt wird. So kann die »hübsche Regie-Verfügung«, die er im Zusammenfallen seines 70. Geburtstags mit dem »ungeheueren Jahr« 1945 erkennen will, nur für den Moment gelten, denn die Geschichte geht weiter, und er darf sich ihres Fortgangs nicht erfreuen. – Aufschlußreich ist das Journal auch deshalb, weil es, seinem Verfasser unbewußt, manches Inkonsistente der Glossen und Justifikationen wie seit je getreulich verbucht. Am 29. November 1946 berichtet es eine »Anfrage von Harvard«, »ob ich Sorel gekannt habe, als ich die ›Betrachtungen‹ schrieb«. Die Universitätsrecherche erfährt gleich eine doppelte Abwehr. »Mit seiner Idee vom Massen-Mythos als bewegender historischer Macht, steht er doch dem Fascismus weit näher. Ich kann mich nicht rühmen, dessen Prophet gewesen zu sein, es sei denn in warnendem Sinn.« (VII, 69)

Da hat er für sich und wiederum nicht ganz aufrichtig beantwortet, was möglicherweise gar nicht *so* gefragt gewesen war. Doch lenkt eine weitere »Antwort«, diesmal am 27. April 1947, auf andere Wege. Er setzt sie, als ob ihm selber dabei etwas unwohl wäre, wie ein Stück Rollenprosa in Anführungsstriche. Die Intention wird dennoch deutlich. »›Soll ich, weil die Demokratieen ›versagen‹, zu den ›Betrachtungen eines Unpolitischen‹ zurückkehren?‹« (VII, 120) Kein Kommentar folgt darauf. – Eines freilich trifft zu:

daß einerseits der Verfasser dieser Betrachtungen, obwohl sie nun fast dreißig Jahre zurückliegen, niemals ganz mit ihnen abgeschlossen hat. Noch immer die Skepsis des *bourgeois* gegen die Demokratie. Noch immer eine halb konservative, halb revolutionäre, dadurch jedoch, und darauf kommt's an, aggressionsgeladene Weltanschauung. Und noch immer ein Hadern und Rechnen, daß die »Geschichte« – der er auch deshalb ihr »Ende« wünscht? – seine Identität als Größe so beeinträchtigt und letztlich düpiert hat. Daran trägt er hart, und er wird nicht fertig damit.

Dies mag denn auch ein bestimmender Grund dafür gewesen sein, daß er sich schon seit dem Frühling 1943 mit einem Projekt beschäftigt, welches er zunächst als »Politicum« bezeichnet. Dieses »Politicum« führt aber noch viel weiter zurück: in die Zeit von 1934, als er's erwog und verwarf, dem Regime Hitlers mit einer klaren Replik zu begegnen. Dabei hätte es sich offenbar nicht um einen Aufsatz gehandelt, sondern um ein Tagebuch. – Im Frühjahr 1945 ist die Arbeit daran weit fortgeschritten. Am 8. März: »Br. Frank akklamiert lebhaft die Veröffentlichung der Tagebuchblätter.« (VI, 172) Am 17. Mai dann: »Abends, widerstrebend, Korrektur des Tagebuch-Drucks. »Am 4. Juli: »Weitere Streichungen im ›Tagebuch‹.« Und am 26. Februar 1946, kurz vor der Publikation: »Signierung von Bögen des ›Leiden an Deutschland‹.« (VI, 310) In demselben Jahr erscheint der Text als bibliophiler Privatdruck von einigen hundert Exemplaren in der »Pacific Press«.

Als »Leiden an Deutschland« also zirkulieren nun diese Aufzeichnungen, und sie sollen dem Publikum Kunde geben von Thomas Manns geistiger Verfassung in der Zeit zwischen 1933 und 1934. Oder wie der Autor am 9. März 1945 vorgreifend an Gottfried Bermann Fischer geschrieben hat: »Gelegentlich ... kamen mir Tagebuch-Aufzeichnungen wieder vor Augen, die ich zu Anfang unserer Emigration, in den Jahren 33 und 34, gemacht habe, und die mir beim

Wiederüberlesen den Eindruck machten, daß sie gerade jetzt in dem Augenblick des Zusammenbruchs des Nationalsozialismus eine ganz erregende und erinnerungsvolle Lektüre abgeben könnten.«[56] – So leichthin war dieser Plan allerdings nicht gefaßt. Man muß freilich in Rechnung stellen, daß zum Zeitpunkt der Publikation von »Leiden an Deutschland« keine Öffentlichkeit von Thomas Manns eigentlichem Journal wußte. Er konnte deshalb auf das wahre Tagebuch zurückgreifen, dazu weitere Notate und Exposés hineinkompilieren und das Produkt als authentisches Zeugnis aus den Anfängen der Diktatur präsentieren. So eben – und *nur* so – hätte er damals ein Diarium geführt.

Weshalb die ganze Mühe, die ihm in den Korrekturen dazu noch widerstrebt? Einzig dafür, den Lesern eine »erregende und erinnerungsvolle Lektüre« zu bereiten? In Wahrheit redigiert er dabei das Tagebuch der »Echtzeit«, erleichtert es um Passagen, die das Bild des selbstlos wachen Kritikers entschieden getrübt hätten – und redigiert damit gleich noch einen Teil seiner Biographie. Denn weil er eben immer noch gegen das Porträt angehen muß, das *auch* von den »Betrachtungen eines Unpolitischen« bestimmt bleibt, liegt ihm daran, die etwas zweifelhafte Physiognomie zu berichtigen. Er trifft durchaus den Charakter dieses »Tagebuchs«, wenn er es einmal in Anführungszeichen setzt, ein anderes Mal als »Tagebuch-Aphorismen« aufführt: stets in dem »echten« Journal. – Kein Tagebuch also, vielmehr ein stilisiertes, teils raffendes, teils ausschweifendes Dokument seiner »Leiden an Deutschland«. Und an manchen Stellen deshalb schon verräterisch, weil die Chronologie – was er wohl mit dem Wort von der »Korrektur« gemeint hat – durcheinandergerät.

»Man weiß im tiefsten: diese Narren und blutigen Stümper werden scheitern.« Soll *er* das wirklich bereits im März 1933 gewußt haben? Hingegen deutlich *ex eventu*: »Selbst der österreichische Anschluß wäre für ein Deutschland der sozialen Republik, das sich Europa einfügt, die Sache des Friedens und der Freiheit vertritt, sich mit Frankreich wahrhaft verständigt, sich ihm verbündet und ihm das Gefühl voller und endgültiger Sicherheit gewährt hätte, nur eine Frage der Zeit gewesen.«[57] Alles hängt an dem »*gewesen*«. Aber so steht es nun einmal; wie auch dies, das keinen Leser an seiner Haltung zweifeln lassen sollte: »Noch einmal: Ich habe das Kommende früh und tief empfunden, darunter gelitten, mich gegen den gewissenlosen, um sich greifenden Unfug gesetzt und den Vorwurf dürren Rationalismus' in den Kauf genommen.«

Man ist da doch genötigt, die Philologie zu bemühen, um sich die Redaktion vor Augen zu bringen. So heißt es in »Leiden an Deutschland«: »Austreibung des mittelständisch-humanen Geistes, die sich hauptsächlich in Antisemitismus kleidet, und Reduzierung aufs Völkisch-Nationale, gründlicher und gewaltsamer als je vorher. Wegfall der Kontrolle des jüdischen Geistes über den deutschen verhängnisvoll. Der Haß von Vereinfachten gegen die Nuance, die als solche als antinational und Galle erregend empfunden wird. (Mein Wagner-Aufsatz).«[58] Um mehr als eine Nuance weicht die Vorlage davon ab. Am 20. April 1933 im Tagebuch aus Lugano: »Austreibung des mittelständisch-humanen Geistes, die sich hauptsächlich in Antisemitismus kleidet, und Reduzierung aufs Völkisch-Nationale, gründlicher u. gewaltsamer als je früher schon. Die Revolte gegen das Jüdische hätte gewissermaßen mein Verständnis, wenn nicht der Wegfall der Kontrolle des Deutschen durch den jüdischen Geist für jenes so bedenklich und das Deutschtum nicht so dumm wäre, meinen Typus mit in den selben Topf zu werfen und mich mit auszutreiben.« (II, 54)

Nicht die Purgierung als solche ist das Anstößigste, denn sein Verhältnis zum »Jüdischen« hätte sich ja während den fünfzehn Jahren und zumal im amerikanischen Exil geändert haben können. Schwerer wiegt die Simulation einer

Wahrhaftigkeit, die damals *so* bestanden hätte. Aber das nachholende Präparat ist noch aus anderen Gründen interessant. Zum Beispiel heißt es, daß der Kommunismus zwar kaum seine »Lebensluft« gewesen wäre, ihn jedoch irgendwie hätte leben lassen; im Gegensatz zum Nazismus, der nun wieder als Phänomen einer gleichsam familiären Bösartigkeit erscheint. Was Thomas Mann später mit dem Psychogramm des »Bruders« Hitler meint, gewinnt in »Leiden an Deutschland« eine zusätzliche soziale Dimension. »Der Kampf einer sich erwählt glaubenden Klasse gegen andere mag gräßliche Ungerechtigkeiten zeitigen. Aber der Kampf einer Klasse, der haßgeladenen Kleinbürgermasse, gegen den Geist selbst – das ist das unvergleichlich Entsetzlichere und Ekelhaftere.«[59] Es sind die »wild gewordenen Kleinbürgermassen« als die »politischen Träger der vom Kapital finanzierten Bewegung«, welche hier die volle Verachtung des Großbürgers zu spüren bekommen. Es ist die mittelständische Bourgeoisie, die ihn zum Paria erklärt haben soll. Und wo immer dieses gesellschaftliche Element auftritt – selbst in der unbelasteten Schweiz –, tut der Faschismus sein Werk. Deshalb muß von der Ubiquität rechter Gesinnung ausgegangen werden.

Daß indes der Nationalsozialismus eine »Weltanschauung« für sich beanspruche, sei einfach »Geschwätz«. Im weiteren schreibt er sich allerdings so sehr in das Feuer seiner Erregtheitsrolle, daß er den Stich des Antisemitismus nicht völlig zu unterdrücken weiß. Am »Revolutionären« ärgert ihn noch in diesen »Tagebüchern« das Oberflächliche und der Schwindel. »Der revolutionäre Impetus, der so eindrucksvoll, tobt sich an Äußerlichkeiten, Gleichgültigem aus, zu denen, mit Verlaub, die Judensache gehört. Aller Radikalismus ist Getue. Alles Entscheidende, die soziale Hierarchie, der bürokratisch-militärische Apparat, bleibt unberührt, und die ganze ›Revolution‹ dient dazu, sie unberührt zu lassen.«[60] – Das findet sich, mitsamt dem Hinweis auf die

Äußerlichkeiten der »Judensache«, nun nicht einmal im wirklichen Journal. Und Thomas Mann scheint auch im Folgenden nicht zu bedenken, daß es im Fall dieses »Jüdischen« auf jedes Wort, auf jede stilistische Integrität ankäme. Noch im Jahr 1945 gibt er Stellen seltsamsten Denkens. »Gespräch mit einem Juden, einem schlichten, weichherzigen Mann, der von den Münchner Geschehnissen berichtete. Das tierische Wüten gegen diese Menschenart ist gar zu stupid und roh. Barbarentum pur sang ohne Wortemachen – man ließe es sich gefallen. Aber die Roheit auf Grund von verdorbener Literatur und viertelgebildeten Theorien ist Übelkeit erregend.«[61]

Nicht das reine Barbarentum wäre denn letzten Endes zu mißbilligen, sondern dessen »ästhetischer« Ausdruck und die Berufung auf »Literatur«: wodurch er sich schon als Schriftsteller unangenehm angesprochen fühlen muß. Wenn er dann davon handelt, daß der Geist in Deutschland stets im Widerstand gegen die »Verwirklichung« sich befunden habe, greift er einerseits auf die Ideen seiner »Betrachtungen« zurück, anderseits übernimmt er Thesen, die er ebenfalls 1945, nämlich in dem Vortrag »Deutschland und die Deutschen«, entfaltet. Und wie er sich auch bemühen mag, dem Publikum eine historische Quelle in Form dieser »Tagebuch-Aphorismen« zu öffnen: es ist der Siebzigjährige, der dabei Regie führt mit dem Wissenszuschuß für alles, was nach 1934 und bis zur deutschen Kapitulation zusammenkam. »Ich widerstand der deutlich erkannten und überall erspürten geistigen Bewegung aus Abscheu vor ihrer Realität, die ich voraussah und die man im Reiche vielleicht leichter voraussehen konnte ...«[62] Doch am 10. April 1933, nochmals aus Lugano: »Die Juden ... Daß die übermütige und vergiftende Nietzsche-Vermauschelung Kerr's ausgeschlossen ist, ist am Ende kein Unglück; auch die Entjudung der Justiz am Ende nicht.« (II, 46) Sollte solches mit seinem Widerstand vereinbar gewesen sein?

Und es findet sich vieles wieder, was auch das eigentliche Diarium für die betreffende Zeit verzeichnet: Deutschlands Austritt aus dem Völkerbund, die Röhm-Affäre, Görings elegante Erscheinung, die Ermordung von Dollfuß. Manches ist durchaus wörtlich übernommen. Anderes überrascht durch Zusätze. Am 15. Dezember 1933 referiert er im Journal eine Polemik Rudolf Georg Bindings. Binding habe behauptet, es gebe keinen echten Dichter, der nicht eines Verses fähig sei. Man habe ihm darauf den Namen Thomas Manns zugerufen; worauf Binding repliziert habe, »ich sei dann eben kein echter Dichter«. »Sollte man einen solchen Mist für möglich halten?« (II, 269) In »Leiden an Deutschland« trägt der Angegriffene – man bedenke: zwölf Jahre später, noch immer gekränkt – etwas paradox nach: »Daß ich kein Dichter bin, könnte sein. Aber nicht, weil ich ›keines Verses fähig‹ bin.« Und nach einem Gedankenstrich, aufgebracht: »Woher weiß man es übrigens?«[63]

Die Schlußpartien von »Leiden an Deutschland« bewegen sich schließlich immer mehr zu den Themen hin, die bis zum Gleichlaut auch in »Deutschland und die Deutschen« entwickelt sind. Doch in dem »Tagebuch« gibt er immerhin zu erkennen, daß er die Antithetik zwischen Luther und Erasmus bei Stefan Zweig, dem beargwöhnten Konkurrenten, gefunden hat. Es sei indessen – was er freilich doch selbst betreibt – »nackte Travestie«, wenn hinter Luther die trübe Figur Hitlers sichtbar werde. Und überhaupt sei der Gegensatz schon deshalb irreführend, weil Goethe den Widerspruch zwischen dem Reformator und dem Humanisten überwunden habe. Zuletzt wird er deutlicher als in dem Vortrag über Deutschland und die Deutschen. »Die ganze ›Bewegung‹ ist ein wahres Sich-Sielen des deutschen Gemütes in der mythischen Jauche, dem mythischen Urschlamm.« Dafür, für das organische Dahindämmern, hätte er allerdings und auch als Romancier des »Erwählten« und der »Betrogenen«, feine Antennen. Überraschend hingegen ist, was der Lübecker Protestant dem Katholizismus nachrühmt; dieser sei nicht weniger als »ein europäisch empfindender Sozialismus«.[64] Ob er das bei seinem späten Besuch im Vatikan auch dem Papst offenbarte?

*

Bis zu seinem Tod wird Thomas Mann noch die eine oder andere Äußerung *in politicis* tun. An den Positionen ändert sich nichts mehr. Es ist nun einmal der Verdruß an der Zukunftswelt, der ihm die Einlassungen diktiert – umwegig, doch unumwunden in der affektiven Gebärde da, wo es vorerst niemand erfahren kann, im Tagebuch seiner stolzen und ängstlichen, seiner naiven und »dialektischen« Bekenntnisse. Griffiger wird dabei allenfalls, daß die Abrechnung mit dem Kleinbürgertum, von dem er immerhin wissen könnte, daß es eine treue und unkritische Leserschaft seiner literarischen Größe stellt, die Apologie des »Sozialismus« wesentlich bestimmt. Am 9. Februar 1948 ein harscher Ausruf: »Die Demokratie! Sie hat allein noch in Gestalt des Sozialismus eine moralische Existenz.« (VII, 221) Und am 26. Februar desselben Jahres in unbefragter Gefolgschaft der sowjetischen Politik: »In Prag die kommunistische Macht-Übernahme vollendet, die wohl hauptsächlich der faschistischen Slowaken wegen nötig war. Vermutlich auch die studentischen Gegendemonstrationen faschistischen Charakters.« (VII, 229)

Ausgeträumt ist auch die halb lockende, halb belastende Vision seiner deutschen Präsidentschaft. Als ihn am 14. April ein Brief des alten Samuel Singer erreicht, zitiert er tags darauf fürs Diarium und findet es endlich einmal »erheiternd«. »›... die Weltereignisse, in die Sie so machtvoll eingegriffen haben. Wir alle waren Ihnen so dankbar dafür und stehen nun ratlos und verzweifelt vor den Ergebnissen‹! Verwechselt mich mit Roosevelt.« (VII, 249) Endlich, gegen das Jahresende hin und nicht ohne eine gewisse Genugtuung, weil es gegen Amerika geht: »Asien kommunistisch – für die U. S. ein harter Schlag, denn der Kommunismus, widerwärtig in seinen Mitteln, heute wohl die einzige konstruktive Kraft.« (VII, 340) – Er kann's nicht lassen, bis zuletzt in Mitteln und Zwecken zu denken: jene mögen akzeptiert sein, wenn bloß diese zu etwas »Konstruktivem« führen. Das war es ja, was er der »Bewegung« verübelte, daß ihre Ziele sich als so schändlich herausstellten, nachdem sie als »enthusiastische, funkensprühende Revolution« begonnen haben sollte.

Die Ära des Kalten Krieges hat sich zur Kenntlichkeit entwickelt. Thomas Mann befindet sich zwischen den Fronten: übrigens auch im familiären Ambiente: während Golo auf das westliche Bündnis setzt, hält es Erika mit den Linken, was immer sie sich konkreter darunter vorstellen mag. Weder kann der Vater die amerikanische Außenpolitik gutheißen – und füglich darf er Umtriebe des Senators McCarthy, die sich hinterhältig auch gegen ihn wenden, zurückweisen –, noch zieht es ihn unbedachterweise zum Kommunismus sowjetischen Drucks. Was aber wäre ihm eine global lebbare Weltlage? Vielleicht ein halb national inspirierter, halb europäisch gemeinschaftlicher Sozialismus. Die Not der Zuordnungen und ideologischen Bestimmungen wird sichtbar, wenn er etwa am 27. März 1949 davon spricht, wie die kommunistische »Überschwemmung« Europas von den Vereinigten Staaten aufgehalten werde: die Länder Europas würden »gekauft, bewaffnet, entwürdigt, in Abhängigkeit gebracht«, und just dadurch würden dem Kommunismus »wirksamste nationale Propaganda-Mittel in die Hände gespielt«. Schärfer urteilt er vier Tage später gegen Churchill, den einstmals Verehrten: »Nachmittags einstündige Rede Churchills in Boston, peinlich durch Unwahrheit, grobe Schmeicheleien für Amerikas hohen Opfersinn, Verherrlichung des Cold War, banale Russenhetze.« Europa scheint ihm bereits abgeschrieben.

Deshalb gibt ihm zwar seine Deutschland-Reise vom Juli 1949 mit den Auftritten in der Frankfurter Paulskirche, dann in München, Weimar und Eisenach die Befriedigung des mächtig gefeierten Schriftstellers, doch muß es ihm so vorkommen, als habe er die Heimat beinah so besucht, wie sie ihm erschienen wäre, wenn er sie nach 1933 besucht hätte. Kurz nach der Rückkehr, am 6. September in Pacific Palisades, fühlt er sich jedenfalls in ähnlicher Weise wie damals, im Spätsommer 1939, gerettet. »Sehr viel Post zu lesen. Neuer Presse-Mist aus Deutschland. Dort werden nach Aufhebung der Lizenzierung 100 neue Nazi-Zeitungen erstehen. Es geht schnell. Ich habe, wie es scheint, das Land im letztmöglichen Augenblick besucht.« (VIII, 94) Und obwohl wenigstens der Aufenthalt in der Schweiz vom Juni 1949 einiges Erfreuliche gebracht sowie den Plan seiner Niederlassung für den Rest des Lebens dortselbst gefestigt hat, verfinstert ihm der inzwischen zum Haß gesteigerte Affekt gegen alles Amerikanische die europäische »Lösung« so sehr, daß er das persönliche Interesse eines möglicherweise gedeihlicheren Exils zurückstellt gegenüber dem Wunsch nach Zerstörung. Am 22. November 1949: »In ›Nation‹ höchst positiver Bericht über das kommunistische Regime in China. Ein Geschäftsmann: ›Fragen Sie mich nicht, die Antwort würde klingen, als wäre ich ein Roter!‹« Dann: »Zuweilen der Wunsch, Europa möchte als Ganzes kommunistisch organisiert und in Züchten aufgebaut werden. Es wäre Amerika zu gönnen.« (VIII, 130)

Das ist fortan und endgültig die Tagebuch-Melodie, die er über seine Amerika-Kommentare spannt. »Las mit Grauen in Orwells berühmtem ›1984‹. Meine Nerven ertragen diese Phantasie-Realisierung des schon Seienden sehr schlecht«, notiert er am 3. Februar 1950 – und was den Realismus betrifft, so geht es gar nicht anders, als daß er ihn, gegen die Intentionen des Engländers, auf die amerikanischen Zustände appliziert. Am 6. April: »Tief angewidert von dem

Treiben in diesem Gangsterland. Aber wohin? In Europa wird die Macht Deutschlands unaufhaltsam wachsen und auch die Schweiz schwer bewohnbar machen. England zu traurig und klimatisch unzuträglich.« Dann, vor einer weiteren Reise nach Zürich, Vorbereitendes für den Ernstfall. »Viel über die Möglichkeit des Krieges. Verabredung eines Chiffern-Telegramms, wenn man in Europa den Krieg kommen sieht ›Hoffen, August (Juli) zurück zu sein‹.« (VIII, 188) Als Thomas Mann schließlich im Zürcher Hotel Baur au Lac am 1. Juli 1950 mit einem Bekannten über dessen Pessimismus bezüglich Amerikas diskutiert, läßt er seiner Verzweiflung den Lauf. »Alle Hoffnungen, einst auf dieses Land gesetzt, vollständig enttäuscht. Geht in seinen Ruin. Wird in 10 Jahren eine Macht zweiten Ranges sein. Also Rußland? Auch nicht zu wünschen.« (VIII, 197)

Jede weitere Reise zurück nach Pacific Palisades verschärft das Unbehagen, und von jedem weiteren Besuch in der Schweiz wünscht er sich jetzt, daß er sich endlich in die Niederlassung verwandle. Mag der Luxus da und dort und auch das letzte Liebessehnen gegenüber dem Zürcher Kellner die unmittelbar vitalen Bedürfnisse bereichern, der unbehauste Bürger ist als Betrachter des Politischen zum hemmungslosen Pessimisten geworden. Nur in der gefilterten Version des Gewissensmenschen – etwa mit einem Essay von 1954 gegen die Wiederaufrüstung Deutschlands – kann die Öffentlichkeit diesen Pessimismus bemerken: er hat dann stets noch Stil und die Allüre humaner Gedanklichkeit, und die Stimme bleibt die Stimme des vielfach geprüften und vielfach bedrohten, am Ende aber unzerstörten Repräsentanten.

Im Tagebuch hingegen gärt und brodelt es nach allen Seiten: zum Jahresausklang 1950 scheint er wie unter Zwang jene Szenen zu wiederholen, die ihn seit Hitlers Machtergreifung so schrecklich bedrängten. »Nie wird ein Land sich mehr ins Unrecht gesetzt haben«, bemerkt er am 29. November, »als dieses durch seinen Glauben, daß eher die Welt zugrunde gehen soll, als daß sie kommunistisch werde.« Und: »Haben wir recht getan, zurückzugehen? Wie jetzt wegkommen?« Vier Tage darauf: »Gespräch über den Ernst der Lage, die Möglichkeit einer wirklichen faschistischen Revolution. Dringend gewordene Ratsamkeit, das Land zu verlassen. Erika für die Anordnung, daß K. und ich schon im Januar nach der Schweiz reisen und für einige Monate im Waldhaus Dolder Wohnung nehmen, während E. hier die Geschäfte abwickelt, den Verkauf des Hauses bewerkstelligt etc. ...« (VIII, 301)

Roosevelt und sein »New Deal« wären die Hoffnung gewesen: natürlich mit der Garnitur der Illusion, daß der große Schriftsteller an den Weltentscheidungen des Präsidenten ein bißchen mitgewirkt habe. Harry Truman, schlichteren Gemüts, doch immerhin auch der demokratischen Partei zugehörig, geht der Sinn für das Gespräch mit Intellektuellen völlig ab. Auch diese persönliche Kränkung will abgeglichen sein, wozu es bloß den Anlaß einer am Radio in Pacific Palisades vernommenen Rede braucht. »Sehr komische Rede Trumans über Stalin als Tyrann, wie Alexander I, Carl II, ›Tarquin‹ und Ludwig XIV, die es alle darauf abgesehen hätten, den gemein Volk zu unterdrücken. Bei uns sei der Staat für das Glück des Volkes da. So sieht er aus! Hitler hat nie dümmer gequatscht.« (IX, 11 f.) Es genügt schon der Dilettantismus des Historikers als Politiker, daß der schlimmstmögliche Vergleich fällig wird. – Dies mag nur dumm und »komisch« sein: ein Zeugnis der Halbbildung, wie er's für Amerika kaum anders erwartet haben könnte, wo sich Gangster, Kapitalisten und Simpel die Hand reichen zum Bund des »Faschismus«.

Schwerer und unbekömmlicher wiegt, was ihm eine unbestrittene Intellektuelle mit ihrem neuen Buch vorwirft, weil er dabei für ein breiteres Publikum ungünstig mit gewissen Ursprüngen seines politischen Denkens konfrontiert wird. Das Vorkommnis wird gemeldet unter dem Datum des 9. Februar 1951, und das Buch ist Hannah Arendts »The Origins of Totalitarianism«, das soeben erschienen ist. »Las abends in dem Buch The Origins of Totalitarianism von Hanna Arendt. Belesen und scharfsinnig, aber halb wahr und maßstablos, auch was mich betrifft. Verstimmung und der Ueberdruß am Ganzen sehr sonderlich. Dünkel und kritische Frechheit: ›Respectable intellectuals‹ gleich mir hätten um 1900 Gobineau's Abstammung von Odin ernst genommen.« (IX, 21)

In Tat und Wahrheit kommt der Name Thomas Manns in Hannah Arendts ausgreifendem Essay nur zweimal vor: einmal in unverfänglichem Zusammenhang, als die Verfasserin darauf hinweist, daß Thomas Mann als erster bemerkt habe, wie die heroische Literatur nach 1914 weniger den Patriotismus denn den Krieg als solchen als »Reiniger« und »Erlöser« gefeiert habe. Dann allerdings im Kontext von Gobineaus Rassenlehre und seinem Ausspruch »Moi aussi, je suis de la race des Dieux!«. Gobineau habe darauf warten müssen, »daß die Melancholie des neunzehnten Jahrhunderts die ganze Intelligenz erfaßt hatte, bis er trotz offenkundiger Scharlatanerie und Vulgarität seiner Untergangsstimmung wegen ernst genommen und ihm ein verspäteter Ruhm endlich verkündet wurde – von Robert Dreyfus in Frankreich und Thomas Mann in Deutschland. Das war zu einer Zeit, da die Intellektuellen in Geschmacksdingen nicht mehr sehr wählerisch waren.«[65]

Das also soll die ganze Frechheit gewesen sein. Man versteht sie besser, wenn man Thomas Manns nicht sehr einläßliches, jedoch schon und vor allem für die Frühzeit verbürgtes Interesse an Gobineau erinnert. – Am 1. Dezember 1904 hatte das »Berliner Tageblatt« über eine Lesung des jungen Schriftstellers aus dem noch unvollendeten Drama »Fiorenza« referiert. »Nach einleitendem Cellospiel erschien der Dichter, der beneidenswerte, der sich als Achtundzwanzigjähriger guten Ruhm gewonnen hat: eine hohe, schlanke Gestalt mit brünettem, glatt gescheiteltem Haar und stolzem Schnurrbart, in Aussehen und Haltung fast wie ein Offizier in Civil. Er las zuerst, mit klangvoller, klarer Stimme, drei Szenen aus einem noch nicht vollendeten Drama ›Fiorenza‹. Das Schauspiel führt in das Florenz des Jahres 1492; Savonarola, Lorenzo der Prächtige und die schöne, sieghafte Fiore stehen in seinem Vordergrund. Die drei Szenen, die man hörte, gemahnen ein wenig an Gobineaus ›Renaissance‹; hier wie dort ein farbiger, gedankenreicher, sich episch ausbreitender Dialog, in einer schönen, lebhaften Prosa geschrieben.«[66] – Daß nicht nur »Fiorenza« von der Lektüre des Franzosen beeinflußt war, bezeugt das siebte »Notizbuch« aus derselben Epoche. Dort ist ein Satz zitiert, den Thomas Mann dann in die Notate zu »Königliche Hoheit« übertrug: »Nichts schärft die Sinne der Erkenntnis so, wie die Gewohnheit der Unterdrückung und des Unglücks. (Gobineau.)«[67]

Dies alles wäre noch harmlos genug. Aber erstens ward dem Autor von »Fiorenza« sein Drama seit der vernichtenden Kritik von Alfred Kerr verleidet. So kann er sich durch Hannah Arendts Apostrophe schon da wieder an die alte Wunde erinnert fühlen. Und zweitens kann es nach 1945 niemandem mehr zur Ehre gereichen, mit dem Rassen-»theoretiker« in Verbindung gebracht zu werden. Da nützt es gar nichts, wenn er im Tagebuch unterm Datum des 3. Oktober 1933 jenen gegen angeblich falsche Auslegungen in Schutz genommen hat. »Im ›Temps‹ ein interessanter Aufsatz über den Hitlerismus und Gobineau, der ganz zu Unrecht als Kronzeuge des Rassenunfugs und des Antisemitismus verunglimpft wird. Sein Lehrsatz war gerade die hoffnungslose Gemischtheit der europäischen Völker, und daß namentlich die Deutschen wesentlich keine Germanen seien. Übrigens war er (in Teheran) praktischer Philosemit.« (II, 208)

Gegen jede »gerechtere« Hermeneutik bleibt der von Hannah Arendt festgeschriebene Befund seiner Gefolgschaft: noch schmerzlich verdoppelt im Vorwurf mangelnden Geschmacks. Doch die »Verstimmung« vom Februar 1951 hätte zusätzliche, im Journal nicht erwähnte Gründe. Denn wie die Philosophin ein Fresko der allzu einfachen Farben malt, an welchem die geistige Genealogie des Totalitarismus abzulesen wäre, so hat auch Thomas Mann in »Deutschland und die Deutschen« die Lehren der Geschichte präpariert – natürlich unter Ausschluß jeder Beteiligung seinerseits an der Entwicklung zum Unglück. Das könnte nun plötzlich durch den Hinweis der »Origins« hinterfragt werden.

Eine Pointe der »Begegnung« zwischen Hannah Arendt und ihm blieb ihm freilich verborgen; wir wissen davon erst, seit der Briefwechsel zwischen Heidegger und seiner Marburger Schülerin zugänglich ist. Im Sommer 1925 hatte die Studentin dem geliebten Mentor die Kenntnisnahme des »Zauberbergs« empfohlen, von dem sie stark beeindruckt war. Im August reagierte Heidegger abwehrend, manches sei doch »schwach und unsicher«; ganz anderes finde sie hingegen bei Knut Hamsun. Und obwohl Hannah Arendt das Engagement des Philosophen auf seiten der »Bewegung« nicht verkennen konnte, hielt sie ihm so sehr die Treue, daß *sein* Name in der Fahndungsliste der »Origins of Totalitarianism« kein einziges Mal erwähnt ist. Als welche Ungerechtigkeit dies der Heidegger-Kritiker Thomas Mann empfunden haben könnte, ist nicht überliefert.

Wäre es zuviel »Psychologie«, solche Verletztheiten wie auch die Tagebuch-Affekte gegen Amerika und alles kapitalistisch Westliche auch daraus abzuleiten, daß die geistige Biographie mit der ersichtlichen Kulmination seiner reaktionären Gesinnung in den »Betrachtungen eines Unpolitischen« und *ex eventu* einen Makel erlitt, der nach dieser Art von Wiedergutmachung rief: fortan im Politischen ein

»Sozialist« zu sein? – Und wieder schließt das Diarium Gegensätzliches zusammen, »strategische« Beobachtungen und häusliche Sorgen. Am 8. Juni 1951, immer noch aus dem bedrohlich gewordenen Pacific Palisades: »Herstellung von Atombomben am laufenden Band. Auch die H-Bombe soll erfreuliche Fortschritte machen. – Gespräche über die Fraglichkeit der Verteilung meiner amerk. Einkünfte auf zuviele Jahre angesichts fortschreitender Entwertung des Dollars.« (IX, 71) Das fällt, wenn es der Steigerung überhaupt fähig ist, in die Zeit vielfachen Verdrusses und selbst ästhetischer Bedenken: gegenüber der Fortführung des »Krull« und seiner möglichen »Unschicklichkeit« beim Publikum. Soll denn nun alles mißlingen?

*

Was gelingt – und ohne Reibungen –, ist die Übersiedlung nach der Schweiz. Am 1. Juli 1952 registriert die erste Zeile, verfaßt im Zürcher Hotel ›Baur au Lac‹: »Das Ziel erreicht.« Für die verbleibenden drei Lebensjahre in einer Umgebung, die er längst kennt und die ihm immer wieder freundlich huldigt, treten die Bekenntnisse zum Politischen zurück. So, wie er in Amerika über lange Epochen die Realität des Faschismus auch für Europa wachsen sah und sich die schwärzesten Szenarien ausdachte, so scheint er's jetzt als selbstverständlich zu nehmen, daß nichts davon eintrifft. Die Negation des Negativen ist nicht der Verbuchung wert; es fehlt ihr, unter anderem, die Wagnersche Dramatik, und deshalb entzündet dieses »Ende« der Geschichte in der bürgerlichen Aufgehobenheit an den Ufern des Zürichsees auch nicht mehr die Imgination. Endlich kommt dabei eine weitere Passung zu ihrem Recht. Der Autor darf sich den Kabinettstücken seines »Felix Krull« widmen, ohne befürchten zu müssen, gegenüber der Historie eine Frivolität zu begehen. – Man gönnt dem großen Haderer diesen Ausklang, der ihm für *sein* Ende nochmals die immer angestrebte, aber häufig gebrochene Gelassenheit restituiert. In den Details steckt gleichwohl manche – vielleicht nicht einmal unwillkommene – Ambivalenz.

Die Schweiz als Fenster zur Welt: damit wiederholt sich einerseits die historische Situation zwischen 1933 und 1939, anderseits der systematische Blick des Beobachters am Rand der Ereignisse. Das war schon – allerdings ohne den Zwang der äußeren Emigration – in der Anlage so gegeben, als er aus seiner Münchner Residenz zuerst den Kriegsausbruch von 1914 und dann die Novemberrevolution von 1918 und die vielen Phasen der Weimarer Republik bis zu deren Kollaps wahrnahm: weder ganz der literarische Einsiedler für die Kunst noch allzu entschieden der *citoyen engagé* des politischen Wortes. Er hatte dabei schon das Sensorium, was die Öffentlichkeit von ihm erwartete, auch wenn er mit seinen Erfüllungen häufig Kontroversen auslöste. – Jetzt, im Jahr 1952, mag er gelegentlich noch Irritationen wecken; aber immerhin ist ihm bewußt, daß die Resonanzen mehr der berühmten Persönlichkeit als einem bestimmten Thema gelten – und vergolten werden.

Als er denn im November in Wien weilt, kommt es zu manchen Interviews und Gesprächen. Nochmals wollen Journalisten erfahren, was die Zelebrität zur politischen Lage zu sagen hätte. Aber es steht nun einmal fest, daß ihn die einen als verdeckten »Kommunisten«, die andern als Anwalt der Liberalität betrachten. Am 19. November berichtet er dem Tagebuch von einer längeren Presse-Konferenz im Hotel Sacher. »Rede- und Antwort 2 Stunden lang, zuweilen gemütlich, oft eiertanzartig, schonend nach ›beiden Seiten‹ hin, wobei aber die Schonung der östl. Seite stets schwerer wiegt. Im Ganzen befriedigender Verlauf.« (IX, 301) – Nicht alle Blätter beurteilten diesen »Eiertanz« so günstig wie er selbst. Inge Jens hat in ihrem Apparat zum Journal auch die Reaktion der »Neuen Wiener Tageszeitung« aufgeführt. Dort war zu lesen, daß Thomas Mann auch auf seine »Triumphfahrt« vom Sommer 1951 durch die »Sowjetzone Deutschlands« und sein Bekenntnis zum Kommunismus angesprochen worden sei. Dies habe Pressevertreter dazu bewogen, ihn danach zu fragen, »ob er die ›Volksdemokratie‹ oder die Demokratie westlicher Prägung persönlich vorziehe«. »Nach einer Verlegenheitspause erklärte Mann, er könne darauf keine Antwort geben, denn darüber ließen sich zwar Bücher schreiben, jedoch keine kurzen Erklärungen abgeben«.[68]

So hätte er sich – das ihm vorgeworfene – »Doppelgesicht« bewahrt. Und etwas anderes, zum Beispiel das Einstehen für das atlantische Bündnis, wäre, seiner inneren Haltung entsprechend, auch gar nicht möglich gewesen. – Im privaten Kreis spielen solche Ambiguitäten eine weniger bedeutende, allenfalls »peinliche« Rolle. Anders auch als im Diarium hält *er* sich dabei eher zurück; es ist fast immer nur Erika, die sich keinerlei Hemmung auferlegt. So am 9. Januar 1953: »Im Fiat die Marieen fortgebracht und zu Schweizers zum Abendessen gefahren. Bellariarain. Schöne Wohnung. Aß wenig und mühsam. Nachher artete das Gespräch über Amerika durch Erikas Leidenschaft peinlich aus und befriedete sich dann noch etwas.« (X, 6f) Mag der Vater oft ähnlich empfinden, der Stil reguliert das Gefühl, wo immer die Rezeption einer Zuhörerschaft zu bedenken ist. Als er am 25. Januar einen Brief an Julius Bab verfaßt – er lebt schon in dem nicht zu komfortablen Erlenbacher Haus –, klingt die Sache durchaus vornehm. »Ja, wir haben den ›Air-conditioned nightmare‹ hinter uns gelassen – aus vielen Gründen … Unsere deutschen Erfahrungen, an die man so oft zu denken gezwungen ist, machen mich da doch recht pessimistisch. Das ist eine schiefe Ebene, auf der es, fürchte ich, kein Halten mehr gibt. Der Weg will zu Ende gegangen sein. Und ich wollte bis zur vollen Machtergreifung nicht warten. Das Gegenwärtige kommt ihr schon hinlänglich nahe.«[69]

Der Gerettete muß, das hat sich inzwischen nachhaltig seinem Bewußtsein eingesenkt, immer auch der arg Bedrohte gewesen sein. Die eine Seite der Gefahr glaubt er klar erkannt zu haben: den amerikanischen Totalitarismus. Die andere Seite als die Realpolitik der Sowjetunion kann ihn schon deshalb nicht ernstlich beunruhigen. Man mag solchem Verhalten eine etwas kuriose Größe nicht gleich absprechen: daß dieser *grand bourgeois* im Futteral seines gediegenen Behagens als Einzelfigur unter seinesgleichen von der Ideologie der klassenlosen Gesellschaft nichts befürchtet, als ob er auch da noch den überlegenen Ironiker ausspielen wollte. Doch hat dies Folgen für sein Kommentieren, wo es – wenn auch fernab – durchaus ernst wird. Am 19. Juni 1953 notiert das Journal besänftigend: »Arbeiter-Revolte in Ost-Berlin, gewiß provoziert, wenn auch nicht ohne Spontaneität, von russischen Truppen schonend niedergehalten. Panzer und Schüsse in die Luft.« (X, 73) Man fragt sich, welche Quelle es ihm auf solche Weise zugetragen hätte.

Im Fall des nächsten politischen Ingresses ist sie genannt. Unter dem Datum des 30. November heißt es: »›Frau und Frieden‹, gutes Blatt. Über den Sieg Adenauers und die ›Deutsche Reise‹. Sie haben wahrscheinlich aus Führerkult u. Wille zum Wohlleben den dritten Weltkrieg gewählt, angehalten dazu von Amerika.« (X, 147) Nicht ihn, sondern den Kölner Bürgermeister haben seine Landsleute zum »Führer« bestellt, und damit droht erneut und vielleicht endgültig die Apokalypse. Auch anderen Ortes ist nochmals Flagge zu zeigen, wobei wieder einer alten Vorgeschichte Rechnung zu tragen wäre. Zwar hatte ihn Eduard Korrodi, der Feuilletonchef der »Neuen Zürcher Zeitung«, im Januar 1936 nicht ohne Bosheit brüskiert und auch in späteren Rezensionen seiner Werke oft ambivalent sich geäußert. Anderseits blieb die »NZZ« dem Schriftsteller im ganzen mehr als gewogen. Das darf ihn jetzt gleichwohl nicht davon abhalten, das Blatt aus politischen Gründen abzubestellen. Am 13. März 1954: »Bemerkenswerter Artikel über die Wiedervereinigung Deutschlands in der ›Tat‹, die wir jetzt halten, da die N. Z. Z. unerträglich geworden.« (X, 195)

Was Thomas Mann selber über die Wiedervereinigung denkt, wird für das Diarium am 31. August 1954 ersichtlich. Aus Kilchberg: »Gespräch über die Pariser Entscheidung und Deutschland. Dieses sollte vereinigt und neutralisiert werden. Das könnte, da es ohne Militär-Budget wirtschaftlich zu bevorzugt wäre, zu allgemeiner Einstellung der ohnedies sinnlos gewordenen Rüstung führen. Welche Erleichterung für die Welt. Wird sie auf friedlichem Wege vom Kommunismus erobert, so war sie reif dafür. Aber es wird wohl nicht so geschehen, sondern viel Gräßliches geschehen ... Schönstes Spätsommer-Wetter.«

Zur gleichen Zeit verfaßt Thomas Mann für die französische Zeitschrift »L'Express« einen Text gegen die deutsche Wiederaufrüstung, der im Original am 23. Oktober 1954 und in einer gekürzten Rückübersetzung im Ostberliner »Neuen Deutschland« vom 30. Oktober erscheint. Er zieht die Argumente zusammen, indem er an die unheilvolle Entwicklung seit 1933 erinnert und dann Parallelen führt. Wenn heute »Schlechtes« in Deutschland »nach oben« komme, seien es »nicht fanatisierte Massen breiter Volksschichten«, sondern »mächtige Repräsentanten« einer Allianz »gegen den designierten Todfeind von morgen«, die dazu bereit sei, »einen Krieg zu entfesseln, den ›präventiv‹ zu nennen, dem Verblendetsten nicht mehr beifallen« könne. Und daraus die Ableitung: keine neuerliche Aufrüstung, sondern »humaner Sozialismus«, der »die widersprüchlichen Elemente der Demokratie, Freiheit und Gleichheit« zu neuer Synthese erhebe.[70]

Das tönt wie ein Testament, mitsamt dem nicht ganz selbstlosen Wunsch nach einem Deutschland, das, da es vereinigt wäre, auch ihn, den Dichter, nicht mehr als »geteilte« Existenz wahrnehmen müßte. Damit hätte er eine Art von familiärer Rückführung und eine Erlösung gefunden, die über seinen Tod im Aufgehen der Materie hinauswirkte. Der Selbstbezogene als Menschheitsfreund: das eine ginge im andern auf. Freilich ist er sich nicht mehr bewußt, daß daran kaum Neues haftet.

Schon im Wintersemester 1894/95 an der Universität München hatte der eingeschriebene Hörer auch Vorlesungen des Nationalökonomen Max Haushofer besucht und in sein »Collegheft« eingetragen, was die Volkswirtschaft über die Philosophie von Angebot und Nachfrage hinaus auszeichnen sollte. »In der Volkswirtschaft spielt der Gegensatz von *Eigennutz* und *Gemeinsinn* eine wichtige Rolle. Der Eigennutz ist der natürliche Trieb, jedoch ist der Gemeinsinn auch nicht bloß Erziehungssache, sondern findet sich auch bei hochstehenden Tiergattungen in Form des Bestrebens, in Gemeinschaft mit Anderen ein bestimmtes Ziel anzustreben. – Auch der Familientrieb ist eine Form des Gemeinsinns. Eine höhere Stufe des letzteren ist schon, wenn der Einzelne sich etwa als Mitglied einer Vereinigung, Corporation u.s.w. fühlt; eine noch höhere der Patriotismus; die höchste aber die allgemeine Menschenliebe oder Cosmopolitismus. – Kein Mensch kann vollkommen unegoistisch oder vollkommen egoistisch sein. – Der Gemeinsinn ist eine unbegrenzte Erweiterung des Ichs; der Egoismus eine Zusammenziehung der ganzen Welt.«[71]

III.
Schriftsteller für die Welt

Als er im Jahr 1930 zuhanden der Stockholmer Akademie einen »Lebenslauf« verfaßt, blickt der kurz zuvor mit dem Nobelpreis gekrönte Thomas Mann auf die wichtigsten Stationen seiner literarischen Tätigkeit zurück: wie es sich für solche Bulletins ziemt, ist die Schnörkellosigkeit der Selbstdarstellung die gebotene Form. Aufgeführt sind die Romane und Novellen vom »Kleinen Herrn Friedemann« über die »Buddenbrooks« und den »Tonio Kröger« bis zu »Königliche Hoheit«, zum »Felix Krull«, zum »Tod in Venedig« und endlich zum »Zauberberg«. Auch erwähnt der Schriftsteller bereits sein neuestes Projekt, mit dem er die bürgerlich-individuelle Sphäre zugunsten der Welt der Vergangenheit und des Mythos verlassen wolle. Gemeint ist das »Joseph«-Epos, das ihn, die Schauplätze der Handlung selber zu besichtigen, im Frühling 1930 zu einer »Studienreise« nach Ägypten und Palästina geführt habe. Thomas Mann hat keinen Grund, an seiner bisherigen Leistung zu zweifeln. Im Gegenteil gewährt ihm die schwedische Auszeichnung eine Gelassenheit, die es nicht nötig macht, die Bilanz des Werks umständlich zu kommentieren. Eine Ausnahme verlangen nur die »Betrachtungen eines Unpolitischen« – hier ist zu erklären, wie es zu dem umstrittenen Essay kam.

Zwar habe der Erste Weltkrieg seine »physische Person« nicht unmittelbar in Anspruch genommen, doch sei die »künstlerische Tätigkeit« bis zu dessen Ende vollkommen aufgehoben gewesen. Statt dessen sei es darum gegangen, in einer »konfliktvollen Revision« die Grundlagen des Denkens zu überprüfen – was eben die »Betrachtungen« gezeitigt habe. Das Thema sei »das persönlich-akkzentuierte Problem des Deutschtums, das politische Problem, behandelt im Geist eines polemischen Konservativismus, dem das fortschreitende Leben manche Korrektur zuteil werden ließ«.[1] – Der Dichter hat sich, gegen das Unbekömmliche der Forderungen »von außen«, in die Öffentlichkeit vorgewagt; doch sollen zehn Jahre gereicht haben, jetzt die Revisionsbedürftigkeit seiner Thesen von 1918 zu erkennen. Im »Lebenslauf« will er sich wieder als der von den Zeitläufen unbeirrbare Prosameister empfehlen, dem das Politische bloß die Ablenkung von der wahren Berufung gebracht hätte.

Das stimmt, und es stimmt nicht. Natürlich darf man darüber spekulieren, wie sich sein Oeuvre in die Zukunft ausgefaltet hätte, wenn Deutschland *nach* 1930 weiterhin und gedeihlich den Weg der Republik gegangen wäre. Aber schon drei Jahre später treiben die Verhältnisse den Schriftsteller ins Exil, und fortan sind es auch immer wieder »Betrachtungen« – teils *coram publico*, teils dem Tagebuch anvertraut –, welche das literarische Geschäft unterbrechen und oftmals beeinflussen. Thomas Mann hätte es sich anders gewünscht. Die Rolle des Präzeptors, für die den »Unpolitischen« sein polemischer Essay auf etwas überraschende Weise vorbereitet hatte, wäre in einem demokratisch verfaßten Staat mit dem Zuschuß »heimatlicher« Anerkennung durchaus zu spielen gewesen. Dafür gab es schließlich schon für die zwanziger Jahre hinreichend Belege: Vorträge, Reden, Aufsätze, in denen der Autor einerseits als belesener Interpret von Goethe, Lessing, Tolstoi oder Wagner hervortrat – und anderseits auch stets der eigenen Epoche, ihren Furchen und Zerrissenheiten gedachte. Daran wäre noch lange anzuknüpfen gewesen. Aber nach Hitlers Machtergreifung galt das plötzlich nichts mehr. Es war nicht mehr »gefragt« und diente alsbald als Beweis für die bürgerliche Einstellung eines Abtrünnigen.

Man versteht dessen Empörung, wenn er am 4. April

1933 aus Lugano im Journal davon berichtet, *wie* in den deutschen Schulen nun der obligatorische Geschichtsunterricht »über die Spanne 1918 bis 33« verlaufe. Es heißt kurz und unterstrichen: »Verfälschung der Gehirne«. (II, 36) Da mag er sich zwar mit dem Aphorismus trösten, daß Schriftstellertum »Sensitivität und ein Voransein um 5 bis 10 Jahre« sei: den Anlaß dazu hat das Erscheinen der Pariser Kunstzeitschrift »Minotaure« gegeben, die vom Primitivismus, von Religionsgeschichte, Mythologie und Psychoanalyse inspiriert sei und also gut zu seinem »Joseph«-Roman passe. Aber die Kongruenz erreicht noch keineswegs, wie er zu vermuten hofft, »die Höhe des Allgemeininteresses«. Dieses hat letztlich andere Probleme.

Gleichwohl will sich der ins Exil gedrängte Dichter im November 1933, als er bereits das Haus in Küsnacht bezogen hat, der »inneren Emigration« zugehörig fühlen. Dieser Status ist ihm auch deshalb wichtig, weil die künstlerische Arbeit, selbst wenn sie mit dem »Joseph« das bürgerliche Milieu verlassen und den Raum des Mythos betreten hat, auf Kontinuität hin konzipiert ist. Nachdem er im Juli 1933 die Korrekturen zum ersten Band seiner biblischen Geschichte beendet hat und alsbald den weiteren Verlauf überdenkt, wälzt er am 19. November wieder neue und eigentlich alte Ideen. »Der Novellen- oder Theaterstoff des Besuches der alten Lotte Buff-Kestner in Weimar fiel mir wieder aufs Herz. Er bildet zusammen mit der Faust-Idee die produktive Ausschau.« (II, 251)

Die meisten »Stoffe« haben ihre Latenz. Aus dem Jahr 1901 datiert der von Thomas Mann selbst als »Drei-Zeilen-Plan des Dr. Faust« bezeichnete Entwurf seiner frühesten Goethe-Variation.[2] Damals wäre es einfach um einen syphilitischen Künstler gegangen, der sich einem jungen Mädchen nähert, die Verlobung mit der Ahnungslosen betreibt und sich kurz vor der Hochzeit erschießt – ein bürgerliches Schauerstück, noch ohne Teufelspakt und bös politische

Grundierung. Doch jetzt, im Sommer 1933, hätte das Thema an metaphysischer wie an zeitgeschichtlicher Tiefenschärfe gewonnen. Obwohl es einstweilen bei der Idee bleibt, meldet das Tagebuch die »Faust-Novelle« als »Nachfolgerin des Joseph«, »mit der ich ›etwas sehr Originelles leisten würde‹ ...«

Im Diarium ist die in Anführungsstriche gesetzte Phrase von der Originalität nicht ausgewiesen. Hingegen findet sich ihr Ort in dem ursprünglich am 10. Februar 1933 in München gehaltenen Vortrag über »Leiden und Größe Richard Wagners«. Dort zitiert Thomas Mann einen Kommentar des Komponisten zum Projekt des »Parsifal« wörtlich: »Wenn ich diese Dichtung noch einmal zustande bringe, müßte ich damit etwas sehr Originelles leisten.« Und zu dieser Einlassung sein eigener Kommentar: »Originell, das ist ein rührend stilles, bescheidenes Wort für das, was tatsächlich zustande kam.«[3] – Man sieht nicht nur, mit wem er sich mit Blick auf den »Faustus« vergleicht, man erkennt auch die Bedeutung dessen, was er vor sich aufbaut: etwas Grandioses müßte es werden, jedenfalls eine Sache, die sich sehr weit von dem Jugendplan des fünfundzwanzigjährigen Schriftstellers entfernt hätte.

Dennoch wäre es noch immer Kontinuität – die Ausführung jener Lebens- und Schaffens-Entwürfe, die er bei Wagner, aber auch bei Goethe bewundert. Viele Einfälle sind fast von Anfang an »da«, und zum Charakter eines Werks im umfassenden Sinne zählte, daß es einer biographisch-ästhetischen Logik folgte. Schließlich hatte er mit ersten Vorarbeiten zum »Joseph« 1926 begonnen; das zwölfte Notizbuch von 1917/18 aber bezeugt schon Interesse am Erleben des Mythischen, des Religiösen und des Ehrfürchtigen gegen das oberflächliche Vertrauen in Vernunft und Wissenschaft.[4] – So nimmt sich der Autor nicht als unentwegter Erfinder neuer Motive und Geschichten wahr, sondern als der geduldige Erwecker und Gestalter dessen, was ihn über Dezennien hin beschäftigt. Der Trost- und Zuspruch von der »inneren Emigration« indessen gliche einer Beschwörung: nicht von den Erschütterungen der Außenwelt sich davon abbringen zu lassen, seine Ideen nach und nach und ungestört zu verwirklichen. Das war es eben auch, was die »Betrachtungen eines Unpolitischen« wie ein Palimpsest der persönlichen Anliegen mit sich führten: der Künstler möge zum Wohl der Menschheit von deren Getriebe verschont bleiben. Als Antidot gegen die eigene Beunruhigung durch die Fährnisse des Exils wirkt ihm da Stifters »Witiko«, den er als »bewundernswert langweilig« empfindet, doch am 23. August 1933 in Küsnacht zu Ende liest. »Nach Tische beendete ich die Lektüre von ›Witiko‹, die mir lange eine Zuflucht und in manchem Sinne ein Trost war. Ein reines, seltsames Werk von der stillen, ja pedantischen Kühnheit, die ich liebe, und die mich in eigenem ermutigt.« (II, 157)

Aber in welchem eigenen? Er sitzt überm »Joseph«-Roman, der dieser »pedantischen Kühnheit« wohl entsprechen könnte. Zugleich weiß er, daß ein solches Epos in die Urgründe von Mythos, Märchen und Psychologie kaum das Thema sein kann, das die Welt jetzt und von ihm erwartet. Der »Joseph« sei nun einmal ein »Alterswerk«: »... es ist in jedem Sinne ein Spätwerk, schon verspätet, luxuriös und künstlich wirkend, Alexandrinismus und wird das wahrscheinlich noch ausgeprägter vermöge des Bewußtseins von sich selbst. Man ist zu jeder geschichtlichen Einsicht bereit.« (II, 365) – Dies, umgekehrt, ist freilich der Vorwurf, den sich der Dichter selber macht und für das Publikum vorwegnimmt: daß unter der Last der Ereignisse nicht *jede* geschichtliche Einsicht gelten dürfte. Für die »Faust«-Novelle, wie er sie noch nennt, könnte dagegen sprechen, daß sie der aktuellen Lage Rechnung trüge. Als er sich im Februar 1934 noch immer nicht mit einem Manifest gegen das Regime gestellt hat, sucht er auf einem Abendspaziergang mit Hans Reisiger einen möglichen »literarischen« Ausweg. Über den »Faustus« dann im Journal: »Ein solches freies Symbol für die Verfassung und das Schicksal Europa's wäre vielleicht nicht nur glücklicher, sondern auch richtiger u. angemessener als ein redend-richtendes Bekenntnis.« (II, 321) Und obschon ihm Reisiger etwas später, nachdem ihm der Verfasser aus dem »Joseph« vorgelesen hat, das Werk als die »Rechtfertigung der Epoche« bestätigt, ist er noch keineswegs zufrieden: sein tägliches Selbstbewußtsein korreliere nicht mit der »Größe der Leistung«.

So bleibt Thomas Mann in der frühen Phase der Emigration allein das Diarium als Testat von Rechenschaft und Rechtfertigung. Es hat fast rührende Züge, wenn er darüber einmal länger reflektiert. »Diese Tagebuchaufzeichnungen, wieder aufgenommen in Arosa, in Tagen der Krankheit durch seelische Erregung und durch den Verlust der gewohnten Lebensbasis, waren mir ein Trost und eine Hülfe seither, und gewiß werde ich sie fortführen. Ich liebe es, den fliegenden Tag nach seinem sinnlichen und andeutungsweise auch nach seinem geistigen Leben und Inhalt fest zu halten, weniger zur Erinnerung und zum Wiederlesen als im Sinn der Rechenschaft, Rekapitulation, Bewußthaltung und bindenden Überwachung ...« (II, 319) – Damit ist das Problem der öffentlichen Stellungnahme allerdings nicht gelöst. Niemand kann an der »Überwachung« Anteil nehmen. Weiter aber wird indirekt offenbar, daß der Satz vom Schriftstellertum, welches »Sensitivität und ein Voransein um 5 bis 10 Jahre« sei, ein Versprechen dessen bleibt, der gerade die eigenen Stoffe aus den Tiefen seiner Vergangenheit schöpft.

*

Oder doch nicht nur? Denn immerhin hatte er zwar nicht als Romancier, jedoch als Essayist und Referent vor großem Publikum wenigstens *vor* 1933 manche Warnungen und

Prophetien riskiert, die alles andere als »Alexandrinismus« waren und denen, die bereits damals für die »Bewegung« aufrüsteten, wenig Freude bereiteten. Seltsam ist, daß das Tagebuch seit den Tagen von Arosa nirgends glossiert, was auch und vordringlich ein Anlaß war, nicht mehr nach Deutschland zurückzukehren. Erst am 16. November 1937, als er in der Aula der Universität Zürich den Vortrag »Richard Wagner und der ›Ring des Nibelungen‹« hält, wird Thomas Mann – und nicht einmal wahrheitsgemäß – darüber informieren. »... ohne es zu wissen oder zu ahnen«, habe er sich im Februar 1933 mit einem anderen Vortrag über Wagner von Deutschland verabschiedet.[5] Es geschah aber mehr mit Wissen als mit Ahnung.

Man muß das, schon hinsichtlich der Leerstellen des Tagebuchs, genauer rekapitulieren. Der Wagner-Verehrer von früher Jugend an sollte zum 50. Todestag des Meisters am 10. Februar 1933 im Auditorium maximum der Universität München über »Leiden und Größe Richard Wagners« sprechen. Er tut es aus tiefer Vertrautheit mit der Figur und ihrem Werk. Bereits viel früher hat er sich zu Wagner geäußert: im August 1911 in der »Neuen Zeitschrift für Musik«, wo von der Verwandtschaft der »Buddenbrooks« mit dem »Ring« und dessen Leitmotiv die Rede war; im November 1927 mit einem »Brief« an einen Opernspielleiter: Wagner sei »wahrscheinlich das größte Talent aller Kunstgeschichte« gewesen, dazu ein »Mann des Werkes ganz und gar, ein Macht-, Welt- und Erfolgsmensch durch und durch, ein politischer Mensch in dieser Bedeutung«; und im März 1928 in der »Vossischen Zeitung«: man könne Wagner nicht lieben wie Goethe, denn der Akzent liege auf dem Werk, das »unseren Werkinstinkt zu stacheln« vermöge.[6] – Der Münchner Vortrag aber faßt das alles nochmals zusammen und zieht daraus Perspektiven, die dazu angetan sind, mehr als bloß Irritationen auszulösen. Ein polemischer Ton will mitschwingen.

Es beginnt, noch eher unaufgeregt, damit, daß Wagners geistige Gestalt ein »vollkommener Ausdruck« des 19. Jahrhunderts sei; darin erweise sich seine Größe und zugleich sein Leiden. Zwei sich widersprechende Physiognomien nun hätten dieses Jahrhundert geprägt: einerseits die »liberale Anhänglichkeit« an Vernunft und Fortschritt, anderseits – und gar als Kompensat dazu – der Pessimismus mit seiner »musikalischen Nacht- und Todverbundenheit«. Doch damit kein Mißverständnis aufkommt, beansprucht der Münchner Vortragende das Doppelgesicht der Epoche nicht nur für Deutschland. Wenn er von den »epischen Riesenlasten« handelt, die damals getragen worden seien, denkt er auch an Balzac, an Tolstoi, an Zola. Die allmähliche Distanz erlaube es, »Familienähnlichkeiten« zwischen den Künstlern wahrzunehmen. So habe etwa auch der Autor von »Anna Karenina« das Leitmotiv und das Selbstzitat verwendet; und wenn Wagner die Gesellschaft »von Luxus, Geldherrschaft und Lieblosigkeit« habe befragen wollen, so sei ihm der russische Epiker in seinem »Sozialethos« durchaus nahe gewesen.

Das ist das eine: Kunst als Reinigung, im Sinne Wagners. »Ihre Reinigung und Heiligung galt ihm als Reinigungs- und Heiligungsmittel für eine verdorbene Gesellschaft, er war ein kathartischer, ein reinigender Mensch ...«[7] – Das spielt allerdings deutlicher auf die Zustände um 1933 an, obwohl der Gedanke bereits in dem zehnten Notizbuch, noch abgefaßt während dem Ersten Weltkrieg, seine frühen Konturen gefunden hat. Damals notierte Thomas Mann: »Deutschland wird wahrscheinlich nach dem Kriege ein solcher Hexenkessel von einander erbittert befehdenden Willensstrebungen sein, daß die Kunst, die *freie*, reine, unpolitische Kunst geradezu die Zuflucht für edlere Geister sein wird – und damit wird sie auch für die unedlen Mode werden.«[8] Zwar hätte sich gerade Wagner nicht des Politischen entschlagen; aber um so eher wäre – was der Referent noch zeigen wird – sein Schaffen auf die Wirkung der Katharsis ausgerichtet gewesen. Und »modern«, die eigene Zeit prophetisch überwindend, ist er seinem Interpreten ohnehin. Im Werk laufen Psychologie und Mythos zusammen, in den Themen von Angst und Furcht soll der Komponist Sigmund Freud antizipiert haben. Auch wenn ihm Thomas Mann das Gelingen des »Gesamtkunstwerks« – nicht zum ersten Mal – abspricht, rühmt er gleichwohl seine »kosmogonische Märchenphilosophie« von Anfang und Ende der Welt.

Das andere betrifft den Künstler als Typus. Natürlich erkennt man rasch – und es mußte auch den Zuhörern vom Februar 1933 irgendwie aufgegangen sein –, daß der deutende Betrachter fast überall auch »im Bild« ist, welches er entwirft. Aber kaum weniger schnell ist zu sehen, worin sich der Bewunderer vom Bewunderten unterscheidet. Wäre denn auch Thomas Mann, der Ironiker selbst für die Verfallsgeschichte der »Buddenbrooks«, stets der zur »Reinigung« der Gesellschaft gerufene Dichter gewesen? – Was ihn nun an der Gestalt fasziniert und doch ein wenig zurückstößt, mag mit Wagners Unverfrorenheit zu bezeichnen sein: der Komponist sei »alles Einzelne« bloß aus Not gewesen – nicht wie Goethe ein Mann der anschauenden Gelassenheit, sondern ein Besessener seines Werks. »Glücklich, berufen, vollkommen, legitim und groß ist er erst im Großen und Ganzen.«[9] Oder anders formuliert, Wagner sei in jedem Werk »ganz er selbst«; das sei das Geheimnis der Vermählung des Persönlichen mit dem Sachlichen. Diese Identität mit sich selbst aber habe bewirkt, daß der Künstler niemals seine früheren Arbeiten mit den späteren Einsichten aufgehoben und durchgestrichen habe. »Alles bleibt nebeneinander bestehen und wird weitergespielt, denn der Künstler ehrt seine Biographie.« – *Da* freilich ist der Wunsch des Referenten nicht sehr verhüllt, es möge ihm ähnliche Rezeption beschieden sein: die Lektüre von »Herr und Hund« neben dem Studium des »Zauberbergs«.

Noch weiteres Gemeinsame, wenn man ihn besser kennt, bringt Thomas Mann in Anschlag. Es geht darum, daß Wagner schon um 1847 alle weiteren Pläne bis zu seinem Tod entworfen hätte. »Diese vierziger Jahre, in deren Mitte er zweiunddreißig Jahre alt wird, bringen eigentlich vom ›Holländer‹ bis zum ›Parsifal‹ den ganzen Arbeitsplan seines Lebens geschlossen zusammen, der in den folgenden vier Jahrzehnten, bis 1881, ineinander verschachtelt, in gleichzeitiger innerer Arbeit an allem ausgeführt wird. Sein Werk hat, genaugenommen, keine Chronologie. Es entsteht zwar in der Zeit, ist aber von vorhinein und auf einmal da.«[10] – Und endlich soll es, wie bei ihm selbst, die Bekanntschaft mit der Philosophie von Schopenhauer gewesen sein, die als »*das* große Ereignis im Leben Wagners« dessen geistige Ausrichtung bestimmte.

Also: Wille und Trieb gegen Entsagung und Melancholie, Erotik und Besitz gegen Pessimismus und Resignation. – Erst 1938 wird Thomas Mann seinen umfassenden Schopenhauer-Essay präsentieren: nicht mehr nur auf der Linie dessen, was er noch fünf Jahre zuvor und aus der Perspektive seiner Wagner-Analyse als den Kern von Schopenhauers Lehre definiert. Denn da muß er noch behaupten, daß die Verneinung des Willens eigentlich »sekundär« sei, und er gelangt zu dem überraschenden Schluß durch den Ausweis der »Rezeption«, wofür ihm der »Tristan« steht. Folglich, Schopenhauers »System ist eine Willensphilosophie von erotischem Grundcharakter, und eben sofern sie das ist, ist der ›Tristan‹ erfüllt, durchtränkt von ihr«.[11] Beinah als Paraphrase seiner eigenen Bemühungen in den großen Romanen von den »Buddenbrooks« über den »Zauberberg« zum »Doktor Faustus« und selbst zum »Felix Krull« liest sich, was Thomas Mann *hier* zur Essenz von Wagners Kunst erhebt. Im Dienst des »erotischen Mythos« herrsche Enthistorisierung und freie Vermenschlichung, um seinetwillen würden Himmel und Hölle ausgeschlossen, es gebe weder Christentum noch überhaupt Religion, es gebe keinen Gott – »niemand nennt ihn, ruft ihn an«. »Es gibt ausschließlich erotische Philosophie, atheistische Metaphysik, den kosmogonischen Mythos, in dem das Sehnsuchtsmotiv die Welt hervorruft.«[12] Am Ende soll Richard Wagner – jetzt: wider den *refus* des Gesamtkunstwerks – weder Musiker noch Dichter gewesen sein, vielmehr »etwas Drittes ... nämlich ein Theaterdionysos«.

Das ist immerhin, mag es auch überspannt und in eine Parallele zum Selbstbild des Interpreten gelenkt sein, wünschenswert klar. Es bildet aber auch den Ausgangspunkt für das politisch gefärbte Finale des Münchner Referats. Bis dahin hätten die kaum erst installierten Machthaber wenigstens einiges gehört gehabt, das ihnen nicht fremd vorgekommen wäre. Wagners Atheismus, der Drang zum Mythos, die Macht- und Todessymbolik, germanischer Götterstreit und sogar das ewige Liebessehnen: das alles war doch auch dem »Führer« geläufig und mehr als genehm. – Nun verlagert Thomas Mann die Gewichte. Bevor er's durchführt, zieht es ihn noch zu einer kleineren Abrechnung: auch wohl ein wenig mit sich selbst. So spricht er vom bürgerlichen Behagen des Komponisten und vom Bedürfnis nach Komfort und Eleganz, von der pedantischen Ordnungssucht, von der Arbeitsakkuratesse; von der sauberen Handschrift der Partituren, von Samt und Seide und Gründerzeitpracht. »Am Ende sind Wagners Kunst und das *Makartbukett* (mit Pfauenfedern), das die gesteppten und vergoldeten Salons der Bourgeoisie schmückte, ein und derselben zeitlichen und ästhetischen Herkunft ...«[13]

Aber dies soll bloß der Lack, die Oberfläche sein. Denn darunter – da, »wo das Bourgeoise ins unheimlich Künstlerische, Tolle und Anrüchige zurückschlägt« –, da brodelt es. Und es brodelt und gärt in die Richtung des revolutionären Elans. Der »Hanswurst« ist gleichzeitig »Lichtgott« und endlich nicht weniger als »anarchistischer Sozialrevolutionär«.

Ein »demokratisch-revolutionäres Kunstgefühl« gegen »alles Imperiale, Demagogische, Massenunterwerfende« leitet den Komponisten, und es wäre »durch und durch unerlaubt«, seinen nationalistischen Gesten und Anreden »den heutigen Sinn« zu unterlegen. »Das heißt sie verfälschen und mißbrauchen, ihre romantische Reinheit beflecken.«[14] – Es kommt noch kräftiger. Wie der Autor der »Betrachtungen eines Unpolitischen« schon bald darauf – und inmitten großbürgerlicher Häuslichkeit – mit dem Sozialismus, ja mit dem Bolschewismus wider die *politische* Bourgeoisie sich abzufinden begann, so soll auch Wagner – noch im Jahr 1940 wird sein Exeget das Wort verwenden – ein »Kulturbolschewist« *avant la lettre* gewesen sein. »Richard Wagner als Politiker war sein Leben lang mehr Sozialist und Kulturutopist im Sinne einer klassenlosen, vom Luxus und vom Fluche des Goldes befreiten, auf Liebe gegründeten Gesellschaft, wie er sie sich als das ideale Publikum seiner Kunst erträumte ...«[15]

Dies sollte, auch wenn es im Vortrag nicht in der vollen Ausführlichkeit ausgesprochen worden wäre, die polemische Adresse an den Zeitgeist sein. Man kann nicht sagen, daß Thomas Mann den Effekt ohne Wissen und Ahnung der Folgen inszeniert hätte. – Liegt es vordringlich an seiner Eitelkeit, daß ihn die Reaktionen gleichwohl überraschen? Im Februar 1933 ist es geschehen; im April weilt er, immer noch der »innere Emigrant«, in Lugano. Dort überbringt ihm Bruno Frank das »hundsföttische Dokument« der »Münchener Neusten Nachrichten« – einen »vielfach unterzeichneten ›Protest der Wagner-Stadt München‹ gegen das Referat«. Er reiht ihn ein in die Kategorie »Verschärfung des Münchener Falles«. Dann: »Choc von Ekel und Grauen, durch den der Tag sein Gepräge erhielt. Entschiedene Befestigung des Entschlusses, nicht nach M. zurückzukehren und mit aller Energie unsere Niederlassung in Basel zu betreiben.« (II, 52)

Doch hier ist Differenzierung geboten. Denn wie so oft und oft noch ist er sich über seine »politischen« Äußerungen zugleich im Klaren und im Unklaren. Mag er's seiner öffentlichen Statur zugetraut haben, Wagner der Bourgeoisie und der »Bewegung« als Sozialist der Klassenlosigkeit zu empfehlen, so kränkt ihn schon deshalb der Widerspruch. Weiter: der »Choc« datiert vom 19. April. Bereits am 20. April bekennt er dem Tagebuch »gewissermaßen« sein Verständnis für die Revolte »gegen das Jüdische«. Und auch schon am 19. April verfaßt er eine »Erwiderung« auf den Protest, »die wohl gelang. Frank kam und bewirkte die letzte Milderung des ruhig u. würdig abgefaßten Briefes.« Diesen Brief druckt die »Vossische Zeitung« am 21. April ab. Thomas Mann bezieht sich nun einerseits auf die erweiterte Essay-Fassung des Wagner-Texts, welche die »Neue Rundschau« am 4. April publiziert hatte; anderseits aber auch auf den Vortrag vom 10. Februar im Auditorium maximum der Münchner Universität. Und gerade diese Rede habe er gehalten »unter dem herzlichen Beifall einer halbtausendköpfigen Hörerschaft und ohne den leisesten Widerspruch zu erfahren«. Er habe sie im Amsterdamer Konzerthaus wiederholt, »dann, auf französisch, in Brüssel und Paris: jedesmal unter der gespannten Anteilnahme eines für Wagner glühenden Publikums«. Die anwesenden Vertreter Deutschlands hätten ihm ihren Dank bezeugt – nur der Protest der »Wagner-Stadt München« habe anders reagiert. Nicht nur sei dieser Protest aus einem »schweren Mißverständnis« hervorgegangen; er habe ihm auch »bitteres Unrecht« zugefügt. Der Schlußsatz: »Aufrichtig bitte ich die stillen Freunde meiner Arbeit in Deutschland, sich an meiner Verbundenheit mit deutscher Kultur und Überlieferung, an meiner Verbundenheit mit ihnen nicht irremachen zu lassen.«[16]

Das zeigt, daß dem Schriftsteller noch immer viel am Wohlwollen gelegen ist, welches vom »Reich« her käme. Aber es muß ihm ein Zeichen sein, daß nur Willi Schuh, der

Musikkritiker der »Neuen Zürcher Zeitung«, ihn verteidigt. Seinen deutschen Freunden und Kollegen ist er suspekt geworden, was ihn seinerseits veranlaßt, zu replizieren. Ernst Bertram, der intime Gefährte der Münchner Zeit, wird zur »traurigen Gestalt«, Richard Strauss bezeichnet er als naive Figur des Kaiserreichs, und Gerhart Hauptmann, den er anläßlich seines 70. Geburtstages im Dezember 1932 als den »reinsten und ungemischtesten Gestalter« gefeiert hatte, pflegt ihm die »Loyalität« mit »Gescheiten« und »Tyrannen«.

Thomas Mann sieht es schon richtig. Aber er *muß* es auch so sehen, nachdem es ihm nicht gelungen ist, die neuen Machthaber und ihre kulturellen Mitläufer davon zu überzeugen, daß es vielleicht bloß einiger gnädiger Gesten bedurft hätte, ihn für ihre Sache umzustimmen und zur Rückkehr zu veranlassen. Und da er einmal der Ausgestoßene ist, beginnt er auch das Bild dessen zu revidieren, der vordergründig und indirekt zum Anlaß der Entfremdung beigetragen hat. Es wird kein endgültiges Bild; viel zu sehr hat er sich selber und längst mit Richard Wagners Werk identifiziert. Doch im Schneezauber des Engadins hat er ein Buch über Wagner und den Antisemitismus gelesen, worauf er am 13. Februar 1935 unwillig – und durchaus gegen die Botschaft des Münchner Vortrags – notiert: »Grausiges Gefühl davon, wieviel dieser als Charakter abscheuliche Kleinbürger tatsächlich vom Nationalsozialismus antizipiert.« (III, 35)

Wenig später folgt die Kritik an C. G. Jung: abermals auch mit der Nebenstimme der Revision eigener Positionen. Die Verachtung des »seelenlosen Rationalismus« sei »nur« deshalb negativ, »weil sie noch Volldampf voraus gegen den Rationalismus bedeutet, während längst der Augenblick gekommen ist, aus allen Kräften Gegendampf zu geben«. Jung denke und spreche zur Verherrlichung des Nazitums und seiner »Neurose«. Er sei, auf hohem Niveau, ein Beispiel für die Anpassung der Gesinnung an die Zeit – darin kein Einzelgänger, sondern einer, der mit dem Strom schwimme. Und wie in der Reminiszenz an die »Betrachtungen eines Unpolitischen«: »Wer sich heute noch in ›Seele‹ sielt ist rückständig, geistig und moralisch. Der Zeitpunkt, wo man wahrhaft recht hatte, wenn man gegen die Vernunft und den Geist recht hatte, ist vorüber.« (III, 57) Im Diarium geht er sogar so weit, ein Stück »Selbstverleugnung« zu betreiben, wenn er die Lektüre von Kafkas »Verwandlung« zu der Einsicht verarbeitet, daß Kafkas Hinterlassenschaft »die genialste deutsche Prosa seit Jahrzehnten« sei. Dann auch *ex negatione*: »Was gibt es denn auf deutsch, was daneben nicht Spießerei wäre?« (III, 72)

Freilich hätte der Prager Genius just das geleistet, was ihm selber so nahe stände, ohne daß es ihm immer gelungen wäre oder noch ganz gelingen würde: er beschäftigte sich ausschließlich mit den Innenwelten. – Schon im August 1934 hatte eine New Yorker Zeitschrift seinen Artikel »Literature and Hitler« publiziert. Darin warnte Thomas Mann vor dem abträglichen Einfluß des Nationalismus auf die europäische, des Nationalsozialismus auf die deutsche Literatur. Er selbst neige eher dem Europäischen als dem spezifisch Deutschen zu, während Gerhart Hauptmann anscheinend von jedem Regime abhängig sei, das im Augenblick die Macht halte. Doch die Gefahr, daß die exilierten deutschen Schriftsteller ihren Kontakt mit dem Heimatland – und damit den »Boden« ihrer Stoffe – verlieren könnten, soll ihn nicht treffen: als er zuletzt von der eigenen Arbeit spricht, trifft es sich gut, daß er gegenwärtig mit einem »biblischen Roman« beschäftigt sei; er glaube zuversichtlich, »Joseph und seine Brüder« sei sein bisher bestes Werk.[17]

Dem Journal war noch kurz zuvor dessen luxuriöser »Alexandrinismus« bekannt worden. Aber die dem amerikanischen Publikum geäußerte Einschätzung ist neben allem anderen ein Akt der Lebensdienlichkeit und literarischen

Diätetik: obwohl ihn das Unzeitgemäße des Themas quält und der »Faustus« das adäquate Menetekel für den deutschen Niedergang wäre, hat der »Joseph« den Vorteil des unspezifischen Menschheitsepos. Wie Kafka kann der Verfasser aus den Urgründen der humanen Existenz schöpfen, ohne sich um die Zeitfragen kümmern zu müssen.

Mit dem »Joseph«-Roman leistet Thomas Mann – spielerisch, heiter, wie es beabsichtigt war – Arbeit am Mythos. Mit der Paraphrase historischer Vorlagen könnte er, mindestens verdeckt, seiner Epoche den Spiegel vorhalten. Nun weiß er allerdings – und vielleicht ein wenig zu gut –, wie solches ankommen könnte, wenn es von andern betrieben wird. Die Rivalität mit Stefan Zweig auf diesem Gebiet stachelt ihn auf zu unwirschen Aperçus: um so mehr, als er seinerseits allmählich das Projekt von »Lotte in Weimar« im Auge hat. Nachdem er Zweigs »Maria Stuart« zur Kenntnis genommen hat, befindet er, es sei »bei so viel Blut, Leidenschaft und Geschichte« ein »triviales Buch«. »Diese Art Schriftstellerei, die die guten Stoffe verhunzt, ist eine Pest.« (III, 89) Eben dies soll ihm nicht passieren. Und die Goethe-Episode käme schließlich ohne Blut und Großgeschichte aus. Da dürfte er sich allerdings nicht beirren lassen von einem Satz Hemingways, den er in einer amerikanischen Zeitschrift gefunden hat und zur eigenen Schonung noch mit dem Wort »Zweideutig!« versieht, obwohl daran nicht viel Ambivalenz befestigt ist. Am 25. November 1935 aus Küsnacht: »Hemmingway über mich: ›He would be a great writer if he had never written another thing than Buddenbrooks.‹« (III, 211)

Damit muß Thomas Mann zeitlebens zurechtkommen, daß ihm der frühe Geniestreich des »Verfalls einer Familie« als sein Meisterwerk vorgerechnet wird, während die »Betrachtungen eines Unpolitischen« bis zu seinem Ende einen etwas ungemütlichen Schatten werfen. Doch was er für Richard Wagner rühmend hervorgehoben hatte, daß der Komponist der Nicht-Chronologie zu allen Werken gestanden sei, das will er nun einmal auch für sich selbst in Anspruch nehmen. Wenigstens privatim. Wieder einmal geistert das Fatum der »Betrachtungen« durch das Diarium, als er am 7. Januar 1936 in einem neuen Band von André Gide blättert. Gide habe während dem Ersten Weltkrieg geäußert, das gesamte französische Denken arbeite und kämpfe mit Frankreich, während die besten deutschen Denker sich gegen Preußen erhöben, welches Deutschland in die Schlacht führe. »So wird es immer sein; die Nazi werden es mit aller Totalisierung zum Kriege nicht ändern. Daß ich in den Betrachtungen versuchte, mit dem Preußentum zu arbeiten und zu kämpfen wird ein eigentümliches Mißverständnis und Paradoxon bleiben.« (III, 236) – Noch immer ist er der Unerkannte, dabei aber jener, der – als einziger? – die geistige Spaltung seines Landes hätte verhindern wollen.

*

Und während Thomas Mann der Unterbrechung des »Joseph« näher kommt – zugunsten von »Lotte in Weimar« –, erreicht ihn mit der Abendpost vom 20. Januar 1936 in Arosa die Einladung des Wiener Akademischen Vereins für medizinische Psychologie, dort im Mai die Festrede zu Sigmund Freuds 80. Geburtstag zu halten. Sofort kommentiert er: »Wichtig, interessant.« Es gibt kein Zögern, den Auftrag zu übernehmen, denn nicht nur lockt ihn die Ehre, dem Seelenforscher von gleich zu gleich zu begegnen, er kann bei dieser Gelegenheit auch zusammenfassen und revidieren, was er seit dem Jahr 1926 als sein »Verhältnis zur Psychoanalyse« bezeichnet hat. – Indessen sind uns Aufzeichnungen überliefert, welche noch viel weiter zurückreichen. Im elften Notizbuch finden sich Adnoten der Kritik, die 1916 verfaßt und dann in die »Betrachtungen« übernommen wurden. »*Freud* fortschrittlich-zersetzend, wie alle Psychologie. Die Kunst wird unmöglich, wenn sie durchschaut ist. Er wirkt für den Geist.« Und wenig später, im zwölften Notizbuch: »Die Analyse, als Form der Aufklärung und der Civilisation, ist insofern kultur- und kunstwidrig, als sie es nicht mehr erlaubt, das Krankhafte mystisch und ehrwürdig zu nehmen. Nur der gesunde Künstler ist psychologisch unangreifbar.«[18]

Das ist ganz auf der Linie des Antagonismus von Kunst und Geist, von Mystik und Aufklärung gehalten – wobei die Suggestion vom »gesunden Künstler« mehr ironisch zu verstehen wäre. Diesen Typus kann es für Thomas Mann schon damals kaum noch geben: die Epoche, die von der Physiognomie Dostojewskis her mächtig definiert wird, hat ihn überholt. Was der Kritiker allerdings mißversteht, betrifft das Ansinnen, das er der Psychoanalyse unterschiebt – sie habe es darauf angelegt, die Kunst zu »durchschauen«. *Das* lag niemals im Horizont der Absichten ihres Begründers; nur ängstigt es eben den Schriftsteller als eine Art von Bedrohung des schöpferischen Mysteriums. Wenn die Kunst als die »reine« Gegenwelt zur Zivilisationswirklichkeit auftreten können soll, soll auch der Künstler in der Aura ihres Mysteriums »unangreifbar« bleiben.

Der Internationale Psychoanalytische Verlag läßt dann in seinem »Almanach für das Jahr 1926« einen Kurzessay von Thomas Mann des Titels »Mein Verhältnis zur Psychoanalyse« erscheinen. Da argumentiert der Autor zwar mit der gebotenen Vorsicht, die er auch als Lehre aus der Rezeption der »Betrachtungen eines Unpolitischen« gezogen hat. Aber es ist noch immer hinreichend deutlich: die Analyse, das merkwürdige »Gewächs wissenschaftlich-zivilisatorischen Geistes«, mag einerseits zur kühnen Entdeckung, zum tiefen, ja sensationellen Vorstoß in die Erkenntniserweiterung des Wissens vom Menschen erhoben werden; anderseits dürfe man finden, »daß sie, mißbräuchlich ins Volk gebracht, zu einem Instrument boshafter Aufklärung, einer kulturwidrigen Manie der Enthüllung und Diskreditierung« werden könne.[19] Ihr Wesen sei »melancholische Erkenntnis«, besonders was Kunst und Künstlertum betreffe, »auf die sie es offenbar besonders abgesehen hat«. – Wo nun hat Thomas Mann diese – für ihn: destruktive – Tendenz wider die Kunst zum erstenmal erkannt? Er bekennt es unumwunden, in Nietzsches Wagner-Kritik. So wäre der Freund und spätere Verächter des Komponisten der mit dem Ätzstift operierende Vorläufer des Wiener Arztes gewesen. Man muß das im größeren Zusammenhang von Thomas Manns früher Kritik am Kritisieren schlechthin überblicken. Im vierten Notizbuch nach 1901 heißt es bereits: »Der Künstler kritisirt nicht, nimmt auf, giebt sich hin, läßt sich von den Thatsachen, den Erscheinungen besiegen, sagt *immer* Ja, spiegelt wieder ... ohne Reflexion.«[20] Und in dem Text »Wie stehen wir heute zu Richard Wagner« vom November 1927 dann: »Die literatenhafte Genie-Erledigung auf Grund armseli-ger Bescheidwisserei war mir immer in tiefster Seele zuwider ...«[21]

Dennoch macht er sich's in dem Beitrag für den Wiener »Almanach« gar so einfach nicht. Er weiß nämlich – und weiß zugleich um das Wissen seines Publikums –, daß er selber, wo er das Instrument der Ironie verwendet, allzuweit entfernt von der kritischen Distanz zu den Dingen nicht ist. *Er* sagt nicht »immer Ja«. Doch eben deshalb sei ihm von seiten der »analytischen Gelehrtenschule« besondere Aufmerksamkeit zuteil geworden. Doch was sollte daran Ärgernis gewesen sein? – Er führt den »Tod in Venedig« an. Wo er allerdings geschrieben habe, daß gegen nichts sich ein edler und tüchtiger Geist gründlicher abstumpfe als wider den scharfen und bitteren Reiz der Erkenntnis. Das sei »stark anti-analytisch« formuliert – und habe wohl darum den Verdacht der »Verdrängung« auf ihn gelenkt.

Kurz, er schätzt es nicht, wenn man ihm *damit* kommen wollte. Auch – und vielleicht vor allem –, weil er sich stets bewußt bleibt, wieviel »Autobiographisches« seinen Romanen und Novellen innewohnt. Und wenn er dem Diarium einmal anvertraut, daß nach dem »Tonio Kröger« nichts mehr »referentiell« zu lesen sei, so bezeugt schon das weitere Tagebuch das Gegenteil solcher Immunität. – Der romantische Dichter mochte noch trotz vielerlei Reflexion aus den Quellen der puren, ihn gleichsam überwältigenden Inspiration geschöpft haben. Der moderne Schriftsteller – und zumal er selbst – versteht sich aufs »Gemachte«, ohne daß er es sich von Gottfried Benn ausdrücklich hätte bestätigen lassen müssen. Für das Journal findet sich die früheste Digression des Unbehagens an dessen »Aufdeckung« unter dem Datum des 24. Mai 1921: als Thomas Mann – man kann schon nicht mehr sagen: freud-los – entdeckt, wie er als Autor einem epochal-ästhetischen Niemandsland zugehört. »Mittags im Park gelesen: den Neuen Merkur, worin interessante Dinge, namentlich ein Aufsatz über ein neues Buch von Freud, der mich sehr anregte, auf schicksalsbestätigende Weise. Das Ende der Romantik, zu der ich noch gehöre, drückt sich auf alle Weise aus, auch und namentlich durch das Erbleichen und Absterben der Sexual-Symbolik, die fast identisch mit ihr ist. (Parsifal.)« (I, 521)

Daß es kein Zurück mehr gibt, will schließlich auch der Text im »Almanach« anerkennen, mit dem eher widerwillig vorgebrachten Eingeständnis, daß Erkenntnis, »als Prinzip nicht produktiv«, gleichwohl mit Kunst viel zu tun haben könne, »wie das Phänomen Nietzsche zeigt«. Ohnehin dürfe man nicht den Wahn pflegen, »die Welt könne vermittelst Augenverschließens je wieder um die Forschungsergebnisse Freuds und der Seinen – populär gesagt – ›herumkommen‹«. – Am Ende schlägt der Dichter eine listige Volte. Er betreibt Dialektik, indem er nachweisen will, daß er selbst die Psychoanalyse seinem literarischen Schaffen quasi einverleibt habe. »Auch in meinem eben herausgegebenen Zeitroman ›Der Zauberberg‹ spielt sie ihre Rolle. Dr. Krokowski, wie ihr Agent hier heißt, ist zwar ein bißchen komisch.

Aber seine Komik ist vielleicht nur eine Schadloshaltung für tiefere Zugeständnisse, die der Autor im Inneren seiner Werke der Psychoanalyse macht.«[22]

Da hätte er sich selber »analysiert« und den »Agenten« ihre Arbeit abgenommen. Und weiter wäre die Wissenschaft ihrerseits der Kunst unterworfen: als ein Phänomen beinah der Art, wie er sie schon 1924 ausführlich und höchst ironisch an seinen »Okkulten Erlebnissen« abgelesen hatte. Schließlich hätte die dem Journal noch vor der Vollendung des »Zauberbergs« eingestandene Furcht, daß der Roman bei seinem Erscheinen bereits als nicht mehr zeitgemäß empfunden werden könnte, denn auch die darin charakterisierte Seelenkunde betreffen mögen: was leichter als alles andere zu verwinden gewesen wäre.

Sein letztes großes Wort zum Thema spricht Thomas Mann also am 8. Mai 1936 in Wien. Es paßt ihm, daß er zwar die Sache behandeln soll, doch für den feierlichen Augenblick ihres Entdeckers gedenken darf. Das schafft, gerade in der Intimität des Gegenübers, zugleich Entfernung vom fachlichen Streit der Fakultäten. »Freud und die Zukunft« lautet der Titel des Vortrags. Thomas Mann wird sich des Ausklangs seiner Antwort von 1926 erinnert haben: denn geschickt beginnt er mit der Berufung des Dichters, für die er als gleichgewichtige Zelebrität reden kann. Dichter, das heiße doch einen Menschengeist, der »wesentlich ... auf Spontaneität, Synthese, aufs naive Tun und Machen und Hervorbringen« gestellt sei. – Der Dichter versteht sich aufs »Lebensfeste«, sogar auf das »Leben als Fest«. Das kleine Sprachspiel stiftet nun die Lizenz jener »saturnalischen Umkehrung der Dinge, in welcher der Erkennende und Traumdeuter zum festlichen Objekt träumerischer Erkenntnis wird«.[23]

Dieser Erkenntnis ist durch das vorangestellte Adjektiv vieles erlaubt, was von der Sache her nicht standhielte. Zu den Mystifikationen des Laudators bezüglich der Biographie des Geehrten zählt etwa, daß Freud seinen Weg »ganz allein, ganz selbständig« und vor allem »nur als Arzt und Naturforscher« ging. Freud sei just der Trost- und Stärkungsmittel der »großen Literatur« durchwegs unkundig gewesen und habe weder Nietzsche noch Novalis, weder Kierkegaard noch Schopenhauer gekannt – ein Einzelgänger in der völligen Askese seiner Einsamkeit. – Dabei hatte die »Wiener Vereinigung« schon im April und wieder im Oktober 1908 die Diskussion über Nietzsches Schriften entfacht, wobei Freud allerdings die Abstraktheit dieser Philosophie unsympathisch fand und vor dem Überreichtum des Denkens zurückgeschreckt sei; freilich mit dem Zugeständnis, daß Nietzsche eine tiefere Selbsterkenntnis gehabt habe als je ein Mensch vor oder nach ihm.[24] Endlich beneidete er Arthur Schnitzler um dessen intuitive Seelenschau, der sich der Wissenschaftler nur über die Geduld der Forschung zu versichern vermochte.

Thomas Mann aber darf es um solche Verbindungen gerade nicht gehen, wenn erst *er* sie in seinem Vortrag stiften will. Hier wie dort, in der Dichtung wie in der ärztlichen »Kunst«, zwar: Liebe zur Wahrheit, psychologische Reizbarkeit und der Sinn für die Krankheit. Doch das *Prius* gehörte der Dichtung insbesondere Nietzsches und seinem »Wissensmut« – der zugleich »Selbstkennertum« und »Selbsthenkertum« gewesen sei. Und von da aus wäre es bloß ein Schritt zu dem Stichwort, welches der Referent aus dem »Tonio Kröger« zitiert: »Erkenntnisekel«. – Dabei, bei der polemischen Abwehr, darf er's natürlich nicht lassen. Und daher erinnert er solchen Ekel als eine jugendliche Traurigkeit, die in den »reifenden Jahren« ins Heiterere und Ruhigere übergeführt worden sei. Er habe sich nämlich später selbst dem psychologischen Wahrheitswillen gestellt, und »diese Neigung, die man wohl naturalistisch nennen und der Erziehung durch den literarischen Naturalismus zuschreiben muß«, sei ihm geblieben. Da hätte denn, wiewohl hier versteckt, sogar der inzwischen befeindete Gerhart Hauptmann eine Rolle gespielt für Thomas Manns Bereitschaft, das Leben *auch* in den Perspektiven wissenschaftlich-»analytischer« Betrachtung zu verstehn.

So muß der Jubilar an seinem 80. Geburtstag zunächst mehr über seinen Lobredner als über sich selbst hören. Er, Freud, wäre der ästhetisch uninspirierte Naturkundler eines »objektiven« Wissens, dem sich der andere, Thomas Mann, auf eigenständige Weise – aber immer mit gewissen Vorbehalten – annäherte. – Nun soll es indessen nicht mehr, wie im Jahr 1926, der »psychologisch unangreifbare« Künstler sein, mit dem gegen die kalte Zergliederung der Triebstrukturen zu operieren wäre. Ohnehin hat der Zeitgeist das »Gesunde« zum Maßstab erhoben und damit verdächtig gemacht. Es gibt, so entscheidet es der Vortragende, kein tieferes Wissen ohne die Erfahrung der Krankheit. Victor Hugo habe dies bereits mit dem Satz »L'humanité s'affirme par l'infirmité« ausgesprochen, er selbst habe es am eigenen und in seinen Werken erfahren, so daß man nicht behaupten könne, *er* sei zur Psychoanalyse gekommen; es sei vielmehr umgekehrt gewesen. Folglich bietet ihm das Werk von Freud eine Form des Wiedererkennens an. Den Primat des Triebs vor jenem von Geist und Vernunft, des Willens »als Kern und Wesensgrund der Welt«: das hat der Jüngling schon bei Schopenhauer abgelesen.

Und erst jetzt, nach dieser Positionsbereinigung und Selbstbehauptung, berichtet er dem Publikum von Sigmund Freuds spezifischen Leistungen. Freud habe die ungeheure Rolle entdeckt, die das Unbewußte im Seelenleben des Menschen behaupte. Er schildere das »Es« als ein Chaos, als einen Kessel brodelnder Erregungen. Er zeige Zustände, da die dunklen Energien auf ein »ganzes Massen-Ich« übergreifen könnten – »dank einer moralischen Erkrankung, die durch die Anbetung des Unbewußten, die Verherrlichung seiner allein lebensfördernden ›Dynamik‹, die systematische Verherrlichung des Primitiven und Irrationellen erzeugt wird«.[25] Die Heilwirkung der analytischen Behandlung aber beruhe darauf, die Verdrängungen ins »Es« aufzuhellen und als Vergangenheiten zu erkennen.

Nicht viel anders, wenn auch an einem weniger gefährlichen Stoff, will dies der Verfasser des »Joseph« demonstrieren: wo der religiösen Frühgeschichte des Menschen eine Art von psychologischer Theologie die »analytischen« Fragen stellt. Doch *das* kann für Thomas Mann nur das eine sein – der Lichtstrahl der Ironie, der beispielsweise Inversionen jener Erkenntnisart bewirkte, daß Abraham der Vater Gottes gewesen sein könnte, indem er *Ihn* erschaute und hervordachte. Daneben und vielleicht gar dahinter verbirgt sich eine zweite Wahrheit. Sie gerade im Blick auf das eigene Werk auszusprechen, riskiert er's, den Namen Jungs zu nennen. C. G. Jung habe nämlich in seiner »bedeutenden« Einleitung zum »Tibetanischen Totenbuch« so formuliert: »Es ist so viel unmittelbarer, auffallender, eindrücklicher und darum überzeugender zu sehen, wie es mir *zustößt,* als zu beobachten, wie ich es *mache.*« – Einerseits das vom Subjekt bewußt und mit Absicht zur Realität Gebrachte; anderseits das Geheimnis einer schon vorhandenen Passung, in welche sich einfügt, was nur scheinbar unserm Kalkül entsprang.

Es ist leicht zu sehen, daß dies der entscheidende und ergänzende Punkt ist, auf welchem der Dichter als Vermittler zwischen »Welt« und »Ich« insistieren muß – gerade wenn er die Authentizität *seiner* Dichtung gegen den Vorwurf artistischer Regieführung verteidigt. Und über solcher Rechtfertigung – der »Joseph«-Roman bedeute schließlich den Übergang vom psychologischen Interesse ins mythische – wird er sogar zum Anthropologen, wenn man will: der Bürgerlichkeit. Alles, was im Tagebuch an lebensdienlichem Behagen im Zeichen von Wiederholung und Ritual, von Gleichförmigkeit und Eingewöhnung wider die dem Zeitdruck geschuldeten Veränderungen verzeichnet ist, findet in der letzten großen Adnote zu Freud seine »Theorie«. »Denn dem Menschen ist am Wiedererkennen gelegen; er möchte das Alte im Neuen wiederfinden und das Typische im Individuellen. Darauf beruht alle Traulichkeit des Lebens, welches als vollkommen neu, einmalig und individuell sich darstellend, ohne daß es die Möglichkeit böte, Altvertrautes darin wiederzufinden, nur erschrecken und verwirren könnte.« Und nochmals: »Das Leben ist tatsächlich eine Mischung von formelhaften und individuellen Elementen, ein Ineinander, bei dem das Individuelle gleichsam nur über das Formelhaft-Unpersönliche hinausragt.«[26] – Damit er sich nicht immer weiter von der Lehre des Meisters entfernt, identifiziert er mit einer großzügigen und zugleich verfänglichen Geste auch Freud mit der »Tiefenpsychologie«. Den Verfasser von »Totem und Tabu« habe es schließlich entschieden zum Menschheitsgeschichtlichen, zu den Ursprüngen von Religion und Sittlichkeit gedrängt. Oder in Thomas Manns Interpretation: »... die Ursprünge der Menschenseele sind zugleich auch *Urzeit*, jene Brunnentiefe der Zeiten, wo der Mythus zu Hause ist und die Urnormen, Urformen des Lebens gründen.« Zwanglos leitet sich daraus »das lächelnde Wissen vom Ewigen« ab.[27]

Am Ende schlägt er den Bogen zurück: zur Feier des Anlasses, zum Fest. Was sei das zitathafte Leben anderes als Leben im Mythos und »eine Art von Zelebration«? Insofern es Vergegenwärtigung sei, werde es zur feierlichen Handlung, »zum Vollzuge eines Vorgeschriebenen durch den Zelebranten, zum Begängnis, zum Feste«. Und dann, in einer Mischung aus Platonismus und Genre-Beschwörung, wie sie das Diarium intermittierend leistet: »Ist nicht der Sinn des Festes Wiederkehr als Vergegenwärtigung? Jede Weihnacht wieder wird das welterrettende Wiegenkind zur Erde geboren, das bestimmt ist, zu leiden, zu sterben und aufzufahren: Das Fest ist die Aufhebung der Zeit, ein Vorgang, eine feierliche Handlung, die sich abspielt nach geprägtem Urbild …« – Natürlich steckt auch etwas von Nietzsche in dieser Überlegung, aber nicht in der zumutungsreichen Façon des *amor fati*: wenn die Stunde des Festes schlägt, hat alles, was die Zeit an Widrigkeiten bringt, vorübergehend seinen Stachel verloren. Gegen die bitterere Erkenntnis vom »Unbehagen in der Kultur« aber soll Sigmund Freud mit seinem Werk der »Friedenswelt« vorgespurt haben, insofern die psychoanalytische Arbeit, seinem eigenen Wort gemäß, ein »Kulturwerk« sei.

Noch im Zug von Prag nach Wien registriert das Journal den brausenden Erfolg des Vortrags im überfüllten Konzerthaus-Saal. Thomas Mann ist zufrieden mit sich. Daß der Geehrte dem Anlaß wegen seiner Hinfälligkeit nicht beiwohnen konnte, bleibt unerwähnt. Am 14. Juni 1936 holt der Laudator die Lesung in Anwesenheit des Jubilars nach, als er ihn in dessen Sommerhaus besucht. »Wiederbegrüßung mit dem Alten. Thee und Eis auf der Terrasse. Dann im Zimmer die versprochene Vorlesung des Vortrags vor einem kleinen Kreise von Freunden, darunter Dr. Kries. Rührung des Alten und Replik über Napoléon.« (III, 316) – Der Freud-Biograph Ernest Jones berichtet etwas zweideutig: »Was Freud bei diesem Anlaß am meisten freute – oder wogegen er am wenigsten einzuwenden hatte –, war der Besuch von Thomas Mann.«[28]

Im Nachklang dieses Referates und mehr als zehn Jahre vor seiner Nietzsche-Rede versieht der Schriftsteller die Lektüre des Philosophen nun mit kritischen Randbemerkungen. Bedenklich stimmt ihn, auch angesichts der vom Zeitgeist beanspruchten Rezeption, Nietzsches »Lebensverehrung«. Ob es denn einen Sinn habe, »um des ›Lebens‹ willen gegen die Moral zu wüten«, während doch nichts moralischer sei als eben der Dienst am Leben. »Wollte nicht alle Moral, Vernunft und Sittlichkeit immer dem Leben dienen?« (III, 328) – Aber erst eine ähnliche Digression über Spengler, dessen Tod das Tagebuch wie sinnfällig an jenem 13. Mai verzeichnen konnte, der auch den Applaus der Freud-Ansprache meldete, bringt gewisse Verwandtschaften sowohl mit Nietzsche wie mit dem Autor des »Untergangs des Abendlandes« behutsam zur Sprache. Was ihm Oswald Spengler – »nach einem Getroffensein durch sein Hauptwerk« – widerwärtig gemacht habe, »war gerade eine gewisse Verwandtschaft der Herkunft und der geistigen Neigungen zwischen uns: Auch er hatte von Nietzsche hauptsächlich den Sinn für ›Verfall‹ übernommen – sein Interesse gilt tatsächlich vor allem dem Verfall seiner Kultur-Pflanzen –, und ich erinnere mich wohl, daß man den ›Unterg. d. Abendl.‹ bei seinem Erscheinen gelegentlich mit ›Buddenbrooks‹ in Beziehung gebracht hat.« Spengler sei »früh gestorben«; »in Gram und Leid, wie ich glaube.« Doch habe er »gräßlich vorgearbeitet« und früh in das Horn gestoßen, »das heute tönt«. (III, 343)

Dieses Schicksal soll Thomas Mann erspart bleiben. Und dennoch vermag er sich, schon der »Herkunft« wegen, nicht einfach mit dem Engagement *nur* für Vernunft und Sittlichkeit zu identifizieren. Die Ähnlichkeiten mit Nietzsche wie mit der »Geschichtshyäne«, wie er Spengler nennt, gelten bei allem jetzt gebotenen Abstand immer wieder dem »Leben«, so es *auch* seine organisch-triebhafte Natur entfaltet und letztlich dem Gesetz des »Bios« gehorcht. Noch viel später, als er für die Wiederaufnahme des »Krull« die Ergriffenheit mobilisiert, welche ihm die Anschauung der vitalen Urgründe der Existenz vermittelt hat, kehrt er zurück zur durchaus a-religiösen, transzendenzlosen Feier des Chaos, aus dem die Kultur hervorgegangen sei. – Gibt es das eine: Aufklärung der Menschheit durch das Kunstwerk, so gibt es auch das andere: die blinde Macht von Werden und Vergehen. Am 12. August 1936 ist es eine ihn zuhöchst faszinierende literarische Vorlage, die von der Doppelpoligkeit von Vernunft und Trieb erzählt. »Stevenson ›Mr. Hyde‹

abgeschlossen, eine sehr kluge und gute Geschichte, die man verfilmen sollte ...« – noch deutlicher: »... – die vielleicht ich verfilmen sollte«. (III, 350)

Daß er den Doppeltitel – »Dr. Jekyll and Mr. Hyde« – zugunsten des Monsters unterschlägt und gar höchst ungewöhnlicherweise an seine Regieführung denkt, wäre jeder Analyse ein dankbarer Fund. Denn auch da ein Wiedererkennen; nicht mit Blick auf das Lebens- und Weltverständnis des großen Panoramas, sondern als Introspektion in die persönlichen Zerrissenheiten, die, als Film vergegenständlicht, schon wieder die Fassung der ästhetischen Beruhigung angenommen hätten. – Am 23. August notiert das Journal den Abschluß von »Joseph in Ägypten«. Am 11. November, bei heiterem und frischem Wetter, schreibt Thomas Mann die erste Seite von »Lotte in Weimar«. Er hat zu Goethe gefunden, nicht in die Richtung des wiederholt angekündigten Stoffes faustischer Dämonie und Verführung, wie es, der eigenen Vorstellung nach, die Zeit erfordert, sondern auf unverfänglichere und dadurch weniger belastende Weise. Schließlich steht noch der Abschluß der epischen Tetralogie an, der sich, so hofft er, dann rascher herstellen ließe. – Als er am 15. September 1937 den Seinen aus der Erzählung das Riemer-Kapitel der »Lotte« vorliest, kann er allseits Zufriedenheit registrieren. »Große Bewegung. Das Aufregende des Kapitels lebhaft ausgesprochen. Wogen des Lebens und großer Reichtum der Einblicke und Deutungen. Ein Höhepunkt meiner Produktion.« (IV, 103)

*

Goethe ist, zusammen mit Tolstoi, der Dichter, dessen Werk bis zuletzt unwidersprochen bleibt, doch, etwas anders als der Russe, auch eine Gestalt, die nur die Bewunderung ihres Adepten auf sich zieht. Das kann von Richard Wagner nicht behauptet werden, auch wenn Thomas Mann die Musik dieses Komponisten – allerdings mit gelegentlich kritischen Abschattungen – völlig verinnerlicht hat. Wagner ist zugleich ein dankbares Objekt seiner Reflexionen über Kunst und Macht, über ästhetische und politische Ideologie und über die teils heilenden, teils zerstörerischen Wirkungen, welche das Genie auszulösen vermag. Am 26. Oktober 1937 verzeichnet das Tagebuch das Studium von dessen Schriften zum »Ring«. Das Persönliche dabei sei »abstoßend«. Wagner verlange als Mensch »geliebt« zu werden. Er setzt das Wort selber in Anführungszeichen, als ob der Meister etwas Unangemessenes verlangt hätte: was auch ihm doch so sehr ein Anliegen ist.

Den Grund zur neuerlichen Beschäftigung hat ein weiteres Vortragsprojekt gegeben. Thomas Mann soll drei Wochen später in der Aula der Universität Zürich über »Richard Wagner und der ›Ring des Nibelungen‹« referieren. Am 13. November heißt es wenig enthusiastisch: »*Beendete* in Gottes Namen den Vortrag ...« Aber am 16. November, nach der Ansprache, ist wieder alles im Lot. »Große Begrüßung im Saal. Angenehmes Podium, gute Verfassung. Große Aufmerksamkeit und Zufriedenskundgebung am Schluß.« Nur: »Gegen das Ende, im Affekt, schlimmer Moment mit der Prothese, vorübergehend.« Dann: »Im Zimmer nachher Danksagungen und Beglückwünschungen.« (IV, 130) Der Wagner-Kenner, der in demselben Notat Claude Debussy mit »Debussiz« geschrieben hat, ist wieder einmal bestätigt worden.

Er sagt nicht viel anderes an diesem Abend, als er's bereits im Februar 1933 in München gesagt hatte. Aber er spricht vor einem Publikum, dessen bürgerlich-republikanische Gesinnung im ganzen intakt ist – was freilich die Rezeption einer Hauptthese nicht viel weniger belastet haben dürfte. Es geht um Thomas Manns Überzeugung, daß der Komponist schon weit über das »bürgerliche Zeitalter« hinausgegangen sei, ja, daß »Der Ring des Nibelungen« gegen die gesamte bürgerliche Kultur und Bildung gerichtet war und sich »in seiner Mischung aus Urtümlichkeit und Zukünftigkeit an eine inexistente Welt klassenloser Volklichkeit« wende.[29] Das »Wagalaweia« und »all die Stabreimerei«: eine barbarische Schrulle für den deutschen Bildungsbürger, in Wirklichkeit indessen – und daran liegt dem Interpreten nach wie vor – nicht weniger als Kulturbolschewismus avant la lettre. – Selbstbewußt wiederholt der Zürcher Referent jene Deutung, die ihm schon so viel Ärger und Protest gebracht hatte, und es ist das letzte Mal vor dem Zweiten Weltkrieg, daß er einer deutschsprachigen Öffentlichkeit erklären kann, was ihre politischen Konnotationen beinhalteten: der »Ring« ziele »sozial-sittlich weit ... über alle kapitalistisch-bürgerliche Ordnung in eine von Machtwahn und Geldherrschaft befreite, auf Gerechtigkeit und Liebe gegründete, brüderliche Menschenwelt«.

In dem Wiener Vortrag zu Freuds Geburtstag hatte er – mit einem kurzen Verweis auf C. G. Jung – bloß skizzieren können, wovon die Psychoanalyse als »Tiefenpsychologie« *auch* fasziniert sein müßte. Jetzt, da eine Kunst zu verhandeln ist, die ihre Energien für jedes wissende Ohr aus dem Ur-Anfänglichen des Lebens zieht, bedarf er des Umwegs nicht mehr. Richard Wagner, darauf läuft es hinaus, mußte zurückdringen »bis zum Urquell und Anbeginn«, bis auf den vordeutsch-skandinavisch-frühgermanischen Edda-Grund des Mythos; erst das war »die heilige Vergangenheitstiefe«, die seinem Zukunftssinn entsprach. Im »Contra-Es« des »Rheingold«-Vorspiels wäre schon die musikalische Kosmogonie gestiftet: das Bauwerk des »mythischen Kosmos«, ausgestattet »mit tiefsinnig organischem Bios«. Stellte man aber die Frage »Was ist deutsch?«, so müßte die Antwort – die der Dichter in seinen »Betrachtungen« längst gegeben hat – lauten: »Der deutsche Geist ist sozial und politisch wesentlich uninteressiert, im tiefsten (und das Werk der Kunst kommt am tiefsten her; man darf es als maßgebend anerkennen) ist diese Sphäre ihm fremd.«[30]

Und Thomas Mann fügt an, daß dies durchaus nicht nur negativ zu werten sei. Negativ wird es allerdings, wo das heutige deutsche Staats- und Gesellschaftsexperiment den Mythos als Surrogat nehme und das mythische Märchen zur Lüge verforme. Wider die kritischen Einwände des Journals, welche Wagners Rolle des Vorläufers wenn auch *contre coeur* festgeschrieben haben, soll in Zürich davon nicht die Rede sein. Im Gegenteil: »Der Schöpfer des ›Ringes‹ ist mit seiner vergangenheits- und zukunftstrunkenen Kunst aus dem Zeitalter bürgerlicher Bildung nicht herausgetreten, um eine geistmörderische Staatstotalität dafür einzutauschen. Deutscher Geist war ihm alles, deutscher Staat nichts ...« Zum Schluß, in der »himmlischen Melodie«, die aus dem Inferno der »Götterdämmerung« emporsteigt, erkennt der Interpret das andere Finale »deutschen Lebens- und Weltgedichts«: »Das Ewig-Weibliche / Zieht uns hinan.«[31] – Mit dem ungenannten Goethe wäre so vollkommen nobilitiert, was Richard Wagner nur je gewollt und gemacht haben könnte.

Drei Tage vor dem Zürcher Anlaß hat der Lobredner Wagners dem Diarium eine Absicht von Selbstdisziplinierung anvertraut, der er mit dem Vortrag noch nicht ganz – oder bloß für das öffentliche Bild vom Komponisten – gefolgt ist. Beim Abendessen mit Golo und Katja war die Rede über die mögliche historische Funktion des Faschismus und die Tendenz der Welt, sich ihm zu verschreiben. Man bringe dabei »das unsinnige Opfer ... – ohne zu wissen, wem? – ..., indem man sich mit seiner Bekämpfung das Blut verdirbt«. Nun: »Keine Vorspanndienste mehr! Keine Äußerungen und Antworten! Wozu Haß erregen? Freiheit und Heiterkeit! Man sollte sich endlich das Recht dazu nehmen.« (IV, 129) – Er wird sich nicht lange daran halten, aber es gilt immerhin und von Fall zu Fall für seine Arbeit in der Studierstube: wenn er Hegels »Ästhetik« bald beiseite legt und die Rückkehr zu Schopenhauer als »wohltuend«

empfindet. Der Kommentar dabei markiert denselben Affekt, wie er ihn fürs Politische umschrieben hat. »Widerspenstigkeit gegen das Heraustreten aus meiner Welt, vor allem auf Wunsch.« (IV, 167)

So sehr Thomas Mann das Geschichtliche als Auswurf der Zeit und ihrer Verdichtungsleistung umtreibt, so sehr erweckt es zugleich und von Anfang an ein Mißtrauen, das nicht nur den Argwohn des Schöpfers gegenüber der Vergänglichkeit des Geschaffenen meint. Der »Fortschritt«, zumal im Sinne Hegels, mag zwar die Wirklichkeit dem Vernünftigen gelegentlich annähern, doch die Primärerfahrung angesichts der *deutschen* Geschichte seit dem Beginn des 20. Jahrhunderts zeigt anderes: den Umbruch durch Industrie und Kapital, die Überheblichkeit des militärischen Geistes, den Sturz in die Revolution, das schwankende Gebilde der kurzen Republik und als vorläufig letzte Station den Massenwahn der »Bewegung«. Was denn den oft zitierten »Bolschewismus« auch nur als Formel anziehend macht, hätte mit der Utopie des Endes zu tun: Erlösung von jeglicher Überraschung, Stillstand und daher Rückkehr zu den Wiederholungsritualen des Lebens. Und wenn dies eine Konstruktion ohne innere Realität bleiben muß, ist der kapitalistischen Unruhe von Bürgerlichkeit noch immer Schopenhauers pessimistische Anthropologie vorzuziehen. Mag es auch merkwürdig klingen: vom Verfall geht eine Art von Gewißheit aus, die das Schlimmste schon überwunden hat, das ewige Hin und Her zwischen Hoffnung und Enttäuschung. Die äußerste Reduktion in Sachen Zeitlichkeit aber erreichte der Bios mit dem beständigen Kreisen von Kosmos und Natur. – Vielleicht hatte Oswald Spengler, abgesehen von seiner uneindeutigen Sympathie für den Nationalsozialismus, dem frühen Bewunderer den Fehler gemacht, daß er zwar der »Kultur-Pflanzen« gedachte, doch mit Blick auf die Kunst einem für Thomas Mann eher ungemütlichen Modernismus der Formen und Formeln huldigte.

Die Kunst erhebt das Leben zur Anschaulichkeit. Sie verfährt insofern typisierend, als sie, durchaus im Sinne Goethes, das Charakteristische herauspräpariert. Als erzählende Kunst hat sie sich freilich da, wo sie nicht die Allegorie beansprucht, der Historie zu stellen. Darin liegt ein Moment von Verwundbarkeit: der Autor muß fürchten, daß im Strudel der Historisierung auch deren ästhetische Spiegelung obsolet wird. Und allerdings sorgt sich Thomas Mann um dieses Schicksal seines Werks weitaus mehr als um die moralischen Zu- und Abschreibungen, denen es unterworfen sein könnte. Der Schriftsteller weiß zu gut, daß die Gleichung von Kunst und Leben in der Gegensätzlichkeit zum »Geist«, dessen »nihilistische Tendenz« der Autor des vierten Notizbuches bereits um 1901 agnosziert hat, für die eigene Tätigkeit keineswegs vorbehaltlos gilt: sie selbst schuldet sich in wesentlichen Aspekten der vielfach gebrochenen Geistigkeit – weshalb es um so mehr darum ginge, an den Elementarkräften des »Lebens« festzuhalten.

Als er am 20. Dezember 1938 seine Lektüre von Michael Rostovtzeffs Geschichte des römischen Kaiserreichs kommentiert, muß er erkennen, daß der Gesamtverfall auch der Dekadenz des geistigen Lebens zu verdanken war. »Nach dem Kaffee gelesen in ›Röm. Kaiserreich‹ von Rostofftzew, Untergang der antiken Kultur. Haupt-Phänomen: die allmähl. Absorbierung der gebildeten Schichten durch die Massen, ›Vereinfachung‹ aller Funktionen des politischen, sozialen, wirtschaftl. u. *geistigen* Lebens: Barbarisierung.« (IV, 334) – Da liegt die Parallele zur Epoche der Diktaturen natürlich in der Luft. Abermals wäre es die Angleichung der Bildung an den Massenwahn, welche die europäische Katastrophe beförderte – so daß dem ästhetischen Vitalisten gegen Neigung und Interesse die Pflicht zufällt, ihr mit den Mitteln des Geistes zu begegnen. Tatsächlich hat er einen Monat zuvor den Aufruf »An die gesittete Welt« abgeschlossen. Und vielleicht gelänge es sogar, in einem Roman den alten Dualismus von Leben und Geist wenigstens teilweise aufzulösen: was schließlich als Pensum dem »Faustus« zufallen wird. Schon im Herbst 1938 hat er sich in Princeton mit einem Kolleg über Goethes »Faust« darauf eingestimmt. Die andere Goethe-Reminiszenz wird am 26. Oktober 1939, ebenfalls in Princeton, beendet – mit gemischten Gefühlen, wie es das Journal registriert. »... schrieb nach dem Thee bis gegen 1/2 8 Uhr den Schluß von ›Lotte in Weimar‹ – wie er nun bleiben möge als versöhnliche Auskunft. Auch dies getan. Ich schlug in diesen Heften die Küsnachter Aufzeichnung vom September 1936 auf, die den Beginn der Niederschrift meldet. Siebenunddreißig Monate ... Schwer über das Produkt zu denken. Es ist als solches originell, als Beziehungsgewebe recht reich, manches ist Compilation und Aneignung, hilfesuchend, das Goethe-Portrait intim, heiter, neu, nicht ohne Intimität mit der Größe, der dabei eine demokratische Ironie entgegengesetzt wird.« (IV, 493)

Nach den essayistischen Reverenzen an den deutschen Übermeister also die Abgleichung mit etwas Novellistischem: eine Annäherung an den Vielbewunderten ohne Ausgriff ins Metaphysische der späteren Triade von Leben, Kunst und Geist. Schon deshalb kann ihm der Plan zu *seinem* »Faust« keine Ruhe geben; er schuldet der Nachwelt ein Produkt, das vom Gedanklich-Stofflichen her eine wenn auch entfernte Höhe mit der großen Vorlage hielte.

Darüber sind die Versuche des Hermeneutikers nicht zu vergessen. Auf andere Weise als Tolstoi bestätigt ihm Goethe das »Menschliche« – einerseits in den Erschütterungen und bedeutsamen Komplikationen seiner »Natur«, die mit den epischen oder dramatischen Bildern der Kunst ihre zeitlose Sprache finden, anderseits in den epochalen Besonderungen, wo es der politischen Gemeinschaft überantwortet ist. – Am 4. September 1921 hatte Thomas Mann einen Vortrag »Goethe und Tolstoi« in seiner Vaterstadt Lübeck gehalten. Die Rede enfaltete sich darauf zu einem längeren Aufsatz unterm Stichwort »Fragmente zum Problem der Humanität«, der in Buchform zuerst 1923, dann, nochmals erweitert, zwei Jahre später abermals veröffentlicht wurde. Hier: der »europäische Humanist«, da: der »anarchistische Urchrist des Ostens«. Doch worauf der Akzent bei Goethe wie bei Tolstoi zunächst gelegt ist: beide hätten die Zeichen ihrer Zeit erkannt und zugleich eine prophetische Blickschärfe bewiesen.

Das ist es, was den Referenten in der Rolle des Moralisten noch vor den Einlassungen übers Ästhetische beschäftigt – eine »Aktualisierung«, wie sie in verwandter Manier für das Werk von Wagner behauptet ist. Tolstoi, mit seinem Hang zur Utopie, nähre damit auch den Haß auf die Zivilisation. Goethe, der die Herrschaft der Maschine und die Klassenkonflikte der Demokratie vorausgeschaut habe, sei gleichwohl immer in die Richtung des Humanistischen eingeschwenkt. Aber den Russen und den Deutschen verbänden – nach Thomas Mann – zwei Interessen, jenes für die Pädagogik und das andere für die Autobiographie. Und da wäre Gemeinsamkeit vor allem auch in bezug auf Rousseau gegründet, den Autor des »Emile« wie der »Confessions«. – Es ist nicht das erste Mal, daß der Essayist über eine solche Konstellation nachgedacht hätte. Im achten Notizbuch, entstanden zwischen 1905 und 1908, hieß es, man könne aus Wagners Schriften nicht viel über Wagner lernen. »Wäre dieser Rousseau'sche Mensch auch ein Bekenner gleich R. gewesen! Wäre ihm die Leidenschaft der Erkenntnis zu eigen gewesen! – Nun, ein Anderer hat sie *für ihn* gehabt – und nicht zuletzt in *Bezug auf ihn*. Nietzsche …«[32]

Selbsterkenntnis denn auf den Spuren des großen *promeneur solitaire*. Thomas Mann ist sie so wichtig, wie sie Goethe und Tolstoi – doch eben nicht Richard Wagner – bedeutsam war. Noch 1927 wird der Wagner-Enthusiast dieses Manko gegen den Komponisten einklagen: um vollständig gelebt zu haben, hätte er »neben dem politischen Weltwerk« ein

»geheimes und ganz wahrhaftiges Tagebuch führen müssen – ich weiß nicht, ob ich mich verständlich mache«.[33] Da es allerdings weder für Goethe noch für Tolstoi ein Journal dieser Art gibt, behilft sich ihr Interpret mit einer Extrapolation; es sei bei Tolstoi wie bei Goethe – nicht durch ein Buch sei er Autobiograph, schon der Kritiker Mereschkowski habe es ausgesprochen: »Die künstlerischen Werke L. Tolstois sind im Grunde nichts anderes als ein mächtiges, durch fünfzig Lebensjahre hindurch geführtes Tagebuch, eine endlose, ausführliche Beichte.«[34]

Beichte, ja. Das fasziniert ihn ohnehin. Doch dazu gehörte, was ihn nicht weniger fasziniert, auch die »Liebe zu sich selbst« als »Lebhaftigkeit des Ichgefühls«. Tolstoi habe immer das Bedürfnis gefühlt, von jedermann geliebt zu sein, und Goethe habe sich stets gegen die Prüderie gewendet, die das Gefallen an sich selbst verpönen möchte. Und wie ein später Reflex auf die Soziallehre, die der Münchner Student aus den Theorien Max Haushofers über die Volkswirtschaft gezogen hatte, heißt es nun entschieden: »Ichliebe und Weltliebe sind psychologisch gar nicht auseinanderzuhalten – weshalb denn auch die alte Frage, ob Liebe eigentlich ein altruistisches Gefühl und nicht vielmehr ein egoistisches sei, die müßigste der Fragen ist. Der Gegensatz von Egoismus und Altruismus ist in der Liebe restlos aufgehoben.«[35] – Und wiederum: bei Rousseau, dem »armen Jean-Jacques«, wäre es vorgeprägt, freilich noch auf naive Weise mit dem erzieherischen Programm der Rückkehr zur Natur.

Da wird in einem komplexen Ineinander von Anspielungen, Verweisen und selbstreferentiellen Ansprüchen präsentiert, was Thomas Mann über alle weiteren Stationen seiner geistigen und psychischen Vita beschäftigen wird: das schwierige und schmerzende Verhältnis zwischen Narzißmus und Verantwortung, zwischen Introspektion und Gemeinschaftserziehung, zwischen intellektueller Erkenntnis und Lebenstrieb-Struktur. – Bloß, die »Natur«, die bei Rousseau noch Urgestalt gewesen wäre, hätte Goethe und Tolstoi dazu eingeladen, sie gleichsam zu humanisieren. Offenbar gebe es zweierlei Erhöhung und Steigerung des Menschlichen: eine ins Göttliche, »von Gnaden der Natur«, und eine ins Heilige, »von Gnaden des *Geistes*«.

Nochmals die alte Dichotomie. Nochmals die Vitalität des »klassisch« Gesunden gegen die Reflexion des »romantisch« Kranken – wobei das Romantische als das Pathologische den »Menschheitspatriotismus« schon dadurch animiere: »… man liebt den Menschen, weil er es schwer hat – und weil man selbst einer ist.« Klarer könnte nicht ausgedrückt sein, was später in der Klammer von »Leiden und Größe der Meister« auch auf ihren Deuter zu beziehen sein müßte, und wenn Thomas Mann hier, wie schon im siebten Notizbuch von 1901, Hebbels Aphorismus vom Menschen als einem »Schmerz nur in Gott« heranzieht, so bekennt er sich, eher widerwillig, doch auch zum Geist. Der Satz, der wie ein Wasserzeichen und mit allen Ambivalenzen das gesamte Werk begleitet, ist in dem Essay über Goethe und Tolstoi wünschbar klar formuliert. »Geist nämlich ist Stolz, ist emanzipatorische Widersetzlichkeit … gegen die Natur, ist Abgelöstheit, Entfernung, Entfremdung von ihr; Geist ist das, was den *Menschen,* dies von der Natur in hohem Grade gelöste, in hohem Maße sich ihr entgegengesetzt fühlende Wesen, vor allem übrigen organischen Leben auszeichnet …«[36]

Tolstoi mehr als Goethe wäre es nun aufgegeben gewesen, den Kampf gegen die Naturgebundenheit zu führen, in der Askese sich zu üben und als Volksschullehrer die Hinwendung zum Sozialen zu praktizieren. Aber auch Goethe, in vielem einem »heidnischen Kulturidealismus« huldigend, habe es zu politisch-sozialen Aufgaben gedrängt: schließlich sei die Wut des Weimarers gegen jene Tendenzen bekannt, die alles aufs einzelne Individuum reduzieren wollten. – Bei

Goethe und bei Tolstoi – und dies entspräche auch ihrem Lobredner: nicht einfach Zivilisations- und Fortschrittsglauben, sondern das geduldige Aushalten der Lebensgegensätze; einerseits der Rückgang in die »Höhle« naturhafter Prägungen, anderseits, über die Anerkennung von Schicksal und Mystik hinaus, ein Dienst am Menschen, an den Menschen, an der bedürftigen Menschheit.

Das wäre schon beinah, als Programm der exoterischen Existenz, ein Bekenntnis zum »Kulturbolschewismus«, wie ihn auch Wagner vorweggenommen hätte. In seinem Princetoner »Faust«-Kolleg wird Thomas Mann, aus Rücksicht auf die amerikanischen Umstände, nicht so weit gehen und beschwichtigend von der »gütigen Größe« reden, die als »Moral« aus der Lehre vom irrend strebenden Menschen zu ziehen sei. Und der eigene »Faustus« darf dann selbst diesen Ausblick kaum noch gewähren, wenn der Roman zugleich die Paraphrase der epochalen Versuchungen leisten soll. – Schon deshalb aber ist es angebracht, kurz jener Rede zu gedenken, die Thomas Mann am 18. März 1932 in der Preußischen Akademie der Künste zu Berlin zum 100. Todestag des Dichters unter dem Titel »Goethe als Repräsentant des bürgerlichen Zeitalters« hielt.

Da liest sich gar manches als die Verlängerung und Verschärfung dessen, was im Doppelporträt von Goethe und Tolstoi erst angedeutet war. Er wolle nur, bekennt er bescheiden-unbescheiden, aus der eigenen Substanz und aus einer »kindlich-stolzen Verbundenheit« mit dem Meister über ihn sprechen. Unüberhörbar ist die Bewunderung des Diätetikers für den Diätetiker. So habe Goethe das Lob der regelmäßigen Wiederkehr der äußeren Dinge gesungen. Auch habe er den »produktionsethischen Befehl des Fertigmachens« gekannt: den Zug von Bedächtigkeit und Langsamkeit, »von mütterlicher Geduld des Austragens«. Und dann, man *muß* es auf ihn selbst beziehen: »Er hat als Dichter sein Leben lang eigentlich von seiner Jugend gelebt, er war nicht der Mann immer neuer Erfindungen und Entwürfe, sondern im wesentlichen war seine Produktion ein Auf- und Ausarbeiten von Konzeptionen, die in die Frühzeit seines Lebens zurückgingen, die er durch die Jahrzehnte mit sich führte und mit dem ganzen Reichtum seines Lebens erfüllte, so daß sie Weltweite gewannen.«[37] – Und dabei stets »ein Element der Sorglichkeit« beim Arbeitsprozeß, Zeitheiligung als Zeitökonomie im Stil der »bürgerlichen Sittlichkeit«.

Das ist das eine. Thomas Mann, man spürt's, sagt es gern – als Testat einer Verwandtschaft, die er schließlich auch bei Wagner vorfindet. Das andere ist, und wiederum ähnlich wie bei Wagner, das Politische. Goethe, hierin der konservative Antipolitiker, sei kein Freund der Demokratie gewesen: im Gegenteil habe ihn das Grauen vor der Demokratisierung Europas erfaßt. Glaubte er denn überhaupt an etwas? Oder war er nicht viel eher – wie es der Redner für sich selber zu beanspruchen geneigt ist – ein »ironischer Nihilist«? Im Alter allerdings, darauf kommt es Thomas Mann jetzt an, hätte sich Goethes Zug ins »Weltweite« verstärkt und gefestigt: denn in Wilhelms Meisters »Wanderjahren« wäre das Ideal »privat-menschlicher Allseitigkeit« fallengelassen worden. »Das Ungenüge am Individuum ist da, das heute herrscht: Erst sämtliche Menschen vollenden das Menschliche, der Einzelne wird Funktion, der Begriff der Gemeinschaft tritt hervor, der Kommunität ...« Dies hätte der »träumerische und kühne Blick des greisen Goethe in eine neue, nachbürgerliche Welt hinein« sein sollen. Und in Thomas Manns Fortsetzung solcher Lineaturen: »Im technisch-rationalen Utopismus geht das Bürgerliche in Weltgemeinschaftlichkeit, es geht, wenn man das Wort allgemein genug und undogmatisch verstehen will, ins Kommunistische über.«[38] – So gesagt weniger als ein Jahr vor der zweiten deutschen Revolution des Jahrhunderts von dem Bürger, der es der eigenen Prophetie nach bald nicht mehr sein dürfte. Wagner und Goethe aber wären seine ahnungsvollen Zeugen gewesen.

*

Könnte es einen »aristokratischen« Bolschewismus geben? Einen »Kommunismus« mit dem Glanz von Humanität und Edelmut, gerichtet – und *daraus* nährte sich im besondern der Affekt – gegen früh schon gescholtenen Geist des »amerikanischen« Kapitalismus? Man versteht die Polemik des Journals wider *diese* Form von »Bürgerlichkeit« erst richtig, wenn man auch ihrer ästhetischen Ursprünge eingedenk wird. Der Familie der Buddenbrooks hatte zuletzt der *élan vital* des richtigen Arbeitens und Wirtschaftens gefehlt – zugunsten einer »organischen« Trägheit. Das war zugleich sympathisch und das Gegenteil dessen, was die Gründerjahre an Gewinn hervorbrachten. Bereits Fontane wußte um die Dialektik: einerseits verpflichtete sich das Bürgertum der Akzeleration des Fortschritts, anderseits konnte es in demselben Tempo von der Ökonomie aufgerieben werden. Der Verfasser des großen Verfallsromans aber berichtete davon mit einem Pathos, das schon beinah ein Stück Ruinenromantik inszenierte. Im »Teufelskapitel« des »Doktor Faustus« wäre dann die universalgeschichtliche Summe gezogen worden – das Ende der Bourgeoisie, verklammert mit der Notwendigkeit einer neuen Gesellschaftsordnung.[39]

Wenn er nun selber Rückschau auf *sein* Werk hält und nicht nur Goethes und Wagners Prophetien interpretiert, ist es wiederum die Genugtuung des Künstlers, daß er die Signatur der Epoche früh bestimmt hatte. Am 24. April 1940 berichtet das Tagebuch eine solche Bilanz. »Ließ mich heute verleiten, den Jungen zu sagen, der Zbg. sei Prophetie und der gegenwärtige Krieg gewissermaßen die weltpolitische Verwirklichung der dialektischen Streitigkeiten Naphta's und Settembrini's.« (V, 64) – Allerdings, solange er im Ungewissen ist, auf welche Seite sich die Gewichte legen, hat das liberale Prinzip einen eher schweren Stand. Dies unterstreicht Thomas Mann noch mit einer Glosse ästhetischer Kriterien. Nach einem Konzert in Hollywood, bei welchem auch Kompositionen von Smetana und Dvorák gespielt worden sind, bemerkt er mit entschlossener Naivität: »Wenn man nicht-deutsche Musik hört, wundert man sich nicht, daß jene den Krieg gewinnen.« (V, 128) Das Urteil beträfe auch den italienischen Achsenpartner: Pirandellos Stück »Sei personaggi in cerca d'autore«, das er als Gast von Max Reinhardt in einer »Schul-Aufführung« gesehen hat, ist ihm bloß »Schaumschlägerei« und »Bluff«. Selbst Schönberg muß sich eine Rüge gefallen lassen. Obwohl dem Dichter die Neue Musik im letzten unzugänglich ist, soll »Pierrot Lunaire« schon »veraltet modern« sein.

Um so mehr richtet ihn Stifter auf. »Neugierig«, so notiert er im Journal, setze er die Lektüre des »Nachsommers« fort. »Große Reinheit, absolut konservativ, pedantisch, den Dingen ergeben, das Geistige naiv umschrieben, das Leidenschaftliche sehr fromm und sauber. Goethe ins Österreichische übertragen, ganz anders wie bei Hofmannsthal.« (V, 163) Da könnte er leicht erkennen, was die eigene Goethe-Nachfolge von jener Stifters unterschiede: keine Ergebenheit den »Dingen« gegenüber, sondern ein starker Zug ins Konstruktive und Konstruierte. Und gewiß nicht das, was er für den Autor des »Witiko« nur vorsichtig ausspricht, doch bei Hermann Broch diagnostizieren darf – Langeweile. Brochs »Vergil« sei ein »pausen- und atemloser Strom von noble ennui«, man lechze »nach einem römisch II.«. – Es ist nicht ganz unbezeichnend, daß Thomas Mann dann während einem »unreinen« Diskussionsthema die Erinnerung an seine Goethe-»Verlängerung« wieder auftaucht. Am 23. Februar 1941 heißt es: »Beim Abendessen gelegentlich eines Gesprächs über die Geschichte der Syphilis, Erinnerung an die ›Faust‹-Novelle, die mir als letzte Arbeit nach dem Joseph vorschwebt.« (V, 224)

Er ist und bleibt eben der Meister der subtilen Untergänge, und wenn sich das Leiden des individuellen Organismus mit der Pathogenese der modernen Zivilisation verbinden läßt, ist alles gesagt, was für die dramatischen Aspekte des Gesellschaftslebens zu sagen wäre. Wollte er sich aber tatsächlich mit einem solchen letzten Werk verabschieden? Zu seiner Produktionslogik gehört ein Element von Unruhe: niemals ganz ausgeschöpft zu haben, was die Berufung erforderte. Die jeweils gegenwärtige Arbeit treibt bereits den Plan zur folgenden heraus, oft im Wechselspiel ernster und heiterer Stoffe – so wird es auch nicht beim »Faustus« bleiben dürfen; auch darum nicht, weil dann die Polyphonie des Gesamtœuvres auf einer Dissonanz stehen geblieben wäre. – Die Unruhe gilt freilich nicht nur der künftigen Leistung. Von Fall zu Fall strebt sie danach, sich der Bilanzen zu versichern. Er hätte wahrhaftig genug zu tun, den »Joseph« zu vollenden, den »Faustus« anzupakken, dazu Essays und Vorträge zu verfassen. Gleichwohl gönnt er sich die Muße, periodisch zurückzublättern. Es nimmt sich aus wie ein Trost, daß vielleicht nicht alles vergeblich war, wenn er das Ritual der Re-Lektüre absolviert – wie etwa am 7. Oktober 1941. »Las nach Tische ›Mario‹ und fand es sehr gut.« Dieses Kompliment will er Franz Werfel nicht machen. Fünf Wocher später: »Las Werfels ›Blaßblaue Handschrift‹, angreifbar u. über-geschickt.« (V, 346) Er hat in dem Thema wohl eigene Interessen wiedererkannt.

Lesen, prüfen, vergleichen, beurteilen, abwägen – wie da, wo er Besitz und Wohlstand mißt, den materiellen Stil der anderen im Verhältnis zur eigenen Ausstattung, ist Thomas Mann auch beim künstlerischen Wettbewerb selten generös. Das ist zum Teil – doch nur zum Teil – der Reaktion geschuldet, die er gegenüber seiner Gestalt wahrnehmen muß. In England, aber auch in Amerika, sind die »Betrachtungen eines Unpolitischen« nicht immer großzügig ad acta gelegt. Noch mehr ärgert ihn eine Passage in Hermann

Rauschnings Schrift über die konservative Revolution: er sei eine »letzte Blüte einer sterbenden Epoche«. »Es ist das Leben«, ruft er dazu aus; und dieses Leben der Auf- und Abrechnungen, an dem er sich selbst schon früh beteiligt hat, verführt auch ihn zum beständigen Taxieren. – Am 23. Februar 1942 erfährt er durch ein Telegramm, daß sich Stefan Zweig zusammen mit seiner Frau in Brasilien umgebracht habe. Zuerst gilt es ihm nur als »rätselhaftes Vorkommnis«. Eine Woche darauf hat die Irritation zum Kommentar gefunden. »Der ›Aufbau‹, Stimmen zum Tode Zweigs, den ich albern, schwächlich und schimpflich finde. ›Unsere Welt geht dahin‹. Ich erkenne nicht an, daß, was dahin geht, meine Welt war. Wer wird sich mit dem liberalen Humanismus identifizieren.« (V, 400) Solche Zuschreibungen, dazu noch unter Emigranten, kann und will Thomas Mann nicht dulden. Zehn Jahre danach, anläßlich des Todestags von Zweig und da die Frage nach den Größenverhältnissen bereinigt ist, darf er dem Konkurrenten von einst einen kleinen Essay nachsenden.[40]

Der liberale Humanismus also soll, wenigstens nach außen, die Welt sein, die er mehr als mitgeprägt, nämlich künstlerisch zum Ausdruck gebracht hätte. Aber wenn der Kritiker seinesgleichen nicht verschont, so appliziert er den Verdacht der Insuffizienz immer auch auf sich selbst. Die Ehrlichkeit bis zum Masochismus ist dem Diarium kein Tabu, und manchmal wird sie auch den Briefen anvertraut – die ja dem Partner Anlaß zum Widerspruch böten. Im Fall einer Epistel an Erich von Kahler ist ihm jedoch das Bekenntnis so wichtig, daß er's zugleich ins Journal übernimmt, wo es ohne Fortsetzung stehen bleibt. »Schrieb an Kahler über Joseph: ›Schließlich ist es eine Art von Weltgedicht, das ich unter den Händen habe, wenn auch ein humoristisches und bizarres. Ich habe mich nie für groß gehalten, aber ich liebe es, mit der Größe zu spielen und auf einem gewissen vertraulichen Fuße mit ihr zu leben.‹« (V, 373)

Ist er denn *damit* zufrieden, ein »Artist« zu sein, ein Eklektiker und Anverwandler von Geschichten und Motiven, die er als gebildeter Arrangeur ins Humoristische zieht? Wer mit der Größe spielt, sie aber nicht beansprucht, hätte sich jedenfalls mit dem Assimilieren begnügt. Der Vorteil, umgekehrt: eine Form von Distanz gegenüber allem authentisch Selbsterlebten, die Souveränität des Regisseurs, ein diätetisch verordnetes Abbiegen, bevor es »ernst« wird. – Das ist es, was er sich einredet: den Gewinn von Unberührbarkeit, wo doch der eigenen Vita so viele Peinlichkeiten auflauerten. – Als Thomas Mann überm »Faustus« brüten wird, wird auch dieses Eingeständnis etwas zu korrigieren sein. Jetzt, vor dem Abschluß des »Joseph«, darf er's so sehen, als wäre er nur der virtuose Komplilator bizarrer Begebenheiten.

Vier Monate später findet die Eröffnung gegenüber Kahler ein Echo. Er hat seiner Gönnerin Agnes Meyer in ihrem Bungalow das »Thamar«-Kapitel vorgelesen. Noch immer scheint sie zu erwarten, daß er ein Verhältnis mit ihr beginne, und offenbar hat auch er es erwogen. Im Tagebuch erklärt er sich, was der Umworbene wohl auch ihr zuvor erklärt hat. Es ist eine Stilisierung der Autorschaft, die durch den Umgang mit dem »Joseph« befördert wurde, jedoch für die weiteren Projekte schon bald nicht mehr stimmen kann. »Ahnungslosigkeiten wie meine völlige Verhältnislosigkeit zu Menschen, die Unbeeinflußtheit meines Schreibens von Emotionen, wenigstens seit dem Tonio Kröger.« Und dann: »Alles dient der Erklärung, warum ich kein Verhältnis mit ihr anfange. Aber ›Thamar‹ beweist wenigstens, daß sie ›nicht gestört‹ hat.« (V, 414)

Da soll Thomas Mann nochmals derjenige sein, der als »Spieler« auftritt: der emotionslose Souverän des Kalküls, der Romancier, dessen Werke schon lange nicht mehr referentiell zu lesen wären, fast schon der Menschenfeind, der mit allen Versuchungen von Liebe und Gegenliebe abgeschlossen hätte. Damit hat er Agnes Meyers Avancen überlistet – und ein wenig auch sich selbst. Die Lebensregel denn, vorerst: nur keine Aufregungen. – Dazu paßte, daß er jetzt »vorm Einschlafen« wieder Fontane liest und sich am »Stechlin« delektiert. Goethe und Tolstoi sind die Zentralmassive, die höchstens in Annäherungen vorzüglich des Essayisten erschlossen werden. Der Schriftsteller der märkischen Sitten hingegen ist ein Vorläufer, einer, dem er ohne die Ouvertüren der Devotion begegnen kann. – Keine Aufregungen. Im Politischen bleiben sie Thomas Mann nicht erspart, trotz der Sekurität des kalifornischen Exils, und wenn sich der historisch vielseitig Interessierte eigenen weltgeschichtlichen Betrachtungen hingibt, bemerkt er immer wieder Zeichen, da der Mäßigung ihr *revers*, der Fanatismus von Missionaren, entgegenschlug. Am 1. Oktober 1942 regt ihn das Studium einer Paulus-Monographie dazu an, die inzwischen vertrauten Vergleiche mit der Gegenwart anzustellen. »Las in dem Paulus-Buch des Portugiesen, oft dégoûtiert. Der Internationalismus des Paulus ohne das Imperium und J. Caesar nicht möglich. Ich bewundere diesen unvergleichlich mehr als jenen. Tiefe Abneigung gegen die Weltwirkungen epileptischen Seelenbrandes, – vielleicht nur ein Produkt moderner Verekelung.« (V, 480)

Solche Abwehr gegen das unbedingte, auf letzte Erlösungen bedachte Engagement, der Goethe-Kenner müßte es wissen, war schon dem Weimarer nicht fremd. Einerseits eben das Verhängnis des »Seelenbrands«, der furchtbaren Gewissensprüfung und der Introspektion in die Sündigkeit des Daseins. Anderseits – und dadurch erwirkt – eine Abwertung *dieser* Welt, eine Rücksichtslosigkeit gegen ihre säkularen Institutionen und Bindungen, schließlich die Vergleichgültigung der Natur und ihrer Lebensformen. Es mißfiel dem pantheistisch gerichteten Olympier, und es mißfällt seinem späten Schüler in der Rolle des »Biologen«.

Ins Zentrum der Aktualität zielt freilich jener Eintrag ins

Journal, wo eine Diskussion von weltpolitischen Dimensionen um den Fortgang des Kriegs und einen möglichen Frieden referiert wird. Während einer Party hätte Franz Werfel wider alle Besorgnisse den Überlegenen gespielt und gesagt, der Friede werde so »links«, daß einem Hören und Sehen vergehen würden. Der Diarist, aufgebracht: »Es ist leicht, bei reaktionären Neigungen diese Sprache zu führen. Empfand erstens, daß es mir in tiefster Seele gleichgültig ist, was nach dem Débacle des National-Sozialismus geschieht, u. zweitens, daß es objektiv ungehörig ist, in meiner Gegenwart so zu sprechen.« (V, 506) – Der Präzeptor duldet es nicht, vom anderen Prognosen – und dazu noch in die Richtung des Kommunismus – vernehmen zu müssen. So legt er Distanz um das Thema, welches ihn, den angeblich Verhältnislosen, nicht mehr interessiere.

Dieses vor sich selbst aufgebaute Desinteresse hat sich nicht bloß an der Rivalität zu Werfel entfacht. Es deutet auch hin auf die Phase der Inkubation, die das »Faustus«-Projekt präpariert. Und obwohl der Stoff der Epoche ins Stammbuch geschrieben werden soll, führte er zugleich viel tiefer in die Untergründigkeit einer künstlerischen Physiognomie hinab. – Am 24. Oktober 1942 liest Thomas Mann in dem Buch »Nietzsches Zusammenbruch« von Erich Podach; sogleich tauchen ihm Gedanken an den Roman auf. Am 9. Dezember, zwei Tage nach der Werfel-Maßregelung, studiert er im Zug von Chicago nach San Francisco das »Nietzsche-Buch der Andreas-Salome«. »Verhängnisvolle Mystik, unerlaubt, oft Mitleid erregend. Der Unselige!« (V, 506) Im Grunde dürfte ihn Nietzsches Philosophieren – von der Wirkungsgeschichte einmal abgesehen – wenigstens dort bestärken, wo auch der Anti-Moralist gegen den christlichen »Seelenbrand« zu Felde zog. Doch just für den »Faustus« verhielte es sich so, daß die ästhetische »Theorie« nur das eine sein kann; das andere, vielleicht sogar das Wichtigere, wäre dann die Affektion des Lebens: des Lebensschicksals, dessen Fatalität durch das Überspannen des künstlerischen Willens zur Macht ausgelöst worden wäre. *Dafür*, für das Menschliche, geben solche Bücher viel mehr her als die Werke, die in ihrer komplexen Ideenstruktur sich anzueignen dem Biographen als Romancier die Geduld abgeht. Er hält es lieber mit den Sekundärquellen.

Am 4. Januar 1943 verzeichnet das Journal den Abschluß der »Joseph«-Tetralogie. Er sei, gesteht Thomas Mann, »erregt und traurig«; immerhin sei es getan, »schlecht und recht«. »Ich sehe darin weit mehr ein Monument meines Lebens, als ein solches der Kunst und des Gedankens, ein Monument der *Beharrlichkeit.* – K. war gerührt.« (V, 520) Ende Januar fällt ihm wieder »Mario und der Zauberer« in die Hand, er liest lange darin. Endlich, am 17. März 1943, blättert er in den alten Notizbüchern. »Machte den 3 Zeilen-Plan des Doktor Faust vom Jahre 1901 ausfindig.« – Das wäre kaum nötig gewesen, wenn bloß die Vergegenwärtigung des Konzepts angestanden hätte, denn dieses konnte in seiner Simplizität gar nicht vergessen sein.

Aber in der Brunnentiefe der Hefte wartet noch anderes Vergangene – aus der »Tonio Kröger«-Zeit: es sind Pläne zu »Die Geliebten« und »Maja«. Sogleich erfüllen den Archivar »Scham und Rührung beim Wiedersehn mit diesen Jugendschmerzen«. Und darauf, bilanzierend: »Man kann die Liebe nicht stärker erleben. Schließlich werde ich mir doch sagen können, daß ich alles ausgebadet habe. Das Kunststück war, es kunstfähig zu machen. Erstaunen über Vieles, die Zumutung, das Entgegenkommen, das nur durch große Achtung zu erklären, das relative Glück – bei *gründlichem* Leiden. Beistand der Ironie, von der der Gegenstand sich merkwürdig viel gefallen ließ und bei wirklichen Verachtungskundgebungen höchstens sagte ›Das ist ja recht freundlich.‹« (V, 551)

Selbst das *journal intime* beläßt es hier bei Andeutungen für eine Zeit, die noch Vita und Kunst dicht zusammengeschlossen haben sollte. Vier Tage danach aber nimmt Thomas Mann den behutsam aufgelösten Lebensfaden wieder auf: diesmal nicht mehr als der peinvoll gerührte Hüter der Memoria, sondern als der prüfende Synthetiker seiner Autorschaft. Der Eintrag vom 21. März 1943 läuft über etliche Seiten: so wichtig erscheint es jetzt, das Erreichte zu bedenken und daraus den Rhythmus der Zukunft abzulesen. – Zuerst wird die Lektüre von Hellmut Walter Branns »Nietzsche und die Frauen« gemeldet. Dann wird »Stevenson's Meisterstück ›Dr. Jeckyls u. Mr. Hyde‹« mit weiteren Gedanken an den »Faust-Stoff« zusammengebracht. Dieser hätte das Pathologische ins Märchenhafte zu heben und ans Sagenmäßige anzuschließen – wovon dem Dichter jedoch »eine Art von Bangigkeit« ausgeht, die ihn vor dem Unternehmen zurückschrecken lasse. Schließlich sollte Katja »gelegentlich« die Fortführung des »Hochstaplers« erwähnt haben. Ganz fremd sei ihm diese Idee nicht gewesen, aber er habe sie, als aus der »›Künstler‹-Zeit« stammend, für »überaltert und überholt durch den Joseph« erachtet.

Das Verlockende daran: daß Thomas Mann – »hauptsächlich unter dem Gesichtspunkt der Einheit des Lebens und des Werks« – einen Kreis zu schließen vermöchte, indem er sich den »Krull« wieder vornähme. Nun der Bogen: »Gefühl der Großartigkeit, nach 32 Jahren dort wieder anzuknüpfen, wo ich vor dem ›Tod in Venedig‹ aufgehört, zu dessen Gunsten ich den Krull unterbrach. Das Lebenswerk seit damals, die ›Betrachtungen‹, der ›Zauberberg‹, ›Unordnung‹, ›Mario‹, der ganze Joseph mit der großen Einlage von ›Lotte in Weimar‹ nebst allem Beiwerk, erwiese sich selbst als ungeheure Einschaltung, ein Menschenalter beanspruchend, in das Unternehmen des 36jährigen. Der 68jährige setzte es fort, einheitlich entzückt von dem Goethe-Parodistischen des innerlich höchst adäquaten Stoffes, der in festhaltender Geduld durch die Jahrzehnte und soviele abweichende Anstrengungen hindurchgetragen ... Vorläufig wird der Gedanke der Wiederaufnahme hauptsächlich durch die Idee erstaunlich geduldiger Kontinuität, der Lebenseinheit, des großen Bogens gestützt.« (V, 552f.) Im zweiten, daran anknüpfenden Durchgang verschränkt der Buchführer die schon genannten Werke mit den zeitgeschichtlichen Ereignissen und Bedrängungen vom Ersten Weltkrieg über das Exil in Südfrankreich und in der Schweiz bis zum Zweiten Weltkrieg und zur Emigration nach Amerika. »Revolution und Exil, die Erschütterungen und Geduldsproben zweier großer Kriege, in immer neuer Arbeit durchgehalten, – und nun reizt mich der Trotz, die Unberührbarkeit, Unbeirrbarkeit, zurückzugreifen auf das, worüber soviel Sturm und Mühe, Zeit und Leben hinweggegangen, und ein Beispiel innerlich heiterer Treue zu sich selbst, spöttisch überlegener Ausdauer zu geben mit der Durchführung des vor Alters abgebrochenen epischen Capriccio.« (V, 554)

Augenfällig geht es dem Autobiographen darum, Lebenszeit und Weltzeit zu synchronisieren – aber so, daß er mit seinen Werken den dunklen Kräften der Historie widerstanden hätte. Selten spricht es das Tagebuch mit mehr Nachdrücklichkeit aus: »Lebenseinheit« entgegen allen Zweifeln muß es sein, was er dabei erreichte. Und erst nachdem er die Gewichte nach den verschiedenen Seiten bemessen hat, gestattet er sich die Lizenz, mit dem Capriccio des »Felix Krull« den Abgang vorzubereiten. So wird es auch kommen – doch erst zehn Jahre später; denn schon bald realisiert Thomas Mann die Unangemessenheit dieses Themas angesichts der Ereignisse. Gefordert ist ein Stoff, der es mit den Katastrophen der Zeitgeschichte aufnehmen könnte – keiner käme eher in Frage als das Drama des »Doktor Faustus«.

Das sieht er wieder, als er am 10. April 1943 die »Material-Packete« zum »Hochstapler« auflöst und sichtet. Zwar gälte eine »innere (Einsamkeits-)Verwandtschaft« zwischen jenem und dem »Faust«. »Doch scheint dieser, wenn verwirklichungsfähig, der mir heute angemessenere.« – Nun begleitet das Journal als Arbeitsheft die weiteren Schritte in die Richtung des Künstlerromans. Beim »Krull« hätte die Welt phantasmagorisch sein können – sie könne es bis zu einem bestimmten Grad auch für den »Faustus« sein, obschon der zugleich »mehrfacher Voll-Realität« bedürfe: »... und da fehlt es an Anschauungsstütze. Amerika ist Menschenfremde, die wenig haftende Eindrücke liefert.« (V, 562) Um so dankbarer ist der Dichter, daß Arnold Schönberg in seiner Nähe wohnt und wenigstens, zusammen mit Adorno, die musikalischen Theorien zu liefern versteht. Am 16. Mai ist Thomas Mann noch immer mit Exzerpten beschäftigt, am 23. Mai setzt er mit der Einleitung Zeitbloms die ersten Zeilen des großen und fordernden Werks.

Und bereits am 28. Juni ist er so weit gekommen, daß er, selber »tief bewegt«, den Seinen die ersten drei Kapitel vorlesen kann. Mehr als bei anderen Stoffen dient ihm das Journal der Kommentierung der literarisch-technischen Schwierigkeiten. Am 26. Juli: »... die Schwierigkeiten müssen sich erst ganz auswachsen, bevor sie überwunden werden können. Die verzweifelte Lage der Kunst ein stimmiges Moment. Hauptgedanke der erkauften Inspiration, die im Rausch darüber hinwegträgt, nicht aus dem Gesicht zu verlieren.« Zwei Wochen später drängt es den Verfasser, dieselben Kapitel nochmals vorzutragen: »mit größerem Eindruck als neulich«. Als aber am 17. August Leonhard Frank aus seinem Roman »Mathilde« vorliest, worin die Flucht durch Frankreich geschildert ist, meint er bloß: »zu selbsterlebt«.

Eben dies, der Verweis auf Autobiographisches, soll ihm beim »Faustus« nicht passieren, gerade wenn ein Thema verhandelt wird, das ihn seit der Jahrhundertwende umgetrieben hat und mit der Akkumulation der Lebensprüfungen eine Summe ästhetischer Schicksale darstellen muß.

Folglich notiert er, die innere Betroffenheit abwehrend: »Ich kenne im Stilistischen eigentlich nur noch Parodie, stehe darin Joyce nahe.« (V, 627) – Doch das Stilistische ist die eine Ebene. Auf der anderen, wo es um die »Dialektik des Humanen und Chthonischen (Barbarischen)« geht, wo Thomas Mann einzubringen gedenkt, was er an den Haltungen von Beethoven, Goethe und Rousseau längst abgelesen und essayistisch verarbeitet hat, wäre die Parodie ausgeschlossen. Es stimmt schon, daß ihm der Ernst des Werks manches Unbehagen bereitet, und Kompensationen, die seiner Art besser entsprächen, bieten sich an, wenn er – als Autor immerhin mit Beethovens späten Bekenntnissen ringend – Musik hört, die aus sehr anderen Sphären erklingt. Dem Schönberg-Vertrauten ist es peinlich, dem Journal darf er's trotzdem bekennen: »Hörten nachher Arie der Delila und Duett von Saint-Saens. Lächerlich schön! Wie die Klarinette die Melodie nachsingt, wenn der Tenor einsetzt. Das Mitziehen der Geigen bei der Wiederholung. Himmlisch.« (V, 633 f.)

Der pure Wohlklang solcher Musik, der keine metaphysische Spekulation zu nahe tritt, ist das Medium der Entlastung. Er kann genießen und verweilen. Er vernimmt die Quellen des Lebensstroms, ohne daß ihn irgendwelche Transzendenz erregte und irritierte. Zum »Theologen« wird er erst wieder, da er mit der Arbeit konfrontiert ist, wie am 6. Dezember 1943 im Zug von Denver nach Los Angeles. Aus der Banalität der Umgebung entsteht das fast inbrünstig verfaßte Notat. »Ein schweres Kunstwerk bringt, wie etwa eine Schlacht, Seesturm, Gefahr, Gott am nächsten, indem es den frommen Aufblick nach Segen, Hilfe, Gnade, eine religiöse Seelenstimmung erzeugt.« (V, 655) Da soll seinem Werk um Hölle, Tod und Teufel der Gegenhelfer beispringen.

Doch die Schwere dieses Kunstwerks hätte nicht nur mit dem spekulativ Philosophischen der »Aussage« zu tun. Auch rein Handwerkliches bereitet Mühe, weil Thomas Mann einen Komponisten der Moderne zum Protagonisten erkoren hat. Die Welt der Neuen Wiener Schule aber ist und bleibt ihm fremd. Als er ein Buch über Alban Berg studiert, ist er unschlüssig, ob es ihm helfen oder ihn bloß einschüchtern kann. »Sonderbar meine Angst vor dem Technisch-Musikalischen. Sie hängt damit zusammen, daß meine Liebe zur Musik, gerade wo ich einen Musik-Roman schreibe, nicht mehr auf der Höhe ist.« (VI, 15) Das ist schön gesagt, wäre indessen noch um das Geständnis zu ergänzen gewesen, daß er *solche* Musik auf der Höhe der Avantgarde einfach nicht mag. Nur »drei gute Stellen« über Musik enthalte der »Faustus« bisher: »Kanon, Opus 111, und Leonoren-Ouvertüre.« Bei Beethoven und ein wenig auch noch bei der Polyphonie ist er zu Hause. Dagegen vermag ihm die Zwölfton-Technik keine Stimmungen zu erzeugen. Auch deshalb geschieht es ihm, daß er sich, als ob er der Probleme des »Faustus« überdrüssig wäre, bei Gelegenheit auf eine artige Bescheidenheit zurückzieht. »Mein Werk ist nur ein persönlich geprägter Beitrag zur Unsterblichkeit Goethe's.« Er findet selbst, daß dies ein »hübsches Wort« sei – und fährt weiter: »Ur- und Bildungserlebnis, verquickt bei mir.« (VI, 20)

Das träfe allerdings auch auf einen anderen Schriftsteller vielfältiger *éducation sentimentale* zu, zu dem Thomas Mann freundschaftliche Beziehungen unterhält, die sich in den letzten Lebensjahren in der Schweiz noch verstärken werden. Ohne daß es ihn – beinahe eine Ausnahme – zur Polemik verleiten würde, ist er doch überrascht, als er Hermann Hesses »Glasperlenspiel« nach Kalifornien geschickt bekommt. Die erste Reaktion lautet: »Gewissermaßen erschrocken. Dieselbe Idee der fingierten Biographie. Die Erinnerung, daß man nicht allein auf der Welt, immer unangenehm.« Am folgenden Tag, dem 10. März 1944, steigert sich die Betroffenheit. »Die Beziehungen sind verblüffend.

Das Meine sehr viel zugespitzter, schärfer und komisch-traauriger. Das Seine philosophischer, schwärmerischer, religiöser, obgleich auch nicht ohne Herausgeber-Humor und Namen-Komik.« (VI, 32)

So, im anerkennenden Vergleich der Unterschiede, kann er's gelten lassen – und gelassener wohl auch ein wenig deshalb, weil der andere nicht gleich um die Ecke residiert, sondern der Eremit im fernen Montagnola ist. – Im Juni 1944 arbeitet er an dem musikalischen Leitmotiv *h e a e es,* welches für »Hetaera Esmeralda« stehen soll: die Abwandlungen seien melodisch sehr brauchbar und »eigentümlich schwermütig«. Am 22. Juli dann straft das Journal alles Lügen, was die ebenfalls dem Diarium anvertraute Referenzlosigkeit seiner späteren Stoffe beträfe. Thomas Mann repliziert auf die Frage von Leonhard Frank, ob ihm bei Adrian Leverkühn ein Modell vorgeschwebt habe. »Verneinte und nannte ihn eine Idealgestalt, einen ›Helden unserer Zeit‹.« Doch damit ist nun nicht das Ganze gesagt, wie immer noch solches zeittypisches Heldentum zu definieren wäre. Das Tagebuch fährt fort: »Er ist eigentlich *mein* Ideal, und nie habe ich eine Imagination so geliebt, weder Goethe, noch Castorp, noch Thomas Buddenbrook, noch Joseph oder Aschenbach. Eine bewunderungsvolle und ergriffene Zärtlichkeit erfüllt mich für ihn.« (VI, 80)

Adrian, das durch den schaffenden Spiegel erblickte Selbstbildnis: *dies* allerdings war in dem Drei-Zeilen-Plan vom Jahr 1901 noch nicht vorgesehen, und man begreift, daß es der Entwicklung von Dezennien bedurfte, ihn gegen die Konkurrenz von Goethe bis zu Aschenbach zum Ideal der Ideale emporzuheben. Mit Nietzsche hätte er die Krankheit und die Existenz des einsamen Suchers gemein – im Grunde aber nicht mehr. Denn als Künstler und Schöpfer soll er vollbringen, was seinem Erfinder, auch dem eigenen Bekenntnis gemäß, letztlich versagt geblieben wäre: der Welt ein Werk des Authentischen und des Neuen zu schenken.

Gegen die Neigungen des Puccini- und Saint-Saëns-Liebhabers kreierte dessen Alter Ego als Held der Zeit das ganz Andere. Gegen die bürgerliche Behaglichkeit des Dichters suchte und fände der Komponist im Teufelspakt und dann im langen Wahnsinn die Beglaubigung des Genies. Und als Stellvertreter erreichte er eine Größe, die nicht nur im Spiel mit der Größe endete.

So direkt darf das Thomas Mann natürlich nicht einmal dem Tagebuch kundtun. Doch schon zwei Wochen später kommt er auf einen Schriftsteller zu sprechen, der irgendwie Ähnliches vollbracht hätte. Es ist beinah rührend, zu sehen, daß er sich wie ein Philologe mit Joseph Campbells Anleitung »Skeleton Key to Finnegans Wake« befaßt. Man beleidigt ihn nicht, wenn man feststellt, daß er diesen letzten Wurf von Joyce trotz Campbells Bemühungen kaum verstanden haben kann: es wäre ihm bloß wie den meisten Lesern gegangen. Nun ist freilich Joyce, anders als der kühne Leverkühn, keine imaginäre Gestalt. Er *ist* sein Werk. Daher eine weitere Glosse des Unbehagens. »Mag sein, es ist *das* geniale Literaturwerk der Epoche. Das meine sollte wie flauer Traditionalismus daneben wirken.« Als Trost: »Aber Mr. C. bewundert es auch und sieht Verwandtschaft.« (V, 85) – Also versenkt er sich wieder in seine Materie. Er spielt Klavier und zeigt sich »verliebt in die Modulation von F nach D dur mit dem cis oder des als Übergangston«. Er faßt die Idee, den Teufel in dreifacher Maske erscheinen zu lassen – als Zuhälter, Musikgelehrter und nackter Dämon, »immer gehüllt in Eiseskälte«. Und kurz bevor er den Roman in der Hälfte unterbricht, läßt er sich noch von Adornos »Kierkegaard« inspirieren – ohne nachhaltigen Gewinn: »Nur ungefähres Lesen und Verstehen.« Am 12. September bestraft das Journal den Philosophen dafür. »Zum Abendessen bei Adorno's. Wundervoller Pfälzer. Schlechtes Klavierspiel A.'s: Schubert und Chopin.« (VI, 100)

Das Diarium bestätigt so, was Thomas Mann dann in seinem ausführlichen Kommentar zum »Faustus« vornehmer eingestehen wird, daß kein Roman ihm mehr Probleme und Mühsal bereitet habe. Und auch daß der frühere Nietzsche-Verehrer die Figur des mächtigen Umwerters in den Stoff hineinspiegelt, rächt sich jetzt. Er weiß es zu gut: solange er, wie im Fall von Goethe, von Tolstoi, von Fontane, selbst von Wagner, ohne unruhige Hintergedanken bewundern kann, läuft ihm der Rhythmus leicht von der Hand. Bei Nietzsche jedoch ist es anders. Seit der Nationalsozialismus diesen zum Kronzeugen für ideologische Unsinnigkeiten gemacht hat, kann es Thomas Mann in seiner Gesellschaft nicht mehr wohl sein. Nietzsche ist nicht mehr der vom Teufel Gerittene, er ähnelt in der ganzen Physiognomie dem Diabolus. »Lange in Nietzsche's gräßlichem Ecce homo. Welche Titelwahl bei dem grausigen Übermut des Buches! Er wußte, daß das die jubilierende Verzweiflung ist, im Grunde ein blutüberströmtes Antlitz mit Dornenkrone.« Weiter: »Paralytische Affektation; eine Stilistik, die leicht nachzuahmende, stereotype Manier ist, während er sie für ein in Blitzen Reden, für etwas Alles sich Hassendes hält.« (VI, 101) – Gleichwohl muß er sich im Umgang mit dem »Faustus« an solchem abarbeiten.

Oder auch, was ihm kaum erfreulicher ist, an Adornos theoretischen Vorgaben. Am 29. September 1944 sitzt er überm 22. Kapitel. Er räsoniert: »Die Montage von Adorno's musikalischen Gedanken, obgleich Montage ein Kompositionsprinzip des Buches, ist in der Praxis peinlich, und nur geistreiche Absorption durch die Komposition kann die Anleihe rechtfertigen.« Vier Tage später wird er zum Glück »moralisch« belohnt, die Plünderung wäre so peinlich nicht: »In Stendhals Briefen: ›Ich nehme mir mein Gut, wo ich es finde‹: Molière, als er den Cyr. De Bergerac plünderte.« (VI, 108) Und noch subtilere Genugtuung erfährt er überraschenderweise, als er Adorno einige Passagen des Romans vorgelesen hat. »Lob der Musikbeschreibung, die als Vorspiel III. Akt Meistersinger nicht erkannt wurde, sondern als umfangreicheres Stück eigener Erfindung wirkte, was kein Schade ist.« (VI, 128) Das entschädigt denn wenigstens im geheimen für die vielen Belehrungen des oft als hermetisch empfundenen Assistenten in Sachen der Montage.

Nein, Thomas Mann ist zu eitel, als daß er den *retour offensif* nicht kennte und auf seine Weise beherrschte. *Er* allein hätte über die Bedeutung und den Wert dessen zu entscheiden, worüber auch andere ein ambivalentes Urteil haben. Neben Nietzsche ist es Wagner, der ihn nun hie und da irritiert. Aber eine unbekömmliche Diner-Gesellschaft kann ihm den Anlaß zur polemischen Stichelei geben. Etwa am 29. November 1944: »Zum Abendessen Neumanns. Ihre Rederei, bei der man stets vergißt, was man zu sagen hatte, und leer sitzen bleibt. Hörten Pinza singen und danach Wagner-Stücke, die mich sehr begeisterten, besonders die Rheintöchter bei Siegfrieds Fahrt.« Dann die Abrechnung des zum Stummsein Gezwungenen. »Ich fragte: ›Sollte das vom Germanischen Hergeleitete doch am Ende schöner sein, als das Babylonisch-Ebräische?‹« Geschickt hat er damit noch die »Rederei« kulturgeschichtlich an ihren bedenklichen Ort zurückverwiesen.

*

Das Jahr 1945 beginnt mit der weiteren Arbeit am »Faustus«. Am 2. Januar heißt es: »Müde, etwas verdorbener Magen. Gearbeitet an XXV, das noch unabsehbar.« Am 22. Januar liest Thomas Mann in dem Nietzsche-Buch von Fritz Krökel. Dieses hatte er als Jurymitglied der Nietzsche-Gesellschaft 1927 mit einem Preis ausgezeichnet. Jetzt will er den Akt von damals nicht mehr anerkennen. »Las über Nietzsche in dem Buch des Krökel, das mir eigentlich nichts zu sagen hat. Tatsächlich ist mir langweilig, was das Pathologische ignoriert. Eine Art von gebildetem Nationalismus bewog uns damals, das Buch preiszukrönen.« (VI,153) – Die Krankheit von Gemüt und Körper ist nicht alles: das behauptete bereits der frühe Verehrer von Goethe und Tolstoi gegen die Schulen der Romantik. Für das Werk freilich ist sie die entscheidende Signatur der Moderne, der sich der Schriftsteller eben dadurch zugehörig fühlen darf.

Bemerkt er sie indessen bei einem anderen als Stimulans der künstlerischen Kraft, entsteht sogleich wieder so etwas wie Konkurrenz. Einem der größten Diaristen des 19. Jahrhunderts war Thomas Mann einst durchaus zugetan. Schon in dem siebten Notizbuch um 1901 hatte er Friedrich Hebbels Apophtegma zitiert, daß der Mensch ein Schmerz nur in Gott sei.[41] Weiter begleiteten ihn Hebbels Tagebücher als Sommerlektüre im August 1920, und den berühmten Aphorismus flocht der Essayist bei passender Gelegenheit seinen Aufsätzen und Vorträgen ein. »Ein Schmerz nur in Gott«: aber doch *in Gott*; und was, dem Titel gemäß, das »Urgeheimnis« beträfe, so hätte es mit der Scheidung zu tun. Das Ganze lautet: »Wie der Schmerz entsteht? Nicht anders, mein Freund, als das Leben: Thut der Finger dir weh, schied er vom Leibe sich ab, und die Säfte beginnen, im Gliede gesondert zu kreisen: Aber so ist auch der Mensch, fürcht' ich, ein Schmerz nur in Gott.«[42]

So weit wollte allerdings der Autor des »Faustus«, obwohl auch dort zur Genüge vom Schmerz die Rede ist, dem Vorläufer nicht folgen; just wenn der Roman den theologischen Hintergrund der Allegorese und stellenweise sogar der Parodie unterwirft. – Am 13. Februar 1945, als Thomas Mann mit der Redaktion *seiner* Tagebücher für den Text »Leiden an Deutschland« befaßt ist, liest er in Hebbels Journal. »Ich kann das Knorrig-Konservative und in Tränen Schwimmende (Eichkätzchen) nicht leiden.« Und nochmals am 11. März: »In Hebbels Tagebüchern. Fremd und unerfreulich bleibt mir sein Wesen, gedrückt, himmeldankbar, gehirnlich, ungesegnet. Wie hölzern ist sein Vers im

Vergleich mit dem Kleists, Grillparzers, Lessings (den er gering schätzt), von Schiller (den er ebenfalls ästhetisch schulmeistert) und von Goethe nicht zu reden.«

Zwischen den beiden kritischen Notaten findet sich ein anderes, das scheinbar ohne jede Verbindung zu den Hebbel-Kommentaren steht. Am 18. Februar bekennt er Unzufriedenheit mit dem »Faustus«. »Die musikkritischen Montagen kommen mir oft lächerlich vor, sind aber freilich in die Composition eingeschmolzen.« (VI, 164) – Da registriert er ein Element von Übernahme und Konstruktion, von »Gemachtem« und aus der Theorie Erzeugtem: was in gewisser Weise der Lebensechtheit entbehrte. Freilich hatte er sich schon Ende Mai 1904 mit dem Problem von Imagination und Wirklichkeitssättigung herumgeschlagen – nämlich in einem Brief an Katja, den er zu Teilen in das siebte Notizbuch übertrug. Und der Anlaß: eine Stelle in Hebbels Tagebüchern. Kürzlich habe er dort folgende Aufzeichnung entdeckt: »Der Mensch bedarf zur vollständigen Entfesselung des Inneren immer des Äußeren; was wir uns bloß vorstellen (und wärs ein Mensch) ist ein Theil unserer selbst und hat keine Gränze; es unterscheidet sich kaum noch von einem Erzeugnis der Phantasie und wirkt nicht mehr frei und bestimmt. Ein Bild dagegen lebt ein selbständiges Leben, es spricht mit seiner stummen Sprache in alle Seelenzustände und geistige Erlebnisse hinein, es giebt so weit einen Ersatz, als das durchaus Unersetzliche ihn haben kann.«[43] – Thomas Mann, so gesteht er Katja, habe dies angestrichen und »wie gewöhnlich« an sie dabei gedacht. Doch mit dem nächsten Satz erhebt er Einspruch. »Aber ich finde es, meine Erfahrung frech gegen die des großen Hebbel gesetzt, eigentlich nicht ganz richtig. Es *giebt* nämlich eine Phantasie, so intensiv, eine Vorstellung, so inbrünstig, daß sie absolutes Leben und die unabhängige Selbstständigkeit der Hallucination gewinnt. Hebbel war wohl nur zu stämmig, um das zu kennen ...«[44]

Die eine Pointe ist: auch Hebbel hatte den Gedanken von der Inspiration durch das »Äußere« zuerst einem Brief – »an Fräul Rousseau vom 2 Jan. 40« – anvertraut und darauf ins Diarium übernommen. Zudem hatte er mit einem Ingreß begonnen, welchen der Autor des siebten Notizbuches dann – absichtlich? – unterschlug. »Welch hohen Wert hat das Bild eines Freundes überhaupt; einen wie viel höheren das Bild eines geliebten Toten.«[45] War *solches* Katja nicht zuzumuten, weil sie selbst als künftige Geliebte dem Werbenden schon tot war? – Die andere Pointe aber: daß der »knorrige« Dramatiker ohne das Ziel eines bestimmten Adressaten dem späteren Leser dessen Problem bereits im Jahre 1904 und dann wieder im Frühling 1945 sichtbar gemacht hätte. Just hinsichtlich des »Faustus«: alles – »und wärs ein Mensch« – nur Teil seiner selbst, alles unfrei als Erzeugnis der Phantasie. Da kontert Thomas Mann; jetzt nicht mehr im deliberierend behutsamen Stil der Epistel an Fräulein Pringsheim, sondern wie er's inzwischen beherrscht, kalt, umweglos, ad personam.

So ist es angenehm, wenn man noch Freunde von der Art Franz Werfels hat. Am 3. Mai 1945 stattet er dem Bewunderer einen Besuch ab, es gibt Champagner, Kaviar und Kaffee. Darauf: »Vorlesung der Anfänge des Teufelskapitels und der ›Hölle‹ zur völligen Ergriffenheit Werfels, der es das Großartigste findet, was ich geschrieben.« (VI, 198) Ein ähnlich erfreuliches Erlebnis hat er am 23. Juli, als Bruno Walter und dessen Tochter zu Gast sind. »Im Arbeitszimmer Vorlesung der Abschnitte opus 111 und Beissel – mit überraschender, aufregender Wirkung auf W. Es sei über Beethoven nie so Wahres geschrieben worden. Dabei ist manches von Adorno als das Meine übernommen. Je prends mon bien où je le trouve.« (VI, 231) Das Molière-Zitat gehört nun zum festen Bestand der Rückversicherung, und es bewährt seine »Moral«, wenn selbst der große Dirigent zu solchen Komplimenten greift. – Vier Monate später trägt ihm Walter als williger Gefährte Beethoven vor. »Klavierspiel Walters nachher: Hammerklavier- und Teile anderer Sonaten. Schluß des 2. Akts ›Lohengrin‹.« Dazu verzeichnet das Journal das schon erwähnte Aperçu, das im Grunde alles durchstriche, was der »Faustus« an neuer Ästhetik mobilisiert. »Das Bekannteste in der Musik das Genußreichste. Warum nur in ihr?« (VI, 244)

Wenn es in den Tagebüchern unterirdische Strömungen über Jahrzehnte gibt, so wäre ein entsprechender Fund schon unterm Datum des 31. Oktober 1920 zu machen. Auch damals war Bruno Walter mit von der Partie, mehr noch: er dirigierte die »Missa solemnis«, zu deren Generalprobe der Dichter erschien. Aber ach, Enttäuschung. »Die Erwartungen, die W.'s Vortrag erregt, erfüllten sich doch kaum stellenweise. Um Musik zu genießen, muß ich sie *oft* gehört haben, *genau* kennen.« Bloß: was für diese Kunst gälte, gilt für die Menschen gerade nicht. »Der Haupt-Eindruck war ein auffallend schöner junger Mann slavischen Typs und in einer Art von russischem Kostüm, mit dem sogar etwas wie ein Kontakt per distance sich herstellte, da er meine Aufmerksamkeit sofort bemerkte und offenbar Gefallen daran fand.« (I, 474)

Als »Produzent« darf er schon von Amtes wegen nicht der Wiederholung das Wort reden – auch wenn er heimlich wieder einmal in seinem »Mario« liest. Dem träumenden Genießer bekannter Melodien jedoch holt die Musik wie ein Narkotikum, das keiner angestrengten Anverwandlung und kritischen Prüfung bedarf, seine Stimmungen, seine Erlebnisse, seine Gefühle zurück – wie es unvergleichlich Marcel Proust beschrieben hat. Auch wäre die musikalische »Erinnerung« organischer Sensitivität am nächsten: der Körper schwingt mit im Kreisen der Themen und Motive: das »Lohengrin«-Vorspiel, er weiß es bereits vorher, rührt ihn zu Tränen. – So kann die Avantgarde mit ihren Abstraktionen und Brechungen des linearen Verlaufs niemals bewirken, wonach *ihm* der Sinn steht. Als ob er ein Stück »Neue Musik« zu kommentieren hätte, referiert er denn einen Vortrag Adornos vom 26. September 1945 mit abwehrender Gestik. »Nach dem Abendessen Adorno's. Er las aus seiner Aphorismen-Sammlung. Das Gedachte wird wieder zerdacht, umgedacht, rollt formlos weiter, bei großer Wortpräzision. Sein Kritizismus gegen Broch, Werfel, Alma Mahler.« (VI, 257)

Dieser Eindruck setzt sich fort in einem Notat vom 17. Januar 1946. Da liest er selbst in jenen Aphorismen und glossiert nur kurz: »Gibt sich unbescheidener als er ist.« – Man ist geneigt, den Satz zunächst falsch zu verstehen. Aber Thomas Mann meint es schon so, und er kann es deshalb meinen, weil *ihm* gegenüber und im persönlichen Umgang eben jene Bescheidenheit angebracht ist, der sich Adorno befleißigt. Das ist allerdings, wie sich dann, nach der Publikation des »Faustus« zeigen wird, keine Freundesgabe ad libitium: energisch wird Adorno von dem Romancier die öffentliche Bekanntgabe seiner Mitarbeit verlangen – Modestie, vielleicht; aber nicht bis zur Selbstverleugnung. Und Thomas Mann soll es eine Lehre sein, daß fremdes Gut besser bei den Toten zu holen ist.

Als er im März 1921 in München einem Pianisten zuhörte, spielte der junge Mann dem Beethoven- und Wagner-Verehrer »Extremes von Schönberg und Ravelle« ins Ohr. Mehr war damals nicht zu sagen. Jetzt, da er der Dodekaphonie ihr berühmtestes literarisches Denkmal zu errichten im Begriffe ist, kann er auch für die privatesten Äußerungen kaum so weit gehen, diese Musik einfach abzulehnen. Aber die Wirkung, die sie bei ihm erzielt, verläuft oft eher indirekt – etwa wenn er am 25. Juni 1946 den dritten Akt des »Tristan« genießen will. Die gewohnten Gefühle wollen sich nicht so recht einstellen. »Nicht mehr recht zu ertragen. Wann wird die noch immer dafür begeisterte Welt es satt haben? Wahrscheinlich doch wird es zusammen mit der bürgerlich-kapitalistischen Welt untergehen.« (VII, 13) – Die Erfahrung der deutschen Katastrophe verdirbt ihm den Genuß, und der einst als »Kulturbolschewist« einer menschenfreundlicheren Zukunft gerühmte Komponist soll nun doch der Bourgeoisie und ihrem Untergang zugehören. Noch drei Jahre später, in einem Brief an Emil Preetorius, wird Thomas Mann diese Lineaturen weiterziehn: mit der Kritik an den »Meistersingern« ebenso wie mit dem Verdacht, daß die Affinität zum Nationalsozialismus nicht zu leugnen sei: in Wagners Bramarbasieren, ewigem Perorieren und Allein-reden-Wollen erkenne man »eine namenlose Unbescheidenheit, die Hitler vorbildet.«[46]

Nicht ohne Ironie ist allerdings, daß ihm solche Distanz plötzlich den Zugang zu einem Neuerer öffnet, dem die Zweite Wiener Schule – und mit ihr auch Adorno – eher spöttisch und hochfahrend begegnet. Am 10. Juli notiert er: »Hörten abends *Petruschka-Suite von Stravinsky,* höchst humoristische, pittoreske Musik, Duett von Trompete und Flöte sehr amüsant. Romantische Einschläge, fraglich ob ernst gemeint. Weltmännisch und weltgerecht im Vergleich mit den deutschen Neuerern.« (VII, 19) – Vor dem Hintergrund des Leverkühn-Stoffes drängt es ihn immer wieder zu musikalischen Einlassungen, ohne daß sich daraus ein fester gedanklicher Raster entwickelte. Am 17. Oktober ärgert er sich über Beethovens Handschrift in ihrer »halbwilden Unartikuliertheit«. Am 15. Dezember 1946, nachdem er »Das Lied von der Erde« gehört hat, gesteht er, »Mahler im Grunde nicht leiden zu können. ›Ein Vöglein singt im Walde‹, mit Sologeige, was soll mir das bei dem krampfigen Gewaltmenschen.« (VII, 74) Am 2. Januar 1947 aber, befriedigt: »Abends das vertraute Trio von Schubert. Glücklicher Zustand der Musik. Man wünschte, sie wäre auf dieser Stufe geblieben.« – Endlich, am 29. Januar, ist es soweit. »Klares Wetter. Schrieb um ½12 Uhr die letzten Worte des ›Dr. Faustus‹. Bewegt immerhin. Rückblickend.« (VII, 92)

Im Mai dieses Jahres schifft sich Thomas Mann in New York zu einer längeren Europa-Reise ein. Anfang Juli beendet er in Flims die Korrekturen des »Faustus«, der ihm noch im Januar 1946 als »unerfreulich ernst, nicht künstlerisch glücklich« erschienen war – ohnehin werde man sich, so hieß es damals, an ihn sowenig erinnern wie an Proust. – Gleichwohl, die Arbeit muß weitergetrieben werden. Doch jetzt, da er in aller Ruhe den »Krull« wieder vornehmen könnte, leistet er sich eine weitere Abschweifung. Am 3. August 1947 liest er auf einer Zürcher Gartenbank einige antike Erzähler: sie sollen ihn »zu der mittelalterlichen Novelle« anregen, »Titel: ›Der Begnadete‹ oder ›Die Begnadigung‹?« Er ist dem »Erwählten« auf der Spur.

Das Tagebuch setzt für den ganzen Monat Juni aus; erst am 2. Juli überschlägt es die Begebenheiten – Zürcher Besuche und Lobesbezeugungen, Landpartien und Interviews, eine Aufführung der »Götterdämmerung« unter dem »verrückten Knappertsbusch«, Einkäufe »von Schuhen, Strohhut, Cigarren, Papier«. – Keine Erwähnung findet ein Hauptereignis: der Vortrag »Nietzsche's Philosophie im Lichte unserer Erfahrung«, den der Dichter anläßlich der PEN-Club-Tagung in Zürich am 3. Juni gehalten hat. Ist dies nun einfach der Registratur deshalb nicht mehr wert, weil er mit dem Thema innerlich abgeschlossen hätte? Oder fällt es in den Komplex des »Faustus«, der ihn lange genug quälte? Tatsächlich zieht das Referat für die Öffentlichkeit die Summe seiner überlangen Auseinandersetzung mit dem Philosophen – wie es der Stil verlangt, geht Thomas Mann mit Vorsicht zu Werk.

Da ist einerseits – er könnte kaum anders – viel Empathie. »Verwandtschaft« eben und, besonders »für das jugendliche Gemüt«, die Mischung von »Ehrfurcht und Erbarmen«, die ihm niemals fremd geworden sei. Anderseits folgt sogleich der Einwand gegen Nietzsches »wildes und trunkenes, jeder Pietät entsagendes, gegen die eigene Natur tobendes Prophetentum der barbarisch strotzenden Kraft, der Gewissensverhärtung«.[47] Die kürzeste Formel lautet: ein Schicksal zwischen Genie und Krankheit. Dazu illuminiert der Interpret manches Biographische, den frühen Bordellbesuch, die Zeit in Basel, die Hinwendung zu Wagner und Schopenhauer, die Aufenthalte im Engadin. Auch Nietzsche denn ein faustischer Typus – und ein »Doktor Faustus« insofern, als er »die beseligende Kehrseite seines Leidens« in den künstlerischen »Überkompensationen« gefeiert hätte. Freilich, ein echter Dichter mit einem Werk »von kreativer Ursprünglichkeit« sei er darüber nicht geworden. – Woran aber Thomas Mann gelegen ist und wovon er schon in der Deutung von Goethe, Tolstoi und Wagner, immer zugleich mit dem Blick auf die eigene Autorschaft, ausgegangen war: auch bei Nietzsche sei kein »Bruch«, keine Zäsur festzustellen, im Gegenteil habe sich alles aus den Kerngedanken seiner Frühzeit herausgeschält. »… er war von Anfang an ganz da, war immer derselbe …« Man könne nicht genug »die vollkommene Einheitlichkeit und Geschlossenheit« des Lebenswerks betonen.[48]

Das *Unum* bei Nietzsche? Nichts anderes als die Verklammerung von Kultur und Leben. Leben indessen als Kunst und Instinkt, feindlich benachbart der Erkenntnis und dem Geist, der Wissenschaft und der Moral. Weiter: das Dionysische gegen die apollinische Distanz, das Vitale gegen Historie und Bildung, Liebe und Vergessen gegen Unterscheidung und Gerechtigkeit. – Der Vortragende wiederholt im wiegenden Rhythmus, was seit den frühesten Notizbüchern als Charakterbild des Philosophen dokumentiert wäre. Aber es kommt noch etwas dazu: die von Freud beeinflußte Skepsis gegenüber solcher Apotheose der Triebstruktur; und als Chronist der Epoche will Thomas Mann nachweisen, daß Nietzsche – wie Oscar Wilde – *auch* ein Produkt des Fin de siècle gewesen sei, als es Mode war, der reinen Ästhetik zuliebe selbst das Böse, Harte und Schauerliche zu preisen.

Das muß der in der Öffentlichkeit als Menschenfreund wahrgenommene Schriftsteller – »im Lichte unserer Erfahrung« – zurückweisen. Nietzsche behaupte, daß es keine feste Instanz außerhalb des Lebens gebe, von der aus über das Dasein reflektiert werden könne. »Wirklich nicht? Man hat das Gefühl, daß doch eine da ist, und möge es nicht die Moral sein, so ist es schlechthin der Geist des Menschen, die Humanität selbst als Kritik, Ironie und Freiheit, verbunden mit dem richtenden Wort.«[49] – Natürlich steht das auch für den Humanus *insgeheim* nicht so unverbrüchlich da. Wenn jedoch zu bedenken ist, worin einerseits Nietzsche zum Vorläufer des Faschismus berufen war, wofür anderseits der Totalitarismus ihn, sein Werk verfälschend, einspannte, dann gilt es zunächst, die Kriterien der Moralität auszubreiten. Nietzsches Schicksal also: jedenfalls zu Teilen ein »Hamletschicksal«. – Man erinnert sich Thomas Manns früherer Wagner-Interpretation. Der Komponist hätte als prophetischer Mensch die historischen Entwicklungen vorausgeschaut. Nicht viel anders nun Nietzsche. »Unterderhand bin ich geneigt … Ursache und Wirkung umzukehren und nicht zu glauben, daß Nietzsche den Faschismus gemacht hat, sondern der Faschismus ihn, – will sagen: politikfern im Grunde und unschuldig-geistig, hat er als sensibelstes Ausdrucks- und Registrierinstrument mit seinem Macht-Philosophen den heraufsteigenden Imperialismus vorempfunden und die faschistische Epoche des Abendlandes, in der wir leben und trotz dem militärischen Sieg über den Faschismus noch lange leben werden, als zitternde Nadel angekündigt.«[50]

»Hamlet« und Seismograph hier, »Uebermensch« und Veränderer da – so wäre Friedrich Nietzsche, seinen Kerngedanken zum Trotz, ein Mann der vielen Gesichter, was man freilich schon zuvor gewußt hätte. Nicht dies, das hermeneutische Hin und Her, ist denn das eigentlich Interessante der PEN-Rede, sondern bedeutsam erscheint das

Motiv, welches der Referent gegen das Ende hin anschlägt. Den Kenner seiner Goethe- und Wagner-Vorträge kann es allerdings kaum noch heftig überraschen, wenn Thomas Mann davon spricht, daß der Philosoph mit dem »Materialismus des Geistes« eine Form von Sozialismus betrieben habe. Nietzsches »Kulturbegriff hat hie und da eine starke sozialistische, jedenfalls nicht mehr bürgerliche Färbung«. Und die Stichworte dazu: die Vision von der wirtschaftlichen Gesamtverwaltung der Erde, die Idee von einer neu sich bildenden Welt-Einheit, das Ineinanderwachsen der Rassen, die Heraufkunft der russischen Großmacht. – Man mag über solche »Adaptation« an das eigene Denken und Wünschen lächeln. Doch damit würde Nietzsches Rettung vollzogen – für den bürgerlichen Gegen-Bürger, der ihn eben dadurch wieder zu schätzen wüßte.

Aber auch so ist noch nicht alles geregelt. Die letzte Volte schlägt Thomas Mann, indem er Nietzsches mögliches politisches Vermächtnis als Phänomen des Ästhetischen erkennen will. Dies hebe den Zertrümmerer der Werte ab vom Sozialismus als einer »streng moralischen Weltsicht«. Das Leben als künstlerische Darbietung und als »lyrisch-tragisches Schauspiel von höchster Faszination« – schließlich die »überkonfessionelle Religiosität« als »Ehrfurcht zuerst vor dem Geheimnis, das der Mensch ist«: das etwas seltsame Substrat aus Weltliebe, Humanismus, Verehrung des Bios und Gesellschaftsutopie ist zutiefst *sein* Glaube, den er gleichzeitig dem gefährlichen Philosophen anfabelt. Er gibt sich als der analytische Exeget, aber es ist das Selbstporträt, das wie immer hinterm stilistischen Glanz beständig hervorleuchtet.

Thomas Mann, dem das manichäische Denken nicht unbekannt ist, hätte denn mit seinem Zürcher Vortrag dieses unterlaufen und einen weiteren Beitrag zur Verständigung und Versöhnung des Menschengeschlechts geleistet. Die wohlerprobte Rolle des Pathetikers verlangte danach. –

Am 7. Oktober 1947 empfängt er in Pacific Palisades Max Horkheimer zum Gespräch über »Deutschland, deutsche Philosophie, deutsche Größe«. Bei Kaffee und Whisky weist er Horkheimers Theorem zurück: »... das ›gute‹ u. das ›böse‹ Deutschland, grundlegend falsche Unterscheidung.« (VII, 168) Das liegt ganz auf der Linie seines Essays über »Deutschland und die Deutschen« – daß eine solche Antinomie die Schicksalsgeschichte nicht zu verstehen vermöchte und, darüber hinaus, einem künftigen Frieden kaum förderlich wäre. Anderseits pflegt er sie für seine privateren Bekenntnisse durchaus selbst, denn wenn er hadert und heimlich abrechnet, bricht ihm der Zorn des guten Emigranten gegen die Zurückgebliebenen wieder auf. Dann soll etwa jenen nicht zugestanden sein, was er sich längst herausgenommen hat, die Skepsis gegenüber Wagner, Bismarck oder Nietzsche. Am 3. Januar 1948 Irritation: »Der aktuelle Anti-Romantismus, Anti-Wagnerismus in Deutschland. Anti-Friedrich, Anti-Bismarck, wohl auch Anti-Goethe, natürlich Anti-Nietzsche! Sie wollen ihre Geschichte abschütteln u. nicht mehr Deutsche sein. Daneben verbissener Nationalismus.« (VII, 206)

Beinah ist's, als ob *er* allein das Monopol des Urteilssprechers halten dürfte. Doch verbirgt sich hinter solchen »moralischen« Ausrufen auch ein handfesteres Unbehagen: daß nämlich der »Faustus« in Deutschland nicht angemessen gewürdigt werden könnte. – Schon in Kalifornien hat der Autor mit Rezeptionsschwierigkeiten zu leben. Die harmloseste bereitet ihm der Harmloseste. An demselben 3. Januar muß er zur »Trost-Besprechung« mit Bruno Walter antreten. Der Roman habe dem Dirigenten »zu sehr imponiert, als daß er nicht unter der Rolle, die die Musik darin spielt, u. dem Ernst-nehmen der Entwicklung seit Strauss leiden müßte. Beruhigende Erklärungen. Seine Trauer, als er mir sagte, Schönberg und Schnabel hätten ihm die Auflösungsbedürftigkeit der Dissonanz geleugnet!« (VII, 206) – Das läßt sich noch einrenken. Aber im Februar beginnt Adorno seine Unruhe zu zeigen, »in dessen Brust das Bewußtsein der musikalischen Teilhaberschaft am Faustus gährt«. Gegenüber dem Sohn Michael habe sich der Kulturphilosoph »triebhaft entladen u. entlastet«. Zuletzt ist es Arnold Schönberg, der durch sein anhaltendes Schweigen mehr ängstigt, als wenn er sich bereits »entladen« hätte. Darauf folgt, »als einzige Danksagung«, der »wütende Angriff eines Jüngers«.

Doch das Datum des 21. Februar 1948 markiert einerseits die Notwendigkeit einer Aussprache mit dem Komponisten, dem wohl – neben dem »Politischen« – auch die Stilisierung zwischen Teufel und Tod mißfallen hat, anderseits den Entschluß, den Kommentar zum Roman zu verfassen. »Telephon mit Alma Mahler von Schönbergs wegen. Triebsamen er selber. Wünscht Vermerk, daß die 12-Ton-Technik sein Geistesgut. Wie zu machen? Adorno zugleich zu bedenken. Stellte nachmittags Bibliographie auf, eine Menge Hilfsquellen.« (VII, 226)

Es bleibt das einzige Mal, daß sich Thomas Mann auf solche Weise »erklären« muß, und er muß dabei erleben, daß seine Größe nicht so groß ist, es verhindert haben zu können. Was tut er? Er schreibt die Nachweisgeschichte. Aber er rächt sich, indem er Musik hört. Am 21. Februar leistet er sich – ein Stück Rossini. »Was für ein schmuckes Stück die Ouverture zur ›Diebischen Elster‹!« Tags darauf kommt die endgültige Quittung für erlittenes Ungemach. »Erwägungen über den Fall Schönberg. Legte abends die alte Platte ›Abendlich strahlt‹ ein und war fast zu Tränen bewegt von dem Gesang der Rheintöchter mit dem ›Traulich und treu ist's nur in der Tiefe‹. Gebe für diese Stelle allein die ganze Musik Schönbergs, Bergs, Kreneks und Leverkühns dahin.« (VII, 227)

Bruno Walter hätte ihm, wenn er die Szene gekannt hätte, dafür gedankt. So viel auch von seinem eigenen in den

»Faustus« verarbeitet ist, die *Musik* soll und kann es, schon wegen vielfacher Beihilfe, nicht gewesen sein, weshalb er sie, zusammen mit der Neuen Wiener Schule, dem Autodafé überläßt. – Eine andere Form von Entlastung bietet die Arbeit am »Erwählten«: am 31. März liest er Katja »und den Kindern« die Anfänge des »Gregor« vor. »Der Eindruck war gut.« Am 7. April schließlich unterhält sich Thomas Mann mit Erika über die Möglichkeit der Fortsetzung des »Krull« – »doch wäre mein gegenwärtiger Zustand auch ihr nicht günstig«. – Das ist der Punkt. Solange die »Faustus«-Schulden nicht abgegolten sind und solange in seiner unmittelbaren Umgebung die Freunde das ihnen Zustehende erwarten, so lange muß die Stimmung sich einem Thema verschließen, das – und auf etwas verquere Weise gerade hinsichtlich des »Faustus« – Züge seiner selbst mittrüge: die des Hochstaplers. Am 28. Juni beginnt er mit dem »Roman eines Romans«, später erregt die Vorlesung des Abschnitts mit Roosevelts Tod die Zustimmung der Seinen, und schon am 20. Oktober 1948 wird die Pflichtübung – der Verfasser ist »verstimmt« – »auf der 181. Seite« abgeschlossen. Er feiert keinen Sieg; und um so weniger, als ihn die Familie vor »unnötiger Desillusionierung« warnt. Aber mindestens hat er sein Gewissen erleichtert und sowohl Schönberg wie Adorno zufriedengestellt. Denn bei aller Angriffslust, die das Journal noch für die intimsten Gefährten bereithalten kann, ist Thomas Mann im persönlichen Umgang der Harmonie bedürftig als eines Zeichens seiner Bedeutung.

*

Aber was Adorno und Arnold Schönberg aus der genauesten Kenntnis ihrer Beiträge bemerkten, bemerken, natürlich bei den Details weniger griffsicher, auch andere: das Montierte und Kompilierte des Romans, wofür freilich der Begriff der Montage nicht ohne weiteres gelten könnte. Kommt hinzu, daß die Geschichte um Leverkühn manchen englischen und amerikanischen Kritikern etwas »zu deutsch« ist mit ihrer Dürer-Gotik, ihren kaum verhüllten Nietzsche-Verweisen und ihrer Gedankenlastigkeit. Ausgerechnet der Literaturwissenschaftler Harry Levin, der dem Dichter früher geneigt war, verreißt den »Faustus« in der »New York Times Book Review« unter dem Titel »Dr. Mann versus a Teutonic Mephisto«. Das schmerzt besonders, weil Levin als bedeutender Kenner des Werks von Joyce spricht, der Verfasser des »Ulysses« jedoch gerade als Virtuose der Montage für Thomas Mann ein Bruder im Geiste sein soll. Am 3. Februar 1949 notiert das Journal: »Gemischte Gefühle weiter wegen Knopfs herzlich gutgemeinten Feldzugs für den Faustus. Auch für die Yale Review, berichtet er, hat jener Prescott über das Buch in seiner Art schreiben dürfen. Der Höhnischste und Feindseligste H. Levin, dessen Kritik die Lowe mir schickte.« (VIII, 16) Gegenüber dem Verleger bezeichnet er Prescott als »simply an ass«; Levins Autorität verbietet solche Reduktionen.

Und während er zugleich dem Vorwurf zu begegnen hat, daß der »Faustus« ein »Schlüsselroman« sei – etwas später gilt es, den alten Freund Hans Reisiger zu besänftigen, der wegen seinem »Porträt« höchst aufgebracht ist –, denkt er immer noch über das »Gemachte« der Stoffgestaltung nach. Wenn ihm Levin schon die Verwandtschaft mit Joyce ausredet, so will er selbst es nun mit T. S. Eliot halten. Bereits im November 1948 hatte Thomas Mann im »Aufbau« einen Essay über dessen Laufbahn und sein Werk studiert. »Neid auf den Vorteil in die englische Kultur u. Sprache hineingeboren zu sein. Seine Poesie soll viel ausdrücken von der Ratlosigkeit des modernen Menschen u. der Banalität seines Daseins. Seine Sprache schien unverständlich, wurde aber führend bei den Jungen. Er hat sich dabei als engl. Katholik, Klassizist und Royalist erklärt.« (VII, 330) – Das wäre beinah nach seinem Geschmack gewesen, ohne daß er allerdings das Attribut der Unverständlichkeit und jenes der thematischen Banalität hätte beanspruchen mögen. Aber »führend« bei den Jungen, dazu Katholik, die Statur des Klassizisten und royalistische Neigungen – warum nicht?

Am 14. März 1949 dann registriert das Diarium – wohl abermals neidvoll – »die tausend Studien und Bücher«, die über Eliot geschrieben worden seien. Und weiter, noch näher am eigenen Oeuvre: »... das Auffinden der weltliterarischen Citate, aus denen guten Teils seine Gedichte bestehen. Erinnerungsvoller und immerfort aus der Kultur citierender Revolutionär von konservativ traditionalistischer Haltung ... Das Evokative statt des Creativen, oder doch dieses stark mit jenem vermischt. Das Resümierende (Provençalisch, Sanskrit etc.). Zeichen der Letztheit, des Endes, des Abschieds oder des Sich besinnens zum Leben?« (VIII, 34)

Ohne daß sich Thomas Mann als erprobter Leser des Engländers auszuweisen vermöchte, glaubt er über die Sekundärliteratur zu sehen, was da an Gemeinsamkeiten bestünde, vor allem seit der »Joseph«-Tetralogie und dem »Faustus«. Und wenn Eliot dabei doch gut wegkommt, müßte ihm eigentlich dasselbe zufallen. Statt der »authentischen« Dichtung die Allusion, das Neue vermischt mit dem Blick der *décadence*, Gelehrsamkeit bei revolutionärem Elan: was sollte die Welt denn mehr wollen? Nur folgerichtig nimmt er darauf die eigene Verwunderung wahr, als er am 26. April im Zug nach Chicago den »Goldenen Pfeil« von Joseph Conrad beendet hat. »Guter, hochstehender Roman. Merkwürdig, daß Conrad so lange meine Vorzugslektüre.« – Conrad, das bemerkt er im Zusammenhang der Auseinandersetzungen um seinen »Faust«, wäre schließlich der Antipode jeder »citierenden« und aus der Kulturgeschichte reflektierender Literatur, ein Mann des psychologischen Scharfsinns und der Erfindergabe.

So zieht es ihn wieder und wieder zu Vergleichen, Messungen und Reflexen der Abwehr. Der niemals seiner selbst ganz Sichere, der sich einmal bloß als kindlicher Nachfahre Goethes charakterisiert, ein anderes Mal aber zum Jahrhundertdichter aufschwingt, dem »göttliche Ehren« zuteil werden, reagiert, hierin eben doch auch der »kapitalistische« Bourgeois, auf jedes Zeichen von Konkurrenz. Wo er sich mit Schriftstellern anderer Sprache befaßt, darf er generös sein. Wo es aber ums Deutsche geht, ist Argwohn der bessere Zuspruch. Und irgendwie ahnt sogar der große Traditionalist, daß »seine Zeit« nicht mehr ganz die seine sein kann: was längst schon als Moderne aufgebrochen war, jedoch in den ästhetischen Folgen durch den Weltkrieg verzögert wurde, schafft sich jetzt Bahnen von weitreichender Wirkung.

Thomas Mann spürt das; es behagt ihm nicht. Im Juli 1949 hält er sich im Engadin auf. Am 15. Juli meldet das Tagebuch folgende Vorgänge. »Nachts unruhig. Zu verschiedenen Stunden auf dem Balkon und im Stuhl. Morgens Benutzung der Nasensalbe. Schnupfen. Keine Nachblutung. Geraucht. Reihe von Briefen K. diktiert. Kein Gang. Mittags im Garten gesessen. Lektüre von G. Benns ›Ptolomäer‹. Hastig-kesses, oft renommistisches Zusammenraffen der Kultur, künstlerischer Nihilismus, Humanität zum Lachen, alles nur getrennt durch Kommata, ›Abschied von der bisherigen Geschichte‹. Lion schickte es und empfahl es ›unseren reaktionärsten Avantgardisten‹.« (VIII, 78) – Mit dem »Nazi-Benn«, wie er ihn im Diarium einmal apostrophiert hat, will er nichts zu schaffen haben, so daß er dessen »Ptolemäer« gleich falsch schreibt. Und wenn *dies* die adäquate Fassung der Lehre vom Ende der Geschichte wäre, wo er es doch als die Zukunft einer humanen Weltgesellschaft erträumt, so müßte er sich davon abwenden. Der Inhalt – der »Nihilismus« – ist schon verwerflich. Beunruhigender allerdings erscheint ihm das Avantgardistische der Form: keine epischen Weitschweifigkeiten, statt dessen der Rhythmus des Kommas.

Einem Gottfried Benn zugleich verwandten und entfernten Geist begegnet er dann – wieder einmal – am 21. September. Bisher hatte sich Thomas Mann vorwiegend kritisch gegenüber Ernst Jünger geäußert; seine Haltung war durch die Stimmen von Erika und Klaus noch bestätigt worden. War Jünger nicht ein Vorläufer der Diktatur, dazu ein eiseskalter Genüßling der Barbarei, die er in viel zu gutem Deutsch examinierte?[51] Jetzt liest er in der Monographie von Karl Otto Paetel, und der Eindruck scheint sich zu bestätigen. »Kann nicht mehr finden, als daß er in der Auflösung der Civilisation eine interessante Rolle spielt oder gespielt hat. In Paris war er mit Cocteau befreundet, – der den Hitler'schen Hof-Bildhauer liebte.« (VIII, 101)

Das hätte im Grunde schon alles sein können. Doch Jünger läßt ihm für dieses Mal noch keine Ruhe. Drei Tage später knüpft er wieder an. »Unbehagliches Nachdenken über E. Jünger nach der Lektüre. Respekt vor der Männlichkeit seines Lebens. Vergleich mit der metaphysischen Sehnsucht meiner eigenen Jugend. Erinnerung an meine Berührungen mit den deutschen National-Revolutionären, Gleichen, schnarrenden Studenten etc ... Unvergeßlich schauderhaft. Wie konnte er es aushalten?« (VIII, 103) – Das Lob der Männlichkeit kontrastiert, er weiß es durchaus, mit *seiner* Dauerzuwendung zum eigenen Körper und den vielen Hypochondrien, die er so minuziös erfaßt. Was aber die metaphysische Sehnsucht betrifft, wäre Thomas Mann viel eher als der Platoniker inzwischen zum »Nihilisten« geworden: zum manchmal gerührten, manchmal auch unbeteiligten Beobachter des Lebens, dem er Sinnhaftigkeit auf Grund eines höheren, »transzendenten« Prinzips nicht zuzusprechen wagt. Als er am 31. März 1950 in Pacific Palisades Eduard Korrodis Rezension von Jüngers Roman »Heliopolis« zu sehen bekommt, bemerkt er zwar, daß der Kritiker seinen »Joseph« bevorzugt, aber mit Blick auf Deutschland stört ihn die Konkurrenz. »Jünger, natürlich, wird in Deutschland gegen mich ausgespielt. Er steht für die Zukunft. Seine Gehirnlichkeit schadet ihm nichts.« (VIII, 181) Bei manchem berechtigten Einwand gegen die Ästhetik von »Heliopolis«: *dieser* Roman, im Unterschied zum »Joseph«, strotzt geradezu von metaphysischer Sehnsucht, und darin bewährt oder verrät sich seine »Gehirnlichkeit«.

Zwei Monate später weilt Thomas Mann wieder in Zürich. Am 3. Juli – kurz vor der Affäre mit dem Kellner des Grand Hotels Dolder – prüft er Anna Seghers Roman »Die Toten bleiben jung«. Das ist nun freilich ein Prosastück ohne jeden zerebralen Einschlag; auch müsse er »ohne Geringschätzung« das Fehlen »jeder Artistik und sprachlichen Lust« feststellen. Die Autorin beweise »viel Kenntnis vom Volk und gemeinen Leben der Zeit«. Dann: »Es ist wirklich ›sozialistischer Realismus‹ und große Erzählung. Aber wieviel mehr stehe ich nach der ›bourgeoisen‹, ›formalistischen‹ Seite, gehöre wieviel mehr zu Joyce und Proust! Selbst zu Huxley. Empfinde dabei Spiel, Witz und Ironie als Leere und meine Unkenntnis des Volkslebens als beschämend.« Der Abgang: »Schließlich ist mein Werk ein Notbehelf – mit einigem Kulturreiz. Wieviel Ruhm und doch auch wieviel dankbare Liebe konnte es eintragen!« (VIII, 208)

Immer weiter im Kreis dreht sich das alte Lied um Ungenügen und Größe, um die Zweifel an »leerer« Virtuosität und die Hoffnungen auf das Liebesecho der Leser. Aber Notbehelf? Das häßliche Wort verdankt sich doch mehr der Koketterie als einer einsichtsvollen Melancholie gegenüber allem Vollbrachten. Auch kann die Dringlichkeit des Abschlusses des »Erwählten« nicht einfach nur der Pflicht des Arbeiters geschuldet sein, der seiner Familie als der Ernährer vorsteht. Am 26. Oktober 1950 schreibt er die letzten Zeilen des Romans. Die Stimmung ist kritisch. Als Thomas Mann wenig später in den Papieren des »Krull« gräbt, soll der Versuch der Wiederanknüpfung rein um der Beschäftigung willen gemacht werden. Jedoch: »Wird es möglich sein, neu anzugreifen? Ist genug Welt und Personal, sind genug Kenntnisse vorhanden. Der homosexuelle Roman interessiert mich nicht zuletzt wegen der Welt- und Reise-Erfahrungen, die er bietet. Hat meine Isoliertheit genug Menschen-Erlebnis aufgefangen, daß es zu einem gesellschaftssatirischen Schelmenroman reicht? Alles was ich weiß, ist, daß ich unbedingt etwas zu tun, eine Arbeitsbindung und Lebensaufgabe haben muß. Ich kann nicht nichts tun.« (VIII, 295)

So düster sieht die Zukunft aus, wenn das asketische Ideal seine Erfüllung einfordert. Natürlich ist solcher Befindlichkeit auch die Trauer über die verlorene Liebe zu dem Dolder-Kellner eingemischt – wobei ihm wenigstens ein Stück Sublimation mit dem Essay »Die Erotik Michelangelo's« gelungen wäre. Schon am 21. Juli 1950 hat er sich in St. Moritz die Rezension der Michelangelo-Gedichte in der Übertragung durch Hans Mühlestein vorgenommen – da noch im Auftrag von Eduard Korrodi zur Publikation in der »Neuen Zürcher Zeitung«. Am 24. Juli dann Überraschung durch Korrodis *refus.* »Antwort von Korrodi, schmerzlich ablehnend unter durchsichtigen Vorwänden. Mühlestein war oder ist Kommunist, das steht dahinter. Ich antwortete, diesmal hätte ich wirklich geglaubt, mit etwas ganz Unverfänglichem zu kommen. Enttäuschung.« (VIII, 229) Am Ende druckt Manuel Gassers Kulturzeitschrift »du« den Aufsatz in der Oktobernummer 1950.

»Die Erotik Michelangelo's« – oder: die Erotik Thomas Manns. Noch einmal holt der Schriftsteller aus, bei einem bewunderten Großen erkennen zu dürfen, was auch das eigene Wesen in den Tiefen von Gefühl, Sehnsucht und Leidenschaft bestimmte. Ungeheuer packe den Leser »das erschüttert Hingewühlte dieser einsamen Geständnisse«, Zeugnisse einer »gequälten Vitalität« seien ins Wort gebannt.[52] Bewegend zunächst der politische Zorn und Gram des Sonettdichters über den Verfall und den Untergang der florentinischen Republik. Dann, während der Arbeit am »Jüngsten Gericht«, die Todespoesie mit dem Wunsch nach Schlaf und Vergessen: kaum zu vereinbaren mit jener Produktivität, »deren Energie ohne Maß und deren strotzende Kraftüberladenheit freilich wohl eben ein Ausdruck der Düsternis« sei. – Und woher solche Düsternis? Aus dem mächtigen Zwiespalt zwischen der Sinnlichkeit und dem Reinen, Geistigen, Göttlichen. Michelangelo habe »eine Ausdauer der Liebeskraft und Fähigkeit zu ihrer seligen Tortur« gezeigt, »wie man sie auch bei einigen anderen sensiblen und sinnlich ausharrenden Kraftnaturen, bei Goethe und Tolstoi, findet«.

Da hätte er's wieder: das hochgesteigerte erotische Verlangen neben dem metaphysischen Gebot, die Hingabe an die pure Schönheit in ihrer sinnlichen Gestalt neben dem Kniefall »vor Gottes Spiegelbild«, hier Lust und dort Entsagung, das Ineinander von Beseligung und Trug. – Zur Verschärfung des Konflikts hätte allerdings beigetragen – und hier ist die Distanz des Interpreten gegenüber jenem »metaphysischen« Bedürfnis herauszuhören –, daß dieser Künstler dem Platonismus verhaftet geblieben sei. Wie sagt es Thomas Mann? »Der eher naturalistische, uns näher stehende Gedanke, es möchte gerade das rührendst Menschliche sein, seine Liebe bewußt an den unhaltbar schönen Augenblick des Seins zu verschenken, an das, was zum Schwinden bestimmt ist gleich unserer Liebe, die dennoch ein Erinnerungsschatz für den Rest des Lebens bleibt, – dieser Gedanke kommt ihm nicht.«[53] – Gewiß; das wäre schon die Reduktion einer halbwegs resignierenden Lebensphilosophie, wie *er* sie sich angeeignet hat: der Verzicht auf jegliche Idee, daß im Liebenden immer auch der Gott spreche und wirke.

Gleichwohl fördert der Rezensent Parallelen zutag, die nicht zu übersehen sind. Etwa wenn er meint, daß Michelangelo sein »bestes Glück« in der Zuneigung zu Vittoria

Colonna, der »hohen, ernsten Frau«, gefunden habe – »in deren Antlitz sich das Männliche und Weibliche auf eine ihm göttlich scheinende Weise vereinigte«. Oder wenn er darauf insistiert, daß der Geniale durchaus gewußt habe, wie nur die Kunst die »wahre Dauererbin« der vergänglichen Zeit sein könne – als »die Verewigerin, die Rächerin des Geschicks, daß das Geschöpf der Natur ein Raub der Zeit ist«. »Er, der mit dem Stein gerungen, weiß wohl, daß Arbeit Zeit und Tod besiegt. Wie bei Goethe ist hier die Kunst, auch sie, Natur, und ihr Sohn, der Künstler, erwirkt dem Vergehenden solches Bestehen, daß noch nach tausend Jahren sein Werk Zeugnis geben wird ...«[54] Der große Liebende habe die Liebe mehr geliebt als alles Geliebte, er habe sie »stets als Übel, als Heimsuchung und süßes Gift verwünscht und dabei ihr angehangen wie keiner«. Seinen Essay beendet Thomas Mann mit einer Zeile, die er tief ins Herz geschlossen: »Nel vostro fiato sono le mie parole.« – »In Eurem Atem bildet sich mein Wort.«

Darf das, muß das nicht als Vermächtnis und als eine Geste des Abschieds aufgenommen werden? Es ist nicht bloß Identifikation. Es geht darüber hinaus in der Exegese, und es läßt da, wo von der Erinnerung als des allein Verbleibenden die Rede ist, die Schatten der Verzweiflung aufziehen. *Amor* als *memoria* – so weit ist er, nach dem letzten Zwischenspiel mit »Franzl« Westermeier, gekommen. Für die letzten fünf Lebensjahre wird ihn kein menschliches Gesicht mehr umtreiben. – Auflösung, Zerfall, Ausglühung – solchen Vorgängen denkt er nun nach. Als ihn am 3. April 1951 Werner Webers Kritik des »Erwählten« in Kalifornien erreicht, empfindet er sie als »sonderbar aus Faszination und Abneigung gemischt«. Dann aber: »Richtig die Charakterisierung als Spätwerk, Summe, etwas Letztes, Äußerstes, nach dem nichts mehr kommt. Habe nichts dagegen, ein Spätester und Letzter, ein Erfüllter zu sein. Damit repräsentiert man das Abendland. Denn wo seine Frührot-

Werke? Bin einer der Letzten, vielleicht der Letzte, der überhaupt weiß, was ein Werk ist.« (IX, 43)

Solches bringt ihn wieder in die Nähe Spenglers und seiner eigenen »Theorie« vom Ende der klassisch europäischen Kultur, welcher er mit dem Oeuvre eine Form von Synopsis und Nachgesang hinzugefügt hätte: er kann und will keine Zukunft mehr für das ästhetische Weltbewußtsein sehen. Schon am 8. Januar hat er mit dem sechsten Kapitel des »Krull« begonnen – ein Zeichen des »Letzten« auch dies, nachdem er das Projekt mehrmals hinausgeschoben hatte. Als er jetzt Adorno liest, ist er »zu müde«, »um viel zu verstehen von diesen Conzentrationen«. Als er liest, was Adorno über Walter Benjamin schreibt, zeigt er sich von Benjamins Geschichtsphilosophie bloß irritiert. »Man müßte es wohl studieren, würde aber nichts davon behalten.« (IX, 19) Am 20. Mai: »Beständige Kritik der Kultur-Industrie u. der falschen Gesellschaft. Aber welches ist die richtige.« – Thomas Mann kann es selbst nicht sagen, und im Grunde interessiert es ihn auch nicht. Die angemessenere Resonanz eigener Gefühle findet er, es ist kaum verwunderlich, weitaus eher bei Ravel. »War beeindruckt von Ravels ›Valse‹, Auflösung einer Welt, mich persönlich ansprechend.« (IX, 60)

Auch sein Felix Krull bewegte sich in den Sphären der Dekadenz – allerdings mit der heiteren Gewandtheit des Hochstaplers. Doch just diese Attitüde erscheint dem Schriftsteller als problematisch. Mehr als dreißig Jahre zuvor, beim Gedanken an diesen Stoff, hatte er noch Enthusiasmus und Schaffensfreude gespürt. Unterm Datum des 26. Februar 1919, mitten in den Nachwirren der deutschen November-Revolution, war notiert worden: »Wie daheim fühle ich mich der Goethe'schen Sphäre immer wieder, wie beglückt und stimuliert sie mich: Gelange ich zum ›Hochstapler‹, werde ich ganz darin leben und weben dürfen.« (I, 161) *Davon* ist am 1. Juli 1951 nichts mehr geblieben. »Nagende Zweifel, ob es ›Sinn‹ hat, den Krull-Roman fortzusetzen. Geistiger

Hintergrund fehlt bis auf das Künstlertum, das abgeschmackt ist. Laszivität und moralisierende Unmoral werden in der Welt nicht anklingen und unschicklich gefunden werden. Dabei das ›Ernste‹ und ›Würdige‹, der Erasmus-Luther-Hutten-Plan höchst nebelhaft.« (IX, 77 f.) – Freilich hat Thomas Mann nicht damit gerechnet, daß »die Welt« seinen Geschichtspessimismus nicht teilt und schon deshalb Vergnügen haben wird an einem Erzählen, wie trotz allem nur er es beherrscht: wo das Frivole sich der Bildung einnistet, wo die »Moral« der Anspielungen brilliert und wo der Betrüger in der Maske des Menschenfreunds seine Erfolge feiert. Das ist ein Thema, welches dem Nachkriegseuropa der fünfziger Jahre viel eher konveniert als der erhabene Disput um Humanismus und Reformation.

Vor allem aber ist der »geistige Hintergrund«, der ihm zu fehlen scheint, hier vorzüglich Hintergrund – und nicht, wie noch beim »Faustus«, das Pflichtprogramm der Gedankenschwere. Und in der Beschreibung des »Lebens« – des menschlichen Daseins zwischen Trieb und Geist, zwischen »direkter« und sublimierter Natur – zöge sogar die Spur von Goethe durch den Roman. Dazu bedarf es indessen noch eines Anstoßes durch die vielbeschworene und oft geforderte Anschaulichkeit. Mag ihm Amerika im ganzen der Inspiration entraten, so schenkt es ihm doch die Begegnung mit seinen naturhistorischen Museen, die den Phänomenen der Erdgeschichte auf fast naive Weise zur Faßbarkeit verhelfen. – Am 4. Oktober 1951, während Thomas Mann am »Venosta«-Kapitel des »Krull« arbeitet, besucht er mit der Tochter Elisabeth das naturhistorische Museum von Chicago.

Sofort erweist sich der Besuch als ein Glücksfall – auch in Sachen »Sinn«. Die Prosa des Journals erhebt sich aus ihrer Müdigkeit, mit einem Schlag ist der Beobachter völlig präsent. »Höchst lebhafter und fruchtbarer Eindruck. Das Ur-Leben ... Skelette der Reptil-Monstren und gigantischen

Tiermassen, die, allzu plump, die Erde beherrschten. Eier gebärende Säugetiere mit Tragtaschen. Menschenaffen. Höhle mit Neanderthal-Menschen. Der Mann, plumpnakkig, mit blutigem Kniee, haarig nicht sehr. Das Baby im Arm des Weibes am heutigsten. Bewegt. Etwas wie biologischer Rausch. Gefühl, daß dies alles meinem Schreiben und Lieben und Leiden, meiner Humanität zum Grunde liegt.« (IX, 112f.) – So stark ist der Eindruck des Wiedererkennens, daß der Staunende zwei Tage später nochmals dort einkehrt – »im Basement, wo weitere Bilder frühmenschlichen, z. T. noch kaum menschlichen Lebens eindrucksvoll dargestellt: Die ›ersten Europäer‹ (Süd-Frankreich, glaube ich), noch klein, flaumig behaart, bei einander hockend, von vor X Millionen Jahren ... kleine Haie mit spitzen Zähnen, flunderflache und plumpe, rundliche Wesen, winzige, zusammen mit großen, die offenbar unaggressiv, höchst putzsüchtige in kompliziertem federartigen roten Schmuck, das größere und reichere davon vielleicht das Weibchen. Unermüdet von diesem Schauen. Keine Kunstgalerie könnte mich so interessieren.« (IX, 113f.)

Da hat er die Galerie des Lebens in der unvermittelten »Gegenwart« der Existenz vor sich, die Fülle äußerer Erscheinung, dazu die langsamen, über gewaltige Zeitperioden verlaufenden Schritte der Entwicklung von Formen und Funktionen. Der Betrachter, der über den metaphysischen Fragen leicht zum kühlen Agnostiker wird, ist erschüttert von so viel »Bios«. Das reine Dasein als »Sinn«: das ist es, was er immer irgendwie geglaubt haben will. Im Museum von Chicago aber kommt es ihm so weit entgegen, daß er's berühren, mit Händen greifen könnte. Er muß gar nicht die »Seinsfrage« stellen, wie sie Heidegger – ein ihm »schrecklicher Geist« – formuliert hätte. Es genügt vollkommen, diese Welt in ihrem beinah phantastischen Faltenwurf *gesehen* und anerkannt zu haben.

Gleichwohl wird Thomas Mann etwas später noch zum

Philosophen – als er nämlich seine Epiphanie im Journal für die Fortsetzung des »Krull« zu nutzen gedenkt. Bezeichnend freilich ist, daß der betreffenden Passage ein Ingreß vorausgeht, der, nicht ohne Ironie, einen Zustand eigener möglicher Hinfälligkeit imaginiert. »Oft aufsteigende Angst, daß ich nicht mehr schreiben kann, während der Körper verhältnismäßig jugendlich aushält. Gräßliche und zugleich komische Vorstellung.« – Weiter dann, mit dem Datum des 23. Dezember 1951: »Felix' Einführung in Ideen von *Leben,* einschl. des Menschen, anorganischem *Sein* und *Nichtsein,* mit dem auch Raum und Zeit aufhörten. Alles geht ohne genaue Grenze in einander über: der Mensch ins Tierische, dieses ins Pflanzliche, das Organische ins unorganische Sein, das Sein ins Nichtsein. Alles hat angefangen und wird aufhören, es wird wie vorher raum- und zeitloses Nichts sein. Das *Leben* auf Erden eine *Episode,* so vielleicht alles *Sein ein Zwischenfall* zwischen Nichts und Nichts. Wie und wann trat im Nichts die erste Schwingung des Seins auf? Dies etwas Neues. Ebenso das Plus zum Anorganischen, das man Leben nennt, ein Hinzukommendes ohne ein Neues an Stoff. Etwas drittes Hinzukommendes, im Tierisch-Organischen ist das Menschliche. Das Übergängliche ist gewahrt, aber ein Unbestimmbares, wie bei der Wendung zum ›Leben‹, tritt hinzu.« (IX, 152f.)

Am 18. Januar 1952 nennt er's im Tagebuch »die Idee von den drei Urzeugungen«: diese sei als »Pan-Erotik« der Hintergrund und die psychologische Basis »des Ganzen«. – Sie ist auch, mit wenigen Vorbehalten, die Lizenz für ein Verhalten, welches vor dem Hintergrund des Episodischen allen Lebens die »Unmoral« nicht gerade sucht, doch vom Moralischen nicht allzusehr beunruhigt sein muß. Und schließlich gälte das »Peinliche« zwar im Rahmen gesellschaftlicher Gepflogenheiten als eine Kategorie der Wahrnehmung, aber es verflüchtigte sich zusehends, je mehr das Bewußtsein sich selbst als jenen Zwischenfall »zwischen

Nichts und Nichts« zu begreifen lernte. In diesem Zusammenhang wird eine Glosse verstehbar, die Thomas Mann nun gegen frühere Lektüre-Erfahrungen notiert. »Las in Gesprächen mit Kafka. Frommer Jude, doch sehr fremd.« (IX, 162)

Anderseits: was der Dichter seinem Felix Krull an unbesorgter Vitalität zumutet und was ihm an »Seins«-Philosophie vielleicht als Entlastung gegenüber der eigenen Vergangenheit nicht ungelegen kommt, bietet dem Alter wenig Hilfe. Im Gegenteil: obwohl er am 6. Oktober das Ur-Erlebnis von Chicago für das Diarium fixiert hat, zögert er in demselben Notat nicht, André Gide mit Blick auf dessen »Journal« zu kritisieren. »Verstimmt gegen ihn durch sein allzu direkt sexuell aggressives Verhalten gegen die Jugend, ohne Achtung, Ehrerbietung vor ihr, ohne sich seines Alters zu schämen, unseelisch, eigentlich lieblos. Ich – und einem geliebten Jungen irgend etwas zumuten! Undenkbar! *Seine* Verehrung durch Niederträchtigkeiten stören! Befremdung. – Früh schlafen.« (IX, 115) – Und auch den eigenen Sohn, der sich das Leben genommen hat, will er nicht verschonen. Nachdem er im Mai 1952 in Klaus' autobiographischem »Wendepunkt« gelesen hat, heißt es: »Las viel in dem Buch, bewegt von den späteren Teilen, dann doch recht gequält von Vielem. Eine kranke Literaten-Existenz, angezogen von allem Faulen, was schon recht wäre, wenn es dabei auch einen Sinn für das Gesunde, Lebensgesegnete, Heilvolle gäbe. Wo ist ein Interesse an Goethe, Tolstoi, kurz an der Kraft und irgendwelcher Erquickung durch sie?« (IX, 220) – So erblickt er in den anderen stets wieder sich selbst, in der Verwandtschaft und stärker noch in der Differenz, wenn jemand – sei es Gide, sei es Klaus – die Ordnung des »Lebens« einseitig ausgelegt hat.

Es wäre eben etwas anderes gewesen, wovon Thomas Mann früh schon und mit dem rhetorischen Repertoire der Anspielung erzählte: kein Leser mußte sich der Lektüre schämen, der Stil respektierte »bürgerliche« Empfindlichkeiten. – Bereits am 5. Januar 1920 hatte sich der Dichter anläßlich eines Gesprächs mit Heinz Lipmann in seiner Manier bestätigt gesehen, als ihm der Gefährte »unter der jüngsten Jugend« eine Reaktion gegen den Expressionismus und die Rückkehr zur Form beschrieb. Der »Tod in Venedig« sei wieder durchaus an der Tagesordnung. »Das eigentliche, zugrunde liegende Bedürfnis ist aber das nach neuer Seelenform, Abkehr von nihilistischer Zersetzung, von jeder Art von Bolschewismus.« Diese Zersetzung durfte zwar – wie etwa in den langen Dialogen des »Zauberbergs« – als Motiv des epochalen Umbruchs gestaltet werden. Aber es sollte nie so weit kommen, daß der Autor selbst mit ihr sich identifizierte.

Auch für die späteste Arbeit am »Krull« bewahrt er sich denn den Rückhalt in der Dezenz, bloß anzudeuten, was andere vielleicht direkter, ohne Schonung ausgebreitet hätten. Sogar bekümmert es ihn, daß ihm der Stoff gleichwohl ins allzu Frivole abgleiten könnte. Daraus auch nährt sich die Empörung gegen André Gide, und natürlich irritiert Thomas Mann zugleich die Offenheit des Diaristen, da er für das eigene Tagebuch dem französischen Bekenner wiederum so wesensunverwandt nicht ist.

*

Nicht nur der »Hochstapler«-Roman profitiert von der biologistischen Lehre, die der Besuch des naturhistorischen Museums von Chicago auf eindrucksvolle Weise bestätigt hat. Am 16. Mai 1952 und noch in Pacific Palisades war der Anfang zur Novelle von der »Betrogenen« gemacht worden. Im Januar 1953, als das Haus in Erlenbach hergerichtet wird, schreibt der Autor »unter quälendem Gehämmer (Anbringen von Vorhang-Stangen)« weiter an diesem Text. Und am 23. Januar, nachdem Thomas Mann in seinem Arbeitszimmer daraus vorgelesen hat, kommt es zu einer

»Krise«. Vordergründig scheinen eher Probleme der Komposition anzustehen, die Erika angesprochen hat. Tags darauf: »Bei eigenen Zweifeln finde immer wieder, daß, wie ich es geführt, eine gewisse Notwendigkeit hat, wenn auch keine glückliche. – Die Verwirrung und Sorge hatte gefehlt. – Denke zum Trost an die Mängel und Unstimmigkeiten der Natürlichen Tochter.« (X, 16f.) – Aber in Wahrheit belasten ihn auch, wie beim »Krull«, gewisse Fragen der Schicklichkeit. Das »Wunder« der späten Menstruation, welches auf einer Täuschung beruht und dennoch wie ein Triumph des zeugenden Lebens die »Betrogene« zunächst beglückt, mag einerseits wie ein Stück Kolportage anmuten, anderseits die Grenzen des »bürgerlich« Statthaften mindestens berühren. Thomas Mann läßt es sich daher gefallen, daß die Tochter mit entschiedenen Kürzungen in die Erzählung eingreift, auch wenn er noch am 31. März – das Werk ist in seiner Urfassung abgeschlossen – bekennt: »Widerstreben gegen die Abschwächung von Rosalies geschlechtlicher Naturrenovation zugunsten lebensfroher Damen.« (X, 42f.)[55] Dafür belohnt Erika den Zögerer, als er eingelenkt hat, mit dem Hinweis, daß die Novelle zu seinem »Ur-Kram« zu zählen sei. Und der Verfasser selbst, jetzt erleichtert: »Eine gewisse Hochstimmung doch, daß es getan.«

Und während er den Schriftsteller Hermann Lenz für dessen anregende Originalität lobt, Max Frischs Stück »Don Juan oder die Liebe zur Geometrie« hingegen als »etwas leeres Spiel« bezeichnet, während er sich als »überaus schlaff, träge, lust- und glaubenslos« erkennt und die Arbeit am »Krull« nur mit Widerständen voranbringt, während er jetzt sogar in dem geliebten »Lohengrin« entgegen allem Zauber eine gewisse Hohlheit heraushört, zieht er nochmals Bilanz. Das Ergebnis ist nicht dazu angetan, die Lebensgeister zu wecken. – Am 6. Juli 1953 erinnert sich Thomas Mann, daß Wagner kurz nach der Beendigung seines Schlußwerks, des »Parsifal«, gestorben sei. »Ich habe ungefähr im selben Alter mein Werk letzter Konsequenz, den Faustus, Endwerk in jedem Sinn, geschrieben, lebe aber weiter. Der Erwählte, noch reizvoll, und Die Betrogene sind bereits überhängende Nachträge, schon unnotwendig. Was ich jetzt führe, ist ein Nachleben, das vergebens nach produktiver Stütze ringt.« (X, 81) Als er, selbstquälerisch, in Dostojewskis »Brüdern Karamasow« liest, läßt ihn der Gedanke »ans Große« nur noch »die kultivierte Mittelmäßigkeit meines ›Beitrags‹ empfinden«. Als er schließlich in gewohnter Weise in eigenen früheren Werken blättert, hat er einen ähnlichen Eindruck. »Adrians überintelligente, spröde und hochmütige Jugend nahm mich wieder ganz ein. Die Neigung zur Bewunderung des früher Gekonnten – bedenklich.« (X, 104f.)

Es naht das Ende. Wo er hinblickt, nur Trauer und Melancholie. Obwohl »heitere Ambiguität« im Grunde sein Element wäre, gibt es selten Anlaß zur Heiterkeit. Wenn Ernest Ansermet »moderne Musik« dirigiert, läßt er »bald abstellen«, wenn ihm ein Aufsatz Gottfried Benns über das Altern als Problem des Künstlers zu Gesicht kommt, vergißt er die Abneigung gegenüber dem »Nihilisten«, weil ihm das Thema »interessant« erscheint. – Am 26. Dezember 1953 schließt Thomas Mann den ersten Teil des »Krull«-Romans ab. Das einzige Projekt, das ihn nun noch an seinen Arbeitstisch bindet, ist die große Rede auf Schillers 150. Todestag. Nach bewährtem Muser versenkt er sich in das Studium der Sekundärliteratur, gesteht freilich dem Diarium für einmal unumwunden ein: »Täte besser, Sch. selbst zu lesen.« (X, 272) Am Himmelfahrtstag 1954 hört er zuerst Wagner, dann Beethoven – der ihm jetzt »trocken« vorkommt. Gleichzeitig indessen: »Wagner verdirbt.«

Noch der Eintrag vom 4. Juni teilt die Befürchtung mit, daß vom »Krull« eine »entwürdigende Wirkung« ausgehen könnte. Aber schon kurz nach der Auslieferung des Romans sieht er sich getäuscht: der Erfolg übertrifft alle Skepsis und führt seinem Haushalt beträchtliche Summen zu. – Die verbleibenden Monate, ein Ineinander von Lebensskepsis, Kummer, Zukunftslosigkeit. Die Sorge um seine Arbeitsleistung sei »bedrückend bis zum Elend«, notiert er am 25. Juni 1955. Selbst der eifrige Leser verliert die Lust dazu. »Weiß nicht, welches jetzt die rechte Lektüre für mich.« (X, 351) Als Thomas Mann wieder einmal Tschaikowskys Violinkonzert genießt, schämt er sich »trotz Adorno« wenig, »diese Musik ... zu bewundern«. »Wenn das Haus fertig ist, so kommt der Tod.« Das hatte er als »türkisches Sprichwort« um das Jahr 1894 ins Notizbuch eingetragen; es war als ahnungsvolles Leitmotiv für die »Buddenbrooks« gedacht. Nun, sechzig Jahre danach, ist es auch für den großen Epiker soweit. Das Haus der Werke ist fertiggestellt, der Tod kommt, und wenigstens kommt er gnädig. Im vorletzten Eintrag des Tagebuchs spricht Thomas Mann davon, daß die »völlig unvertraute Krankheit« so »überraschend« gekommen sei. Da klingt eine Verwunderung mit, die dem Leben einmal ohne jedes Pathos nachsinnt und die sich einfach gefallen läßt, was jetzt an der Zeit ist. Kein Abgang unter Donner und Blitz, kein Finale mit starkem Orchester, vielmehr ein sanftes Verschwinden im Nichts, wie er sich's wohl hätte wünschen mögen.

Anhang

Siglen

I Thomas Mann, Tagebücher 1918-1921. Hg. von Peter de Mendelssohn. Frankfurt 1979.
II Thomas Mann, Tagebücher 1933-1934. Hg. von Peter de Mendelssohn. Frankfurt 1977.
III Thomas Mann, Tagebücher 1935-1936. Hg. von Peter de Mendelssohn. Frankfurt 1978.
IV Thomas Mann, Tagebücher 1937-1939. Hg. von Peter de Mendelssohn. Frankfurt 1980.
V Thomas Mann, Tagebücher 1940-1943. Hg. von Peter de Mendelssohn. Frankfurt 1982.
VI Thomas Mann, Tagebücher 1944-1.4.1946. Hg. von Inge Jens. Frankfurt 1986.
VII Thomas Mann, Tagebücher 28.5.1946-31.12.1948. Hg. von Inge Jens. Frankfurt 1989.
VIII Thomas Mann, Tagebücher 1949-1950. Hg. von Inge Jens. Frankfurt 1991.
IX Thomas Mann, Tagebücher 1951-1952. Hg. von Inge Jens. Frankfurt 1993.
X Thomas Mann, Tagebücher 1953-1955. Hg. von Inge Jens. Frankfurt 1995.

Anmerkungen

I.
Bürgerliche Existenz

1 Thomas Mann, *Lob der Vergänglichkeit.* In: ders., Gesammelte Werke in dreizehn Bänden. Band X. Frankfurt 1974, S. 383 ff.
2 Thomas Mann, *Meine Arbeitsweise.* In: ders., Gesammelte Werke in dreizehn Bänden. Band XI. Frankfurt 1974, S. 747
3 Thomas Mann, *Tagebücher 1951-1952.* Hg. von Inge Jens. Frankfurt 1993, S. 78
4 So am 4. April 1942. – Thomas Mann, *Tagebücher 1940-1943.* Hg. von Peter de Mendelssohn. Frankfurt 1982, S. 413
5 Am 6. Oktober 1951. Thomas Mann, *Tagebücher 1951-1952.* Hg. von Inge Jens, Frankfurt 1993, S. 115
6 Thomas Mann, *Bürgerlichkeit.* In: ders., Gesammelte Werke in dreizehn Bänden. Band XI. Frankfurt 1974, S. 411 ff.
7 Mit Theodor Lessing, dem Essayisten und Geschichtsphilosophen, hatte sich Thomas Mann schon im Jahr 1910 im Berliner »Literarischen Echo« kritisch beschäftigt, nachdem Lessing in der »Schaubühne« einige Schriften des Dramatikers Samuel Lublinski attackiert hatte. Besonders ärgerte sich Thomas Mann über die Angriffe ad personam, hinter denen er auch den Stich des Antisemitismus zu erkennen glaubte. – Thomas Mann, *Der Doktor Lessing.* In: ders., Gesammelte Werke in dreizehn Bänden. Band XI. Frankfurt 1974, S. 719
8 Der berühmte Drei-Zeilen-Plan datiert vom Jahr 1901. Siehe: Thomas Mann, *Notizbücher 7-14.* Hg. von Hans Wysling und Yvonne Schmidlin. Frankfurt 1992, S. 107
9 Thomas Mann, *Gruß an die Schweiz.* In: ders., Gesammelte Werke in dreizehn Bänden. Band XI. Frankfurt 1974, S. 445
10 Thomas Mann, *Brief über die Schweiz.* In: ders., Gesammelte Werke in dreizehn Bänden. Band XIII. Frankfurt 1974, S. 50
11 Thomas Mann, *Tagebücher 1935-1936.* Hg. von Peter de Mendelssohn. Frankfurt 1978, S. 76 f.

12 Thomas Mann, *Lebenslauf 1936*. In: ders., Gesammelte Werke in dreizehn Bänden. Band XI. Frankfurt 1974, S. 450ff.

13 Thomas Mann, *Tagebücher 1935-1936*. – a.a.O., S. 568

14 Thomas Mann, *Doktor Faustus. Das Leben des deutschen Tonsetzers Adrian Leverkühn, erzählt von einem Freunde*. Frankfurt 1974, S. 320ff.

15 Thomas Mann, *Hans Reisiger*. In: ders., Gesammelte Werke in dreizehn Bänden. Band X. Frankfurt 1974, S. 539ff.

16 Am 13. Mai 1948 wurde Thomas Mann von der Oxford University zum Ehrendoktor ernannt und hielt am selben Tag im Taylorian Institute den Vortrag »Goethe und die Demokratie«.

17 Vgl. dazu schon die im 10. Notizbuch unter dem Stichwort »Erotische Prädilektionen« favorisierten Körperglieder: »Nakken (wobei der Begriff ›nackt‹ mitspielt) und Arme. Sonderbar, es auf so ein Glied abgesehen zu haben, davon zu träumen, es himmlisch zu finden.« – Thomas Mann, *Notizbücher 7-14*. – a.a.O., S. 226

18 Thomas Mann, *Meine Zeit*. In: ders., Gesammelte Werke in dreizehn Bänden. Band XI. Frankfurt 1974, S. 302

19 ebenda, S. 303. – Dazu kritisch Nietzsches Aphorismus 210 »Ruhige Fruchtbarkeit« in »Menschliches, Allzumenschliches«. »Das unablässige Schaffenwollen ist gemein und zeigt Eifersucht, Neid, Ehrgeiz an. Wenn man Etwas ist, so braucht man eigentlich Nichts zu machen, – und thut doch sehr viel. Es giebt über dem ›productiven‹ Menschen noch eine höhere Gattung.« – Friedrich Nietzsche, Sämtliche Werke. Kritische Studienausgabe in 15 Bänden. Hg. von Giorgio Colli und Mazzino Montinari. Band 2, München 1980, S. 172

20 Thomas Mann, *Meine Zeit*. – a.a.O., S. 309. – Glänzend beobachtet hier auch das Aperçu zur Bügelfalte der Herrenhose, die in Tolstois »Auferstehung« auftauchte.

21 ebenda, S. 318

22 Thomas Mann, *Lob Amerikas*. In: ders., Gesammelte Werke in dreizehn Bänden. Band XIII. Frankfurt 1974, S. 727

23 Vgl. dazu: Elias Canetti, *Masse und Macht*. Frankfurt 1980. – Insbesondere das Kapitel »Ergreifen und Einverleiben«, S. 223 ff.

24 Thomas Mann, *Notizbücher 1-6*. Hg. von Hans Wysling und Yvonne Schmidlin. Frankfurt 1991, S. 34. – Dazu weiterfüh-

rend: ebenda, S. 210, sowie: Friedrich Nietzsche, *Jenseits von Gut und Böse.* Sämtliche Werke, a.a.O., S. 175

25 Thomas Mann, *Tagebücher 1953-1955.* Hg. von Inge Jens. Frankfurt 1995, S. 416f.

26 Thomas Mann, *Notizbücher 1-6.* – a.a.O., S. 252

27 Vgl. auch die Seite 51 aus dem 6. Notizbuch. – a.a.O., S. 302

28 Thomas Mann, *Katja Mann zum siebzigsten Geburtstag.* In: ders., Gesammelte Werke in dreizehn Bänden. Band XI. Frankfurt 1974, S. 521ff.

29 Thomas Mann, *Tagebücher 1953-1955.* a.a.O., S. 490f.

30 Vgl. dazu: Thomas Mann, *Notizbücher 1-6,* a.a.O., S. 55

31 Thomas Mann, *Tagebücher 1953-1955.* – a.a.O., S. 558

32 Vgl. zum Pelz-Motiv: Thomas Mann, *Notizbücher 7-14.* a.a.O. S. 180f.

33 Thomas Mann, *Kleists »Amphytrion«.* In: ders., Gesammelte Werke in dreizehn Bänden. Band IX. Frankfurt 1974, S. 187

34 Vgl. dazu: Thomas Sprecher, *Schweizer werden. Thomas Manns letzte politische Hoffnung.* In: Neue Zürcher Zeitung, 14. 9. 1996, S. 69

35 Friedrich Nietzsche, *Menschliches, Allzumenschliches.* – a.a.O., S. 172

II.
Begriffe des Unpolitischen

1 Vgl. dazu den Kommentar über die Wiederaufnahme des Tagebuchschreibens am 8. Februar 1942: »Über das Falsche, Schädliche und Kompromittierende des Tagebuch-Schreibens, das ich unter dem Choc des Exils wieder begann und fortführte, um diese Geschichte zusammen mit meinem Alltag zu notieren.« (V, 390)

2 Helmuth Plessner, *Die verspätete Nation.* Über die Verführbarkeit bürgerlichen Geistes. Gesammelte Schriften, Band VI. Frankfurt 1982, S. 146ff.

3 Thomas Mann, *Notizbücher 7-14.* – a.a.O., S. 312

4 Thomas Mann, *Notizbücher 1-6.* – a.a.O., S. 218

5 Thomas Mann, *Tagebücher 1918-1921.* Hg. von Peter de Mendelssohn. Frankfurt 1979, S. 25

6 Vgl. dazu: Thomas Mann, *Notizbücher 1-6.* – a.a.O., S. 289; ders., *Notizbücher 7-14.* – a.a.O., S. 90, 309
7 Thomas Mann, *Notizbücher 7-14.* – a.a.O., S. 150
8 ebenda, S. 187
9 Vgl. dazu: Martin Meyer, *Ernst Jünger.* München 1990
10 Thomas Mann, *Notizbücher 7-14.* – a.a.O., S. 236
11 ebenda, S. 242, 247
12 ebenda, S. 240
13 ebenda, S. 188
14 ebenda, S. 270
15 Thomas Mann, *Notizbücher 1-6.* – a.a.O., S. 25
16 Vgl. die Weihnachtswunschzettel in den *Notizbüchern 1-6.* – a.a.O., S. 147, 177
17 Thomas Mann, *Notizbücher 7-14.* – a.a.O., S. 255
18 ebenda, S. 291
19 ebenda, S. 357f.
20 ebenda, S. 356
21 ebenda
22 Thomas Mann, *Pariser Rechenschaft.* In: ders., Gesammelte Werke in dreizehn Bänden. Band XI. Frankfurt 1974, S. 73
23 Thomas Mann, *Rede in Stockholm zur Verleihung des Nobelpreises.* In: ders., Gesammelte Werke in dreizehn Bänden. Band XI. Frankfurt 1974, S. 408
24 Thomas Mann, *Von deutscher Republik.* In: ders., Gesammelte Werke in dreizehn Bänden. Band XI. Frankfurt 1974, S. 845
25 ebenda, S. 852
26 Thomas Mann, *Deutschland und die Demokratie.* In: ders., Gesammelte Werke in dreizehn Bänden. Band XIII. Frankfurt 1974, S. 580
27 Thomas Mann, *Kultur und Sozialismus.* – In: ders., Gesammelte Werke in dreizehn Bänden. Band XII. Frankfurt 1974, S. 649
28 Thomas Mann, *Deutsche Ansprache.* In: ders., Gesammelte Werke in dreizehn Bänden. Band XI. Frankfurt 1974, S. 880
29 Siehe dazu: Thomas Mann, *Tagebücher 1940-1943.* – a.a.O., S. 390
30 Thomas Mann, *Notizbücher 7-14.* – a.a.O., S. 83
31 Thomas Mann, *Zum Problem des Antisemitismus.* In: ders., Gesammelte Werke in dreizehn Bänden. Band XIII. Frankfurt 1974, S. 483

32 Thomas Mann, *Der Feind der Menschheit.* In: ders., Gesammelte Werke in dreizehn Bänden. Band XIII. Frankfurt 1974, S. 645
33 Thomas Mann, *An die gesittete Welt.* In: ders., Gesammelte Werke in dreizehn Bänden. Band XIII. Frankfurt 1974, S. 673
34 ebenda, S. 676
35 Vgl. dazu: Martin Meyer, *Ende der Geschichte?* München 1993
36 Thomas Mann, *An die gesittete Welt.* – a.a.O., S. 678
37 Thomas Mann, *Bruder Hitler.* In: ders., Gesammelte Werke in dreizehn Bänden. Band XII. Frankfurt 1974, S. 846
38 ebenda, S. 848
39 ebenda, S. 851
40 ebenda, S. 852
41 Thomas Mann, *Notizbücher 7-14.* – a.a.O., S. 309
42 Dazu: Hans Blumenberg, *Lebenszeit und Weltzeit.* Frankfurt 1986, S. 80ff.
43 Thomas Mann, *Lob Amerikas.* In: ders., Gesammelte Werke in dreizehn Bänden. Band XIII. Frankfurt 1974, S. 729
44 ebenda, S. 729f.
45 Thomas Mann, *Deutschland und die Deutschen.* In: ders., Gesammelte Werke in dreizehn Bänden. Band XI. Frankfurt 1974, S. 1127
46 ebenda, S. 1132
47 ebenda, S. 1139
48 ebenda, S. 1136f.
49 ebenda
50 ebenda, S. 1140
51 ebenda
52 ebenda, S. 1142
53 ebenda, S. 1146
54 ebenda, S. 1147f.
55 Vgl. dazu: Ernst Jünger, *Die Hütte im Weinberg. Jahre der Okkupation.* In: ders., Sämtliche Werke, Tagebücher III. Strahlungen II. Stuttgart 1979, S. 503ff.
56 Thomas Mann, *Tagebücher 1944-1946.* Hg. von Inge Jens. Frankfurt 1986, S. 573
57 Thomas Mann, *Leiden an Deutschland. Tagebuchblätter aus den Jahren 1933 und 1934.* In: ders., Gesammelte Werke in dreizehn Bänden. Band XII. Frankfurt 1974, S. 689f.
58 ebenda, S. 700
59 ebenda, S. 701

60 ebenda, S. 710
61 ebenda, S. 720
62 ebenda, S. 716
63 ebenda, S. 726
64 ebenda, S. 753
65 Hannah Arendt, *Elemente und Ursprünge totaler Herrschaft.* Band 3, Totale Herrschaft. Frankfurt 1975, S. 64, 285f.
66 Thomas Mann, *Notizbücher 1-6.* – a.a.O., S. 299
67 Thomas Mann, *Notizbücher 7-14.* – a.a.O., S. 85
68 Thomas Mann, *Tagebücher 1951-1952.* – a.a.O., s. 731f.
69 Thomas Mann, *Tagebücher 1953-1955.* – a.a.O., S. 386
70 Thomas Mann, *Gegen die Wiederaufrüstung Deutschlands.* In: ders., Gesammelte Werke in dreizehn Bänden. Band XIII. Frankfurt 1974, S. 805ff.
71 Thomas Mann, *Collegheft,* S. 21. (Thomas-Mann-Archiv der ETH Zürich)

III.
Schriftsteller für die Welt

1 Thomas Mann, *Lebenslauf 1930.* In: ders., Gesammelte Werke in dreizehn Bänden. Band XI. Frankfurt 1974, S. 415
2 Vgl. Anmerkung 8, Kapitel I
3 Thomas Mann, *Leiden und Größe Richard Wagners.* In: ders., Gesammelte Werke in dreizehn Bänden. Band IX. Frankfurt 1974, S. 371
4 Thomas Mann, *Notizbücher 7-14.* – a.a.O., S. 317
5 Thomas Mann, *Richard Wagner und der ›Ring des Nibelungen‹.* In: ders., Gesammelte Werke in dreizehn Bänden. Band IX. Frankfurt 1974, S. 502
6 Thomas Mann, *Ibsen und Wagner.* In: ders., Gesammelte Werke in dreizehn Bänden. Band X. Frankfurt 1974, S. 228
7 Thomas Mann, *Leiden und Größe Richard Wagners.* In: ders., Gesammelte Werke in dreizehn Bänden. Band IX. Frankfurt 1974, S. 365
8 Thomas Mann, *Notizbücher 7-14.* – a.a.O., S. 257
9 Thomas Mann, *Leiden und Größe Richard Wagners.* – a.a.O., S. 378
10 ebenda, S. 380f.

11 ebenda, S. 401
12 ebenda, S. 403
13 ebenda, S. 412
14 ebenda, S. 417
15 ebenda, S. 418
16 ebenda, sowie: Thomas Mann, *Erwiderung.* In: ders., Gesammelte Werke in dreizehn Bänden. Band XI. Frankfurt 1974, S. 787
17 Thomas Mann, *Literatur und Hitler.* In: ders., Gesammelte Werke in dreizehn Bänden. Band XIII. Frankfurt 1974, S. 329
18 Thomas Mann, *Notizbücher 7-14.* – a.a.O., S. 269, 303
19 Thomas Mann, *Mein Verhältnis zur Psychoanalyse.* In: ders., Gesammelte Werke in dreizehn Bänden. Band XI. Frankfurt 1974, S. 748f.
20 Thomas Mann, *Notizbücher 1-6.* – a.a.O., S. 218
21 Thomas Mann, *Wie stehen wir heute zu Richard Wagner?* In: ders., Gesammelte Werke in dreizehn Bänden. Band X. Frankfurt 1974, S. 894
22 Thomas Mann, *Mein Verhältnis zur Psychoanalyse.* In: ders., Gesammelte Werke in dreizehn Bänden. Band XI. Frankfurt 1974, S. 749
23 Thomas Mann, *Freud und die Zukunft.* In: ders., Gesammelte Werke in dreizehn Bänden. Band IX. Frankfurt 1974, S. 478
24 Ernest Jones, *Sigmund Freud. Leben und Werk.* Band 2. München 1984, S. 405f.
25 Thomas Mann, *Freud und die Zukunft.* – a.a.O., S. 485
26 ebenda, S. 492
27 ebenda, S. 493
28 Ernest Jones, *Sigmund Freud. Leben und Werk.* Band 3. – a.a.O., S. 244
29 Thomas Mann, *Richard Wagner und der ›Ring des Nibelungen‹.* In: ders., Gesammelte Werke in dreizehn Bänden. Band IX. Frankfurt 1974, S. 510
30 ebenda, S. 526
31 ebenda, S. 527
32 Thomas Mann, *Notizbücher 7-14.* – a.a.O., S. 132
33 Thomas Mann, *Wie stehen wir heute zu Richard Wagner?* In: ders., Gesammelte Werke in dreizehn Bänden. Band X. Frankfurt 1974, S. 894
34 Thomas Mann, *Goethe und Tolstoi. Fragmente zum Problem der*

Humanität. In: ders., Gesammelte Werke in dreizehn Bänden. Band IX. Frankfurt 1974, S. 68

35 ebenda, S. 72

36 ebenda, S. 80

37 Thomas Mann, *Goethe als Repräsentant des bürgerlichen Zeitalters.* In: ders., Gesammelte Werke in dreizehn Bänden. Band IX. Frankfurt 1974, S. 306

38 ebenda, S. 235

39 Vgl. Hans Blumenberg, *Gerade noch Klassiker. Glossen zu Fontane.* München 1998, S. 85

40 Thomas Mann, *Stefan Zweig zum zehnten Todestag.* In: ders., Gesammelte Werke in dreizehn Bänden. Band X. Frankfurt 1974, S. 524f.

41 Thomas Mann, *Notizbücher 7-14.* – a.a.O., S. 82

42 ebenda, S. 82

43 ebenda, S. 117f. – Friedrich Hebbel, *Tagebücher 1843-1847.* München 1984, S. 356

44 Thomas Mann, *Notizbücher 7-14.* – a.a.O., S. 118

45 Friedrich Hebbel, *Tagebücher 1843-1847.* – a.a.O.

46 Thomas Mann, *Wagner und kein Ende. An Emil Preetorius.* In: ders., Gesammelte Werke in dreizehn Bänden. Band X. Frankfurt 1974, S. 926. Siehe auch: Thomas Mann, *Briefe Richard Wagners. The Burrell Collection.* In: ders., Gesammelte Werke in dreizehn Bänden. Band X. Frankfurt 1974, S. 791 ff.

47 Thomas Mann, *Nietzsches Philosophie im Lichte unserer Erfahrung.* In: ders., Gesammelte Werke in dreizehn Bänden. Band IX. Frankfurt 1974, S. 676

48 ebenda, S. 684f.

49 ebenda, S. 695

50 ebenda, S. 701f.

51 Vgl. den Eintrag im Tagebuch vom 4. Juni 1940. – Thomas Mann, *Tagebücher 1940-1943.* – a.a.O., S. 90

52 Thomas Mann, *Die Erotik Michelangelo's.* In: ders., Gesammelte Werke in dreizehn Bänden. Band IX. Frankfurt 1974, S. 783

53 ebenda, S. 787

54 ebenda, S. 790

55 Thomas Mann, *Tagebücher 1953-1955.* – a.a.O., S. 416f.

Werkregister

Personenregister

Martin Meyer
im Carl Hanser Verlag

Ernst Jünger
1990. 704 Seiten

»Martin Meyers große, fast 700 Seiten starke Studie *Ernst Jünger*, das mit Abstand beste, gründlichste, genaueste Buch, das bislang über Jüngers Werk publiziert wurde, verfolgt kommentierend den langen und mühsamen, oft widerspruchsvollen Weg des Autors durch die Klippen- und Trümmerlandschaften unseres Jahrhunderts.«

Die Zeit

»Meyers unaufgeregter Gelehrsamkeit, die sich, weit davon entfernt, den Autor apologetisch zu verklären oder unablässig zu moralisieren, den Blick für ›Ambivalenzen und Widersprüche, Provokationen und Entdeckungen‹ offenhält, ist denn die wohl gründlichste, kompetenteste und ausgewogenste Studie zu verdanken, die es bislang über Jüngers weitverzweigtes Gesamtwerk gibt.«

Tages-Anzeiger

»An Meyers Arbeit wird in Zukunft niemand mehr vorbeikommen, der sich ausführlich mit Jünger beschäftigen will ... Es spricht für das Buch, daß Meyer analysiert und nicht versucht, die alten Kämpfe in Apologie und Verdammung noch einmal zu kämpfen.«

Frankfurter Rundschau

Ende der Geschichte?
EDITION AKZENTE
1993. 248 Seiten

»Kants These von der zweifachen Unerträglichkeit fand ihre Bestätigung in den Aufgeregtheiten um Francis Fukuyamas ›Ende der Geschichte‹. Daß das säkulare Endzeitdenken selbst eine Geschichte hat, wurde im Eifer der Endgefechte übersehen. Daran erinnert Martin Meyer in einer bemerkenswerten Studie, die sich durch ihr Reflexionsniveau und die Stringenz der Argumentation auszeichnet.«

Frankfurter Allgemeine Zeitung

»Nicht ein Ende der Geschichte steht eigentlich zur Debatte, solche geschichtsphilosophischen Unterscheidungen zwischen Histoire und ›eigentlicher‹ Geschichte sind leicht irreführend, sondern die Verantwortlichkeit des Menschen für seine Geschichte heute. Der Rede vom Posthistoire das Gewicht dieser Frage zurückgegeben zu haben, dies scheint mir das wichtigste Verdienst von Meyers Studie.«

Philosophischer Literaturanzeiger

»Einer Antwort auf die Frage, ob und wie nun das Ende der Geschichte komme, enthält sich der Autor in weiser Klugheit, oder, im Schlußabschnitt, in pointillistischer Diffusion. Aber zur Klärung beigetragen zu haben, wie diese Frage gerade auch in unserem Jahrhundert sich artikulieren und solch konträre und z. T. im Dialog erarbeitete Antworten finden konnte, ist kein geringes Verdienst.«

Schweizer Monatshefte